虚构凶手

慢三 著

湖南文艺出版社　博集天卷

·长沙·

© 中南博集天卷文化传媒有限公司。本书版权受法律保护。未经权利人许可，任何人不得以任何方式使用本书包括正文、插图、封面、版式等任何部分内容，违者将受到法律制裁。

图书在版编目（CIP）数据

虚构凶手 / 慢三著 . -- 长沙：湖南文艺出版社，2024.12. -- ISBN 978-7-5726-2101-7

I. I247.5

中国国家版本馆 CIP 数据核字第 2024WG5496 号

上架建议：畅销·悬疑

XUGOU XIONGSHOU
虚构凶手

| 著　　　者：慢　三 |
| 出　版　人：陈新文 |
| 责任编辑：匡杨乐 |
| 监　　　制：邢越超 |
| 策划编辑：郭妙霞　刘　筝 |
| 特约编辑：刘　静 |
| 营销支持：周　茜 |
| 封面设计：梁秋晨 |
| 版式设计：马睿君 |
| 插图绘制：孔　伟 |
| 内文排版：百朗文化 |
| 出　　　版：湖南文艺出版社 |
| （长沙市雨花区东二环一段 508 号　邮编：410014） |
| 网　　　址：www.hnwy.net |
| 印　　　刷：三河市鑫金马印装有限公司 |
| 经　　　销：新华书店 |
| 开　　　本：640 mm × 915 mm　1/16 |
| 字　　　数：331 千字 |
| 印　　　张：20.25 |
| 版　　　次：2024 年 12 月第 1 版 |
| 印　　　次：2024 年 12 月第 1 次印刷 |
| 书　　　号：ISBN 978-7-5726-2101-7 |
| 定　　　价：49.80 元 |

若有质量问题，请致电质量监督电话：010-59096394
团购电话：010-59320018

目录

1 ··· |序曲|

001 ··· |第一章| 小说课

011 ··· |第二章| 侦探

043 ··· |第三章| 尺八

055 ··· |第四章| 诡计

067 ··· |第五章| 父子

091 ··· |第六章| 回到案发现场

099 ··· |第七章| 离魂记

111 ··· |第八章| 推理

123 ··· |第九章| 旧案

135 ··· |第十章| 大盗

141 … |第十一章|
困境

157 … |第十二章|
新的死亡

177 … |第十三章|
真实与虚构

205 … |第十四章|
骗神

217 … |第十五章|
动机

257 … |第十六章|
猪猪侦探团

285 … |第十七章|
凶手

299 … |第十八章|
真相与救赎

313 … |尾声|

序曲

二〇〇三年国庆假期间的某个清晨，S城大学的男生宿舍发生了一起骇人听闻的惨案。一名年仅二十岁的女大学生被人杀死在了高低床的上铺，咽喉被利刃割开，双目紧闭，两只手掌交叠在腹部，一身青绿色的古装长裙凌乱展开，呈现出一种恐怖的安详。后来很长一段时间，校园内的师生谈起此事无不色变，不约而同地用一种既亢奋又恐惧的声音重复形容道听途说的一幕场景——暗红的鲜血从上铺床沿像蚊帐一样挂了下来。

这样的形容自然是有些夸张了。毕竟警方接到报案后赶到现场，已经是一个小时后了。而根据法医的现场鉴定，被害人死亡时间在前一天晚上的十一点左右。也就是说，即便是一匹体重超过二百五十公斤的成年马被斩首，也不可能经过这么长时间还能让血"像蚊帐一样挂了下来"，更何况死者只是一名身高一米六五、体重四十五公斤的瘦弱女孩。

与这些闲言碎语同时流传的，是另一则可供嘲讽的糗事。它是关于一名实习刑警的。

据说，最早接到报案前来勘查的两名警察刚一踏入二楼的走廊，就被一股弥漫在空气中的血腥味恶心到了。那昏暗的光线、幽闭的通道和凝滞的空气试图告诉他们这里并非学生宿舍，而是某个充满死亡气息的屠宰场。

紧接着，他们就看到了从门缝下面渗出来的血水，以及一些来自报案者（一名五十来岁的男性宿管）惊慌之下造成的混乱脚印。他们捂着嘴巴和鼻子推开半掩的宿舍门，在尽量不破坏犯罪现场的情况下，踮着脚尖从血水上方跨过去，走了进去。

这间不到二十平方米的宿舍左右分别摆放着两张高低床，这意味着通常情况下，宿舍内上下共住着四名大三的学生。除了高低床，房间里侧还有一排分属个人的储物吊柜以及一扇关着的卫生间的小门。

很快，他们发现了那血水的来源——位于左首那张高低床的上铺。通过对那一缕缕散落下来的黑色长发的观察，他们初步判断死者是一个女人。男生宿舍为什么会有女人？这个问题他们暂时还来不及考虑。

那名姓王的中年刑警由于刚吃过早饭，舍不得让那些还没来得及消化的豆浆油条从喉咙里吐出来，便用手指了指跟着自己的徒弟，又指了指上面，说了句"这是锻炼你的好机会"后，便转身出门抽烟去了。

为了得到"锻炼"，这个名叫蒋健的实习刑警鼓足勇气，用双手攀住金属床架的杆子，一脚踏上了下铺的边缘，身子一挺，站了上去。

由于缺乏经验没有戴手套和脚套，他的这些不规范行为严重破坏了犯罪现场，遭到了后来的鉴证科同事的强烈批评。他虽然感到委屈，不过也没想过要把责任推给带自己来的师父——对方并没有告诉他在犯罪现场应该做什么，完全放手让他独自摸索——事后写了份言辞恳切的检讨了事。

不过，比起这点委屈，接下来发生的事才是对他更大的考验。即使有了心理准备，可当他翻身上去的那一瞬间，还是被眼前死者的惨状吓得手上一滑，差点从床上摔下——不，他已经摔下来了。

他仰面倒下，背部着地，落地时发出"砰"的一声巨响，震得楼板都抖动了一下。几秒钟后，他挣扎着想站起来，却感觉到背上传来剧烈的痛感，心想坏了，是不是摔到了脊椎骨。

但很快，他意识到比摔伤更糟糕的事情是，他摔在了凶案现场，摔在了满地的死者的血泊中，弄得浑身血污。那狼狈之样实在是本地警察办案史上前所未见的情况，以至于听到响声进来的同事们看到后，没有一个人（包括自己的师父）上前来扶他一把——这孩子把咱警队的脸面都丢尽了。

以上这则糗事同样在警局内部流传了很长时间，蒋健也因此得了个不太好听的绰号——滑仔。

最可气的是，如果与有些爱开玩笑的同事在走廊或者食堂遇到，他们走到他面前的时候，会故意假装脚下一滑，然后伴随着夸张的表情和呻吟，喊道"哎呀，不好意思，我又滑了"，随即就是一阵令他难堪的哄笑。

说实话，这给他的心灵造成了巨大的伤害。要知道，他原本是一个开朗、热情、随和的人，但自那以后，他变得敏感多疑，变得特别在意同事对自己的看法，变得小心眼，几度到了有点患得患失的程度。

唯一值得庆幸的是，这一下并没有摔到他的脊椎骨。事实上，当时他才二十三岁，是个平时热爱运动的年轻人。有一次，他跟同学打户外篮球，在争抢一个篮板球的时候，也曾这样平板一般摔下来过，而且还是摔在水泥地上，当时也很痛，不过休息一两天就痊愈了，可见他这副钢筋铁骨也不是白长的。

因此，几分钟后他能忍着痛楚站起来，准确地向师父汇报了导致自己摔下去的那幅画面——有个穿古风服装的女孩仰面躺在床上，大概率已经死了。最重要的是，她的脖子上有一道很深的伤口，伤口边缘的肉外翻，看上去像一张薄薄的嘴唇。

"对不起，我被吓到了。"

"嗯，去洗洗吧。"王警官充满同情地对他说。

于是，蒋健点点头，扶着自己的腰，朝卫生间走去。拉开门，刚想进去，但里面的情况让他再次一哆嗦，脚下又一滑。不过挣扎几下后，他控制住了自己的身体。紧接着，他的手迅速伸向腰间，从里面抽出随身警棍，小心翼翼地朝那个低头坐在地上的人走去。

那是一个比自己小不了几岁的大男孩。蒋健一直走到他旁边，注意到他的身子微微起伏着，才意识到他没死，很可能只是睡着了，浑身上下散发着酒气。在旁边的马桶里，全是酒后的呕吐物，都没有来得及冲掉。

强忍着恶心和愤怒，蒋健朝男孩的腿上踢了几脚，确定没有危险之后，他这才收起了警棍。他大声叫了几声，师父随后跟了进来，看见了情况后，立即把男孩的手腕给铐住了。接着，他让蒋健打开水龙头，用脸盆接了一盆水，朝男孩的脸上泼去。男孩受到冷水刺激，猛地一抖，缓缓睁开眼睛。他用一种迷惑的眼神看着眼前的两名警察，显然以为自己还在梦中。

这个名叫赵元成的男孩作为头号嫌疑人被当场逮捕了。

尽管在后期的审讯中，他坚称自己完全不知道发生了什么，不过凭着一系列的铁证，他还是被移交检察院，最后被送上了法庭的被告席。证据如下：

第一，案发现场是他生活的寝室；

第二，女孩死亡的位置是他的床铺；

第三，多人证实，他和死者是男女朋友关系。

最关键的是，他被警员从地上拉起来之后，一把匕首从他的衣服里掉了出来——那上面不仅有死者的血迹，而且仅有他的指纹。在这些证据面前，他那套"我喝多了，什么都不记得了"的说辞实在显得太过苍白无力。

由于他拒不认罪，法官认定他毫无悔改之意，因此一审下来，上个月刚满二十岁的赵元成被判了死缓。

他的父母闻讯从老家赶来，与这个曾经是他们的骄傲的孩子见了一面。作为父母，他们坚信自己孩子的话，无条件相信他是无辜的。这两位来自三线县城的普通工薪阶层，放弃了工作和房子，表示倾家荡产也要为孩子上诉申冤。

也许是他们的行为让赵元成于心不忍，眼看大局已定，在律师的建议下，他含泪签署了认罪协议书，争取宽大处理。因此，本案在二审时，法官根据认罪认罚从宽制度，酌情将其刑罚改判成了有期徒刑二十五年。

随着法槌的落下，这起可怕的杀人案件就此结束了。赵元成被投进了S城城北监狱，一关就是十八年。

被关在毫无自由的囚牢里，赵元成的身心受到了巨大的折磨。在这段漫长的日子里，他的内心一刻都没有平静过。他不断告诉身边的人，自己并没有杀人，他是无辜的。

第一章
小说课

虚构凶手

———— I

讲完这个故事的开头部分，尺八停了足足有半分钟。他不说话，只是双臂抱在胸前，看着下面坐着的几个学生，观察他们的反应。

"老师，后面呢？"

直到一个小女孩问出这句话，尺八心中悬着的石头才算落地。他看着孩子们迫切的脸，微微一笑："欲知后事如何，请听下回分解。今天的侦探小说课就上到这里，下课！"

孩子们有些失落地起立，收拾东西，然后逐一走出了这间小小的教室。令尺八欣喜的是，最后走出去的那个高个子女生，出门前对他说了一句："老师，下周见。"

"嗯，下周见。"

尺八在一张木制靠椅上坐了下来，享受着这片刻的满足。

一周前，他坐在这家少儿艺术培训中心的总经理办公室里，默默看着那位长发飞扬的老同学毛飞稍显卖弄地泡工夫茶。两个人之间隔着一张两米长、一米二宽的大实木台子，上面放着一整套高档典雅的茶具。毛飞坐在可三百六十度旋转的专属老板椅里，上半身前倾，动作娴熟而潇洒，举手投足间充满了一个民营企业家的自信。他身高逾一米八，长发披肩，满脸络腮胡子，全身上下一套宽松的麻料蓝衣，任何人看了都不会怀疑他的艺术家身份。

相比之下，坐在对面的尺八则显得又瘦又小，含胸驼背，格子衬衫的扣子扣到了衣领的位置，再配上一副大大的黑框厚底眼镜，就是一个弱不禁风的书生模样。

不知道是在思忖，还是性格使然，毛飞泡茶的过程极为专注，一招一式，一丝不苟。只见他先用烧开的热水烫了一遍紫砂茶壶和玻璃公道杯，然后打开茶叶罐，用镊子将深色的干茶叶夹进茶壶，将开水倒入，盖上茶壶盖，随后立即倒掉，等于一道洗茶的工艺。第二泡茶水直接注入两个备好的茶杯里，但不是喝的，而是为了洗茶杯。注入第三次开水后，他直接将盖好壶盖的紫砂茶壶壶嘴一头插入公道杯里，任由那浅褐色的茶汤因重力自然地流入其中。最后，再将茶水从公道杯倒入已经摆放在两个人面前的小茶杯里，这就算完成了。

"来，喝茶，这是我一个朋友送的十年熟普洱，看看口感怎么样？"毛飞微笑着说道。

尺八有点紧张地端起茶杯，轻轻地抿了一口。他根本喝不出什么茶的好坏，就是觉得有点烫嘴罢了。当他把茶杯放下去的时候，明显看见自己的手在抖动。低头的瞬间，他感觉到对方的目光正盯着自己。

"这么多年没见，感觉你变化挺大的。"

"是吗？哪方面？"

"说不上来，算了。对了，这次来找我做什么？"

尺八面露犹豫。

"没事，咱俩多少年的交情了，有什么说什么呗。你忘了，读书的时候咱俩可是秤不离砣、砣不离秤的死党，有一次我还问你借过裤衩呢，少跟我来这一套。"

"我想找份工作。"尺八终于说出口了。

毛飞没有立即回应，而是用三根手指托起茶杯，一口一口啜着杯的边缘，同时咂巴嘴，发出响动不可谓不大的满足声。喝完之后，他拿起公道杯想添加，抬起下巴见尺八的茶杯没动，于是就只给自己加满了。随即，他按了一下桌面的上水按键，纯净水顺着管子爬了上来，哗哗地注入不锈钢的烧水壶里，待加到一定位置，他又按下了烧水按键。很快，嗞嗞的烧水声就响起来了。

"没问题。"毛飞突然说了起来，"哥们儿你的事就是我的事，工作嘛，包在我身上，就在这里上班吧。"

"我的学历……"

"欸，不重要，我就是老板，难道这些还是什么问题吗？尽管来，就是做什么……"

"什么都可以。"

"那怎么行！你艺术天赋那么高，决不能浪费了。还记得咱们那时候一起上台表演……"

"过去的事情就不要再提了。这两年我在写小说，哦，对了，我还带了一本去年出版的小说过来……"

说着，尺八低下头去，从背包里拿出一本书，递了过去。

"可以啊，老弟！我说呢，就看你跟以前不大一样了，真没想到你还有这本事，居然成了作家。我看看啊，作者尺八，哈哈，这个笔名怪怪的，倒是很符合你啊，《骗神》，听起来还挺刺激的……"

"我写的是悬疑小说。"

"悬疑好啊，老百姓爱看，我就知道日本那个什么圭什么吾……"

"东野圭吾。"

"对对，就叫这个，书店里全是他的书，说明好卖啊。你这个呢，卖得咋样？"

"就是不咋样啊。"尺八有点不好意思，"现在这个时代，光靠写作是养活不了自己的，所以我想好了，还是出来找份工作。你也知道我的情况，确实不太好找，想来想去，还是决定来麻烦你……"

"欸，这算什么话，怎么能叫麻烦呢？老朋友嘛，相互帮助是应该的。我呀，确实是太忙了，一直想去看你也挑不出时间，这下好了，你到我这里来工作，咱们以后可以经常聚聚了。"

"可是我能做什么呢？"

"教书啊，教中小学生写作文，怎么样？你都是作家了，教他们应该不在话下。"

"可你这里不是少儿艺术培训中心吗？"

"写作也是艺术啊。或者换一种说法，文学吧，文学总算艺术了吧？现在国家提倡'双减'，不让办学科类的培训，但艺术是可以的。你要不就开一堂文学课，给孩子们讲讲文学，咋样？"

"可问题是，现在书都没人看了，谁还来听什么文学课啊？我担心招不到学生。"

"这倒是实话，现在家长都比较功利。不过你放心，有我在，招生应该不成问题，到时候我给你吹捧吹捧。虽然说是文学，不过我建议在具体的讲课过程中，你还是适当加入一些写作的部分，咱们这也算是打了点擦边球，如果真能帮助孩子们提高写作文的能力，家长们感激你还来不及呢。"

"这样行吗？"

"当然行。"

"那我就试试看吧。"

"好，那我就先给你把广告打出去，办一堂试听课。"

正说着，水壶就呜呜叫了起来。

"光顾着说话，茶都快凉了。"毛飞举起了茶杯，"来，咱们以茶代酒，祝你一切顺利，争取一炮打响。放松点，相信我，你没问题的。"

尺八端起茶杯，一饮而尽。

试听课非常失败。尺八提前做足了教案的准备工作，踌躇满志，但现场效果完全不是毛飞说的那样"你没问题的"。

起初，在毛飞的极力鼓吹下（著名作家，发表和出版过作品，得过奖，接受过多家媒体采访，多次参加公开演讲，诸如此类），来了不下二十组家庭，把特意腾出来的大教室坐得满满当当。

然而，捧得越高，摔得也就越惨。因为拉高了家长们的期待值，想来见识一下这个新来的作家老师到底什么水平，却不想看到的是一个穿着格子衬衫、紧张得要死、说话结结巴巴、自信心极度不足的中年男人。

那天试听课的主题是毛飞帮他策划的，叫《从迪士尼到童话写作》。但遗憾的是，这么一个有意思的主题从他嘴里讲出来，却是特别无趣。不到十五分钟，人就走了一半。更要命的是，中途他讲着讲着，突然卡壳了，众目睽睽之下竟然长达一分钟时间一个字也没有说出来。

于是，又走了一半。

到了最后，就只剩下五组家庭了。其中有一组坚持到了这时候，完全是出于对孩子的忍耐力教育——参加一项活动，不管情况多差，也要坚持到底。另一组则是，爸爸一直在教室外面打电话，把孩子独自留在教室上课，直到电话打完了才带着孩子匆匆离开。剩下的三组，在毛飞大幅优惠学费的情况下，算是报了名（其中有一组暂时还没交费）。为了凑人数，最后毛飞把自己十岁的孩子毛子豪也塞了进来。

就这样，一个只有四个学生的文学写作班勉强开了起来。那已经是一周前的事情了。在上了两节课之后，尺八开始有点坚持不住了。

一开始他试着讲唐诗宋词，但发现孩子们一点兴趣也没有。于是他调整了方向，讲鲁迅、张爱玲的小说，依然收效甚微。显然，他们对这些比较常规的文学内容并不"感冒"。眼看着好不容易建立起来的班就要垮掉，他十分焦急，却毫无办法。

他借口去了趟卫生间，洗了把脸，试图缓解自己的焦虑。当他回到教室的时候，发现自己摆在讲台上的笔记本电脑被人动过。

他抬眼看着四个孩子，但他们却故意把脸撇向一旁，假装不知道。他叹了口气，想去关掉电脑，目光扫过屏幕时却愣住了。一个Word文档被打开了，一部写了一半的长篇小说映入眼帘，那篇叫《舞》的犯罪悬疑小说。

他看看学生，又看看小说，顿时灵机一动："你们想不想听点刺激的？"

孩子们面面相觑，不知道该说想还是不想。于是，他豁出去了，把小说的开头部分念给了孩子们听。他发现他们的注意力回来了，完全被这起谋杀案吸引住了。

当讲到例如"血像蚊帐一样挂了下来"这样的描写时，他犹豫了一下，心想是不是有点过于暴力和血腥了。没想到孩子们不仅不害怕，反而兴奋异常，意犹未尽，希望他继续讲下去。

"今天的侦探小说课就上到这里，下课！"

坐在靠椅上休息的他欣慰过后，忧虑随之而来。原因很简单，这本谋杀小说的故事，是根据赵元成的亲身经历改编的。

⌛

"既然大家对这个故事这么感兴趣，那么我们就以这本小说为范例，开始这一阶段的文学写作课吧。我把它叫作'侦探小说课'，大家感兴趣吗？"

尺八站在讲台上，展现出了比之前更强的自信心。这间教室不到二十平方米，位于一处住宅区外围沿街底商的二楼。来找毛飞之前，他曾对这家"飞狐少儿艺术培训中心"做过一番了解。

"飞狐"大概创办于二〇〇八年，距今差不多有十五个年头了。据一篇财经杂志的报道，创始人毛飞于大学二胡专业毕业后，进入了市民族歌舞剧团工作。五年后，因为剧团效益不好，发不出工资，他就办理了离职，独自创业，开办了这么一个专门针对少儿的艺术培训机构。创办之初，整个机构就他一个人，租了一间小屋子（就是尺八现在上课的这间），教仅有的两名学生拉二胡。就这么做了大半年，始终处于不温不火的状态，赚的钱连糊口都成问题。

二〇一〇年之后，艺术培训借着时代的东风逐渐发热，"飞狐"凭着在家长中长期树立的口碑，生源开始多了起来。于是，毛飞向银行贷款，扩充了店面，也招了一些其他专业的老师。一开始只限于一些民族乐器的学习，比如二胡、琵琶、扬琴之类，到了后来，又扩充到了西洋乐器，钢琴、吉他、小提琴都做得有声有色，尤其是他开始打包课程兼售卖乐器，便真正发了财。最鼎盛的时候，"飞狐"在全市以及周边城市，有十几家连锁店，资产数千万，广告甚至打到了市电视台。

五年前，毛飞再次发挥自己的商人头脑，把培训中心的经营范围扩大，除了音乐，他将绘画、主持人、戏剧、芭蕾、民族舞……通通纳入了自己的培训体系。为了达到"总有一天我要上市"的目的，他从资本市场融了资，并加速了门店的扩张。毛飞也是从那时候开始，从一名连锁店的老板变成了"具有艺术家气质的企业家"（某财经杂志如此描述他）。

但好景不长。从前年开始，一场突如其来的新冠疫情让他遭受了巨大损失，不仅关掉了大多数的门店，资产缩水近九成，而且几乎击垮了这个一度骄傲自满的男人。他卖掉了自己在上海的豪宅抵债，独自带着一个十岁的孩子（前妻在毛子豪不到半岁的时候就离开了他，回湖南老家了）住在一套一百来平方米的房子里，经营着眼下这个面积最大、历史最悠久的"飞狐"旗舰店。

现在，他经常在店里待着，喝茶、会客以及画画（二胡早不拉了），安下心来，不再像以前那样为了某种虚妄的目标四处奔忙。这些情况尺八一早就打听清楚了，但并不妨碍他过来寻觅一份工作。

现在，尺八就站在这间毛飞白手起家的教室里，被他精心打造的一切包裹着——这间教室虽然不大，却被布置得温馨且充满乐趣。

屋内到处摆放着毛飞从世界各地收集来的有意思的工艺品摆件，与它们交相辉映的是散落在角落里的各式台灯和吊灯，光源的变化多端起到了烘托气氛的效果；房间中央摆放着一张实木的长条桌，学生们此刻就围坐在桌边昂首听课；在他们身后靠墙的位置有一个布艺小沙发，可供休息；而尺八站立讲课的位置是一个高二十厘米的木制小讲台，讲台被一面墙的嵌入式书柜衬托着，书柜中间则悬挂着一台液晶电视，方便连接电脑展示教案或观看视频。

尺八已经把前一晚准备的教案通过高清连接线投放到了液晶电视上。封面是他从网上找来的图片，上面是一个用猎人帽、放大镜以及烟斗设计拼凑而成的福尔摩斯形象，最下面打着字：侦探小说课。

"下面开始我们侦探小说课的第一节——侦探。"

尺八注意到孩子们脸上洋溢着期待的表情。

他从两年前开始写侦探小说，看了一些相关的作品和理论书，再结合自己的创作经验，因此讲授相关主题的课程问题倒不大。

"对一本侦探小说而言，最核心、最重要的就是侦探。那么我想问一下，有没有人知道什么是侦探？"

上课之前，他得到了毛飞的一些点拨。作为一名有着差不多十五年教学经验、长期跟孩子打交道的老师，毛飞提了一个非常重要的教学技巧——互动。

"你就记住一点。"毛飞自信地说道，"跟孩子讲课，永远不要一个人自说自话，必须互动，也就是多跟孩子们交流，向他们提问，让每个人都参与进来。这样既能提高他们的专注度，也能让课堂气氛更加活跃。"

然而，让尺八感到尴尬的是，问题抛出之后，下面的孩子只是呆呆地看着他，完全没有参与互动的意思。他尴尬地咳嗽两声，继续上课。

"好吧，还是我来说。这个所谓'侦探'，要拆开看，'侦'就是侦缉，'探'就是查探，是两个动词的联合。所以，什么是侦探？简单来说，就是负责侦缉查探案件的人。"

对于概念性的东西，孩子们似乎并不是太感兴趣，尺八连忙换了一个话题。

"大家应该也看过一些侦探小说或动画片吧，你们都知道有哪些名侦探吗？"

又是互动。原以为这次还是会和前面一样冷场，没想到课堂气氛居然活跃起来了。

"柯南!"一个胖胖的女孩说道。尺八记得她叫徐佳琪。

"神探狄仁杰!"那个叫王昊辰的初二男生说道。他显然看过同名的电影。

"不错。还有吗?毛子豪,你说说看,有哪些侦探?"

毛子豪看了他一眼,摇摇头,表示没兴趣参与这个话题。

"嗯,好吧,那个女孩,个头高高的,你叫什么?"

"周慧颖。"

"很好,周同学,你知道有哪些侦探吗?"

"简耀!"

尺八顿时吃了一惊。简耀是他上本书《骗神》里的侦探,那是一个长得像吴彦祖、说话有点结巴的帅哥刑警。

"没想到你还看过我的书。"

"当然,我买过。"

"好吧。"尺八尴尬地笑了笑,他最怕有人当面提到自己写的那些破玩意儿了,"欸,你们说的几个都不错,除了这些,我再介绍几个世界著名的侦探。"

说着,他一边往下翻阅PPT,一边念出屏幕上出现的侦探名字和他们各自的特点。

"波洛,推理女王阿加莎·克里斯蒂书里最常出现的主角;金田一,他最常说的一句口头禅是,'以我爷爷的名义发誓';神探伽利略,物理学教授,日本作家东野圭吾笔下的故事人物;法医秦明,用法医知识来破案的中国神探;当然,还有每个人都知道的福尔摩斯……"

随着课程的深入,尺八明显感觉到课堂气氛越来越好。

"这些侦探都很厉害。那么,按下来,我要给大家讲讲怎么去塑造一名侦探,这也是侦探小说创作的核心,只要侦探塑造成功,小说至少成功了一半。"

他停顿下来,深吸一口气。

"我将继续以我的小说《舞》为例。故事中这个侦探的名字叫蒋健。"

第二章
侦探

虚构凶手

———— 1

说出来很多人都不相信，蒋健之所以选择当警察，其实是因为成龙。

他生于二十世纪八十年代初期，几乎是看香港电影长大的，其中最让他痴迷的，是成龙主演的《警察故事》系列。在那些惊险刺激的警匪故事中，成龙不仅是一个以一敌百的功夫皇帝，也是一个勇敢善良、有情有义、疾恶如仇的好警察。蒋健从小的梦想就是剃一个成龙似的碗盖头，学一身好功夫，把罪恶一网打尽——如果能再找一个像张曼玉那么漂亮的女朋友就再好不过了。

他这个天真的小理想一直被伙伴们以及长辈们笑话，觉得怎么能以这么幼稚的理由去当警察呢。结果没想到的是，他的表现让所有人都大跌眼镜。他不仅考上了警校，而且毕业后直接进了刑警队实习。

直到他穿着警服站在大家面前，那些曾经嘲笑过他的人才认识到这是一个怎样的人：他，蒋健，绝不是一个光说不练的家伙。相反，他最大的优点就是想到什么就去做，以超强的行动力说话，并且付诸全部的努力，实现目标。

不过，虽然他当上了警察，但成龙式的英雄生涯毕竟只存在于大银幕上。现实中的刑警生活与他的想象存在巨大的偏差，这点在他遇到的第一起案件中就显露无遗了。

那是一起发生在大学校园内的杀人案。接到报警电话后，他跟随自己的师父王队去了凶案现场。结果在勘查现场的过程中，他因为没戴手套和脚套，破坏了痕迹，而且还因为失误从高低床上摔了下来。虽然没受什么严重的伤，但着实丢尽了警队的脸面，完全没有自己偶像成龙的风采，还得了个难听的绰号：滑仔。

虽然随后他在卫生间抓到了那个犯罪嫌疑人——一个喝醉酒的大学生，但人生的笑柄算是彻底落下了，加上他天生敏感，自尊心比较强，年轻气盛，脾气暴躁，特别容易跟人呛起来。

久而久之，大家也不笑话他了，就是觉得这个人有点固执、认死理，太不好玩了。蒋健也清楚自己这样的性格不太好，不够圆滑，容易得罪人，但又不是太想去做大的改变。长此以往，他开始安慰自己，认为这其实是自己的优点：直来直往，有点独行侠的风范。

再说了，做事就做事，不一定要跟所有人都做朋友。职场那一套虚伪他更是厌烦，只要坚持做自己，不损害他人，他蒋某人就对得起天地良心。虽然他不善于拐弯抹角，但并不代表他缺心眼。事实上，他是一个做事极为细致的人，而且内心绝对相信人间正义的存在，这点深深地影响着他的世界观。

由于证据链完整，凶手、凶器并获，作案动机充分，这起校园杀人案可以说是板上钉钉了。但之后的一件事对他的心灵产生了冲击。在跟随师父工队一起审讯犯罪嫌疑人赵元成的时候，赵元成突然开始拿自己的头猛撞面前的桌面，即使撞得满脸是血也不肯罢休。好不容易拉开了，却发现这家伙脸上不仅有血，还有哭泣的泪水。

"我没有杀人……我是冤枉的……我爱她……"

赵元成说了这么几句，就再也说不下去了。师父把证据一一摆在他的面前时，他甚至没有任何解释。

结束审讯后，师父给蒋健上了一课：不管对方怎么装疯卖傻，我们警察办案都应该以证据说话，这是作为一名警察基本的素养。因为有的罪犯太狡猾了，也很会演戏，我们很多时候无法看透一个人的内心。

这种观点蒋健是认同的，也认可警察在办案过程中确实不应该掺杂任何个人情感，而是要做到铁面无私、不被蛊惑。但问题是，那是蒋健的青年时代，他才二十三岁，是一个热爱成龙大哥的热血青年。

因此从那天起，蒋健经常会在半夜被那张又是血又是泪的大男孩的脸折磨，听对方哭着告诉自己他的无辜。蒋健其实比那个男孩大不了几岁，也在大学时暗恋过女孩，所以他很理解男孩所描述的那种情感，并且凭直觉相信他不太可能杀人。

于是，为了某种无法隐藏的良心，蒋健决定在法院判刑之前，尽自己所能帮忙找证据，替男孩申冤。他瞒着领导，独自去了学校，找到那名报案者——五十来岁的宿管，听他重新描述了一遍发现凶案现场的过程：

宿管每天早晚要各巡楼一次，早上的时间是七点到八点，晚上则是九点到十点。早上七点五十分左右，他按照往常的速度巡视到了二楼。因为是国庆节放假期间，大多数学生都不在宿舍，所以很多宿舍的门都是关着的。

但沿着走廊没走多久，他就感觉到自己脚下踩到了什么黏糊糊的东西。清晨时分走廊里光线昏暗，于是他用手电照了照地上，发现了流淌一片的深色液体。一开始他还以为哪个王八蛋在走廊尿尿了，但很快，便闻到了一股难以形容的腥气。顺着手电的亮光指引，他来到了一间宿舍的门口，液体就是从门缝下面渗出来的。他伸手一推，门就开了，屋里一片黑暗。

"所以，案发宿舍的灯是你打开的？"蒋健打断他的陈述问道。

"对啊，我不是之前录口供的时候说过一次了吗？"

"哦，抱歉，继续。"

宿管打开了灯，瞬间被眼前的一幕吓坏了。满地都是暗红色的血液，左首的上铺还在不断往下滴着血。他吓坏了，踉踉跄跄地退了出去，飞快下了楼，并用座机拨打了报警电话。需要说明一下的是，那是二〇〇三年的大学校园，宿舍楼没有监控摄像头，整个校园里安装的监控摄像头也寥寥无几。

随后，蒋健又走访了死者和嫌疑人的部分同学、老师以及校外社会关系，做了很多不知道有没有破案价值的工作。

当他在一家小饭馆里对嫌疑人的父母进行询问时，师父的一个电话把他召了回去。当着刑警队各位同仁的面，王队狠狠地教训了蒋健一顿。他清楚地表示，你蒋健只是个实习警察，没有独自调查案件的权限，任何与侦查有关的行动都必须经过上级同意才可以进行，这既是纪律问题，也是职业素养问题。

"再说了，这起案件证据确凿，检察院已经在走起诉流程了，你蒋健算老几啊？而且这起案件是我们整个警队以及各个部门合力破获的，难不成你怀疑我们的能力？怀疑我们一个个玩忽职守、构陷忠良？哦，就你他妈的有正义感，不想冤枉好人？那我算什么？我们这些专业刑警、法医都算什么？简直是太搞笑了！"

没想到的是，蒋健的倔脾气上来了，即便面对自己的师父也不愿轻易屈服。他鼓着腮帮子气呼呼地说道："如果这是个冤案，作为警察，我们的良心到时候该何处安放？"

这句话终于激起了王队的怒火。到了最后，王队撂下这么一句话：要么停手，要么滚蛋，从此以后都别想再当警察了。如同一把手枪顶在了太阳穴上。

蒋健嘴上服软了，但内心依然波澜未平。没多久，法院就判了，死缓。过了一段时间，赵元成认罪了。由于态度良好，有悔过之意，二审时减刑到了二十五年。案件就此盖棺论定。

从那之后，蒋健试着把注意力从这案件上挪开，跟着王队四处查案，积累了丰富的经验，能力也得到了很大提升。半年后，他收到了局里的任职书，成了一名正式的刑警，据说这也是师父从中说了好话，帮了忙。又过了些年，王队成了王局，而蒋健也当上了刑警队长。他从一个疾恶如仇的青年实习警察逐渐变成了一名沉稳干练的中年警探。

这期间，他经人介绍认识了一个姑娘，两个人看对了眼，于是喜结连理。遗憾的是，婚后妻子被检查出排卵障碍，生不了孩子。失望之余，蒋健的母亲劝他再重新找个老婆，为了传宗接代。这时他的倔脾气又上来了，放言谁要再敢劝他离婚，就给谁好看，亲妈也不给面子。就这样，他过上了虽然有点缺憾但幸福平稳的小日子。

只是偶尔在夜深人静的时候，他会想到两样东西：一是那个男孩带血带泪的哭泣脸庞；另一个是他当时踩着下铺边缘，挺身而上，看到的那个像嘴唇一般的伤口。它仿佛在张开着嚅动言语，它告诉他，男孩是被冤枉的。然后，他一次次从上面滑下来，跌落在肮脏的血泊中。

⌛

"老师，我不喜欢你塑造的这个叫蒋健的侦探！"王昊辰大声说道。

"哦，说说你的理由。"尺八老师饶有兴致地看着他。

这个男孩是那种嘴巴特别碎的孩子，从上课第一天开始，老是插嘴，老师说半句，他说一句，尽是些自以为厉害的话。就像多数处于他这个年龄的男孩子一样，尺八知道，他这么做只是想要引起他人的关注，尤其是女孩子的注意力。

果然，他这么一说，大家的视线都集中在他身上了。

"首先,"王昊辰得意地扬起了嘴角,"他长得不帅。"

话音一出,大家就都笑起来了。这一笑,他更加得意了。

"侦探又不是靠脸吃饭,要那么帅做什么?波洛也不帅啊。"周慧颖揶揄道。

"反正就是颜值不行吧。"

"算一个理由吧,还有呢?"尺八含笑看着他。

"还有,他笨手笨脚的,去凶案现场,什么也不懂,不戴手套,还摔了一跤,真丢死人了!我去都比他强!"

又是一阵哄笑。

"那时候他还年轻,还是个实习警察,犯错误很正常。你没犯过错误吗?"徐佳琪说道。

"就算是这样,"被女孩这么一撑,少年涨红了脸,"可是他最后放弃了,不是吗?尺八老师把他写得貌似很有正义感,可他后来也并没有继续追查下去呀。"

"罪犯都认罪了,他还查什么查?"

"对啊,那个凶手赵元成之前说自己是无辜的,可为什么后来又认罪了呢?看来,他之前说自己无辜是假的吧。"

"不是假的。"尺八说道。

"他为什么要认罪?"徐佳琪问。

"这个问题以后再说。"尺八云淡风轻地说,"那是凶手的故事,咱们这节课先把注意力集中在侦探的身上。王昊辰,你还有什么想说的?"

王昊辰朝前挺了挺胸。

"不管认不认罪,那都是赵元成的事情。但作为侦探来说,无论如何,在没有查明真相之前,他就不应该放弃,否则我觉得他不配被称为一名好侦探。"

"好了。"尺八点点头,"说到这里,我觉得大家说得都很好,尤其是王昊辰同学,你的几点总结得非常到位。他的确不是一个完美的侦探,而是一个有缺陷的侦探,对吧?其实这样的人物才比较令人信服,太完美的人是不存在的。那么,下面我就来教大家,怎么塑造属于自己的侦探。"

尺八转过身,敲了一下键盘,液晶电视上的PPT内容换了一下,出现了一些条目。

"这是我总结的关于一名优秀侦探所应该具备的八个要素,大家看一下。"

一、好奇心(对真相有极强的求知欲)

二、观察力(善于发现细枝末节的线索和可疑的蛛丝马迹)

三、推理力(逻辑缜密,理性客观)

四、记忆力(对线索和人物有过目不忘的本领)

五、科学知识(刑侦知识、法医知识、其他各行各业的专业知识)

六、运动能力(不停查找线索的行动力,对付坏人的武力)

七、共情能力(站在凶手的角度思考问题,找出作案动机)

八、正义感(所做的一切都是为了人间正义)

"大概就这八点吧。当然,并不是说一名好侦探要具备以上所有的条件,但至少需要在某一方面特别过人才行,这样的侦探才能吸引读者看下去。好了,现在咱们来聊一聊自己的侦探。一步步来吧,首先,我们要确定自己侦探的性别,王昊辰?"

"我当然要选择一名男侦探了。"

"年龄?"

"十三岁。"

"十三岁?"

"对,就和我一样大。"

"所以,他是一个少年侦探,对吗?他叫什么?"

"我想想……嗯,就叫王英雄吧。"

大家一阵讪笑。

"很好,我喜欢这个名字。那么,十三岁的王英雄,他长什么样?能不能简单描述一下他的外表。"

"他有点胖胖的,个子不高,戴副眼镜。"

王昊辰完全是按照自己的样子设计的。

"不过他很酷,喜欢开玩笑,性格开朗,喜欢穿黑色的衣服,戴一个蓝色的棒球帽。"

"很好。他有什么特长吗?"

"他很擅长推理,逻辑能力强,好奇心也强,对了,他很擅长玩魔方,是个魔方冠军。"

"哇,你学得很好。这个侦探的形象很快就要出来了。来,你拿张纸,把他写下来吧,用文字来描述他。"

"这一天,他遇到了一起案件……"

"哦,不,现在还不是谈论案件的时候,昊辰同学,让我们把速度放慢一点,先把人物立起来,好吗?"

"好吧。"王昊辰有点不情愿的样子。

"最后,你给他想一句口头禅吧。"

"口头禅?"

"嗯,就是那种说出来很有气势的口号。"

"哦,我明白了,就跟金田一说的以他爷爷的名义起誓那种,是吧?"

"嗯。"

"我想想啊。有啦!王英雄的口头禅是:这个世界上没有我王英雄破不了的案件!"

"呃……还不错。那现在就动笔写吧。"

王昊辰开心地打开笔盖,趴在桌上认真写了起来。

"下一个是谁呢?毛子豪同学?"

毛子豪摇摇头,依然是一副兴趣不高的样子。

"好吧,你先想想。那徐佳琪,你呢?有没有想法?"

"有,我要塑造一个女侦探。"徐佳琪独自说了起来,"她也是个少年侦探,今年十四岁,呃,她长得很漂亮,头发有点卷,嗯,就叫她小卷发吧。她喜欢穿一条格子裙,戴一顶画家帽,穿着皮靴子。对了,她还养了一只蓝猫,那只猫也有名字,叫呼噜,因为每次摸它的时候,它都呼噜呼噜的,很可爱。小卷发是个孤儿,她父母在一场意外中丧生了,所以只有她一个人和她的猫咪呼噜生活在一起。她住在一个阁楼上,她英文很好。还有什么,哦对了,她的观察力很强,善于从细节中发现线索。另外,她喜欢读书,读了很多刑侦知识和法医专业知识的书,所以她是一个科学侦探。还有什么呢?哦,她的奔跑能力很强,喜欢跑步。还有还有,她喜欢吃甜食,最喜欢吃的是蓝莓乳酪蛋糕。她的口头禅是:我以蓝莓乳酪蛋糕的名义发誓,一定要抓到凶手!大概就这些吧!"

徐佳琪一口气说了这么多话，把尺八听愣住了，反应过来后缓缓鼓起掌来。

"哇，佳琪，你真的是，太棒了！"

徐佳琪听到表扬的话，有点不好意思地笑了。

"来吧，把她写下来，这就是你的侦探。我很喜欢这个侦探。我喜欢你在里面加入的有关小卷发的前史——她的父母双亡，是个孤儿的情况。还有那只小猫，这让这个侦探形象更加立体了。再说一遍，我非常喜欢，加油！"

徐佳琪也开心地写了起来。尺八将视线投向了这里面最大的孩子——周慧颖。她今年十五岁了，目前读初三。

"你呢，周慧颖，你的侦探是什么？"

"我想设计一个古代的侦探。"

"哦？这个主意很棒，跟其他人不一样。也是个女侦探吗？"

"对，女侦探，她叫华隐娘。"

"你是不是看过聂隐娘的故事？"

周慧颖点点头。

"很好。继续。"

"嗯，她常年穿着一件大红色的袍子，长发披散着，又白又美。"

周慧颖陷入了自己的思考中。

"她的速度很快，会轻功，也会其他武功。她擅长使用一把锋利的宝剑，剑法高超，能在百步之外取人首级。当然，她是一个女侠，一个义士，专门干除暴安良、惩恶扬善、劫富济贫的好事。"

"等等，我们设计的是侦探，怎么变成女侠了？"王昊辰不满地说。

"我还没说完呢。"周慧颖接着说，"她很擅长破案，什么地方发生了凶案，她就会出现在什么地方。她会独自查出真相，然后用自己的方式惩罚凶手。"

"独自查出真相？不经过官府吗？"

"不经过。"

"那不行吧，"也许是之前被周慧颖撑过，王昊辰不停地找她的碴儿，"不经过官府，那不是滥杀无辜吗？"

"这怎么叫滥杀无辜呢？古代不是经常有这样的吗？某个地方的官府很腐败，罪犯跟官老爷勾结，受害人无处申冤，非常惨。但华隐娘不管这些，她不畏权贵，哪怕是皇亲国戚，只要犯了法，她也会出来主持正义。因为这些有权势的人律法往往管不了，因此她便用自己的方式来教训他们。"

"听起来有点像蝙蝠侠。"尺八说。

"对，她就是一名女侠。"

"嗯，很不错啊，一个古代的女侠侦探。她有口头禅吗？"

"她没有，她平时不太喜欢说话，她觉得口头禅很傻。"

"也行吧，待会儿就把她写下来。"尺八拍拍手，示意大家看着自己。"好啦，现在大家都分享完了自己设计的侦探。毛子豪，你有什么话要说吗？"

大家顺着尺八的视线朝后排看去，发现毛子豪正高高举着手，同时手里还有一张纸。

"这是我的侦探。"毛子豪说道。他年纪最小，只有十岁，说话有点奶声奶气。

"哦？"

"我不喜欢写字，我喜欢画画，所以我把它画下来了。"

"太好了，给我看看吧。"

尺八满心欢喜地走了过去，从毛子豪手里接过那张画纸，刚想说话，那带着微笑的面孔顿时凝结住了。

"这是什么？"

"这是我的侦探啊。"

"可是，他为什么是……"

"他是一个机器人。"

果然，上面画了一个形态夸张的机器人。

"机器人不可以做侦探吗？"

"可以，当然可以。"尺八尴尬地笑了笑，"他叫什么？"

"嗯，他的名字叫子豪一号，他有三米高，脑子是一台电脑，不仅储存了各种知识，也会运算和推理，同时有过目不忘的记忆力。"

"很好，没有谁会比一个机器人更擅长这些能力了。"

"此外，他还有无穷的力量。他说话很慢，走路也很慢，而且需要充电。"

"嗯，还有吗？"

"暂时没有了。"

"太好了！"尺八由衷赞叹道，"你们的创意都太棒了，完全出乎我的意料。说老实话，我非常喜欢你们设计的侦探，那么接下来，你们就各自完成关于这些侦探的文字吧。当然，子豪，你不需要。"

毛子豪依然一脸不屑一顾的表情。

下课前，尺八面向同学，布置作业。

"最后，我再给你们一个任务。你们还记得那个叫蒋健的家伙吗？对，就是我设计的侦探。他是不是挺没用的一个侦探？就像我前面说的，人无完人，有缺陷的人才是最真实的。因此，我现在需要大家回去想一下，你们的侦探究竟有什么缺陷？"

"一定要有吗？"

"也不一定，但我觉得有缺陷的侦探会有趣一点，包括那个叫子豪一号的机器人。大家好好想想，你们侦探的缺陷是什么。将来如果能修复这个缺陷，那么就是这个人物的成长了。下课！"

在去上课的路上，坐在电瓶车后排的王昊辰，不停地跟妈妈念叨着他上侦探小说课的见闻。他聊到了尺八老师，聊到了几位个性迥异的同学，也聊到了自己所创造的侦探王英雄，喋喋不休、兴奋不已。他把安全头盔的透明面罩抬到了额头，朝侧面探头，以便自己的话可以飘到前面让妈妈听见。

"你们这个作文老师怎么样？"

在某个十字路口等红灯的时候，手握车把手的王宝月突然回头问了这么一句。

王昊辰立刻大声回答：

"很好，我很喜欢他！"

"可他写这么恐怖的杀人故事，好吓人。"

"都是编的啦，福尔摩斯里也有杀人啊，这不算什么。"

"那不一样，福尔摩斯那是文学经典，是你们学校老师布置的课外必读书目。他写的这个，像真的一样，想想都恐怖。"

正说着，红灯灭，绿灯亮，电瓶车又缓缓开了起来。这是一个周日的下午,虽然已经立秋很久了,但天气依然有点燥热。王昊辰意识到妈妈又说了句什么,但由于风大,他没有听清。不过这并不妨碍他继续念叨自己的事情。

"妈妈,我的侦探真的很棒,他才十三岁,但是很擅长推理,逻辑能力很强。他还会玩魔方,十秒钟就能拼成一个,是魔方大赛的冠军。他真的很厉害,这世界上就没有他破不了的案件,他的口头禅是……"

然而,妈妈已经没有再回他。说着说着,觉得无趣了,王昊辰这才停住了嘴,然后把头盔面罩放了下来,开始思考尺八老师给他留下来的任务:你创作的侦探的缺陷是什么?

为什么要有缺陷呢?一个超级厉害、完美无瑕的侦探不好吗?他还不是太理解尺八老师所说的,有缺陷的人物更加立体和真实。他看过福尔摩斯,也看过名侦探柯南,如果说缺陷的话,这两位超级侦探的缺陷又是什么呢?

福尔摩斯,几乎没有犯过错误的伟大侦探,他的缺陷是……他吸毒。他常常觉得自己不够兴奋,所以要靠注射浓度为百分之七的可卡因溶液,来让自己保持好奇心和亢奋度。这虽然在当时的英国是合法的,但着实不是一个什么好的行为,会损害自己的身体。

柯南呢,他的缺陷应该比较明显,就是个子太小,有的时候遇到坏人打不过吧。可反过来说,这不也是他的优势吗?就因为他个子小,像个孩子,所以他才能毫不引人注意地去查案。而且说到对抗坏人的能力,他不是还有一只能发力踢球的鞋子吗?

接着,他又想到了尺八老师在他的小说《舞》里塑造的那个叫蒋健的警察。他依然坚持自己的看法,这并不是一个厉害的警察——破坏现场,摔跤,没有坚持,也没有什么特别的本领。他搞不懂尺八老师为什么要选这样一个糟糕的警察作为故事的主角,怎么看怎么觉得讨厌和别扭。

所以,他想来想去,还是觉得自己的王英雄是最好的。不应该给他找什么缺陷,而是应该给他再找一些其他的优势。就这么想着,他没意识到车速在降低,直到车子彻底停了下来,他才回过神来。他猛然抬起头,透过面罩看着面前的高大建筑物,陡然紧张起来。之前他太兴奋了,忘记了妈妈并不是带他回家,而是要去上补习班。补习班就设在面前这幢公寓的楼上。现在,车停在了这幢楼底商的一家馄饨店的门口。

"下来吧。"妈妈停好车,说了这么一句。

王昊辰非常不情愿地跳下了车。

"走，我们去吃碗馄饨。"

"我不饿。"他说道。

"不饿也得吃，快，马上就要到上课时间了。"

"可我刚上完课才出来啊。"

"你那叫上什么课啊，什么侦探小说，都是瞎玩。这才是正儿八经地学知识。"

"我不想去。"

妈妈的脸瞬间就板了起来。

"我们不是说好的吗？我给你报写作班，你老老实实地去郝老师那里补习数学。"

"但是……"

"不愿意是吧？那我们现在就走。写作班你也别去了，我明天就打电话把课给你全退了！"

"不要！"

"那你就乖乖听话。"妈妈的口吻也缓和了一些，"儿子，我这也是为了你好，明年就要中考了，你看看自己的数学成绩，简直一塌糊涂啊。不补行吗？再说我钱都交了，你知道郝老师一节课收多少钱吗？"

他不知道，也不想知道。事情到了这一步，其实根本没有商量的余地。他不再说什么，僵硬地点点头，跟着妈妈进了馄饨店。他小时候还挺喜欢吃馄饨的，一顿能吃十好几个。但现在，他一看到馄饨就想吐。因为每次吃完馄饨，就要去郝老师家，一想到数学补习课，他就一个头两个大。

强忍着不适吃完半碗小馄饨后，王昊辰跟着妈妈走进了这幢公寓的玻璃大门。这是一幢看起来还挺高档的酒店式公寓。听妈妈说，这里的房价是自己所住的小区的两倍不止。在门口保安处登记后，妈妈领着他来到了电梯间。他现在已经完全把侦探王英雄抛在脑后了，心里充满了痛苦和不安。

电梯来了，走进去，按下十二层。在电梯里，妈妈再次强调了一件事——钱。郝老师一节课收费非常贵，就算是为了这钱，他也得好好学习，千万不要浪费大人的心血。

"还有，郝老师如果对你很严格，你也要接受，她是为了你好。数学就是要严格、要一丝不苟的,知道吗?郝老师是全市特级教师,教出了那么多优秀的学生,他们考上那么多好的中学,严格一点也是应该的。你呢,要试着去适应老师,而不是让老师来适应你。听明白了吗?"

他低着头不说话。

"抬起头!我再说一遍,王昊辰,你听明白了吗?"

王昊辰无奈地点了点头。

"大声点!"

"听明白了。"

"听明白就好,你可不要惹到我。"

这时,电梯门开了,两个人一前一后走了出去。

几声门铃响之后,门开了,一位五十来岁的妇女站在门后。她就是郝老师,本市特级教师,学科带头人。她个子不高,一脸严肃,脖子上围着条浅色的丝巾,高高隆起的头发梳得一丝不苟。王昊辰知道,因为她这个发型,同学们背地里都管她叫猫头鹰。

"叫郝老师!"妈妈命令道。

"郝老师。"他怯生生地叫了一句。

"进来吧。"郝老师用自己那有点尖细而又不失威严的嗓音说道。

进了屋,妈妈立刻表示要离开这里,到点来接他。

"跟妈妈再见。"

王昊辰抬起手,麻木地挥了挥。

"那,郝老师,我先走了。"妈妈看着郝老师,"王昊辰就拜托您了,有什么不听话的您尽管替我教训他。"

郝老师始终保持着微笑,一句话也不说。妈妈走到门口,回头对王昊辰握紧拳头,悄悄做了一个加油的动作。在走廊灯光的照耀下,他看见妈妈的头发里夹杂着许多白发。于是告诉自己,无论如何也不能辜负她。

"把门关上,换鞋。"

郝老师已经走进去了,甩下这么一句。王昊辰战战兢兢地关好门,小心翼翼地换上一双塑料拖鞋,站在原地不动。每次到这里来上课时的那种恐惧又冒出来了。

"还跟块木头似的戳在那里干吗?赶紧过来啊!别浪费我时间。"郝老师喊道。

他呼出一口气，鼓起勇气走到她的旁边。

"坐下。"

他坐下，但不敢抬头看郝老师。

"把这几道题做一下。"

郝老师边说着，边扔过来一张 A4 纸，上面打印了一些数学题。王昊辰低着头，从书包里的文具盒里拿出来一支黑色的中性笔。

"给你十分钟，我检查一下上节课讲的内容你有没有掌握。"说完，郝老师就到里屋去了。

整个客厅里就剩下了王昊辰一个人。虽然这间屋子他来过好几次了，但依然能感到一种阴森恐怖的气氛。屋内装饰得非常精致，就像他曾经跟妈妈去某个售楼处看到过的样板间一样，收拾得很干净，可以说是一尘不染。

他早就知道郝老师是个有洁癖的人。有一次，他衣服上沾了吃馄饨的油渍，结果郝老师让他立刻去卫生间用洗衣液搓洗干净再出来。而相比这种环境气氛，更让他感到恐怖的是，面前这十道数学题。老实说，他除了认识上面的汉字和数字，一道题也不会做。

事实上，郝老师说过，这是高一学生才要学到的内容，他不会其实很正常。但郝老师又说了，为了比同龄人优秀，数学必须往前学——他初二，就要学高一的题目。一旦学会，他就会比同龄人高两个层级——等到中考的时候，那些初中题目对他来说不就小菜一碟了吗？遗憾的是，上节课他费尽了脑子，依然没有弄明白郝老师的解题方法。

现在，面对这些题，很快汗都下来了。他恐惧的是，一会儿郝老师从里面走过来，看见他什么都没做，会做出什么样的举动。

十分钟艰难地过去了，他依然一道题也没做出来。这时，郝老师一秒不差地从卧室里走出来了，仿佛她在里面啥事都没干，就光盯着倒计时了。她走到王昊辰的面前，低头看了一眼一题未解的试卷，冷笑了一声。他知道自己惨了，眼泪不自觉地流下来了。

"这就哭了？我还没说话呢，你就哭了？"

他眼泪流得更汹涌了，只是这翻滚的泪水并没有让郝老师的态度软化一点。

"你知道你妈为了让你来这里上课，花了多少钱吗？不知道吧！老实说，以你们家的经济条件，我真心劝过你妈，让你别来了。但你妈偏不愿意，宁可让自己的日子过得苦哈哈的，也要把钱省下来，送你来我这里学习，为的是什么？不就是希望你能进步一点，成绩好一点，将来有机会考上重点高中吗？我真的很同情她，作为女人，她实在是太不容易了。但最关键的是，她根本没有意识到一个事实，那就是，她的儿子，王昊辰，你，是一头猪。

"一头智商低下的蠢猪。一头怎么教都教不会的猪头三……哭，哭，就知道哭！猪头，你除了会哭还会什么呢？说你是猪，简直就是在侮辱猪。你比猪还笨呢！快，给我把眼泪擦掉！真是笨得要死。猪！猪！猪！"

王昊辰心一横，忍住委屈，用袖子一把擦掉了眼泪。现在他终于知道，他的侦探王英雄身上的缺陷是什么了。

⌛

另一个被人称作"猪"的孩子是徐佳琪。她今年刚满十四岁，却已经长到了一米六五的身高，体重更是达到了七十五公斤，是一个名副其实的胖姑娘。和所有的胖姑娘一样，在学校里，在同学中，大家都用一种异样的、带有一丝嘲讽的眼神来打量她。女生在背后议论她，男生则毫不忌讳地当面叫她猪。比如，此时此刻，当她独自一人从操场旁经过时，一个足球毫无征兆地滚到了她的脚边。

"喂，肥猪，把球给我踢回来！"

她抬起头，看向那个冲自己喊的平头男生。要在平时，她肯定会生气地埋头走开或者干脆一脚把足球踢到一旁，但今天她却没那么做。因为在那个讨厌的男生后面，站着他们班的班长——一个个子不高、戴着眼镜、斯斯文文的小男生。

她喜欢他。他坐在教室的第一排，她坐在教室的最后一排。每天，她最快乐的事情就是在上课的时候，默默注视着他举手被老师点名后站起来朗朗回答问题时的背影。他们几乎没有任何交集，只有每次他从前面走到后面来收作业时，两个人才会有近距离的接触。那是她心跳最快的时刻。

"想什么呢？快点把球踢过来！死肥猪！"

她忍住内心的怨恨和委屈，什么也没说，弯腰下去，把球捡了起来，然后朝那个方向扔了过去。扔完之后，她转过身就走，那骂骂咧咧的声音又从身后传了过来。

"死肥猪，你们看到她那个样子了吗？我还以为她蹲不下去呢，还以为会听见'咔嚓'一声，裤裆会撕开一道口子，屎都会喷出来，哈哈……"

"你少说两句吧。"

是班长的声音。徐佳琪心想，他竟然在帮自己说话。

"怎么，你喜欢她啊？不会吧？口味这么重……"

班长又说了句什么，但她已经走远了，没有听清。不过这些就够了，这就是她为什么会喜欢他、欣赏他。他是那么优秀，那么善良，那么好，最关键的是，对她没有任何恶意。

他从来没有歧视过她，他们是平等的，这比什么都重要。就这么开心地想着，她快速走进了教学楼，进入卫生间。在上厕所的过程中，她还沉浸在那种无法自拔的快乐之中。

然而，当她走出隔间，走到洗手池边，打开水龙头，面对镜子时，脸上原本存在的笑意顿时消失了。她捂着嘴巴，差一点哭出声来。镜子里的那个女孩确实太胖太丑了。别说是别人了，就算是自己在马路上看到这样一副模样，也会禁不住骂一句"肥猪"吧。到底是什么时候开始变成这样的呢？她隐约记得自己小时候就很胖，可能是遗传的原因吧。

她家是开大排档的，爸爸是个厨子，本身就很胖。妈妈呢，也很胖。他们一家三口都是胖子。即便如此，体重加起来超过一百七十五公斤的父母，一点也不为自己的肥胖感到难过，反而还显得非常开心。因为在他们看来，胖胖的，显得富态，也说明胃口好，给来店里吃饭的顾客一种印象：这家的伙食不错，东西好吃。

这是一种比较巧妙的心理暗示。所以他们在吃这件事上，一点也不讲究。在徐佳琪小的时候，他们经常在饭店关门之后，把没做完又不能过夜的饭菜全放在一锅里乱炖，然后一家人每人盛一大碗吃掉。那种油汤泡饭是最催肥的。徐佳琪想起来了，她就是那个时候胖起来的。也从那时起，她开始听到有人叫她肥猪了。

有一次，她把被同学辱骂这件事告诉了父母。结果父母对她说，不要在意别人的看法。

"我们就是胖嘛，这是体质的问题。再说了，能吃就是福，有句广告词怎么说来着，'身体倍儿棒，吃嘛嘛香！'"爸爸掬着那张胖乎乎的笑脸如是说道。

不过，这样说倒确实是基于一种真实：他们一家三口这些年来基本没病没灾，小日子过得很舒心。

既然父母都这么说，那她也没有必要再控制下去了。泡饭、红烧肉、糖果、蛋糕，每一样都是她喜欢的。而她最喜欢的是，加了很多奶油和糖浆的芝士奶茶。她经常会一个人买一个超大杯，然后在最快的时间里把它消灭掉。

是因为馋吗？倒也不是。她就是觉得，既然肥胖是我们优良的家族传统（据说爷爷也很胖，但她没见过），那也就没有什么需要刻意控制的了。话说回来，其实有时候被人叫肥猪，她并不觉得是多么大的事情。只是，只是当他面这样被人叫骂，还是有点难以忍受……

好多次，他从教室前排往后来收作业本的时候，她都非常害羞。她甚至都不敢抬头看他一眼。肥胖只有这一刻才会让她产生极度自卑的情绪。怎么说呢，她觉得自己配不上他。

假如有一天（当然这一天永远也不会到来，只是假如），她和他结婚了，被婚纱勒得肥肉鼓鼓的她站在他的旁边，就像一头猪和一只企鹅，那将是多么搞笑而丢脸的一幅场景呀。

她丢脸、被嘲笑都没关系，但连累他也被嘲笑就不行！刚才不就是吗？他就帮她说了一句话，就遭到了羞辱。以他这样善良的性格，这样的事情还会发生的。所以从现在开始，她的胖已经不仅仅是她个人的事情了，也变成了跟他有关的事情。她必须想办法阻止这一切。

有人进来了。这几个女孩是徐佳琪的同班同学，她们嘻嘻哈哈地走了进来。然而，当看到徐佳琪也在里面的时候，欢笑戛然而止。她仿佛成了一个话匣子的关闭键，只要往那里一站，就产生了关闭功能。

这些女孩相互使了个眼色，然后就各自分开了。她知道自己不能待下去了。在她走出去厕所门关上的那一瞬间，一阵哄堂大笑从缓缓关闭的卫生间门里挤了出来，用力冲击着她的鼓膜。

徐佳琪今年初一，进入这所中学已经差不多三个月了，但至今一个朋友也没有。不仅没有朋友，而且到处是敌人。她自己也不明白到底哪儿得罪他们了。难道胖也是一种罪吗？她实在无法理解。在接下来的英语课上，她开起了小差，一直在思考这个问题。

突然，她想到一件极为重要的事情：如果胖这个问题不能解决的话，那么至少有一样东西可以让她自信起来——学习成绩。她觉得，只要自己足够优秀，大家一样会对自己刮目相看的。

比方说，班里的那个学习委员，就长得很丑，也没什么朋友。但她成绩好，成绩一好，老师就喜欢她，有了老师的喜欢，她才不在乎别人呢。有一次，徐佳琪甚至看见班长也主动找学习委员说话，向学习委员请教问题，把她给嫉妒死了。

可是呢，她的学习成绩非常一般。她英语一般，数学一般，就连语文，也经常被那个看起来很有涵养的班主任批评作文写得狗屁不通、一塌糊涂。真是奇了怪了，上周在尺八老师的课上，他明明夸自己写得很不错，为什么班主任却觉得她作文不行呢？

"也许我并不是作文写得好，而是适合当侦探吧。"她想。"这个世界上应该还没有一个胖胖的女侦探，我创造一个，就是全新的。"但想着想着，她还是觉得不要了。

还是那个漂亮白皙的小卷发美少女吧，她与自己的外表完全相反。如果照着自己写，又有什么意思呢？写小说不就是正好有这种可以造梦的功能才让她觉得好玩吗？再说了，胖胖的女孩是没法成为侦探的，会被人骂肥猪的。

这么想着，她拿出笔，在英语课本的空白处，开始画那个叫作小卷发的美少女侦探。

她并不擅长画画，但还是很快就画好了。大大的眼睛、细胳膊细腿、卷卷的头发，戴着画家帽，穿着羊毛背心和格子裙，以及小皮鞋，脚边还蹲着一只蓝猫。"哇，看起来实在是太可爱了。要是我也长这样，该多好啊，这样就没有人叫我肥猪了吧。而且，他可能会喜欢我，到时候，我们就可以结婚了……"

不自觉地，她在那个小卷发旁边画了一个男孩。他戴着眼镜，个子小小的，斯斯文文的。她完全没想到，自己竟然能把那个男孩画得这么像，也许是因为脑子里想多了他的样子吧。画面中的他正面向女侦探小卷发，单膝跪地，手里捧着一束鲜花。然后又画了一个代表说话的语言泡泡，里面写着一句话：

"小卷发，你愿意嫁给我吗？"

我愿意。她心里这么甜滋滋地想着，脸上泛起了红晕和笑意。

但很快，她意识到了不对劲。一种危险而可怕的感觉乌云般将她笼罩。她不敢抬头，只是用余光瞥见英语老师就站在自己的斜后方。与此同时，她感觉全班同学的视线都朝自己射了过来，如万箭穿心。

她被吓坏了，以至于当英语老师把她的书本拿起来的时候，她竟迟钝得一丝阻拦的动作也没有。英语老师看看书上面的画，又看看她，什么话也没说，只是用一种轻盈但残忍的方式将那画着求婚图的页面从课本上撕了下来。接着，她把书本扔回给了徐佳琪，转身回到了讲台。随后，从自己的文件袋里拿出一卷透明胶带，撕下一条，将那幅画贴在了黑板的一角。

"这是徐佳琪同学的结婚喜帖，恭喜她找到了如意郎君。现在，我把它贴在这里，给他们度一星期的蜜月。"

整个教室的同学们哄堂大笑。杂乱间，有大胆的同学还凑上前看。教室里产生了一种异常欢乐但在徐佳琪看来毛骨悚然的气氛。她看见他也抬起头来，在盯着那幅画看。

"没想到，你把自己画得这么漂亮啊。啊？徐佳琪？要真变成这样，你得加把劲减肥了，知道吗？"

英语老师不依不饶，引来的自然又是一阵哄笑。最后，英语老师敲敲讲台。

"好了，婚礼大家也参加了，现在咱们继续上课。"

教室里很快就安静了下来，但徐佳琪很清楚，现在教室里的每一个人都没有心思上课了，他们一定都在猜测那个戴眼镜的男孩究竟是谁。现在她只有一个心愿，就是希望大家千万不要猜出来那个人是班长，尤其是班长本人。

⏳

刚入狱的那段时间，赵元成几乎每天都想死。

当时他只有二十岁，根本无法接受这样的命运安排。一想到自己什么都没干就锒铛入狱，一想到心爱的女孩无辜惨死，一想到父母为了自己的付出和奔忙，他就感觉羞愧难当，就觉得不如就结束生命，死了算了，活着面对不了接下来的漫长人生。

然而，基于监狱里的监督制度（犯人之间相互监督），自杀这件事可不是那么容易达成的。他绝食，被强行注射营养液；用削尖的牙刷柄割腕，被及时发现后抢救了过来。

有一次，他偷了狱友的心血管药，一口气吞下了整整一瓶，结果被拉去洗胃，人没死，身体倒是遭了不少罪。活不好，死不掉，成了他生命的常态。到了后来，他彻底绝望了，想着就这么过下去，死了就死，活着也就活着，眼睛一闭，听由命运的安排吧。

说实话，在监狱里，像他这样内心空空、宛如行尸走肉的人比比皆是。其中相当一部分，是一些犯了死罪的人。他们知道自己迟早要死，反正也出不去，所以对未来根本没有任何期望可言。而他其实和那些人又不太一样——虽然一开始被判了死缓，但认罪后获得了减刑，变成了二十五年的刑期。

回到刚被捕的日子。一开始，他根本不想认罪。

他那晚喝多了，很多事情都记不得了。但他觉得，恰恰因为喝多了酒，自己干不了杀人的事。他很清楚，要杀死一个人，而且是一个自己心爱的女人，内心多纠结不说，光是行为上将她割喉，再徒手将这具重达四十五公斤的尸体搬到上铺，简直就是不可能完成的任务。即便能做到，依然有一堆问题无法解释。

首先，他杀害甄熹的动机是什么？他喜欢她，爱她，虽然她不一定喜欢自己，但也没必要杀她啊。他赵元成是个正常人，又不是变态。

其次，就算她真的是被自己杀死的，那为什么又要把她搬到上铺自己的床上去呢？费这么大劲的目的是什么？他完全想不明白。

再者，杀完人之后，他为什么不跑？反而是睡在卫生间里，等着被人发现，等着警察来抓自己？如果说是喝多了，昏睡过去了，也说不通啊。既然都能杀人挪尸，逃跑就更不在话下了吧。

最后，他不是第一次喝酒，也不是第一次喝多。有一次打篮球比赛，他所在的球队输了，于是一大帮人去喝酒，也是喝多了。可即便如此，他依然在呕吐过之后，还能独自准确地回到宿舍，第二天醒来也大致记得前一晚的

_ 031

情况。所谓断片的情况也是有的，但绝对没断到彻底丧失记忆的情况。那晚究竟发生了什么呢？他觉得有必要仔细回忆一番寻找答案。

那天是他二十岁的生日，他决定在这个特殊的日子里，借机跟自己喜欢的女孩甄熹表白。甄熹是他当时所在校园剧团的学妹，年龄比他小半岁，两个人聊过几次天。至少他认为两个人之间是互有好感的。

不过，他这个人自问没什么心机，平时没事常在同学间说起，所以不少人误以为他们是恋人关系。这也是在他被捕之后，警方从各方走访获得"他们是恋人"的信息，并得出"这是一起年轻人情感纠纷引发的悲剧"的缘故。

当时剧团正在排一出叫《离魂记》的年终大戏，故事改编自唐代文学家陈玄祐所著的传奇小说。甄熹是学民族舞的，由于各方面都很出众，被导演选上在这出戏里出演女主角倩娘。他则是众多配乐师之一，坐在舞台侧方的角落里，负责竹笛的演奏。

案发当日下午正好有排练。结束之后，他在好友、同样也是配乐师（二胡）之一的毛飞的帮助下，约了甄熹晚上一起吃饭，她答应了。

时间定在傍晚六点，地点就在学校后面商业街上的"新新"湘菜馆。然而，两个人在饭店的包间里一直等到晚上七点，甄熹才姗姗来迟。

甄熹到之前，哥俩已经喝上了。毛飞不断给他打气，鼓励他勇敢一点，即便被拒绝也没有关系。他红着脸举着酒杯信誓旦旦，可甄熹一进来，又立马泄了气。

望着满桌油乎乎、红辣辣的湘式大菜，甄熹看起来没什么胃口，只说自己已经吃过了。中途，她还出去吐了一次，感觉好像生病了。不过，因为他当时自己的心思，对这些并不在意，只是有一搭没一搭地聊着，寻找表白的机会。在这个过程中，毛飞一直暗示他，可他就是没胆开口，哪怕喝了不少酒也无济于事。

他隐约记得，当时甄熹似乎心情不是太好，没怎么吃东西，不过却一直在喝酒。毛飞为了活跃气氛，不断地劝酒说话，但气氛依然有些尴尬。三个人就这么你来我往，任由时间飞逝。到了九点多，眼看喝得差不多了，他们起身结账离开了湘菜馆。

事后，根据湘菜馆老板娘向警方提供的口供，结账时三个人的状态看起来还挺正常的，虽然有点喝多，但远没醉到失去意识的地步。

当然没有，因为之后他们又去了距离餐馆不远的一家小型 KTV 唱歌。这条商业街被学校里的学生们戏称为"堕落街"，又脏又乱，到处是小饭馆、小旅馆、网吧、酒吧和 KTV。对正散发着青春荷尔蒙的大学生来说，这里既是滋生欲望的温床，也是消耗精力的快乐天堂。

他记得当时提出唱歌的人是毛飞，因为告白任务还没有完成，所以对此他还心存感激呢。三个人要了一个小包厢，然后在音响效果特别差的环境下举着麦克风唱起了歌。在 KTV 里，他们又要了不少啤酒。

具体细节他已经记不太清了。他唯一印象深刻的是，自己当时唱了一首快歌和一首慢歌，慢歌是刘德华的《忘情水》，而快歌是李克勤的《红日》。后面的事情就有点断片了。

他隐约记得毛飞和甄熹一直在有说有笑地喝酒，还划拳。再后来，他就不行了，被搀扶着回了学校，进了宿舍，倒在了空置的下铺。睡梦中，他被反胃的感觉给弄醒了，急急忙忙地跑到卫生间，对着马桶一通狂吐。

等等，当时有人在宿舍吗？好像没有。血呢？地上有血吗？他默默地摇摇头。应该没有，也就是说，当时她还没死。如果有，他一定能感觉到。

继续回忆。吐完之后，他并没有觉得舒服一点，但很快一阵睡意袭上心头，于是就在马桶边坐下，头靠着墙睡着了。再后来，他被人用一盆水浇醒了。警察来了。

起初他还没搞明白是怎么回事，直到被人硬拉到外面，看到满地的血，瞬间就吓醒了。那个一脸阴沉的中年警察给他戴上了手铐，什么都没问，就直接把他带走了。

哦，对了，他记得自己被人从地上拽起来的时候，身上还掉下来一把小刀。他从来就没见过那把小刀，肯定不是自己的。可上面却有血迹——虽然他看到那些从上铺垂下来的长发，猜到死的人可能是一个女人，但根本就没敢往甄熹身上想。

直到坐在警局的审讯室，警察开始对他进行突击审讯时，告知了死者的身份，他才陷入了巨大的震惊之中。

"什么？甄熹死……死了？"

"你最好是从头到尾把整个杀人经过老老实实地交代清楚，节约时间和资源，也许法官看在你认罪态度良好的情况下，还能对你进行宽大处理。"

那个年纪大一点的中年警察说道。他自我介绍姓王。

"我不知道你们在说什么。"

他没有狡辩,而是真的不知道。但他的"不配合态度"激怒了王警官。

"你不知道?你他妈的竟然说你不知道?一个女孩死在你的宿舍床上,被割了喉,而你就在她旁边的卫生间里,身上还藏着凶器,你现在告诉我,你什么都不知道?"

"我真不……"

"闭嘴!"王警官确实怒了,"你完蛋了,我告诉你,只要凶器上检验出你的指纹,你就是否认一百遍都没用。王八蛋,还给老子装蒜。我发誓,从现在开始,我不把你送进监狱,我王力就是你养的!"

说完,他就气呼呼地出去了。那个在一旁坐着的小警察什么都没说,看看他,也出去了。

而后几天里,他都处于一种极度震惊的情绪之中。甄熹遇害这事固然可怕,但更可怕的是自己竟然成了嫌疑人,而他完全不记得发生过什么了。杀人?怎么可能!不,不是他干的,有人陷害他。

这几天,警察每天都要提审他一次,不管他如何否认,警方就是不信他的话。而且很快,那些可以定罪的铁证都被一一验证了。比如,凶器上的指纹。

"这太荒唐了……"

他发誓,即便所谓铁证如山,只要他认定不是自己干的,就坚决不认罪。然而,数次的高压审讯还是让他快扛不住了。下次的审讯进行到一半,他突然开始用头猛撞面前的桌板,不断强调自己是被冤枉的,有人陷害自己。长期浸泡在剧团的他觉得,用这种看起来不要命的自残方式是最具有冲击力、也是最有效的。

当然效果更佳的是,他让泪水和血水混合在了一起,占据了自己整个脸庞。可惜的是,在法律面前,戏剧表演一点用也没有。那个中年警察依然坚持认为他是有罪的,或者说,那个警察是个只相信证据的人。他说自己见过太多演技高超的罪犯了,让赵元成别来这一套。没错,自己确实是在演,可他也确实是无辜的呀。

就这么坚持着,扛了一星期,终于有一天,他崩溃了。他见到了自己的父母。其实警方一早就联系了他的父母，他们很快就来了。但作为重刑犯，一直没让他们见面。直到他们花钱请了辩护律师，走了多道程序，才见到了自己的孩子。

他们首先询问他是否做了这种伤天害理的事情，得到否定答案后，做父母的表示坚决相信自己的孩子，无论如何也会想办法替他申冤。哪怕卖掉家里的房子，砸锅卖铁，也要讨一个公道。他突然觉得出现了一线生机，露出了进看守所以来的第一次笑容。这个笑容被他带到了一审的法庭上，结果因为这个在法官看来毫无悔改之意的笑以及一大堆确凿无疑的证据，他被判了死缓。

不过，他依然相信会有转机的到来。然而半个月后，等他再次见到父母（严格来说，就母亲一个人）的时候，对申冤这件事产生了巨大的疑惑。母亲在短短十几天之内白了头发，看起来苍老了好几十岁。不仅如此，父亲还因为过度操劳而旧病复发，昏倒后进了医院重症监护室，经过一番抢救才捡回来一条性命。他突然觉得自己对不起他们。

他来自一个小县城，父母都是工薪阶层，日子过得非常普通。但父母为了让他上想读的艺术院校，之前已经把家里所有的积蓄都掏空了，还借了不少债，就是希望他有朝一日能成才。而他呢，迄今为止基本上已经辜负了父母的期望，整天不学无术，就想着谈恋爱、追女孩，结果闹出了这么大的事情。

他不仅害了自己，害了甄熹，也害了自己的父母。他简直就是个混蛋。因此，当辩护律师把与检方商议的一份认罪协议书摆在他面前时，他犹豫了，之前那种毫不妥协的姿态被父母憔悴不堪的面孔给遮盖得严严实实。

他想要结束这一切。他愿意认罪，希望从此一了百了，给父母赎罪。他告诉父母：回家去吧，就当你们没生过这个畜生儿子。在认罪协议书上签字之后，他原以为这下自己真的完蛋了，没想到的是，法官竟然给他减了刑。二审时，他被判入狱二十五年。

二十五年啊，他根本没想过自己能熬到出狱的那一天。从那以后，他就开始求死。与其消耗下去，不如早死早托生。但如前所述，他根本死不成。这种要死不活的状态，持续了相当长的一段时间。直到在牢里遇到了那个后来与他成为知己的人。

"特长让人物充满光彩，但缺陷才能真正塑造人物。"尺八老师如是说道，"我看了同学们各自塑造的专属侦探，很不错，既有光彩，又比较立体，我都很喜欢。上节课结束的时候，我给大家布置了一个作业：你的侦探的缺陷是什么？或者说，他或者她面临的困境是什么？有没有人想到的？王昊辰，你先说。"

"数学不好。"

他一开口，总能引发大家的笑声。

"数学不好？"徐佳琪笑道，"这跟侦探有什么关系？"

王昊辰想反驳，但又不知道说什么。

"还是有点关系的，"尺八替他回答，缓解了他的尴尬，"数学代表着理性思维，你们想，我们做数学题，是不是经常要用到推理法、排除法、计算法、逻辑力？而这些恰好是侦探所应该具备的。"

"是吗？"徐佳琪依然想挑刺，"可我怎么记得，他上节课把王英雄设计得擅长推理，逻辑能力强。对了，还是什么魔方大赛的冠军。难道魔方不需要运用数学吗？"

"嗯，这么一说，倒是有点自相矛盾了。昊辰，你能解释吗？为什么要让他的缺陷是数学不好？"

"我也不知道，反正就是数学不好。"

"你自己的数学也不好吧。"徐佳琪继续嘲讽。

"闭嘴吧，死肥猪。"

"你骂谁呢？找打是吧！"

眼看着两个人就要吵起来了，尺八连忙出来制止。

"好啦，停止相互攻击。记住，在任何时候都不要歧视和嘲笑别人，知道吗？"

王昊辰和徐佳琪两个人相互看了一眼，低下头去。

"好啦，咱们继续。显然，王昊辰同学遇到了创作的瓶颈，咱们一起来帮帮他，看看怎么解决这个问题。你一定要让王英雄数学不好吗？"

"一定。"

"行，那就这样设计吧。一个逻辑推理能力很好，擅长玩魔方，数学成绩却不好的侦探……有人想到什么了吗？周慧颖？"

"也许他只有在破案的时候逻辑推理能力才好，平时是个学渣。"周慧颖说道。

"哇哦，这个设计很棒啊。我想想，他其实是很具有逻辑力的人，但很不喜欢数学，是因为……是因为他不喜欢现在教他的数学老师！"

王昊辰抬起头来，看着尺八。

"哈哈，这个人物越来越有意思了。王英雄，一个讨厌上数学课所以成绩不好，但其实很有数学天赋的侦探。好，这个不错，你觉得呢，王昊辰？"

王昊辰没有说话，只是点点头。

"就这样，你继续琢磨你的人物啊，记住，要根据这个缺陷去设计接下来的故事情节和人物命运。那下一个是徐佳琪的设计，你的小卷发美少女侦探有缺陷吗？"

"她没什么缺陷。"

"没有人没有缺陷。其实我知道你的想法，你在回避一样东西。"

徐佳琪不说话了。

"你是不是比较在意自己的身材？没关系，我们既然在一个教室里，就是同伴关系，就应该坦诚相待，相互信任，好吗？"

徐佳琪这才勉为其难地点点头。

"所以你才设计了一个与自己完全不相符的人。这当然是可以的，通过创造人物来满足自己无法达到的部分。但我要说的是，你这样写的话，想要抓准人物的特点和心理是有一定难度的，因为你本质上并不是这样一个人，对吗？你为什么不试着写一写自己，以自己为原型写一个侦探？"

"不要！"

"我知道你不愿意面对它，可你有没有想过，这可能就是你笔下人物的困境。"

徐佳琪瞪大眼睛看着尺八，尺八摸着下巴做思考状。

"她也许表面上看起来如你写的那样完美，那么漂亮，没有缺陷。但实际上，那只是她每天出门前，给自己套上了一层外壳——你的侦探会变脸，这是她的特长。她背地里其实是一个胖胖的、被同学歧视的普通女孩……"

"他们还叫我肥猪!"

"肥猪,哦,好吧,那是他们不礼貌。你敢还击吗?"

徐佳琪摇摇头。

"不对,老师,她敢!"王昊辰说道,"我刚才叫她肥猪,她还想揍我呢!"

"你闭嘴!"

"老师,救命……"

"好啦,你们又来了。"尺八每次站出来维持课堂纪律都会觉得很疲惫,"既然你不敢还击,那么我们就得想办法说服自己,不要被这些外在的事情所干扰。"

尺八想了想,继续说道:"我们还是用虚构的方式吧。你的这个侦探把这种歧视放在了心上,她很自卑,也很在意这些。有一天,她得到了一张神奇面具,只要一戴上就可以让自己变得漂亮,变成小卷发美少女侦探……"

"等等,老师,哪儿来的神奇面具啊?"

"也许是她在跳蚤市场买的。"

"跳蚤市场还有这玩意儿卖?"

"故事嘛,想怎样编都可以。"

"可这就变成奇幻故事了。"

"奇幻当然可以。我从来没有说过,侦探小说一定要是现实故事。你们看周慧颖,她还写了一个古代的武侠故事呢。"

"好吧,我总觉得有点恐怖兮兮的。"

"你说对了。"尺八脸色突然变得严肃起来,"关于这个面具的来历,可能就是小卷发最终要面临的最大危机。"

"黑暗组织?"

"有这种可能,这些你自己去想吧。说回小卷发。"

尺八继续说道:"每次一遇到案件,她就戴上面具,罩着这身漂亮的外壳去破案,充满了自信,也非常厉害。但唯一的问题是,这个魔法是有时效的,也就是说,每晚过了十二点,她就会变回原样。"

"灰姑娘?"

"差不多是这个意思吧。那么这样一来,她的困境就是,一旦有一天,这个面具的魔法失灵了，而她又遇到了一个不得不去破解的案件——与她自己有关。那么，她将如何去面对呢？佳琪，你敢于去面对吗？"

徐佳琪沉默不语。

"你先不要急着回答我，目前我们还在琢磨人物的阶段，故事还没真正开始呢。那么，到周慧颖了，你的女侠华隐娘所面临的困境是什么？"

"不知道。"周慧颖摇摇头。

"你设计了一个不相信律法，而是通过自己的方式惩恶扬善的女义士，通常这样的人物都有一个共同的困境。"

"是什么？"

"程序正义。"

"不懂。"

"这样，我推荐你去看一部电影，英国导演诺兰的《蝙蝠侠：黑暗骑士》。看完之后，你也许就明白了，下节课咱们再继续交流，好吗？"

周慧颖点点头，不再说什么。

"子豪，你的呢？"

毛子豪看了尺八一眼，依然两眼无神。

"其实我觉得你设计的侦探是非常有创意的。机器人，要说缺陷的话，应该是待机时长不够，老需要充电吧。"

众人哈哈大笑。

"至于它的困境，我想到了一个童话，《绿野仙踪》。大家都看过吧？"

有人说看过，有人说没有。

"里面就有一个铁皮人，他最大的困境是没有情感。机器人就是没有情感的，也许你的侦探也是一个在寻找情感的机器人。"

毛子豪不说话。

"要不要试着把它写下来？"

"不要。"

"来嘛，总有第一次，你写着写着就会写了。"

"不想写！"毛子豪任性起来比谁都要难以说服，不过幸运的是，他并没有排斥上课。

"那行吧，你就自己先在脑子里想想这个侦探，好吗？"尺八深吸一口气。

"好，我要继续说我的侦探了。还记得我的侦探是谁吗？"

"蒋健！"大家异口同声。

"你们知道他的缺陷是什么吗？"

"年轻。"

"急躁。"

"不负责任，容易放弃……"

"滑仔！"

一阵哄笑。

"很好，看来大家对他还是挺了解的。不过，不知不觉间，已经过去了二十年。二十年里，他已经长大了，成熟了，也变得厉害了。我上次说，他总是能梦到那张血泪纵横交错的脸，以及自己掉在血泊中的场景……"

"可这不能算是困境吧？"

"没错，只能算是纠结。那么，他的困境是什么呢，大家帮我一起想想。"

"他结婚了吗？"

"结了。"

"有孩子吗？"

"没有。"

"跟老婆闹离婚！"徐佳琪说。

"呃，情感困境……还有吗？"尺八继续问。

"他得了绝症。"王昊辰说，"快死了，只剩一个月时间。"

大家哈哈大笑。

"套路，但也不错哟。时间焦虑，在有限的生命中，了却自己一辈子的遗憾，想找到凶手。还有吗？我提醒大家一句，最好这个困境是跟我们的案件有关系的，这样的话才有意义。"

"他冤枉了好人！很愧疚！"

"应该不会，毕竟赵元成又不是他抓进去的，而且也不是他主办的案件。他更没有冤枉人，所以他的愧疚不会那么强烈。"

"他遇到麻烦了。"

"比如？"

"比如，有人想杀他。"

"为什么?"

"也许是当年的真凶,知道他会查出自己,所以先下手为强。"

"可为什么早不杀晚不杀,现在才杀他呢?再说了,他是警察,杀警察也不是那么容易的事情。"

"那是什么呢……"

大家纷纷陷入了沉思。过了一会儿,毛子豪举手了。

"子豪,你说。"

"又发生了。"

"发生什么?"

"同样的案件。"

大家转过头来,惊讶地看着毛子豪。

"哦,你小子不错嘛,居然知道这样的故事设计。"尺八说道。

"因为我们家很多这类的书,我经常看。"

"哦,你喜欢看这一类侦探的书?"

"我爸喜欢看。"毛子豪说,"他特别喜欢看侦探小说,买了很多。所以,我也跟着看了。"

尺八沉吟了一下。

"你继续说。"

"有没有这样一种可能,当年的真凶又犯案了,而且手法和二十年前一模一样。也是有人被杀了,死在床上,被割喉,流了一地的血……这让当年参与过案件的蒋健很激动,开始怀疑自己所代表的警察冤枉了好人。"

"很不错。"

"我爸才厉害呢,我们经常在家讨论悬疑小说的内容。"

"是吗?"尺八意识到第一次来艺术中心,把自己写的书送给毛飞时,他那种连东野圭吾都搞不太清楚的表情,是装的。

"哦,难怪你爸会把你送来上课。"

"不是,是我自己要来的。"

"你爸看过我的书吗?"

"看过,《骗神》,对吧?"毛子豪说道,"他一早就看过了。"

尺八点点头。

041

"好吧,你这个点子不错。其实大家提的点子都不错。我呢,把这些意见融合到一起,继续把蒋健的案件编下去,把人物丰满一下。哦,到下课时间了,我再给大家布置一个任务。下一节课,我们将要进入侦探小说的重要部分——推理。大家可以回家好好想想,你们的侦探将会遇到什么样的案件。下课!"

大家开始起立收拾东西。尺八欣喜地注意到,大家临走之前已经开始对他说"拜拜"并且叫他老师了。这是对他产生信任的信号。

然而,当他的视线停留在毛子豪身上时,又开始变得忧虑起来。原来毛飞一直在关注自己,可他为什么要撒谎呢?他想,也许要立刻开始行动了。

第三章

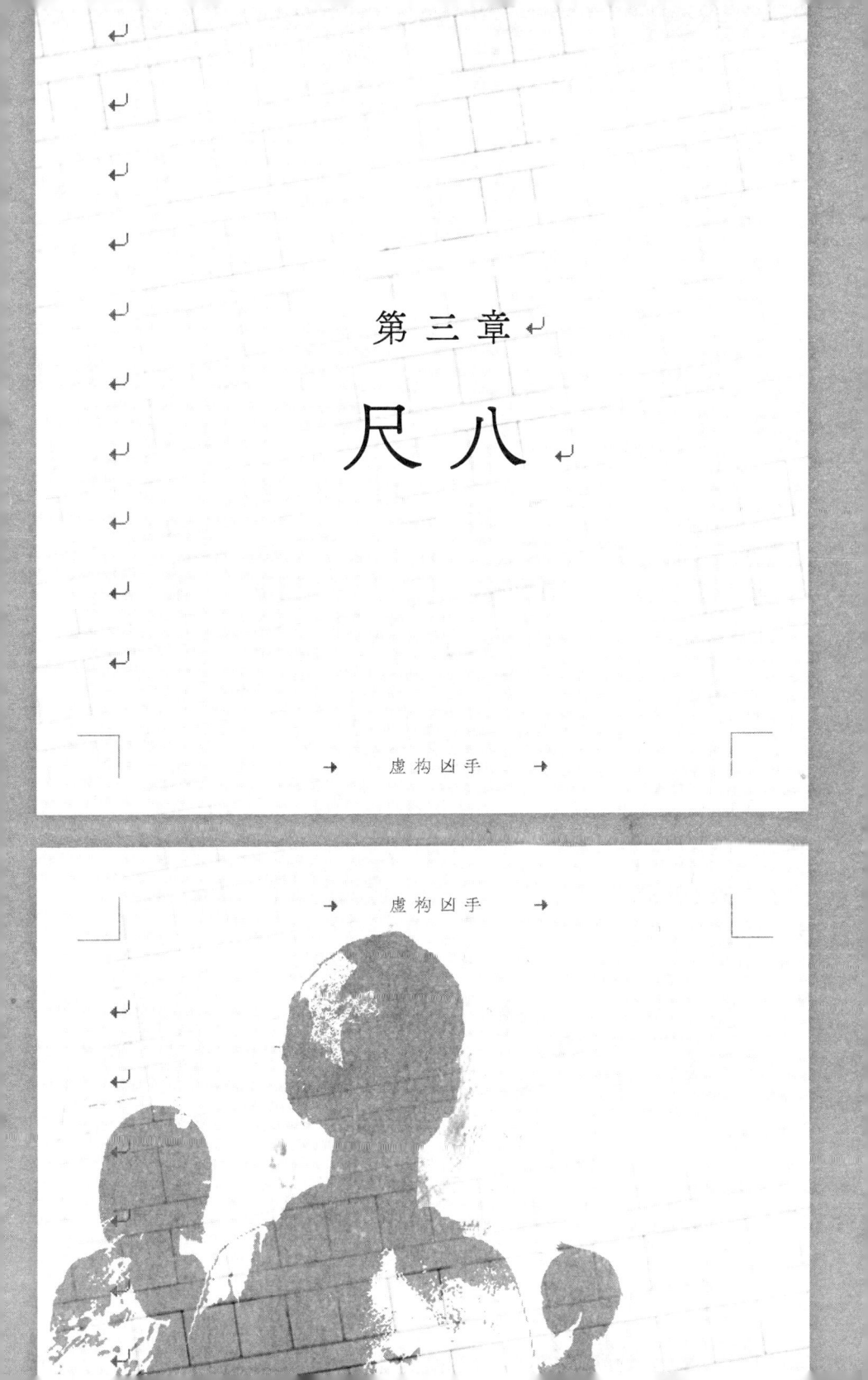

尺八

虚构凶手

―――― 1

在天气晴朗的清晨时分，他都会独自到居住小区附近的一个市民公园的小树林里练习吹奏尺八。他只吹《虚铃》，清晨公园里的幽静与《虚铃》的意境完美契合，空旷而辽阔，悠然而深沉，令他感到内心得到了某种暂时的平静。他把这种行为称作自我净化。在监狱的那些年里，他的内心里充满了负面情绪。那些坏情绪就像是积郁在内心泥潭里的淤泥，掏不尽，冲不掉。直到他遇到了一个人。

那家伙和自己年龄相仿，比他先进来，并且看起来比自己要乐观不少，便以为那家伙犯的罪轻，结果一问，才知道那家伙也是杀了人。

一开始，他们之间并没有什么交流。两个人住在同一间牢房里，上下铺，那男人睡上铺，他睡下铺。牢房里一共摆了六张床，住了十二人，那男人似乎跟每个狱友的关系都不错，有说有笑，嘻嘻哈哈。可不知为什么，他有一种感觉，总觉得那个人的开朗是装出来的。

监狱里每个人都有故事，悲惨故事。这男人肯定是一个极度悲伤的人，不过是借着开朗来掩饰自己罢了。直到有一天，监狱里举行联欢会，他看见那家伙居然出现在了舞台上。

那家伙穿着囚服，剃着平头，清秀的脸上保持着笑容。紧接着，他看见那家伙拿出了一根木棍状的东西，竖到嘴边，开始吹奏起来。他本以为那是箫，但又觉得比箫短，心里在猜想这究竟是什么传统乐器。

但很快，他就把这个问题抛诸脑后了。因为，他彻底被那种从这个小小乐器里发出来的声音所吸引住了。空灵的声响回荡在监狱上空，深深震撼了他的心灵，以至于他非常忘我地沉浸其中，顿时感觉那些在心中积郁许久的负面情绪随着音符消散了。

当然，除了音乐，更让他感动的是那家伙的表情。说实话，他从未见过如此忧郁、悲伤而深沉的表情。就仿佛，男人独自盘腿端坐在雪山之巅或幽谷之底，身旁空无一物，只有风声、鸟鸣以及雪花飘落的声响。他就那么安静地演奏着，如同一尊斑驳的古代石像，肃穆而安详。

这让他吃惊极了，这男人完全变了个人。男人卸下伪装、进入音乐、展现真我。这下他更加确认自己的判断了，那就是，这男人的心上一定背负着沉重的枷锁。是什么呢？带着这份好奇心，他开始对这个男人产生了兴趣。

回到监牢后，他主动去接触这个男人，想找他聊天。但奇怪的是，男人和所有人都能做朋友，对他却爱搭不理。他自讨了没趣，又不死心，总想着找机会要了解一下对方。

机会来了。在一次洗澡的时候，他被几个大个子围住了。他们是那种监狱里的流氓，因为他是新来的，而且长得有些清秀，他们就想去欺负和侵犯他。他反抗了，于是这些流氓想给他一点教训。

剑拔弩张之际，那家伙不知道从哪儿钻了出来，冲了上去，挡在了他的面前。结果是，他俩一起遭到了殴打，直到狱警出现，这起暴力事件才暂告一段落。事后，他们一起去了狱中的医务室治疗伤口。在光线明亮的地方，两个人看清了对方的脸——同样的鼻青脸肿，竟"扑哧"一下同时笑出声来。这一笑，奠定了两个人之间的友谊。

从那以后，他们成了好朋友。出于兴趣，他开始跟着那个编号 7119 的狱友学习吹奏尺八——现在，他终于知道它的名字了。接下来的日子，只要一有空，他们就坐在操场的角落，练习吹奏尺八。

有一次上级领导来视察，编号 7119 被安排当众表演了一曲，得到了领导的肯定。于是，监狱长从此对犯人爱好民乐这样的事情给予支持。他俩分别获得了一支崭新的尺八。监狱长语重心长地告诫他们，好好练习，只要在年度会演上有出色的表现，就可以奖励积分。和信用卡积分的性质类似，监狱积分也是可以换取奖品的。信用卡积分可以换免费保温杯或行李箱，监狱积分则可以换来刑期减免。

因为确实喜欢，他学得很投入，进步也很快，几乎能跟那家伙合上了。一次在会演的台上，他与编号 7119 合作，共同演奏了那首《虚铃》。演完之后，现场一片安静，随即爆发出了热烈的掌声。

在这一刻，他感觉获得了生命的重生。当他含着激动泪花望着编号 7119

时，编号7119却转过身，悄然退了场。从那以后，两个人关系就更加紧密了。

两年前，他终于迎来了重返社会的时刻。出狱后，他试着找寻工作，但没有任何人愿意接受自己。日子越发艰难起来，他只能去网吧，不断刷新邮箱看看有没有简历投放后的反馈，但每一次都失望不已。他只能借助打游戏和看电影来消磨时间，麻痹自己。

一次意外，他在网上冲浪时，闯进了一家网络文学网站。网络是平等的，文学更是平等的。在这个虚拟的世界里，没有谁会用歧视的眼光来看待他。

很快，他发现那些在上面发表小说的网络作家，竟也能赚到钱，有的还收入不菲，成了富豪。这难道不也是一种生存方式吗？他想到了一些故事，决定试着把它们写出来，说不定有人爱看呢。他要求不高，只要能得到糊口的收益就行。

在网络上注册笔名的时候，他第一时间就想到了"尺八"两个字，他觉得没有什么比这个名字更能代表自己了。两年后，他成功了——从糊口的要求来看。现在，他依然坚持每天吹尺八，自我净化。他感到孤独，但每次想到编号7119的时候，他又觉得充盈。他想起自己是带着使命重新回到社会的，否则这么多年的牢都白坐了，十八年的冤狱也不能得到平反。

他是来查出真相，以及复仇的。现在，终于可以开始行动了。

上午八点多，他换上一身灰色的运动服，戴着口罩和棒球帽，散步走到了飞狐少儿艺术培训中心的楼下。街对面有一家麦当劳，他走进去，要了一份猪柳蛋麦满分配咖啡的早餐套餐，找了个临窗的位置坐下。在他续到第三杯咖啡的时候，毛飞从对面的小区里走了出来。

毛飞的家就在飞狐少儿艺术培训中心后面的小区里。但他今天开不了车。因为，他前一晚将一颗钢钉打进了毛飞奔驰车的轮胎里。看见毛飞后，他站了起来，推开门，悄悄跟了上去。

此时是深秋，街上已经有了凉意。尺八压低帽檐，竖起了连帽防风衣的拉链，悄无声息地跟在毛飞的身后。毛飞呢，根本不知道身后有人跟着，只是低着头，一个劲地朝前走。他步伐很快，似乎要赴一个重要的约会，并且就要迟到了。

他知道毛飞不会叫出租车，而是选择地铁——在这样一个早高峰，为了不迟到,坐地铁是最明智的选择。果然,毛飞来到地铁站口,走了下去。尺八快步跟上。

因为是工作日,地铁里的人并不少,尺八与毛飞保持一个车厢的距离,远远地观察着他。毛飞则一直低着头,在跟人发消息,根本就没往这边看。间隙,他抬起头,看了一眼贴在车厢门边的地铁线路图。这是开通不久的五号线。

路线从S城的城东新区顺时针绕一大圈,途经东南角,最后到达S城的南部地区。南部靠近中国第三大淡水湖——太湖,那里风景极佳。他读书时曾独自去过几次太湖,望着烟波浩渺的湖面发呆,畅想未来。但如今已经很多年没去了,如果有时间的话……

糟糕!他突然意识到,车已经进站有一会儿了,车门也开着。他开了小差,忘记了盯梢的目标。果然,一回头,发现毛飞已经不见了。他下车了吗?不知道。

就在这时,车门已经嘀嘀作响,准备关闭了。来不及犹豫,他在车门合上的那一刹那,跨了出去。下车后,他站在原地,看着重新启动的地铁从身旁驶过。他死死盯着从眼前掠过的下一节车厢,十分确定毛飞已经不在车厢里,果断转身,朝出站的楼梯跑去。飞快地跑上楼梯后,他左右扫视了一下,顿时松了一口气。

毛飞在右边的出站通道,背对着自己,正刷卡出闸机。他压低了帽檐,快步跟了上去。搭乘长长的地铁电梯,他来到了地面,世界一下子又明亮起来了。他想起了自己在监狱里的那段日子,当时是多么希望能像现在这样自由自在啊。可是一想到还未洗刷掉的冤情,他就知道,自由已经是不可能的了。他被申冤的锁链捆绑住了,被囚禁住了,只有完成它,他才能彻底自由。不,那时候也许会再次回到监狱,不过,至少他的心灵可以得到解放了。而解开这个心灵囚牢的锁的钥匙,就是前方二十米处的这个男人——毛飞。

案发那天晚上,毛飞也在。他也许清楚到底发生了什么,也许不知道。直接问他肯定不行,既然当时警察没有从他身上问出什么来,那自己也同样问不出来,否则当年他不会被抓入狱了。

又走了几百米,毛飞在一个建筑物前停住了。他注意到毛飞在打电话,正纳闷着,自己的手机响了。他一看来电显示,吓了一跳,赶紧找了个隐蔽的地方躲了起来，确认毛飞没有往这边看，平复了一下心情，按下了接听键。

"喂？"

"你在哪儿呢？"毛飞的声音从里面传来。

"我在外面，有事吗？"

"哦，没事，就是想问你一下，我下午在外面忙，来不及赶回去接子豪了，你有没有时间帮我去接一下他？你今天没课，对吧？"

"没有。"他心想这不是废话么，他只在周日下午才有课，毛飞明明知道。

"那麻烦你了。下午三点半，就在我家附近的星海小学南门，我一会儿跟班主任打个招呼，你直接去就好。子豪也认识你。"

"我……"

"就这样了，拜托哥们儿了。"

说完，电话就被挂断了。他愣了一下。

这算什么事？我在你这里找份工作，还得帮你接孩子？我又不是保姆。而且，一点商量的余地都没有。真是，这一走还怎么跟踪他，莫非他已经发现自己了？正想着，他远远看见毛飞已经开始朝建筑物里走去。

这次，他没有跟上去，毕竟这个建筑物大门口是一片空旷的广场，现在如果跟上去的话，很容易暴露。

尺八朝后退了几步，抬起头，观察这个飞碟形状的建筑物。从新旧程度和设计风格看，这显然是诞生于近年的一个建筑作品。虽然出狱有两年多了，但他从来没有来过这里。不过建筑物门口招牌上的字说明了这里是什么地方——南风大剧院。

⌛

当尺八匆匆忙忙赶到位于飞狐少儿艺术培训中心附近的星海小学时，还是迟到了半个小时。门口等候的孩子都已经被接完了，只有两名保安来回踱步。说明来意之后，门卫让他稍等，就去传达室里面打电话了。尺八站在原地等待，意识到门卫在打电话的过程中，一直在打量着他。

很快，毛子豪就由一名女老师从里面领了出来，老师一脸不高兴。

"我晚上还有事呢，你就不能早点来接吗？"

"对不起,我……"

"别解释了,把他领走吧。唉,这个毛飞什么情况,尽招一些不靠谱的员工。去吧。"

说完,她就把毛子豪往前一推。

"去吧,注意安全。"

"李老师再见。"

李老师也不打招呼,转身就"噔噔噔"返回教学楼里去了。

出了校门,毛子豪低着头就朝前冲,尺八连忙跟上。

"我爸又跑哪儿去了?"毛子豪边走边说。

"他……我不知道啊。"尺八尴尬地回答。

"哦。"他走了几步,停住,"我肚子饿了。"

"现在才四点。"

"前面有家星巴克,走!"

"星巴克……"

"走吧。我请你。"他说着,晃了晃自己的电话手表。

在星巴克,毛子豪把尺八安排在了位置上,让他坐着别动。然后自己走到玻璃柜台点餐,动作娴熟地点了单。过了一会儿,这个十岁的孩子端着盘子就过来了。

"来,这是给你点的,美式咖啡。"

说着,他把一纸杯咖啡放在尺八的面前,自己则点了一个牛肉三明治和一杯热巧克力,独自吃起来。尺八看了看周围的环境,然后有点拘谨地端起咖啡杯,喝了一口,差点把嘴烫伤,赶紧把杯子放了下来。毛子豪像看怪物一样看着他。

"怎么,你没喝过美式咖啡吗?"

尺八摇摇头。

"又苦又烫对吧?我喝过,是不好喝,不过你们作家不是经常要喝点咖啡,提提神,才能写出东西来吗?"

"我不需要。"

"那你抽烟吗?"

"不抽。"

"喝酒吗？"

"也不喝。"

"啊，你真是一个奇怪的作家。"

尺八饶有兴致地看着他。

"我还真没看出来。上课的时候，你坐在后排一句话也没有，没想到其实你话还挺多的，而且……"

"而且还人小鬼大，是吧？"

"是哟。"

"如果你也长期一个人待着，什么事都得靠自己，也会像我一样的。我管这叫作自食其力。"

"是吗？"尺八"扑哧"一声笑出声来，他开始有点喜欢这个小大人了，"我看上面的价格，你这一顿不便宜吧？"

"加上你的咖啡，一百来块吧。没事，我请你，不用你还。"

"那我谢谢你啊。"尺八指着他的手腕，"你那手表里，存了不少钱吧？"

"应该还有几百块吧，我也不知道，反正我的手表是绑定我爸的支付宝，从他的账号里划账。"

"难怪了，你这么不在乎。"

毛子豪面无表情地继续吃起了自己的三明治。尺八觉得他这种满不在乎的样子跟他爸爸简直一模一样。

过了一会儿。

"你爸是不是经常丢下你一个人不管，让别人去接你？"

"怎么，侦探老师，开始调查起我爸来了？"

"没有，我就随便问问。"

毛子豪此时已经消灭完牛肉三明治了。他起身去柜台处拿了一张餐巾纸，擦干净嘴唇，然后又回到了座位。喝了一口热巧克力，打了个饱嗝，他朝后一靠，跷起了二郎腿。

"说吧，你想打听点什么？"

尺八默默地注视着他。

"我没什么要打听的。"

"别装，老师。我早看透了。"

"看透什么?"

"你是有目的的。"

"啊,我有什么目的?"

"不知道,反正跟我爸有关。"他停顿了一下,"我爸说你们是老同学了。"

"哦,你爸跟你提起过我?还说了什么?"

"没什么,他就说你挺有才华的,让我跟着你好好学习。"子豪上下打量了一下尺八,"有才华吗?我怎么没看出来?"

"喂,你小子怎么跟老师说话的?"

"什么老师,就一写侦探小说的。"毛子豪不屑一顾,"说实话,我对什么都没什么兴趣,包括你的这个什么侦探小说课。"

"那你还认真画了个侦探。别说,我还挺喜欢你的设计,就是那个机器人侦探。为什么想到这么个设计?"

"因为我有一个机器人。"

"你有一个机器人?"

"对啊,我爸给我买的,在家里,下次有机会让你见识一下。"

"好吧。你是不是特别讨厌写作?"

"倒也不是,我在学校也会写作文,就是觉得没劲。写什么作文啊,画画不也一样吗?"

"那行,你不喜欢写就画吧。"

"还用你说。"

无话可说了。尺八端起咖啡喝了起来,虽然没有之前那么烫了,但还是很苦,所以还是觉得很难喝。

"谢谢你的咖啡。"

"不客气,因为我爸喜欢喝美式咖啡,所以我觉得你们大人应该都喜欢喝。"

"对了,怎么没听你说过你妈?"

"瞧瞧,又开始打听了,是吧?"

"我这不是职业本能嘛。"尺八"嘿嘿"一笑。

"行吧,今天本少爷心情好,就满足你的好奇心。"

说着,他又喝了一口热乎乎的巧克力,然后双臂交叉抱在胸前。别说,还真是一个有点派头的富二代小少爷。但他嘴唇上留存的巧克力泡沫出卖了他的伪装。

"我爸妈离婚了。"小少爷停顿了一下继续说,"其实我也不是太知道吧,他们在我一岁多的时候就离了,然后我妈就回老家了。"

"老家?"

"对,她是湖南人。"

"哦。你有多久没见她了?"

"其实也没多久,因为基本上每年暑假,她都会接我去湖南玩。告诉你一个秘密。"

"什么?"

"我妈是个富二代,家里特有钱,比我爸有钱多了。"

"是吗?她怎么会来这里呢?"

"听我爸说,他们是大学时候认识的,他们是同学。"

尺八一愣。

"你妈是你爸的大学同学?"

"对啊。"

"她叫什么?"

"她叫任小美。哦,我想起来了,你跟我爸也是同学,那么你应该认识我妈吧?"

尺八摇摇头。他没听过这个名字。

"欸,尺八老师,我能不能问你一个问题?"

毛子豪突然叫他老师了,让尺八有点猝不及防。

"啊?什么?"

"你写的那个小说,《舞》,是真的吗?"

"为什么这么问?"

"就是感觉好真实,像是真的。"

"傻瓜,小说都是编的。记住,"尺八神秘地一笑,说道,"永远不要相信一个小说家的话,因为很可能都是虚构的。"

"什么叫虚构?"

"虚,就是假的意思,有没有听过一个词叫虚假?构就是构造,虚构就是瞎编的意思。"

"哦,我明白了。"

"我还能再问你几个问题吗?"

"问吧。"

"你爸平时有没有玩得特别好的朋友?"

"他朋友很多的。"

"是吗?有没有最好的?就是经常来往的那种。"

"我想想。"毛子豪摇摇头,"好像没有,反正我是没见过。他又不怎么带我出去玩。"

"这样啊。"

"你不就是他的好朋友吗?"

"我啊?以前算,但很多年没见了,生疏了。"

"我以前怎么从没见过你?"

"我一直在国外,这两年刚回来。"

这时,毛子豪的电话手表响了。他低头看了一眼,露出不太高兴的表情,然后按下接听键。

"喂,爸。"

"儿子啊,你在哪儿啊?"

电话手表是免提的,所以尺八也能听见。

"我在星巴克,就是我们常来的这家,你赶紧过来接我吧。"

"我车坏了,刚修好,这会儿得去提车。"

"啊,那我怎么办……"

"尺八老师和你在一起吗?"

"我在呢。"尺八把脸凑了上去,对着手表说道。

"哦,不好意思,我今天实在是太忙了。能不能再帮我个忙,帮我把孩子送到家里。谢谢啦。"

尺八正在思考要不要答应或拒绝,对方已经挂断了电话。

毛子豪对他做了个鬼脸。

"看看吧,这就是我爸,老板当惯了,永远只会指挥人,对谁都是这样。"

"难怪你妈受不了他。"

男孩看了尺八一眼，板起了脸。

"对不起，我开个玩笑。"

"走吧，我想回家了。"

尺八端着那杯才喝了几口的美式咖啡，起身跟着毛子豪走出了餐厅。一路上，两个人并肩而行，不再说话。毛子豪又恢复到了那种对一切都漠不关心的样子。好几次，尺八想引起话题，但看到他的样子也就不想说了。

到了小区门口，毛子豪说了句"再见"，就独自走进小区里了。尺八被撂在了原地，半天才缓过神来，转身离去。

回家的路上，他一直在思索着这一天获得的信息。毛飞已经离异，他的前妻是大学同学，叫任小美，湖南人。怎么没听说过，也许不是同一个系的？师妹或师姐？这个信息对找到真相有价值吗？此外，毛飞去南风大剧院是做什么呢？去会见什么人吗？如果是，这个人是谁呢？这个小家伙毛子豪也许是个突破口，可以多跟他接触接触，套一些话。

正想着，他已经走到了自己所住的公寓楼下。这座公寓是他上个月刚租下来的，就在飞狐少儿艺术培训中心附近两百米的位置，是一个酒店式公寓。进了楼，跟门口的保安打了个招呼，对方似乎已经认得他了。很好，这是一个可以利用的点。大厅里有三个摄像头。进了电梯，上方也有一个摄像头。他的每一次进入都被记录在案了，很好。

走出电梯，走廊的天花板上也有一个摄像头对着自己。开门，进入，关门。这是一个不到三十平方米的酒店公寓，屋内设施极为简单，沙发、茶几、液晶电视、吧台、单人床，都是此类公寓的标配。

尺八将咖啡杯放在玄关的鞋柜上。他没有开顶灯，而是旋开了一盏落地灯的按钮，屋内逐渐有了昏暗的灯光。他走到落地窗边，一把拉上了窗帘，然后回到客厅中央，在沙发上躺了下来。

在这个幽暗的小空间里，他感觉安全极了。他早已习惯了待在这种小空间，心里才能感到舒适、自在。不像在外面，他总是有一种紧张感，因为总要伪装。他就这么躺着，静静地享受孤独的滋味，如同在监狱里的那些年一样。

第四章

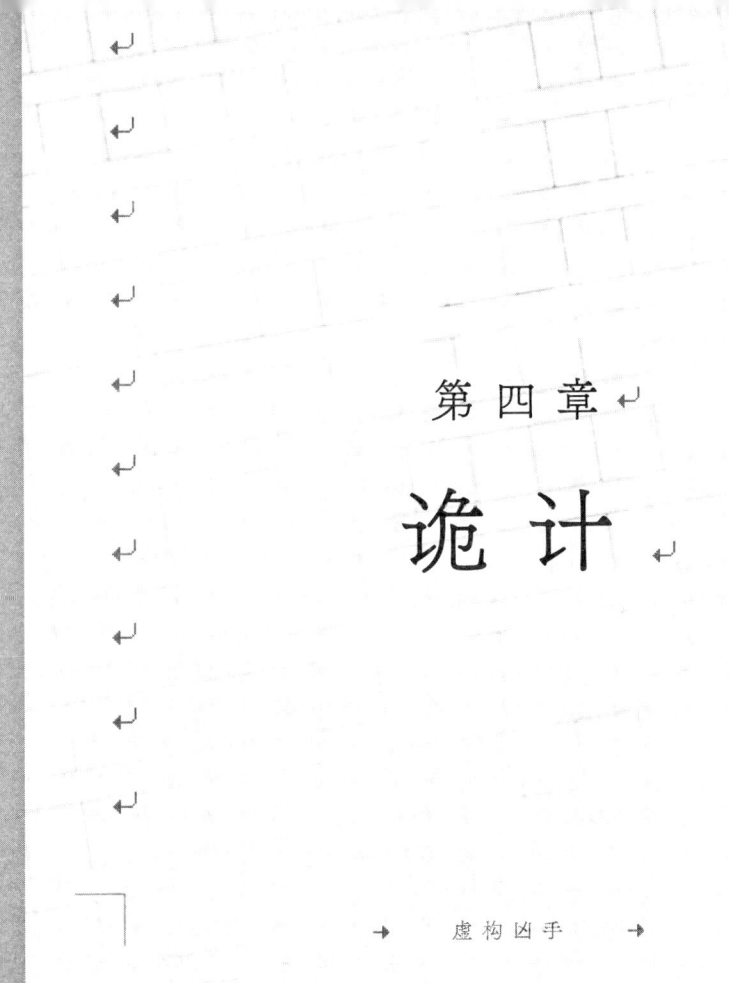

诡 计

1

　　一直到周五的晚上，周慧颖才空出时间来，去看尺八老师推荐的那部名为《蝙蝠侠：黑暗骑士》的电影。她今年已经上初三了，明年上半年将面临中考，学习任务繁重得要命，平日日程都被排得满满当当的，哪有时间看什么电影。事实上，她已经差不多一年时间没看过电影了。

　　不仅如此，周慧颖每天所有的日程都得靠自己来安排。爸爸妈妈非常忙——他们是一对靠拍摄网络短视频带货的夫妻档主播，几乎没有任何休息时间，更别说陪孩子了。

　　两年前，他们还是一对开螺蛳粉店的辛苦夫妻（他们并非广西人，而是来自河南的打工族），因为口碑还不错，靠卖出的一碗碗臭乎乎的螺蛳粉勉强支撑着生活。后来，不知是听了哪位高人的建议，他们关掉了螺蛳粉店，在郊区租了一套农宅，假扮农民（别说，他们长得是还挺像的），开始搞起了直播。他们一个农耕种菜，一个操持家务，走的是原生态无污染的路子，其中再穿插一些生活小幽默的段子。没想到居然慢慢红了，视频号粉丝大几百万，每条点赞过十万，收入相当不错。

　　但所有人包括他们俩自己都知道，这并不是一件那么稳当的活儿，而且竞争压力极大，稍微做得不够好，就会被市场淘汰。于是，他们再次在那位高人（这位是做广告策划的）的指点下，成立了自己的公司，请了专门的团队来包装和打造他们，开始打造所谓精品视频。

　　精品意味着花钱。不过制作费用虽然比以前高不少，但毕竟也让他们撑住了目前的事业，付出的代价是一个字——忙。如今，他们的身家性命都挂在这个短视频生意上了。既要当老板，又要当演员。在镜头前假装淳朴和憨厚，摄像机一关，则要精打细算，愁眉苦脸，疲惫不堪。

　　因此，他们根本没有时间去管周慧颖——当她提出要钱报写作班的时候，他们想也没想就把钱给转过去了。至少周末能让女儿有个地方待着,有老师照顾。

幸运的是,周慧颖是个懂事的女孩。她成绩很好,减轻了父母的压力,也懂得照顾自己,唯一的要求是父母别来干涉她的生活。

另外,她对在短视频上扮演农民的父母感到羞耻。每当有人问起,她就说父母去外地打工了。她甚至不让他们去参加自己的家长会。她觉得他们就是一对骗子。有一次课间,她看见一个同学在手机上看父母的视频,还笑呵呵的。她难堪极了,逃也似的跑了。

经常一个人待着的周慧颖喜欢看书,尤其爱看网络小说。她曾无意中在手机上刷到了尺八的小说《骗神》,一下子就看进去了。《骗神》讲的是一个男孩从小到大喜欢撒谎骗人,长大后成为一代骗神的故事。她非常喜欢这个故事,一边看还一边留言,与尺八互动。尺八是个喜欢跟读者互动的作者,好几次,两个人还聊了起来,讨论故事里的人物和情节。但尺八并不知道,那个在网络上经常给自己留言、名叫"五大三粗的抠脚汉"的读者竟然是一个只有十五岁的花季少女。

因此,当周慧颖有天路过飞狐少儿艺术培训中心,意外一瞥眼看到门口的易拉宝上出现尺八老师的名字的时候,可以想见有多么惊讶和激动。她立刻给正在拍摄的妈妈打了电话,让她转钱过来,自己要报名参加。

现在,她提前做完了作业,打开了苹果笔记本电脑——那是爸爸买给她的生日礼物,登入视频网站的账号,搜索找到了这部名为《蝙蝠侠:黑暗骑士》的电影。

两个半小时后,她看完了这部好莱坞大片,同时感到疑惑不解。为什么像蝙蝠侠这样惩恶扬善的正义之士,会落到被警察追击的地步?到底什么是善与恶?老百姓为什么会对保护自己的英雄存在这样的态度?法律究竟是什么?是用来对付好人的吗?

过了一会儿,她逐渐想明白了,这些问题是没有答案的。而尺八老师之所以让自己看这样一部电影,也就是告诉她,文学是可以给出没有答案的结局的。她瞬间就知道怎么去写自己那个女大侠了。

时间已经来到了深夜。往常这个时间,周慧颖早已上床睡觉了,但今天她却兴奋不已。她摊开稿纸,拿起钢笔,重新开始丰富起了那个侦探女侠华隐娘的形象。

华隐娘出生在一个富裕的家庭。她父亲是本地衙门的一名捕头，相当于现在的刑警队队长，抓犯人很有一套本领。三十五岁的时候，华捕头得了这么一个女儿，对她很是宝贝，从小把她保护得好好的，希望她不受到任何伤害。这不成花木兰了吗？不行，得改一下。

华捕头是个习武之人，也希望自己的孩子能自我保护，于是从小就带着她一起练习武术。而华隐娘确实聪颖过人，也好武，很快就练成了一身的高强武艺。

到了华隐娘十六岁的时候，一些媒人前来提亲牵线，但因她好武，竟没有一个人愿意娶她。不过她的父亲很开明，表示没关系，再等等，总有一天她会碰上合适的。

有一天，华隐娘独自出门游玩，路过一处树林时，看见有个恶霸在欺负一个女孩。华隐娘怒不可遏，上前制止，结果出手太重把那个人给打死了。出于害怕，她就地把尸体给埋了。那女孩对她表示感谢，说不会告诉别人，但她心里一直惴惴不安。

过了一段时间，那个人的尸体确实没有被发现，华隐娘才逐渐放下心来。她想来想去，觉得这种惩恶扬善的事情很有意义，于是又干了好几起，每次都顺利逃脱，没有被人发现。就这样，她成了行侠仗义的女侠。

为了树立自己的风格，她每次都会在坏蛋死者的嘴里留下一颗鲜红的草莓。从此，这世界上流传着一个风评极佳的大侠，人称"草莓侠"。

等等，这也不对，变成武侠片了。她要写的是侦探小说啊，这个华隐娘武艺高强，确实厉害，但是没有破案可不行。还是重新设计一下吧。

周慧颖想了想，继续写。

因为她爸爸是个捕头，每次遇到案件，华隐娘都会悄悄跟着他去凶案现场查看情况，暗中破案，挖出凶手，并且用自己的方式惩罚罪犯，然后在他们的嘴里塞一颗红红的、鲜艳的草莓。

为什么不相信官府呢？这个问题华隐娘从来没有考虑过，她只是隐约觉得这样的方式很过瘾。但官府也不是吃素的，他们是不能容忍这样一个法外之徒存在的。于是，没多久，这个草莓侠成了官府追缉的对象。

这不就是黑暗骑士吗？没错，要的就是这个效果。而最有戏剧性的地方在于，主要负责追缉草莓侠的，正是女孩的父亲华捕头……

就在这时，客厅的门锁响了，爸妈回来了。

周慧颖看了一下时间，已经到了半夜十二点。她赶紧将稿子收进抽屉，清理掉书桌上的东西，关掉了台灯，迅速爬到了床上。她刚用被子把自己盖好，卧室的房门就开了。

有人走了进来。周慧颖闭上眼睛，感觉到有人坐到了她的旁边，是爸爸。爸爸抽烟，身上有股难闻的烟味，她一下子就闻到了。她从小跟爸爸很亲，睡前一直是爸爸给自己读书讲故事。但最近这几年，爸爸做了直播，基本上就没时间陪她了，他们甚至好几天也说不上一句话。她很想睁开眼睛看看他，但想了想还是忍住了。

接着，她听到一声重重的叹息。随后，她感觉爸爸站了起来，走到了自己的写字台前，拧开了灯。她紧张起来，悄悄半张开眼睛，看见了爸爸的背影。他低着头，看着贴在写字桌上方墙上的照片——那里有周慧颖笑得很开心的照片。接着，他把手放在了抽屉的把手上。

糟糕！如果被他看见自己写的"草莓侠"的故事，那可就惨了。她的心提到了嗓子眼，想着，干脆豁出去了，跳起来制止他吧。就在她准备掀开被子坐起来时，门口又传来了声音。

"你干吗呢？"是妈妈。

"哦，没事。"

"快过来吧，我有话跟你说。"

"哦，来了。"

爸爸把手缩了上去，关掉了台灯，屋内再次陷入了一片黑暗之中。她睁开眼睛，看着爸爸的黑影如魅影般在屋内掠过。随后，她听到了关门的声音。

她顿时睡意全无，甚至比白天还要清醒得多。在黑暗中，她继续想着自己的故事主角华隐娘，那个古代的女侦探大侠。自己不仅给她设计了一些武功之外的其他本领，比如推理力和观察力，还给她设置了缺陷——父母。

她太孝顺了，对谁都可以下狠手，唯独对自己的父母唯命是从。这不是古代女子统一的枷锁吗？不像现在，我，周慧颖就不会那样，我才不会被父母管着呢。可转念一想，真的是这样吗？

她突然觉得这也是自己的缺陷所在，就是与父母之间的关系，尤其是和父亲的关系。她很爱自己的父亲，也很了解他，知道他并不是那样喜欢骗人的人。可他和妈妈为什么要去表演呢？赚钱就这么重要吗？她真心希望他们不要再去做这样的事情了，但他们肯定不会听自己的。唉，她只是感觉自己一天天长大，与父母的关系越发疏远了。

到了后来，她的思绪开始飘到尺八老师的身上。他到底是一个怎样的人？怎么感觉那么神秘？他以前是做什么的？为什么会写小说呢？他写的小说细节那样真实，这个《舞》是他的真实经历吗？他难道杀过人，坐过牢？想到这里，她猛然打了个寒战。

要不要像华隐娘一样，去弄清楚背后的真相呢？带着这个疑问，她逐渐沉入睡梦之中。

⧗

"好了，我看了大家设计的侦探，基本上都很棒，已经阶段性地完成了任务。不过，"尺八慢慢地说道，"这还只是走出了创作的第一步，后面的路还长着呢。"

孩子们面面相觑，等着尺八把话继续说下去。

"那么今天，我们将继续侦探小说课的第二节——诡计。"

液晶电视上切换成了一个电影的凶案现场画面。一个人俯身倒在了血泊中，周围的背景是黑色的，上面用花体写着两个白色的大字：诡计。

"有没有同学能告诉我，什么叫诡计？"尺八问道。

周慧颖举手。

"慧颖，你说。"

"诡计就是计谋。"

"谁的计谋？"

"凶手的，凶手杀人用的计谋。"

"说得不错。"尺八示意周慧颖坐下来，"所谓诡计，就是欺骗的计谋，英文叫 trick。放在侦探小说里，简单来说，就是凶手作案手法的设计，或者说，故事谜团的设置。接下来的问题是，凶手为什么要设计诡计呢？"

"当然是不想让警察查出来啦。"王昊辰不屑地说道，好像这是一个相当弱智的问题似的。

"没错,那我们写侦探小说,为什么要设计谜团呢?"

没有人回答。尺八看着徐佳琪,徐佳琪吐了吐舌头,不知道怎么回答。

"其实没大家想的那么复杂,当然是为了让故事更吸引人了。"

尺八顿了一下。

"这里我多说一句,写侦探小说有一个重要的前提,就是心里要有读者。我们是为了取悦读者而写的。读者高兴了,我们就高兴了。对吧?这也是通俗小说和严肃小说最大的区别。严肃小说只要对自己负责就好,而通俗小说则是要对读者负责……"

"老师,什么是严肃小说?"一直没说话的小朋友毛子豪说道,"是不是读了会让人很严肃?"

"呃……倒也可以这么说。"尺八说道,"好啦,下面我们开始上课。"

液晶电视上的画面更换,变成了一张图表。尺八微微侧身,看着屏幕。

"以下呢,是我个人总结的有关侦探小说的八条经典诡计模式,大家可以看一下。"

一、暴风雪模式(代表作品《无人生还》,作者:阿加莎·克里斯蒂)

二、密室(代表作品《三口棺材》,作者:约翰·狄克森·卡尔——密室之王)

三、不在场证明或者时刻表诡计(代表作品《圣女的救济》,作者:东野圭吾)

四、关于凶器的诡计(代表作品《名侦探柯南》中某一集,冰锥的设计)

五、身份的诡计(代表作品《双曲线的杀人案》,作者:西村京太郎)

六、叙述性诡计(代表作品《你好,李焕英》)

七、字谜游戏(代表作品《达·芬奇密码》,作者:丹·布朗)

八、物理性诡计(代表作品《斜屋犯罪》,作者:岛田庄司)

"诡计模式可能不止这八条,但这些基本上算是比较经典的了。我一一给大家介绍一下。暴风雪模式,其实又叫孤岛模式,通常指的是一群人被困在某个地方,与外界切断了联系,然后这群人中不断有人死去。其中有一个侦探,开始破案,最后发现,凶手就在这群人中间。这里面我推荐大家去看阿婆的代表作《无人生还》,看完就可以理解了。"

"阿婆？"

"哦，阿婆就是阿加莎·克里斯蒂，她是历史上最著名的侦探小说女王，英国人。她写了很多书，还记得我们第一节课讲侦探的时候，提到的那个大侦探波洛吗？就是她笔下的人物。除此之外，她创作的名侦探还有马普尔小姐，还写了一些中短篇故事，包括舞台剧剧本，总之非常厉害。"

"老师，《三口棺材》是什么书，听起来有点吓人。"

"哦，这是被称为'密室之王'的约翰·狄克森·卡尔的代表作。什么叫密室呢，就是凶案现场房门紧闭，窗户也从里面锁死，从外面进不去，但死者却死在里面，凶手不翼而飞了。凶手到底是怎么做到杀完人之后，消失在空气中的呢？这就是密室诡计。密室也是推理小说中运用最多的诡计了。"

"明白了。确实挺诡异的。"

"不在场证明不需要解释了吧？死者遇害时，嫌疑人并不在现场，甚至在千里之外，如果确定他是凶手的话，那么他又是如何制造不在场证明的呢？"

"太玄乎了。"

"其实没那么玄乎，都是智力游戏，你们多看几本侦探小说就知道了。第四条，凶器的诡计。大家都看过《名侦探柯南》的动画片吧？"

下面只有徐佳琪举起了手。

"不会吧，你们大部分连柯南都没看过？"

"我妈都不让我看电视。"王昊辰说道。

"那你呢，周慧颖？"

"我每天功课忙得要死，没工夫看。"

"好吧。"尺八没有问毛子豪，因为他已经把脸撇到一旁去了。

"柯南里有一集，说的是凶手用了一种冰锥杀人。杀完人之后，冰融化了，不见了，凶器也就自然消失不见了。这就是所谓凶器之谜。要知道，通常找不到凶器，很多案件就无法结案，也无法找出真正的凶手。"

众人点点头。

"好了，下一条，身份的诡计。通常指的是交换身份作案，一个人作了案，却显示是另一个人。"

"这怎么可能？"

"当然可能，比方说，西村京太郎的《双曲线的杀人案》，他采用的是双胞胎作案的手法……"

"双胞胎？"

"对，利用相同的样貌制造时间差。这样一来，就完全把故事中的警察耍得团团转了。"

"原来是这样啊。"

"好了，第六条，叙述性诡计……"

"老师，等一下。你上面写的《你好，李焕英》我看过，是个喜剧片，不是一个侦探故事啊。"

"没错，这虽然不是一个侦探故事，但确实是一个典型叙述性诡计。我们在看影片的过程中，一直都以为李焕英那个角色不知道穿越过来的女儿的身份。但事实上她一早就知道，甚至是一起穿越回来的，只是故意不说，最后才反转过来，给观众一个震撼。所谓叙述性诡计，简单来说，就是作者或者说编剧，有意地隐瞒了某些线索和信息，引导读者或者观众进入一个错误的叙事里，最后再把这个信息突然翻出来，形成故事的大反转，给读者以震撼的感觉。"

"啊，这个不难啊，我应该可以。"王昊辰说。

"你可别小看这种手法哟，也是不容易的。记住，玩归玩，但一定要做得合情合理，否则读者就会以为你在捉弄他们，这样很不好，会被骂死的。"

大家似懂非懂地点了点头。

"继续。第七条，字谜游戏。这个比较好理解吧。"

"就是出题猜谜呗。"

"对，通常是凶手犯罪之后故意留下线索，跟侦探玩游戏。侦探要破解了这些谜题，才有可能接近真相，抓到凶手，但也可能不知不觉落入了凶手所设置的陷阱中。比如阿婆的《ABC谋杀案》。当然，这个谜题可能是死者临死前留下的，侦探需要解谜才能破案。这里面比较典型的是丹·布朗的《达·芬奇密码》。"

"那最后一条，物理性诡计呢？"

"最后一条对我们目前而言其实是最难的，但也是最硬核的诡计。简单点说，就是利用物理性材料，或者说真实的物体，进行诡计设计。比方说日本新本格大师岛田庄司的《斜屋犯罪》，他就是用了一招大家想都想不到的

_ 063

办法。"

"是什么?"

"不能说,说了就剧透了。但基本上是一种在现实中不太可能发生的方式。"

"什么?这样也行?"

"所以叫新本格嘛。在新本格中,诡计的新奇是最重要的,至于现实逻辑嘛,哪怕不太合理也没关系。"

大家听完彻底蒙了。

"这个关于推理小说的流派,我以后再跟大家说。现在,大家差不多知道一些诡计的设计模式了。为了让大家活跃一下头脑,我出几道题给大家猜一下,看看究竟是用了什么诡计犯罪的。请听好。"

电视屏幕变换。

"第一题,话说城里赫赫有名的富翁朱刚烈,最近得了忧郁症。忽然某天,这位富翁提出他要独自去Ａ岛度假。他让自己的私人飞机驾驶员李天峰驾驶直升机,送他去Ａ岛……"

五道题之后,气氛开始活跃起来。大家对这种猜题的游戏还挺开心的。

"怎么样,大家现在有兴趣给自己的侦探小说设计诡计吗?"

"有!"孩子们异口同声,兴奋不已。

"那好,今天的写作内容就是:给你的侦探小说设计一个诡计。具体怎么设计呢?我给大家一些提示——第一,选择一个诡计类别,上面我提到了八种,当然也许更多,你找准一种模式去设计就可以,不用太多,多了反而会混乱。第二,利用大家自己的想象力去想一个华丽的谜面。这个谜面呢,听上去越不可思议、越难以办到、越独特,就越好。第三,给侦探或者读者设置解密的障碍,不要太明显,一定要山路十八弯。要记住,这就跟魔术一样,越是难猜,读者反而越开心,侦探反而越兴奋。第四,想一个出乎意料的谜底。不过要记住,暂时先不要把这个谜底揭示出来,你们自己心里知道就好了。因为这个谜底需要读者跟着侦探一起去探秘的,那是我们下节课要讲的内容。知道了吗?"

"知道了。"

"那么,下课吧!"

尺八刚要收拾东西，下面有人喊了一句。

"老师，等一下！"

"怎么了？"

是周慧颖。

"我想问一下，你的那个小说《舞》的诡计是什么？"

尺八看着周慧颖。

"我是说，如果故事中那个赵元成是被冤枉的，那么凶手究竟是设计了一个怎样的诡计才能让警察也看不出来？"

"这个问题，我也不知道。"

"你也不知道？"

"嗯，这个问题可能需要那个侦探——蒋健去查出来。"

"可是他后来没查了呀。"

"是的，但他会查的，我之前说的只是故事的开始。他马上就要查起来了。"

"什么时候？"

"很快，也许就是现在吧。也许他已经在查了。"

说完，尺八准备离开。

"老师，我还有一个问题！"

"说。"

"你说这是你写的一部小说，但我听起来怎么好像是真实的。这么说吧，如果是小说的话，你作为作者，难道不知道凶手的诡计是什么吗？而你说不知道，说明这起案件是真实的，你就是那个被冤枉的赵元成，对吗？"

周慧颖一口气把自己心中的疑惑都说了出来。其他三个本来准备要离开的同学也站住了，大家一起看着尺八老师，期望得到一个答案。空气凝滞了片刻。突然，尺八笑了。

"不，那就是一部小说，你想多了。我当然知道凶手的诡计是什么，但我现在不能告诉你们。我只能这么说，蒋健不知道这个诡计是什么，作为故事中的人物，他必须自己去想明白这个问题，而不是由作为作者的我的上帝之手去操控他。"

"人物自己想明白？"

_ 065

大家完全蒙了。
"你们以后会知道我在说什么。"
说完,尺八头也不回地走出了教室。

第五章
父子

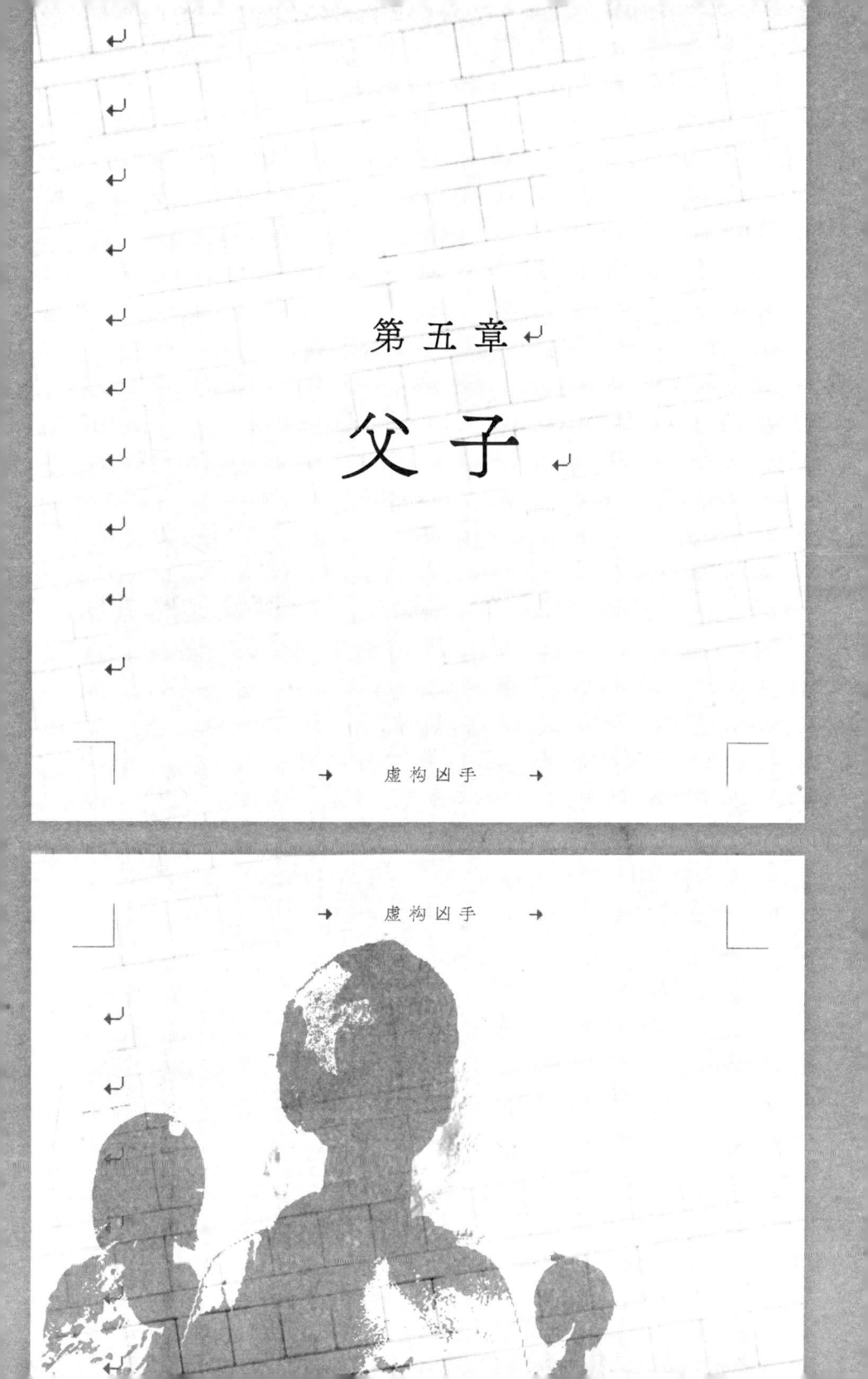

I

尺八将头从笔记本电脑前抬了起来，一脸茫然。

自从看见毛飞进入南风大剧院之后，他内心一直被疑云笼罩。毛飞已经不拉二胡很多年了，他现在只是一名少儿培训中心的老板，会跟南风大剧院有什么关系？于是，回到公寓后，他花了一些时间，在网络上搜索有关剧院的所有消息。

这家大剧院开业于二〇一三年，也就是十年前，无论从场馆规模、设计风格，还是引入的剧目来看，都是本市目前最好的大剧院。在南风大剧院的官网上，能找到有关剧院的各类新闻、部分管理层、常驻交响乐团、芭蕾舞团、民族舞团、影剧院等简略信息。然而，尺八并没有发现有价值的线索。

也许，毛飞是会去见某个人的。会是谁呢？他想来想去，决定再走一趟。

大剧院的官网显示，今晚有一部舞台剧要上演，开始时间是七点半。现在已经是下午五点多了。尺八迅速订了一张票，披上外套，出了门。

一个小时后，在大剧院外不远处的面馆吃了一碗羊肉面后，他缓缓踱步到达了剧院的门口。还有四十分钟，演出即将开始。黄昏已至，天色昏暗，与冷飕飕的晚风，一起提醒着来往的人秋天的存在。

尺八看见剧院大门前的台阶上有几个缩紧脖子的票贩子，一边问人要不要票，一边又问人有没有票要卖。他穿过他们，过了安检，走进了南风大剧院。剧院大厅呈弧形，宽阔而空旷，地板至屋顶有数十米高，墙壁和地砖都是用一种土黄色的花岗岩铺设而成的，在两侧分别负责上下的手扶电梯中间，是一片巨大的步梯。

尺八顿时产生了一种紧张的感觉。多年的牢狱生涯让他对这种空荡的区域会感到莫名焦虑。相反，身处那种三十平方米的狭小公寓，他倒是有一种踏实的安全感。

在自助机上取了票，坐电梯上了二层，这里已经熙熙攘攘聚集了不少观众。往左是去影院——这里拥有本市最大的 IMAX 电影院，吸引了很多年轻人前来观赏最新的商业大片；往右便是剧场了。

尺八一眼就看到了那幅巨大的宣传海报——《白夜行》，这是根据日本悬疑作家东野圭吾的小说改编的话剧。海报上是男女主人公大头照，女人站在男人的身后，用手捂住了男人的眼睛。这个故事他早就读过，讲的是一个男孩为了保护一个女孩，从小到大，帮助她成功隐瞒身世，不断清除和杀死她身边的人，最终自己也死掉的故事。

挺残酷和阴暗的，他不打算给写作班的同学们讲这个故事。

一些观众已经在入场口等着了，还有一些则选择了在这幅海报前拍照，表明他们确实来这里看过这么一出话剧。他们摆出各种造型，脸上洋溢着与文艺沾边的快乐。

到了七点十五分，剧院开始进观众了。尺八随着观众往里面进，就在这时，他看见了一个熟悉的身影。尺八很惊讶，虽然对方已经苍老了很多，但他还是一眼就认出了对方。

那男人就在前面的队伍中，身旁跟着一个年轻、漂亮、端庄的女孩。她挽着他的胳膊，边走边聊。尺八注视着他那已经半秃的白发，在攒动的人头间浮动，仿佛一座耀眼的冰山。

很快，尺八跟着队伍走进了观众席区域。拥有 S 城最大舞台的剧场，观众席分为左中右三个区域。尺八因为票买得晚，只买到了后排右边区域靠门的位置，距离舞台中心有七八十米。不过，他倒乐得其所，因为这个位置正好方便观察。他看见那个老男人跟女孩坐在了前排中央的位置——整个剧场最好的位置。坐下后，在顶灯的照耀下，他的秃头就更加显眼了。

开幕前的几分钟，现场显得尤其嘈杂，直到后米敲过三下钟之后，观众们才开始进入状态。随即，现场照明灯暗了下来，演出正式开始了。

说实话，尺八不太喜欢这部戏。这个故事的内核太虐心了，而且作为一部悬疑剧，尺八完全知道整个故事以及它的真相，改编的版本也没有太多新意，所以对他而言，这里面没有任何悬念。失去了悬念，悬疑故事就变得没有吸引力了。而且在他看来，几个演员的表演也过于用力，虽然导演试图加入一些声光电方面的舞台设计，但依然无法掩盖整个剧作的平庸，让人如坐针毡。

不过,他的重点也不在于舞台上的那些人,而是坐在前排的那个白发老头。可惜的是,老头在整个看剧过程中,一动也不动,也不知道他是太过投入,还是已经睡着了。好不容易熬到了中场休息,尺八站起身来,转身走出了观演区。

他先去了趟卫生间,然后估算着大厅里出来休息的人已经多了起来,便混入人群,趁人不备,找了个空隙,钻进了剧场侧面的一道小门里。门后是一条长长的走廊,他判断应该是办公区域。走廊上此时空荡荡的。尺八尽量不发出声响,沿着走廊朝里走去,不时抬头看向头顶的摄像头。摄像头闪着红色的亮光,显然正在工作。而事实上,他也不确定自己在找什么。他路过了演员休息室、财务室、接待室,最后走到了院长办公室门口。这时,他听到了开门的声音,想转身已经来不及了。

"你找谁?"一个中年男人看着尺八。

尺八一时间手足无措。

"我,我在找厕所。"

"这里是办公区域,公共厕所在外面。赶紧出去。"

"哦,抱歉。"

尺八掉头就走,他感觉那个人的目光一直注视着自己的后背。他迅速来到走廊尽头,拉开门出去。门在身后关上,他才松了一口气。

下半场的戏就要开始了,有工作人员已经在催促外面的观众进场坐好。他不甘心地朝四周看去。这时,他看见一个妈妈带着一个十来岁的孩子从大厅的电梯上来,匆忙从他身边经过,朝剧院的某个角落快步走去。顺着她们前进的方向,尺八意外发现那不起眼的角落里竟然还有一个直梯。

"那位观众!"

他回过头,看见一名工作人员指着自己。

"可以进场了,下半场马上开始了。"

"哦,好的。"

等那工作人员转过身去的时候,他立即奔跑了起来。

电梯门已经开了,那对母女走了进去,正准备按关门按钮。

"等一下!"

他喊了一嗓子,然后在电梯门关闭之前,钻了进去。

"谢谢。"

说着,他假装去按电梯按钮,发现对方已经按了三楼——这里总高只有三层,于是就把手缩了回来,默默等待着。那年轻妈妈并不看他,而是半俯身,一边给孩子整理衣服,一边数落。

"跟你说了多少次了,快点,快点,别磨蹭,你就不听!每次都迟到,再这样,我下次跟老师说,你就别上课了好不好?"

小女孩不说话,一脸委屈地瞟了一眼尺八,一副要哭的样子。尺八瞬间就明白,这里的三楼是什么地方了。他对这样的画面再熟悉不过了。十秒钟后,电梯门开了,妈妈带着女孩冲了出去,尺八也跟着走出了电梯。

跟自己猜想的一样,电梯口就摆有本剧院正上演剧目的易拉宝以及招生简章。这里是南风大剧院自营的艺术培训机构。尺八走到一个文件架前,拿起一份招生简章,假装看了起来。

"家长您好,您是来给孩子报课的吗?"

尺八一回头,一个个子不高、笑容也不怎么甜美的女孩正看着自己。

"哦,是,我来看看。"

"您家孩子有多大了?"

"呃……"尺八脑海里浮现出了毛子豪的样子,"十岁吧。"

"男孩女孩?"

"男孩。"

"哦,有没有想学的项目呢?我们机构倚靠大剧院,无论是师资、场地,还是演出资源,都是其他机构无法比拟的。可以这么说,市面上有的,我们这里都有;市面上没有的,我们这里也有。"

"有没有作文班?"尺八灵机一动,"我家孩子作文写得不好。"

"作文班?对不起,我们这里是艺术培训机构,没有学科类的项目。"

"哦,那就不太好选了……"

"画画呢?"

"他男孩子不喜欢画画。"

"那要不学拉丁舞?现在小男孩跳拉丁舞的也挺多的,锻炼孩子的气质,也能健身、塑造形体。"

_ 071

"听起来还不错。"

"或者,戏剧怎么样?戏剧表演班是我们这学期新开的,很受小朋友欢迎,最重要的是,最新一届的授课老师,是我们培训中心的负责人。"

"哦,他是学戏剧的吗?"

"当然,他是学表演出身的。哦,对了,今天正在上演他的剧呢,他在里面演男一号。"

"是吗?"

"对啊,叫《白夜行》,他演男主角。不过今天已经是最后一场了,你现在买票来不及了,因为已经快演完了。"

"哎呀,那太遗憾了。这样,我考虑考虑吧。这张我能拿回去吗?"

"当然可以,请便。有时间的话,可以带孩子来试课,我们下周正式开课了。"

"行!上面有这里的电话,我决定了再打电话来。"

"好的,那您慢走。"

说完,前台小姐就离开了。

尺八赶紧坐电梯,下了楼,快速回到了观演区的门口。门口的检票员看了一下他的票根,提醒他进去时声音小一点,就放他进去了。

坐在自己的位置上,尺八这次用目光盯住了台上的男主角。不知道为什么,他觉得这个人有些面熟,不过一直到演出结束,他也没想起来这个人究竟是谁。

然而,到了演员返场上台鸣谢的时候,一切变得清晰起来。那个四十来岁的男主演(他竟然从少年演到了中年),一手牵着女主演上场,在其他配角的夹道鼓掌声中,走到台前,张开双臂,接受观众的欢呼,并鞠躬致谢。

接着,主持人上台给主演们献花后,给他递了个话筒。

"大家说,崔老师演得好不好?"

"好!"

台下异口同声,但尺八没开口。

"是这样,今天是《白夜行》的最后一场,我们请崔老师说两句,好吗?来,崔老师。"

那位姓崔的演员接过话筒。

"谢谢大家的支持。《白夜行》这出戏到今天呢，已经演了一百场了，很高兴有机会能表演这么一个复杂的人物，为了演这个年龄跨度很大的角色，我也是拼尽了全力……"

"崔老师为了演这个角色，足足瘦了十公斤哪。"

女主演把头凑到话筒边，补充了这么一句，台下惊叹一片。

"无论如何，为了这个舞台，为了所有爱我的观众，一切的付出都是值得的！"

掌声雷动。

"最后呢，我想感谢一个人，这个人就坐在台下。他，就是我的父亲！"

顺着崔老师手掌的方向，大家的目光瞬间聚集在了那个白发老人的身上。那老人站了起来，微微欠了欠身，跟大家挥挥手，算是打了招呼，又坐下了。

"我的父亲是一位导演，一名德艺双馨的老艺术家，没有他的鞭策和指引，我不可能有今天的成绩。如果说我在剧中一直在保护着我们故事的女主角，那么我的父亲就一直在现实生活中保护着我。所以当着大家的面，请容许我说一声，爸爸，谢谢你！"

崔老师双目饱含泪水，向台下的父亲深深鞠了一躬。现场再次响起了雷鸣般的掌声。而后排，尺八一动也没动。他现在终于想起，这对惺惺作态的父子到底是何方神圣了。

在剧场另一端的角落里，刑警蒋健同样认出了舞台上这对父子的身份。在这瞬间，他沉寂多年的办案热情似乎又重新回到了身体里，并开始熊熊燃烧。

二十年前，他曾试图去调查案情的真相，去证明赵元成是冤枉的，但没有获得任何有价值的线索。随着赵元成的认罪，他放弃了对这起案件的追查，一切都成了定局。

也许他是被冤枉的，也许不是，但又有什么关系。而蒋健还年轻，人生路漫长，终究要甩开膀子去走自己的路，没必要无止境地纠结在一个已经定案的案件里。只是偶尔在深夜，他依然会被那两幅画面所震动。

一个是，赵元成那张混着血和泪、充满痛苦地说自己是冤枉的脸；另一个是，自己跌落在那摊血污中的羞耻瞬间。

蒋健意识到自己的人生被什么东西绊住了，就像喉咙里卡了一根细细的鱼刺，咽不下去，拔不出来，即便影响不是很大，但就是感觉它一直在那里，隐隐作痛。只有他拼命工作的时候，才能暂时忽略它的存在。

从正式成为警察那一天起，他就成了拼命三郎。他不断地琢磨刑侦技术，奋力地抓捕坏蛋，废寝忘食地研究罪案细节，积极完成上级交代下来的任务。他聪明、认真、好学，同时充满正义感，很快就在警队站稳了脚跟。

一开始，大家还是把他当"小孩"，给他最脏最累的活儿，拿他那次摔倒的事开涮、开玩笑。直到有一次，他在食堂窗口打完饭，端着饭盆从一群同事的面前走过时，有个不识相的家伙突然大声说道："喂，滑仔，小心你手里的餐盘，别滑倒啦，否则就没饭吃啦。"

在一片哄笑声中，蒋健转过身，端着饭盆面无表情地朝那家伙走去。笑声逐渐减少，并随着他将整盆饭菜都倒在了那家伙的头上，戛然而止。

那家伙愣住了，等想起要还击的时候已经晚了。他的拳头还没伸出来，脚下就被蒋健用脚尖一钩，仰面摔倒在了地上。现场鸦雀无声。蒋健扫视了众人一圈后，面不改色地走出了食堂。

事后，领导把他俩叫了过去，分别给了一个处分。不过，从此以后，"滑仔"这个称号就再也没有听人叫过。再后来，在一次与毒贩的交战中，他又英勇地救了那家伙的一条命。从此，大家更加对他刮目相看了。而他不仅在刑警队站稳了脚跟，而且稳步升到了刑警队长的位置。

事业上丰收，爱情上也没闲着。在三十五岁这一年，他与长跑十年的女友终于走进了婚姻的殿堂。但妻子不孕这件事似乎给他幸福的生活蒙上了一层阴影。一开始他还不太在乎，觉得没有孩子也挺好的，甚至警告自己的母亲，谁要以此为难妻子，就是跟他蒋健过不去。

但有一年，他带着媳妇回老家，全家族的人聚在一起吃饭的时候，一位婶子突然问了一句，你们家为什么还没生啊？蒋健原以为大家哈哈一笑就过去了，结果父亲突然说了一句：

"可能是报应吧。"

所有人都呆住了，因为关于他家里的往事，亲戚们都略知一二。

他父亲和母亲都是农村人，婚后家里很穷，吃饭都成问题。有一年母亲怀孕了，这本身是件喜事，但直到生下来的那一刻，他们才知道，是一对双胞胎，龙凤胎。因为营养不良，母亲的奶水不足，喂养一个孩子尚且困难，两个就别提了，根本养不活。几乎没有商议，父亲就把那个养不活的姐姐，扔进水桶里淹死了。

这是一个非常悲惨的真实故事。

更悲催的是，这天在酒席上，蒋健是第一次知道。对此，他感到极为愤怒且恶心。他愤怒的是，这件事从父亲的嘴里说出来，是如此自然和平常，仿佛淹死自己的孩子是一件多么普通的事情。而他，蒋健，是一名人民警察。

虽然他也能理解，在那个年代的农村，这样的事情不少，但心里还是觉得难以接受。妻子推说不舒服，想离开，而他表示赞同，站起来就走。离开这里，回到城市去。但他这一闹，父亲觉得丢了面子，拍着桌子说你敢。

对蒋健来说，没什么不敢的。于是，父子俩发生了一次剧烈的争吵。

"你怎么能做出这种事情？"蒋健吼道。

"这是没有办法的事情。"

"什么没有办法，你这叫杀人，你知道吗？"

"杀人？"面对儿子的指控，父亲也吼了起来，"小兔崽子，你管这叫杀人？当警察当傻了你！"

"难道不是吗？你杀死了自己的亲生女儿！"

"当时家里穷，我只能养一个，不是你死，就是她死，你选一个？"

"我不选！你就是找借口，重男轻女！"

"你再说一遍？"

"说就说，我还怕你啊！重男轻女！杀人犯！"

"小兔崽子……"

一个酒杯朝蒋健飞了过来，结果没砸中蒋健，反而砸中了蒋健的媳妇童菲。童菲"啊呀"一声，捂着眉角，就大哭起来。一股血水顺着指缝流了出来，蒋健彻底愤怒了。他一把将桌子掀了，不管不顾，然后指着父亲说，他这辈子再也不会回来了。

"你这个魔鬼！"

父亲被亲戚们拉住了。

"滚！"

蒋健扶着媳妇上了车，开到了县城里的医院。童菲眉角被缝了两针，幸运的是，这一下打在了眉毛的内部，才没有破相。治疗结束后，他就开车回到了S城，直到今天，已经有两年没有回去了，也没有和父亲说话了——除了偶尔和妈妈电话聊两句。

"我再也不会原谅那个魔鬼了。"

"可不准你这么说你爸。"母亲劝解道。

"不是吗？杀死自己的女儿，打伤自己的儿媳，我还记得小时候他喝醉酒后是怎么对我实施家庭暴力的。"

"你父亲虽然有这么多毛病，但他毕竟是你爸，养育了你这么多年，省吃俭用供你上大学，考公安，你才有了今天啊。"

"别提这了，他也知道我是公安啊，当着我的面说谋杀的事情，我没抓他算够给他面子了。"

"那都是二十世纪八十年代的事情了。"

"那他也不能认为自己是对的，一点反省都没有，还说我是报应，我报应谁了我？"

"儿子啊，你们俩都消消气，都是亲生父子……"

"我没有他这个父亲，魔鬼！"

说完，他就把电话挂了。他痛苦极了。每到这时，他就会想起另外一对父母。为什么人和人的差别会这么大呢？

他的父母，因为重男轻女的思想，干过杀人的勾当。而另一对父母，选择无条件相信自己的孩子是无辜的，为孩子申冤。他永远记得，那对老人举着告示，跪在公安局门口的样子。告示上写着：我们儿子赵元成是冤枉的，他没有杀人，请救救他吧！

好几次，他都想上前去搀扶他们一把。但领导当时下了死命令，无论是谁，除了专案组民警，都不得接近这对老人，否则就别想在这里干了。最终，他忍了下来，假装看不见，但内心在滴血。

终于有一天，那对老人不见了。他一打听，才知道赵元成认罪了，被改判成了二十五年，事情成了定局，老人也没必要再闹下去了。他四处寻找这对老人的下落，终于在一座高架桥下面找到了他们。原来赵元成的母亲疯了，父亲负责照顾她。

他们变卖了家产,给孩子申冤,直至穷困潦倒,靠着捡破烂为生。他们都不愿意回老家,说是要等到孩子出狱的那天,说是为了方便探望自己的孩子。遗憾的是,他们终究还是没等到那一天。

那段时间,蒋健偶尔会去看望他们,带一点吃的,但每次都被发了疯的母亲拼命赶出来。她说,都是他们这帮警察,抓错了人,才让自己的孩子被冤枉的,她不想看到他。而有时候,他穿便服过去,她又认不出来他是谁了,有时候甚至把他当成了自己的儿子赵元成。

那个父亲也是个好人,他说这事不能怪警察,要怪就怪那个坏蛋,真正的凶手。又解释说自己的老太婆脑子出了问题,不要介意,同时拜托蒋健继续抓坏人,找真相。下雨天,他们会躲在桥下的简易棚里,一起喝一顿小酒。有时候喝多了,他会不自觉地把自己当作赵元成,热切地叫这对老人爸爸和妈妈,叫到最后自己和老人一起痛哭。

几年后的一天,当他拎着卤菜和小酒来到简易棚的时候,被眼前的一幕震惊了。一群城管正在拆除那个简易棚,而那两位老人已经不在了。一打听,才知道赵元成妈妈在前一晚去世了。而那个父亲接受不了这一切,也上吊自杀了。他留下一份遗书,希望自己的孩子有一天能洗刷冤情,重返社会。他还希望能和妻子葬回家乡。

蒋健感觉心如刀割。他请了几天假,为完成老人的遗愿,亲自把这对老人的骨灰送回了他们的家乡下葬,入土为安。他从没有去看过赵元成,他害怕把这个悲惨的消息告诉他。无论如何,这对一个二十几岁的年轻人来说,实在是太残忍了。之后每年的清明,他都会到那个叫作C县的美丽地方,上山给老人扫墓。

今年,他又去了,那是一个阴雨连绵的日子。他上完坟之后,接到了母亲的电话。她问蒋健要不要回来给爷爷奶奶上坟,又说他父亲现在身体不太好,希望他有空的时候回来看看。他只回了句"再说吧"就挂断了电话。

从山上下来之后,他在一家面馆吃面。那是一家开了很多年的面馆,每次扫完墓,他都会来吃一碗蕈油面。这天同样点了一碗,红红的,油乎乎的,看起来一点胃口也没有。就在这时,他听到隔壁桌有人在说话。

"你知道吗?阿成出来了。"

"哪个阿成？"

"就是咱们村的那个阿成啊，当年读大学时杀了女朋友的那个，被关了将近二十年。"

"是吗？啥时候出来的？"

"听说已经有一两年了吧。"

"他现在怎样了？"

"不知道，我也没见过……"

"唉，一转眼都过去这么多年了。"

"是啊……"

后面的，蒋健就没再往下听了。他起身付了钱，留下一碗没动过的蕈油面。之后，他独自一人走在泥泞的乡间小路上，浑身充满一种奇妙的悲伤。

是啊，一转眼，都这么多年了。有些事情该有个了结了。

⧗

从得知赵元成已经出狱的那天起，蒋健开始被一种莫名的焦虑困扰着。

基于那张血泪混合的愤怒的脸，以及因入狱而导致家破人亡的悲惨事实，他总觉得赵元成会是一颗随时被引爆的定时炸弹。他去了趟曾经关押赵元成的城北监狱，了解了一些赵元成在狱中的情况。

从起初多次自杀，到后来不再闹腾，参加文艺会演，表演吹尺八，表现优异获得减刑，提前七年出狱了。毫无疑问，这些关于赵元成的信息都是正面的。但一走出监狱的大门，他依然心里不踏实。

耳听为虚，眼见为实。从那以后，除了正常工作，蒋健还给自己增加了一项特殊任务：盯住赵元成，看他想干什么。

很快，他就找到了赵元成的住处——郊外一处价格低廉的平房单间，开始对赵元成实施盯梢。就这么断断续续跟了差不多一个月，他放弃了。

以他的观察来看，赵元成出狱后安分守己，并没有做什么出格的事情。相反，作为一名刑满释放人员，他出去找工作屡屡碰壁，在社会上几乎已经没有了立足之地。蒋健想过是不是要帮他一下，但又觉得自己无能为力。而且出于某种愧疚和胆怯，他不打算露面，避免与之产生任何没有必要的联系。

因为刑警队工作实在繁重，终于，他把赵元成放在了一旁。这期间，他个人遇到了一件重大的家庭变故，妻子童菲在某个夜晚突然提出要跟他离婚。他深感震惊，追问理由。

"对不起，我不配做一个好的妻子。"

"为什么啊？"

"因为我生不了孩子。"

"我不在乎啊。"

"但我在乎。"

妻子的语气非常冷静。她的解释是，自己的压力太大了，因为她无法生育，导致蒋健与父母之间产生了如此大的隔阂和矛盾。

"原因都在我，对不起，我无法原谅自己。"

"这都哪儿跟哪儿啊。"

蒋健不理解也不同意。

"我已经决定了，就这么办吧。来，签字吧。"

她拿出准备好的离婚协议书和签字笔，放在了蒋健面前的茶几上。蒋健气得一把将协议扫在地上。

"我不签！什么毛病！"

"不签是吧？好，那我就起诉离婚。"

说完，童菲拖起早已准备好的行李箱，朝门口走去。蒋健发了疯似的冲到了门口，挡在她的面前。

"你这是去哪儿？"

"这段时间我先住我朋友那里。我还会回来拿东西的。"

"你这是干吗呀，简直莫名其妙！"

"你让开。"

"我不让。"

"让开！"

说着，童菲试着一把推开他。他用力一挥手，手背结结实实地打在了童菲的脸颊上。童菲愣住了。

"你打我？"

"对……对不起……我……我不是故意的……"

童菲冷笑一声，然后缓缓撩起了长发，露出了额头。眉角上那道伤疤在玄关顶灯的照耀下，显得格外刺眼。

"菲菲，我……"

"你们全家都他妈的有暴力倾向吗？！"童菲猛地咆哮起来，"给我滚开，不然我就报警了！"

"别，别报警……"

蒋健此时懊悔不已。他知道童菲如果真报警，留下家庭暴力的案底，作为一名刑警，他的职业生涯就完蛋了。他痛苦地朝旁边挪了几步，把门让开。

"菲菲，不要走好吗？"他恳求道。语气卑微，就差跪下来了。但童菲还是毅然决然地拉开了门，快速离开了。从那天起，他开始了独居生活。而妻子的离开，并没有让他跟父母的关系得到缓解。

就这么又过了几个月。有一天，他路过一家书店的门口，被一个广告牌上的海报吸引住了。海报上是一本名为《骗神》的小说封面。下面的文字写着：本书作者、悬疑小说作家尺八将于今天下午两点来本店召开新书签售分享会。在海报的最下面，是尺八的照片。他愣了半晌，然后推门走进了书店。

书店里的人并不多，即便在店内特意划分出来的活动区域，也只坐了十几个人。台上的人侃侃而谈。蒋健站在最后排的角落，默默地观察着这位叫尺八的悬疑作家。瘦小的身材，黑框眼镜，短发，带有南方口音的普通话。毫无疑问，这个人就是赵元成。

他在暗中默默地观察着赵元成，也就是作家尺八，听他讲述自己的处女作《骗神》的创作历程，突然有一种恍若隔世的感觉。他甚至觉得，二十年前的凶杀案根本就没有发生过。

这个叫尺八的男人只不过像多数普通作家一样，毕业，就业，辞职，开始文学创作，然后今天坐在这里聊自己的人生和写作。但他又觉得这一切太不真实了，就像是在欣赏一场没什么情节的电影。

在签售环节开始之前，他悄然退去。直到回到家躺在床上，细细回味，他才把这一切捋清楚。

赵元成出狱后找不到工作，就在网络上写起了悬疑小说，想借此维持生计——毕竟在虚拟世界没有人在意他是一个刑满释放人员。没想到的是，他写得还不错，竟然还出版了自己的作品，真成了作家。从这一刻起，他对赵元成的兴趣又起来了。他觉得赵元成这个人不简单，担心他会搞事情，索性对他重新实施了跟踪。意外的是，这一次，竟然很快就有了发现。

那天，他跟踪赵元成来到了一家名为"飞狐"的少儿艺术培训机构。在门口等了很久，赵元成才出来。他对这家机构进行了调查，得到一个让人意想不到的结果：这家艺术培训中心的老板竟然是毛飞——当年那起案件的相关证人之一。

他不仅是罪犯赵元成的朋友，而且那天晚上，他们和死者曾在一起。

多年以后，他依然记得当年毛飞所提供的证词：那晚是赵元成的生日，他们约了死者甄熹一起吃饭，目的是帮助赵元成追求死者，向她表白。后来大家都喝醉了，尤其是赵元成，醉得不省人事。于是，他和甄熹便一起把嫌疑人赵元成扶回了寝室，随后他就离开了，根本不知道发生了什么事。他说自己是第二天看到很多警察出现才听说出事了。他的证词没有什么漏洞，而支撑他证词的人，一个死了，一个成了嫌疑人，于是变得无懈可击。至于现场为什么会有他的指纹和脚印，他这套说辞也是可以说得通的。当然，对于赵元成的看法，毛飞表示无论如何都不相信他会杀人。可不是他杀的，又会是谁呢？

最后，随着案件的尘埃落定，也就没有这位证人什么事了。现在，时隔多年，赵元成又来找毛飞，目的会是什么呢？仅仅是为了老同学叙旧，还是为自己申冤？很快，答案就揭晓了，赵元成是来找工作的。他在这个培训机构开了一个写作班，教孩子们写作文。但问题是，真的就这么简单吗？

有没有这样一种可能：赵元成怀疑毛飞才是当年的凶手，所以才会故意接近他，目的是找到证据，查明真相，最终为自己的冤狱平反，也为自己死去的父母报仇雪恨。

一想到这里，蒋健就开始紧张起来。他知道自己决不能排除这种可能性。唯一的解决办法，就是盯死他。一开始，他并没发现这家伙有什么不对劲的地方。赵元成好像真的在认真教书，像一个作家那样。直到昨天，他看见赵元成一早就出了门，先是去了公园吹尺八——这些天来，他几乎每天都来此地吹奏尺八，音调忧伤、空旷，给人感觉蕴藏着故事。

后来，他跟着他去了麦当劳，并且就坐在他后面不到五米的地方。距两个人相见已经过去了二十年，赵元成根本认不出自己了。他静静地喝着咖啡，近距离地从侧后方观察着那张早已不年轻甚至饱经风霜的脸。过了一会儿，他开始意识到不大对劲，赵元成似乎在等人。他一直在偷偷观察着对面的小区，很显然有点心不在焉的样子。很快，他就明白赵元成在等谁了。

上午九点，毛飞从对面的小区里走了出来。他看见赵元成立刻起身，开门跟了上去，于是自己也赶紧跟了上去。在马路上，他们三个人形成了一种蝉、螳螂、黄雀般的连环跟踪。他们先后进入了地铁站，分别在一节车厢的前、中、后三个位置。他观察赵元成，而赵元成的视线则聚焦在了毛飞的身上。就这样，他们在同一站下了车，先后来到了南风大剧院的门口。毛飞进去了，但赵元成没有动。随后，他看见赵元成离开了。蒋健意识到跟踪行动并没有结束。果然，到了当天傍晚时分，赵元成再次一个人来到了大剧院。

他取了票，似乎是要看戏。蒋健观察了一下，猜测应该是《白夜行》。但去售票窗口问的时候，售票员告诉他，票早已经卖完了。

"如果你实在想看，可以去剧院门口问问。"售票员说道。

他想了好一会儿，才意识到，对方是让他去买黄牛票。作为一名警察，这多少让他有点愤怒。但想想，这也许就是社会现实吧。要是在他年轻时，他肯定要发飙的。但现在不一样了，他已经成熟了。他为自己的这种世故的成熟感到羞愧。

很快，他就用高于原价的钱买了一张位置并不是太好的票。到了入场时间，跟着队伍进入剧场。他在剧院里搜索了好一会儿，才在剧院另一端后排的座位上，找到了赵元成的身影。他不清楚这家伙这次来到底是干什么，所以只是远远地注视着他。结果没多久，他居然被舞台上的故事吸引住了。

他从没看过这出舞台剧《白夜行》的原著小说，因为他对这种假模假式的犯罪小说一向没什么兴趣。

自从成为成龙般警察的梦破灭之后，更加现实的刑事案件侦缉工作让他对那些虚构的东西嗤之以鼻。但奇怪的是，这一次他被《白夜行》的故事吸引住了。虽然从警察的角度来看，这对男女是在通过犯罪的方式保护对方。但不知道为什么，他却对这两位产生了共情。他觉得他们太不容易了。为了活着，为了在白夜中艰难行走，在人世间生存，实在是太艰难了。看到后来，他甚至有一种想哭的感觉。

等他意识到自己已经有一段时间没有往斜对角看的时候，已经是中场休息时间了。他回过头,顿时惊出了一身冷汗——赵元成不见了。

他在心中狠狠骂了自己几句,蒋健啊蒋健,你今天是怎么了?怎么会出现这么重大的失误?他硬着头皮站了起来,走到外面,把站在外面几乎所有的人都翻了个遍,还是没有找到赵元成的下落。

赵元成已经走了。唉,真是……算了,既然都这样了,还是回去把这出戏看完吧。

很快就进入了下半场。他再次投入到了剧情中,心情随着那对暗中保护彼此的男女起伏,直到结尾处,他终于落泪了。他拿出餐巾纸,准备擦拭眼泪的时候,一回头,再次惊住了——赵元成不知道什么时候又回来了。他疑惑不已,这段时间,他去了哪儿呢?

没多久,剧演完了,演员上台谢幕。男演员开始感谢自己的父亲。一提到这位父亲的名字,蒋健顿时浑身像过电般颤抖了一下。他想起来了,这对台上台下的父子当年也曾经被警方询问过。

他们当时在学校里搞了一出民族舞剧,说是改编自唐代传奇《离魂记》,台下的崔恒院长是导演,台上的崔苏生是男一号。但现在的问题是,不仅死者甄熹(演女一号),就连赵元成和毛飞两个人作为乐手都曾参与了这出戏。

怎么会有这么巧合的事情?他想不明白。之后,他看见崔院长被请到了台上,因为他有重要的事情要宣布。为了纪念《离魂记》演出二十周年,崔院长决定重新编排一版,作为年终大戏在剧场上演,欢迎大家到时候来捧场。而他,崔恒,将出山担任艺术总监,而他的儿子崔苏生将充当导演的角色。

蒋健回头看了一眼赵元成,虽然隔得比较远,但他依然能看到赵元成脸上的愤怒和怨恨的样子。他有种预感,那桩埋藏了二十年的血案将会被翻出来,重见天日。

⌛

"尺八老师,你是说那个叫蒋健的警察一直在跟踪你?"徐佳琪好奇地问。

尺八笑而不语。

"可是,你既然知道他在跟踪你,为什么还被他跟踪呢,为什么不把他甩掉?"这次提问的是王昊辰。

"你们还真幼稚啊，"周慧颖说道，"难道你们没看出来，上面这两章是以蒋健的视角展开的。"

"看出来了啊。所以呢？"

"所以这是小说啊，笨蛋，小说都是虚构的，都是编的。如果是真的，那尺八老师又是怎么知道人家蒋健脑子里在想什么呢？"

"编的？可是我听起来怎么跟真的似的。"

"对啊，还用到了毛子豪爸爸毛飞的名字。"

说到这里，大家都停了下来，回头去看毛子豪。

毛子豪正瞪大眼睛看着尺八。

尺八笑了笑。

"你放心啦，我只是暂时借用一下你爸的名字，因为现在还只是初稿阶段，我有一个习惯，就是用身边的人的名字来给故事里的角色命名，这么做就是为了省事，而到正式出版之前我会全换掉的。"

听到尺八这么说，大家（包括毛子豪）脸上的表情才放松下来。

"可我怎么还是觉得有点像真的。尺八老师，你就说句实话，这故事到底是编的还是真的？"

尺八继续保持着微笑。

"你们要记住我的一句话，永远不要去问一个作者，他写的小说是真的还是假的。"

"为什么呀？"

"因为他是不会告诉你们的。"

"咯咯！"

见大家有点失望，尺八挺了挺胸。

"好了，今天我们继续来分享大家写的小说。上节课我们讲了什么，大家还记得吗？"

"诡计。"

"很好。让我来看看你们的诡计吧。谁先来分享？"

大家面面相觑。

"怎么，还不好意思呢。那这样吧，我点名，一个个来。王昊辰，你先。"

王昊辰有些害羞地打开自己的作文本。

"那我就先开始了。我的侦探叫王英雄,他是一个有着数学缺陷的人……

"王英雄这天接到一个电话,说某公寓楼里发生了一桩命案,让他赶紧过去侦查。于是,他飞快来到了现场。公寓楼的门开着,警察已经提前来了,正在勘查现场。

"王英雄进去后,看见客厅的中间躺着一个人,呃,是个女人。她被杀死了,趴在地上,背上插着一把刀。"

"等等,你的诡计呢?"徐佳琪问。

"别打岔啊,我这不正准备说嘛!"他不满意地嘟囔了一句。

"你继续。"

"那个女人背上插了一把刀,刀尖的位置戳了一张纸,上面是一道数学题。

"7+13=?

"王英雄问这是什么意思。负责凶案现场的警察告诉他,他们也不知道,只能判定这是凶手留下来的——因为死者总不能给自己后背插一把刀吧。王英雄认为,这是凶手给警方出了一道题,至于出这道题的目的是什么,就不得而知了。"

"说完了?"

"说完了呀。尺八老师不是让咱们只给出谜面,不给答案吗?"

"你知道答案吗?"

"知道。"

"王英雄知道吗?"

"他应该暂时还猜不出来,因为他数学不好。"

一阵哄笑。

"什么意思?这么简单的加法题他也不会?"

"题他会,但这道题与凶手的联系,他想不明白。他是个数学白痴,恰好出现的谜题又是一道数学题,所以我觉得这起案件对他来说是一次挑战。"

"太棒了。"尺八叫了起来,"我喜欢你这个设计。虽然暂时不知道凶手是谁,但这种把谜题与侦探缺陷直接联系起来的方式,真的很棒!"

"真的吗?"王昊辰有点不好意思了。

"当然是真的。我可以问你几个问题吗?"

"问吧。"

"这个死者是什么身份?"

"数学老师。"他想了想,又补充了一句,"课外补习老师。"

"她是在哪儿遇害的,教室还是自己的家里?"

"自己家里。"

"所以她是在给人上补习课的时候遇害的,对吗?"

"这个嘛……"

"一个教师,在上课外补习班的时候遇害了,身上还有一道数学题,她该不会是被自己的学生杀死的吧?"

"尺八老师!快别猜了!都要泄底了!"

"好好,我不猜。不过我想提醒一下的是,谜题不要太简单哟,如果谁都能猜出来,那就不需要侦探了,也显示不出侦探的厉害,那么这个故事的可读性就会差很多。多数人读侦探小说就是要享受猜谜的乐趣。"

"嗯,知道了。"

"那你再好好想想,把这个题的难度设置高一点,好吗?"

王昊辰点点头,随即陷入了思考。

"好了,下一位,我们看一下……"

"看我的吧,我的诡计比王昊辰的好。"徐佳琪喊道。

"是吗?来,让我们看看。"

徐佳琪站了起来,清了清嗓子,打开了自己的本子。

"我的故事发生在校园里。"她瞟了大家一眼,继续说道,"那天,天气非常冷,前一晚下了一场雪,大地白皑皑的,操场上一个人也没有。

"早上八点,校门刚刚打开,孩子们有序地走进了校园。有的进了教室,有的则跑到操场上玩耍。就在这时,操场上传来一声凄厉的尖叫。很快,师生都围了上去,发现雪地上躺着一个人。

"一个女孩被杀死了,身上没有任何痕迹。"

"那你怎么确定她死了呢?"

"就是死了啊,她就是一具尸体。"

"可问题是,她没有伤痕,是怎么死的呢?"

"这就是我要设置的诡计了。"徐佳琪得意地说,"你们难道不好奇这个人是怎么死的吗？"

"被人杀死的？"

"废话，当然是被人杀死的。我是问，怎么死的！"

"用冰锥扎死的！冰锥融化了，找不到凶器！"

"不对。她身上没有伤口。"徐佳琪摇摇头。

"毒死的？"

徐佳琪再次摇摇头。

"不会是跳楼摔死的吧？"

"都说了没有伤口。而且操场离教学楼远着呢。"

"猜不出来。你继续说吧。"

徐佳琪点点头，继续说了起来。

"几分钟后，美女侦探小卷发到了案发现场。她其实就是这个学校里的学生，而那天她正好也要上课。所以，在警察来之前，她就已经检查过尸体了。"

"胡说，警察没来，不会让人动尸体的。"

"怎么不会？她很快的呀，那声尖叫发生之时，她就在教室，立马就跑了下来。而且……"

"而且什么？"

"而且死的正好是她的同班同学。"

"可是你这没有诡计呀。"

"有。"徐佳琪说道，"死者为什么会在学校还没开门之前就已经死在操场上了？为什么浑身上下没有伤口？她是怎么死的？她的尸体又是怎么出现在操场上的？"

"尸体周围有脚印吗？"

"没有。"

"下了大雪，却没有脚印，身上也没有伤痕……这很难猜啊，根本没什么线索。"

"所以说故事才刚刚开始嘛。"

"很不错。"尺八老师说，"我们就管这个故事叫作操场雪地杀人事件，怎么样？"

"好啊。"

"真没想到，你们都这么厉害。来，下一位，周慧颖……"

"我先来吧。"

毛子豪突然说话了。

"哟，这可是新鲜事。子豪，你也写了吗？"

"还没有，不过我画出来了。"

说着，毛子豪举起手里的画本，向大家展示自己的画作。在画中，一个穿白大褂的人倒在了地上，从周围的瓶瓶罐罐以及各种仪器设备来看，这里应该是一间实验室。地上满是鲜红的血液，死者是一名男性，戴着眼镜，手里还拿着一个扳手。

"死者是谁？"

"是一名科学家，专门制造人工智能机器人的。"

"哦，原来如此。"

"你的诡计是什么呢？"尺八问道。

"我没有诡计。"

"没有诡计？"

"对，我觉得那不重要。"

"哦，那你觉得什么重要？"

"悬念。我觉得要吸引人把这个故事看下去，只要悬念足够好就够了。"

"说得倒也没错。"尺八老师说，"那你的故事悬念是什么呢？"

"我的悬念是，我的侦探子豪一号。"

"这不是悬念啊。"

"不，是悬念。"

"可问题是，你都没把他画在纸上。"

"那是因为他逃走了。"

"逃走了？"

"对。他就是奇异博士制造出来的人工智能机器人，等他苏醒后，发现博士已经被人杀死了，所以他逃走了。"

"他为什么要逃走？"

"因为他担心自己被误认为是凶手，所以逃走了。"

"你是说，这个机器人……"

"人工智能。"

"这个人工智能机器人，子豪一号，会思考？"

"当然，他是人工智能。而且，他还通过计算，看出现场的情况对自己很不利，他很可能会被警方误认为是凶手。因为警方不了解机器人，以为这是一个科学失误。他害怕被抓起来给销毁了，所以就逃跑了。"

"也就是说，这个人工智能不仅会思考，而且还会有情感反应。"

"对，科学家就是这么设计的。"

"不错，很有意思，成了科幻片了，而且还是悬疑的。"

"而且，我想好了，"毛子豪得意地说，"他是个机器人侦探，就是说，他不仅要逃避警方的追捕，而且还要查出杀害自己'妈妈'的真凶。"

"妈妈？"

"对，就是那个把他制造出来的科学家。"

"哦，这样啊，倒有点意思。你这个故事给我的感觉像是亡命天涯模式。"

"什么？"

"就是主角被诬陷为凶手，他不仅要逃亡，还要查出真凶。这种模式用于小说最早起源于一部好莱坞电影，叫《亡命天涯》，后来逐渐发展成了一种悬疑小说的模式。"

"差不多就这么个意思吧。"

"很好！"尺八看着大家说道，"毛子豪同学给我们开了一个好头。其实我上课的内容都是一些技巧和套路，而我想说的一点是，我们学习套路的目的，就是去打破它。只有去打破，我们才能创作出全新、有生命力的作品。很棒，毛子豪同学虽然不怎么会用文字，但他同样在讲故事，真是超级厉害。"

得到表扬后的毛子豪露出了难得的笑脸。

"来，我们最后看一下周慧颖同学的作品。"

"我写的是一个古装的悬疑小说。"周慧颖说道，"古装的密室。"

"密室？"

"对。

"故事发生在一座寺庙里。一天清晨，和尚们聚在一起打坐晨祷的时候，发现住持不见了。于是大家就分头去找，可是寺庙几乎都找遍了，都没有住持的身影。这个时候,有一个小沙弥说,还有藏经阁没去找过。于是,他们一行人来到藏经阁门前,发现门上的锁被人打开了。他们推了推门,但门被人从里面闩上了。这时,有人却闻到了一股奇怪的味道,是血腥气。没有犹豫,他们合力撞开藏经阁的门。住持的确死在了里面,他是被人从身后用重器砸中后脑勺死的。大家在香案上找到了凶器——一个铜制的莲花烛台。需要说明的是,窗户都是从里面紧闭的,门是从里面锁死的,门闩则是被大家合力撞断了。可是,大家把藏经阁各个角落都找了一遍,并没有找到凶手。显而易见,这是一起密室杀人案。"

"凶手到底是怎么逃走的呢?"徐佳琪好奇地问。

周慧颖得意地摇摇头,表示不告诉她。

"不会是妖怪干的吧,变成一溜烟飘走了。"王昊辰说。

"这是侦探小说,不是《西游记》!"

"好吧。不过其实也很简单啊,查烛台上的指纹不就查出来了吗?"

"笨蛋,这是古代,哪有什么指纹可查。"

"欸,你怎么骂人!"

"我……"

"好了,好了,别吵架。"尺八说道,"我很喜欢这个谜团,但你必须得想好怎么去破解它。对于密室的设置,有几个忌讳,比如不能有密道,也不能是自杀,明白吗?"

"知道了。对了,老师,现在你可以给我们讲讲《舞》里面的这个诡计了吗?那个蒋健难道就没试着去破解一下吗?"

"有,当然有。"

"那你再跟我们讲讲嘛。"

尺八叹了口气。

"好吧,既然你们想继续听我这个故事,那我就再次请出蒋健,看看他当年是怎么试图去破解凶手的这个诡计的。"

第六章
回到案发现场

1

多年以来，困扰蒋健的一个重要问题是：如果赵元成是被冤枉的，那么凶手到底用了一招怎样的诡计，才把所有的警察都骗过了呢？

事实上，案发后不久的一个傍晚，他曾独自到过一次学校。他想试着重走一遍案发当晚死者走过的路。师父王队曾经告诉过他，作为一名刑警，除了走访、分析、推理、缉拿等常规破案手法，最好要有把自己整个放进案件里的决心。

所谓"整个"，有时候就是代入受害者或凶手，重新模拟一遍案件的全部过程。这是他参与侦破的第一起杀人案，有必要这么试一次。

蒋健先是站在学校门口，徘徊等待。到了傍晚五点半左右，他看见有学生陆陆续续从校内走了出来。和案发当日不同的是，这天是国庆节后正常上学日，而这个时间点正是同学们放学后晚餐的时候，尤其是有些不愿意在食堂吃饭的，便出校门来觅食了。

几分钟后，他混入了学生的队伍。他想象着这些学生中就有赵元成和毛飞两个人，他们一边聊着天，一边朝前走着，而自己跟在他们的后面，偷听对话。

"你觉得她今晚会来吗？"

"兄弟，不管来不来你都要做好准备啊。"

"有点紧张。"

"你紧张个啥，像个男人好吗？"毛飞说道，"无非两种结果——如果人家答应了，那你不就因为自己的勇敢而收获了爱情嘛；如果被拒绝，你正好能死了这条心，重新再找。"

"操，你小子怎么搞得跟个哲学家似的。"

"这只是一些简单的道理。也许我们的性格不一样吧，我喜欢爽快点，不喜欢婆婆妈妈，死也死个痛快。"

"行吧，死也死个痛快！"

"这就对了嘛。抱着必死的决心去做事情，没准会有大惊喜呢。"

两个人嘻嘻哈哈地横过马路，走进了对面的新新湘菜馆。

时间来到了晚上七点。在饭馆的一个小包间内，餐桌上摆满了油乎乎的辣菜，都没有动过。桌子一角，赵元成和毛飞喝着酒，一脸沮丧。在他们的脚边已经堆了一些空啤酒瓶。蒋健坐在对面，默默地注视着他们。

"来，兄弟，咱们继续喝。"赵元成举起了酒杯。

"先别喝了。人还没来呢，咱们就先把自己给整醉了。"

"她不会来了。"

"你着什么急呢，再等等。"

"还等啥呢，这都等了一个多小时了。"

"你瞧瞧你，总是这么没自信。"

"怎么可能有自信呢？人家那么漂亮，我算啥，一个小县城出来的穷小子，人家是舞台上的女主角，光彩夺目。我呢，就是一个躲在角落里吹竹笛的小傻×……"

"哦，你才知道自己配不上人家啊。"

"喂，还是不是兄弟，有你这么安慰人的吗……"

"安慰顶个屁用。"

"那行，不说了。来，再走一个……"

酒杯刚到嘴唇边，包间的门开了。一个靓丽的身影走了进来。

"对不起，我来晚了。"

甄熹一袭白色的连衣裙，就像一个希腊神话里的女神，瞬间照亮了这个油腻而脏兮兮的小房间。

九点半，三个人走出了湘菜馆。老板娘关上饭店门之前，好奇地看了他们一眼，随即消失在门后。金秋十月晚风习习，吹在他们的脸上，不冷不热，吹散了一些空气中的酒气和污浊。

"谢谢你们请我吃饭，我得回宿舍了。"甄熹看着赵元成，"生日快乐！"

赵元成点点头，一副有话说不出口的模样。

蒋健看着他们两个人的样子，觉得有点奇怪，但又说不上来是什么。

"那我走啦。拜拜。"

说着,甄熹就转身准备走。毛飞用胳膊肘顶了一下赵元成,示意他不要放过机会。但赵元成胆怯地摇摇头。毛飞瞪了他一眼,叹了口气,望向甄熹的后背。

"等一下!"

甄熹站住,转过身。

"那个……现在反正放假嘛,要不要一起去唱歌?"

甄熹看看毛飞,又看看赵元成。赵元成低着头,害羞极了。

九点五十分左右,三个人坐在一家KTV包房的沙发上,一边继续喝酒,一边唱歌。

事实上,是赵元成坐在一旁孤独地唱着,而毛飞和甄熹在划拳喝酒,正玩得不亦乐乎呢。

"就是开不了口让她知道,就是那么简单几句我办不到……"

赵元成就是这么忧愁和应景地唱着周杰伦的《开不了口》,而那边的两个人仿佛当他不存在。角落里,蒋健站起身走到门口,拉开门走了出去。随即,嘈杂的音乐声消失在了身后。

十一点半,毛飞手里拿着手电,从一处杂草丛里钻了出来。接着,他回身照亮身后的情况。在杂草丛的后面,有一个破损残缺的院墙门洞。很快,甄熹也从里面钻了出来。起身后,他们在等候着的蒋健面前,拍拍身上的尘土。

"幸好你知道这里还有个入口,否则今晚就回不去了。"甄熹说道。

"你居然不知道?这个洞很久了,一直是我们早出晚归的通道。不过,听说学校要重新翻修围墙,下次就别指望了。"

蒋健拿出笔记本,在上面记录下了这条信息。

"赵元成呢?"

刚说着,一个身影跟跟跄跄地从里面钻了出来,一头朝路边倒去,被手疾眼快的毛飞搀扶住了。

"你小子还行不行啊?"

赵元成挥挥手,意识模糊,嘴里含混不清地嘟囔了几句。

"你也没喝多少啊,怎么醉成这样?"毛飞不满地说。

甄熹也上前来帮忙搀扶。

"来,咱们把他送回去。"

"你们两个啊,真是一对奇葩。走吧。"

赵元成被夹在中间,左右都被人扶着。三个人开始蹒跚着前进。夜深人静,他们走在校园内的道路上,在昏暗的路灯映衬下,宛如三缕幽魂。蒋健跟在后面,一路抬头寻找,没看见有摄像头,或其他人。

到了男生宿舍门口,毛飞让另外两个人躲在阴暗处,自己故意去敲打门卫室的窗户。过了一会儿,屋内亮灯了,门卫披着外套走了出来。

"谁啊?"

没有人回答。

门卫不放心,拿起手电,走了出来,朝着黑暗中扫视了一圈。那三个人则趁机顺着墙根,从门卫的背后悄摸摸地溜进了宿舍楼。蒋健再次抬头,看见上面写着"男生宿舍"的字样。门卫低声骂了一句,回身把门关好,接着门后传来反锁的声音。蒋健等了一会儿,应该不会有人跟在他们身后溜进去的。

寝室门被打开了,毛飞和甄熹架着赵元成走了进来。他们把他扶倒在靠门位置的高低床的下铺。蒋健立在一旁默默地看着他们。

"你先走吧,我来照顾他。"甄熹说道。

"你确定吗?"毛飞看着她,脸上并没有惊讶。

"嗯,他喝了这么多,我担心他出事。"

"那好吧。"毛飞走到门口,站住,转过头来,"既然你这么喜欢他,为什么不直接答应他呢?"

甄熹摇摇头。

"现在还不是时候,我遇到了一些麻烦。"

"什么麻烦?"

"算了,说了也没用。"

"好吧。不过我们今晚演这出戏,真是可怜了我这个兄弟。他还以为你拒绝他了,才把自己灌成这样。"

"只能这样了。"甄熹黯然说道,"他是个好男孩,我配不上他。"

"别这么说。行吧,那我走了。"

"我一会儿看他没事就走。"

_ 095

毛飞叹了口气，转身离开了。甄熹关好寝室的门，然后去了趟卫生间，过了一会儿，她端了一个脸盆过来。她在赵元成的旁边坐下，用脸盆里的水打湿毛巾，拧干，轻柔擦拭着他的额头和脸颊。蒋健看到，她的眼神中满是忧伤和怜爱，同时又充满了痛苦。

突然，赵元成猛地坐了起来，一个翻身下了床，朝卫生间跑去。甄熹愣了一下，连忙跑了进去，看见赵元成趴在马桶上，疯狂地呕吐。她走上前去，拍着赵元成的后背，试图让他感觉舒服一点。

就在这时，门外响起了敲门声，蒋健一震。他看见甄熹犹豫了一下，站直，走出了卫生间，同时顺手带上了卫生间的门。门没关好，留下了一条细细的缝。蒋健把眼睛凑了上去，通过这条缝观察着寝室里部分的画面。他听见甄熹打开了门。

"你怎么……"

话音未落，就听见一阵喉咙被卡住的声音。蒋健想拉开门，但发现这根本不可能。他并不存在于现场。他心急如焚，只能透过那条门缝往外观瞧。甄熹出现在了窄细的画面里，仰着头，脖子被一只戴黑手套的手掐住了。她的表情痛苦而惊讶，挥着手朝前拍打，挣扎，但无济于事。她想喊，却发不出任何声音。接着，一个身影逐渐出现在蒋健的视线中。

那个人身材高大，穿着黑色的斗篷，从侧面看不到他的脸。蒋健把视线转到他的脚下，发现他的鞋上套着黑色塑料袋，显然是为了防止在现场留下脚印——这个凶手是有备而来。

甄熹脸色变得惨白，眼球暴突，看起来非常痛苦，但仍在挣扎。她试图用脚去踢打对方，但对方根本不在乎。随后，凶手抬起了另一只手。一把匕首被亮了出来，在灯光下闪闪发亮。甄熹吓坏了，挣扎得更加厉害。情急之下，她转过脸来，看向卫生间。

她的眼睛现在与蒋健对视了，那美丽的眼球犹如一汪湖水，满是绝望。蒋健想救她，但显然不可能。她伸出手来，乞求救援。但一切都晚了。凶手用匕首在甄熹的脖子上用力一划，鲜血就飞溅了出来。接着，他松开了手，让她倒在了地上。甄熹捂着自己的脖子，满脸痛苦的表情，但只能发出"咝咝"的哑声。她就如同一只被宰杀的公鸡，任热血流尽，慢慢死去。

随即，凶手伸手过来，关上了卫生间的门。眼前一片漆黑，黑暗中的蒋健已是泪流满面。他转过身，看向卫生间的另一侧，他知道赵元成就在那里。他想象着这个可怜的男孩已经吐完了积压在胃部的秽物，转身靠着瓷砖，正在呼呼大睡。蒋健想冲上去扇他耳光，狠狠把他扇醒，告诉他，他心爱的女孩正在门外遭到他人的杀戮，但他做不到。他缓缓蹲了下去，抱着头号啕大哭。

没多久，卫生间的门打开了，那个高大的身影出现在了门前。外面的灯光照进来，明晃晃的，使蒋健睁不开眼，也隐藏了这个人的脸。他缓缓走到赵元成的旁边，将那把匕首放在了他的手里，然后转身走了出去。门再次被关上，屋内重新堕入黑暗的深渊。深渊中，蒋健强迫自己停止哭泣，冷静下来，进入思考。

定有凶手的存在。赵元成当时已经醉得那么厉害，怎么可能杀了甄熹，还有能力把她搬到上铺。被捕后法医曾给他验过血，当时他血液里的酒精浓度高达 0.4%，这完全属于醉酒状态，不可能还有能力犯罪。

此外，他完全没有动机。如果说告白被拒绝，然后嫉妒自己的同伴毛飞，挥刀杀人，还可以理解。但问题是，毛飞离开后，是甄熹留下来照顾他。如果他当时还有意识的话，应该清楚甄熹是对他有意的。他完全没有必要杀死一个自己喜欢，也喜欢自己的女孩。

还有就是凶器。从始至终都没有证据能证明，那把匕首是属于他赵元成的，完全有可能是凶手作案后塞在他手里，嫁祸给他的。

既然有这么多疑点，当时为什么这么快就下了判决书呢？是他的认罪。赵元成不想让自己的父母受那么多的苦。他是一个普通家庭的孩子，当时证据对他非常不利，而他自认为没有背景，没有人帮忙，事态正朝着绝望的方向发展。

他放弃了，是因为死的是他心爱的女孩，顿觉人生失去了意义。他放弃了，是因为不想看着父母为自己受苦受罪。他们为了救自己，倾家荡产，病魔缠身。

而他觉得自己——一个不学无术、只想着恋爱、摊上命案的没有出息的混账儿子——不值得他们这么做。他放弃了，就是这么简单。

紧接着，蒋健突然想到一个之前一直忽略的信息——这个凶手跟甄熹认识。不仅如此，这个恶魔那天晚上就住在这幢男生宿舍楼里。

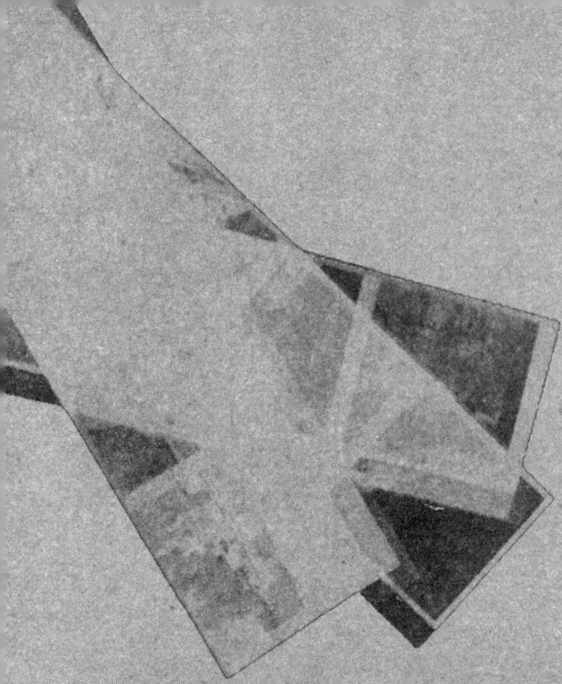

第七章
离魂记

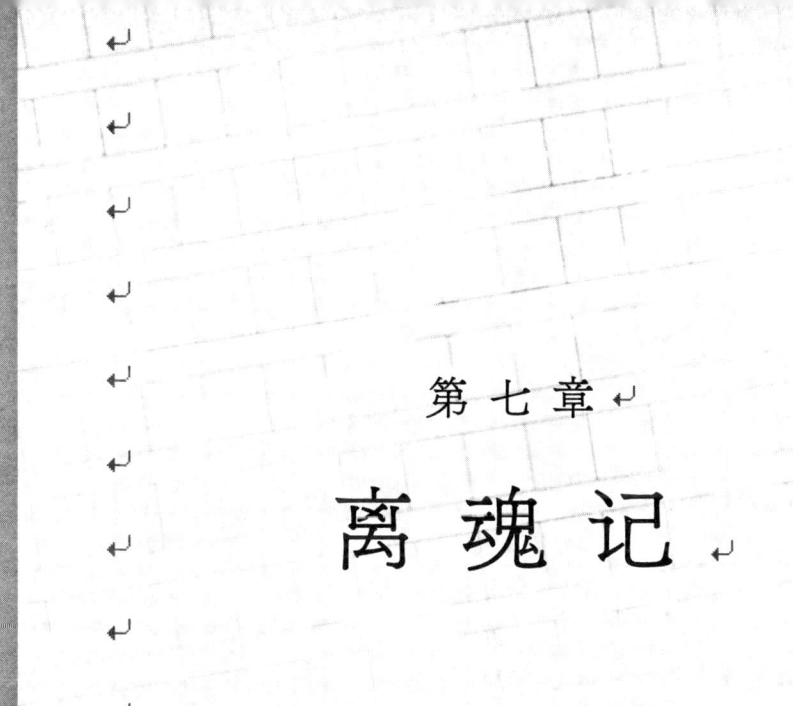

虚构凶手

1

要说这个世界上最让王昊辰不能理解的人，就是自己的妈妈王宝月。

王宝月今年四十八岁，生昊辰的时候差不多三十五岁了。高龄产妇加上先天性高血压，导致她整个怀孕和生产过程都充满了风险。因此，在王昊辰有惊无险地来到人世间后，王宝月对他的感受就像历经各种磨难而最终获得的稀世珍宝，可以说是付出了全部的呵护和宠爱。

从一岁长到十二岁，王昊辰一直过着小皇帝般的生活。给他买好吃的，带他玩好玩的，什么事情都依着他，从不打骂。因此那时候，在王昊辰的眼里，妈妈就是一个超级大好人，是世界上最爱自己的人，母子俩关系极为融洽。

哦，不对，那个时候的王昊辰还不姓王，而是姓曹，曹昊辰。故事的转折缘于一场离婚。

为了带孩子，王宝月放弃了做了多年的幼师工作，在家做全职妈妈。她的丈夫曹伟是做服装外贸生意的，全国到处跑，经常不在家。因此，曹昊辰从小跟这个爸爸就不亲。

有一次，爸爸说是去外地出差后就再也没有回来。他只是从妈妈偶尔失神的情况，猜想可能出了什么事情。后来，他才逐渐知道了事情的真相：曹伟在另一个城市跟别的女人生了孩子，并重新组建了家庭。

趁曹昊辰去上学的间隙，他们签订了离婚协议书。协议书中最核心的内容是，他不要昊辰的抚养权（因为那边已经有个孩子了）。为此，他除了留下一套房产和两百万现金，还愿意每月支付一万的抚养费，直到孩子年满十八岁。王宝月没有争吵、打闹，据理力争更多的财产，只是默然地在协议书上签了字。

令人惊讶的是，她发现自己竟然一点也不难过。她逐渐意识到一个清晰的事实：她的所有的爱早已经转移到了昊辰的身上，至于这个抛妻弃子的男人，爱死哪儿就死哪儿去吧。她完全相信就凭自己一个人，也能把孩子带好带大。但出于被背叛的怒气，她也在内心中暗暗发誓，要让这个混账男人后悔一辈子。

离婚后的第二天，她就拿着户口本去了派出所，正式把昊辰的姓氏由曹改成了王。从这时候开始，昊辰发现妈妈对他的要求开始发生变化。之前对他比较放任的妈妈，突然对他严格起来了。她不仅每天辅导他作业，还给他报了很多课外辅导班，骑着个电瓶车陪着他风里来雨里去，四处奔忙，全年无休。妈妈之前那种和蔼温柔的面孔已经不见了，取而代之的是整天严肃的表情、苦口婆心的说教，以及隔三岔五的怒吼。

对于妈妈的转变，一开始他还不大适应，存在着对抗心理和消极情绪。但妈妈总是用以下这样的话来教育他："妈妈现在只剩你一个亲人，以后我就靠你了，所以，我不允许你不优秀。"

事实上，妈妈并不是只有他这一个亲人，外公外婆都还健在。不过她和他们矛盾很深，已经断绝了来往。

妈妈又说："你难道要输给那个女人的孩子吗？你必须给我打起精神来，让你那不要脸的老爸看看，他失去你是个多么大的错误！"

王昊辰这时只能无奈地点点头，表示一定加油。但他内心其实对此并不理解。爸爸和妈妈不在一起，跟他有什么关系？他们结婚，他们离婚，都是他们自己的选择。事实上，他对这个父亲无感。即便他抛弃了自己，离开之前也没好好说一声再见，但就是对他提不起恨来，就像之前对他提不起爱一样。

不过，他还是决定站在妈妈这边。他懂事了，或者说他觉得自己懂事了，知道妈妈是这段婚姻的受害者，加上每天陪着自己这么辛苦，他不想让她失望。

按妈妈的规划（是的，这么早就已经规划好了），他将来是学理工科的，要成为科技人士，成为高精尖人才，成为高学历的大人物——她的前夫是一个只有小学文凭的服装外贸商。

所以，她不仅请了家庭教师给王昊辰辅导数学（他不敢跟妈妈说，他被老师骂蠢猪的事情，因为怕妈妈伤心），还给他报了各种兴趣课，比如乐高、魔方、电脑编程、图文设计等等，为将来的职业打好基础。反正这个钱是从爸爸给的抚养费里抠出来的，用他的钱来培养不要的孩子，等有一天反过来打击他。这是妈妈想出来的一招绝佳的报复手段。

当然，由于课实在太多，王昊辰难免有逆反心理。为了缓和他的情绪，王宝月也会依照儿子的要求，给他报一两门他喜爱的课，比如写作课。她知道他热爱读文学作品，也看过这孩子写的作文，说实话，不算差。但她始终有意无意地要压制住这个苗头——她认为，一个文科生在未来的社会上是没有什么前途的。工作难找，收入相比理工科偏低，不会有太大的出息。那样的话，他又怎么照顾自己呢？又怎么让那个没良心的男人后悔一辈子呢？说到底，这只是一个女人出于自身考虑的私心和忧虑吧。

以上这些，已经十三岁的王昊辰倒也不是完全不能理解。但有一点，他想破脑袋也想不通，就是，妈妈为什么要带他来参加一个戏剧表演班的试听课。据他所知，妈妈既不是舞台剧的爱好者，甚至都算不上文艺爱好者，而这门课对自己未来的科技人才之路也几乎没什么帮助，那是为什么呢？

直到后来的一天，他拿妈妈的手机玩游戏，意外发现了这个秘密。他在浏览器的搜索栏里，看见了一个女人的名字。他知道她是谁，只是没想到，她就是一个舞台剧演员。

后来，他翻看爸妈的聊天记录，大致拼凑出了爸爸出轨的原因。有一次，曹伟跟客户吃饭，对方是一个戏迷，于是他就陪对方去看了场演出。两个多小时的话剧看下来，曹伟什么剧情也没记住，眼睛光盯着台上那个女二号了。事后，他花了一大笔钱才把那个女孩追到手，为了她，甚至不惜与发妻离婚。

撇开他不谈，事情到了今天，妈妈依然在搜索那个女孩的信息，说明她还在恨，依然咽不下这口气。不管怎样，出于一种奇怪的心理，妈妈送王昊辰来试听了一节戏剧班的试听课。

当时讲课的是大剧院培训中心的负责人、国家二级演员崔苏生。一节课下来，貌似很有意思，但王昊辰对表演实在不感兴趣。说实话，他觉得这个老师有点凶。

"我们报了。"

等出来后，他以为妈妈会问他意见——要不要报班，结果妈妈擅自替他做了决定。他琢磨了半天，也想不通妈妈报班的理由。但不管怎么样，报了就必须得上，否则就浪费钱（这课可不便宜）了。于是，这个周六的下午，王昊辰坐着妈妈的电瓶车，硬着头皮来到了南风大剧院。

依然是崔老师上课——据说，崔老师就上这一个班的课，很多人抢着要进来，进来之前都要面试。但不知道为什么，他王昊辰就进来了。

教学地点安排在一个小型芭蕾教室里，三面都是镜子和扶手，中间铺上了彩色的泡沫板，孩子们必须得脱了鞋才能进入。家长是不能旁听的，他们只能出去等候。王昊辰想，妈妈这会儿会在什么地方待着呢。他一直对自己上兴趣班这段时间妈妈的去向感到好奇，但妈妈从来不告诉他。

整个表演班里一共有十五名学生。崔老师先是点名，点完名之后，开始带着他们做一些基础的热身运动。崔老师是一个四十多岁的中年男人，也亲力亲为做热身，看得出他平时热爱运动，身体状态保持得不错。热身之后，崔老师让孩子们围成一个半圆，盘腿坐在他的面前，然后开始了他的讲话：

"同学们，其实呢，我本来是不上课的，但最近因为要排一个戏，所以我打算亲自来教课。"

崔老师目光如炬地看着大家。

"问大家一个问题，有没有人知道《离魂记》的故事？"

"什么？离婚记？谁和谁离婚了？"有一个调皮的男孩这样说道。

众人哄然一笑。但王昊辰没有笑，他不知道离婚有什么好笑的。

"不是离婚，是离魂。"崔老师并没有生气，"离开的离，魂魄的魂。"

"没有，没听说过。"

"听起来有点吓人。"

"不会是鬼片吧！"

孩子们你一言我一语地聊了起来。

"安静！"

一声音量不大但充满威严的命令之后，孩子们逐渐安静下来。崔老师眯着眼睛扫视了一圈。当他的目光与王昊辰的目光相遇时，王昊辰感到了一股寒气。

"《离魂记》是唐代的一则传奇故事。老师我年轻的时候就演过故事的主角。那时候，我还挺帅的，不像现在这么老。"

他这么一说，同学们脸上紧张的表情变得松弛起来。

"最近呢，咱们大剧院希望重新排一版《离魂记》，但你们看，我都成大叔了，演不了年轻的男孩了，所以啊我灵机一动，打算排一个少儿版的《离

_ 103

魂记》，找一帮少年来演这个剧。风格上呢，尽量把它做得轻松、好玩，让孩子们也能喜欢上咱们的传统艺术。这个剧将由我亲自担任导演，所以呢，这次开班的目的很简单，我是来选演员的。"

孩子们不说话了，默默地看着他。

"一旦被我选中的演员，今年将有机会参演大剧院举办的跨年大戏。你们开不开心呀？"

"开心。"大家异口同声地说道。

"好了，那就这么定了。接下来呢，为了方便大家对《离魂记》有个了解，我就给大家讲一讲这个故事。"

"老师，我不想听。"一个小女孩说道。

"哦，为什么呀？"

"因为我觉得有点恐怖。"

"恐怖吗？其实啊，听起来吓人的事情，不一定吓人。而很多看起来不吓人的事情，才真的吓人呢。"崔老师笑着说道。

王昊辰瞬间被吸引住了。作为一个虽然爱说话但不爱上台的男孩，他对妈妈带他来参加戏剧表演班确实心有排斥。但一提到故事，他就来劲了。接下来，他仔仔细细地听崔老师简单叙述了这个奇怪的故事。

在唐朝，有两个年轻人，女孩叫倩娘，男孩叫王宙。他们相爱着，但他们的恋情并没有人知道，包括倩娘的父亲——他是一个大官。王宙是这个大官的远房亲戚，当时只是借住在大官家的。有一天，王宙终于决定要去跟这个大官提亲了。可没想到的是，他却听见了大官把倩娘许配给别人的消息。他惊讶无比，同时又悔恨难当。最后，失魂落魄的他跟大官说自己要去京城赶考，就离开了这个家。船行到半路，某天晚上，在港口停泊。王宙坐在船里独自喝酒，想到这段无疾而终的恋情，十分难过。就在这时，他突然听到岸上传来了一阵脚步声。似乎有人在喊自己的名字。他连忙起身，拉开帘子一看，竟然是倩娘追上来了。倩娘告诉王宙，自己是从家里逃出来的，想跟他一起私奔。事情发展到这一步，没什么好说的，两个人就私奔了。

"老师，什么是私奔啊？"又是一阵哄笑。

最后，两个人去了蜀地，远离家乡，在当地生活了五年之久。有一天，倩娘坐在家门口缝衣服的时候，突然就哭了。王宙忙问她怎么了。倩娘说自己在外面这么多年,也不知道父母怎么样了,很想他们。于是,经过一番商量之后,两个人决定回去。毕竟过了这么多年,父母的怨恨也该消了。船快到港口的时候,王宙托人往家里送信,说他们要回来了。但接到信后,倩娘的父母都吓坏了。为什么?因为倩娘明明就在家里,怎么会跟王宙在船上呢?原来,自从王宙走后,倩娘就病倒了,躺在床上一直昏迷不醒,也没有死。过了这么多年,一直都在卧室里躺着呢。正疑惑着,王宙和倩娘已经回来了。父母看到后惊讶不已,一时间不知道该不该认这个女儿。所有人此刻才知道,原来当年跟王宙私奔的,是倩娘的灵魂,而她的肉体留在了家里。就在这时,卧室的门开了,那个卧床多年的倩娘走了出来。紧接着,倩娘的肉体和灵魂合二为一。从此以后,王宙和倩娘过上了幸福快乐的生活。

故事讲完了,崔老师问孩子们有没有什么问题。

一个男孩举起了手。

"老师,这是个爱情故事吗?"

"是。"

"可我们都是孩子啊,怎么能演爱情故事呢?"

"我认为没关系,白雪公主也是一个爱情故事。我认为只要是美好的情感,就应该歌颂。而且,这次我把它改编成了儿童剧,会加入很多童真和喜剧的部分,会很适合孩子们看。这将是一次颠覆性的改编。"

崔苏生说完,得意地笑了起来。

在这个半圆的一角,王昊辰默默看着崔老师,心中产生了一种深深的困惑。他完全不理解,为什么一个人跟另一个私奔,可以灵魂与肉体分离。

不过他才十三岁,在这个世界上让他不理解的事情还多着呢。

⌛

二〇〇三年,也就是案发的那一年,赵元成正处于人生最迷茫的时刻。

当时,他已经在这所艺术大学读到了大三,对所学专业——竹笛的兴趣也在逐年减少,有时候甚至都不想去碰它。而曾经的他是那么热爱吹笛子,对民族音乐充满了热情和兴趣。

高中时代,他不顾家人反对,把全部的精力都投入到了练习和演奏中,并一定要报考音乐学校,立志成为一名竹笛演奏家。他完全不知道也不在乎,为了支持他,父母花光了家里积蓄,甚至还借了钱,送他去这所艺术院校读书。

当然,他当时的艺考专业分排名第一,也算是不辱使命吧,没有辜负家人的付出。那个时候,意气风发的他骄傲地认为,自己就是一个了不起的音乐天才。然而进了学校之后,他才意识到自己的那点才华狗屁不是。

S城艺术大学是全国有名的艺术院校,是全国各地具有音乐天赋的孩子聚集之所。赵元成虽然专业第一,但周围的人也不比他差多少,个个都天赋异禀、才华横溢。最可怕的是,作为一个从小县城出来的普通人家的孩子,他的那点见识和视野实在不值一提。

那些家庭优渥的城里孩子从小就浸泡在大剧院和外国音乐中,聊的都是大师的名字,嘴里吐出来的都是一些他听都没听过的专业名词。

逐渐地,他陷入了深深的自卑,凡事变得更加小心翼翼。到了后来,对未来感到悲观的他,开始有点破罐子破摔了。

他减少了练习的时间,每天去校外的网吧,沉溺在游戏《反恐精英》和偶像剧《流星花园》里无法自拔。那段时间,他觉得《陪你去看流星雨》这首歌比所有的古曲都好听。什么《凤求凰》,什么《春江花月夜》,都是垃圾,简直难听极了。而剧中那几个又帅又有钱的F4(中国台湾男子偶像组合),是他最渴望成为的人。

到了大三,赵元成颓废到了接近完蛋的边缘。他在这座城市没有熟人和关系,其他同学都去了剧团实习,而他只能一个人待在寝室,什么也做不了。那段时间,是他人生最黑暗的时刻。

当年他对音乐那股子热情早已荡然无存,并且越来越悲观地相信,以他的出身和条件,学艺术是没有任何前途的。他要么在网吧,要么躺在寝室睡觉,消极至极。

他开始逃避接听家人的电话,以免他们问起学业的情况而不得不撒谎应对。直到有一天,辅导员朱老师找到他,让他去参加学校年度大戏《离魂记》的配乐师选拔。

"我不想去。"他坦然地拒绝道。

"必须去。"

"为什么呀？我这么平庸，去了也一定选不上的。"

"不去你就拿不到毕业证了。"

"拿到又怎么样？这种毕业证在外面也找不到工作。"

"谁说的？也许能留校当老师。"

赵元成一听，顿时坐了起来。

"朱老师，你说的是真的吗？"

"我只是说也许。"朱老师冷冷地说，"你小子是有天赋和才华的，但光有没有用，得持之以恒地练习，同时还要保持自信心。这是一个展示你才华的机会，也许会被剧团看上也说不定。但你如果放弃了，很可能这辈子就再也没有机会了。怎样？现在还要去参加吗？"

"我去。"赵元成泪眼婆娑，"朱老师，谢谢。"

从那天起，他早出晚归，又恢复了以前苦练竹笛时候的状态。朱老师说得对，这可能是他唯一的机会了。幸运总是会眷顾那些勤奋刻苦的人。终于，在剧团面试的时候，他听到了认可的声音。

"小伙子吹得不错啊，下周来排练吧。"那个叫崔恒的导演说道。

这是赵元成第一次见崔导演，对这位慈眉善目、留着长头发的中年艺术家充满了好感和敬意。然而，正式开始排练之后，他才意识到自己在这出戏的角色其实微不足道。

这是一出改编自唐传奇《离魂记》的中国舞剧。舞台上的主角是那个穿着唐朝服饰的倩娘和另一位高大帅气的男主角。而他，赵元成，和大多数乐手一样，只能坐在后排角落里，在有需要的时候把笛子简单吹响罢了。

追光灯永远也不会照在自己的头顶。即便如此，他还是经常会想起朱老师的那番话，咬牙坚持着。前方依然茫然一片，坚持未必有好结果，但不坚持肯定死路一条。

让他意想不到的是，那束照亮自己的追光就这么毫无征兆地出现了。在一次排练的过程中，崔导非常不满意女主角的表演，发了一通脾气后，当即就把那位女士开除了。

没过两天，剧团里来了一位新的女主角。她刚一进来，就吸引住了剧场内所有人的目光，包括赵元成。

这个女孩个子不高，看起来小巧，但灵气十足、楚楚动人，身上随时散发着一种独特的气质。经介绍，她叫甄熹，是本院大一舞蹈系的新生。

　　崔导看起来很高兴，在他的建议下，她试着做了几个舞蹈动作，刚一做完，导演就说：可以了，就是你了。甄熹笑了，回头的时候无意间看见了赵元成。两个人眼神对视了一下，然后就迅速弹开了。

　　这一眼对于甄熹可能什么都不是，但对赵元成来说，却是致命的一击。那天排练回来后，他一直魂不守舍，眼前总是似幻似真地浮现出那女孩的一笑。

　　"想什么呢？心不在焉的。"说话的是他同系的同学毛飞，他是拉二胡的。

　　两个人之前并不认识，后来在网吧里打《反恐精英》，恰好被招呼在了同一组，结果配合得完美无缺，很快成为好朋友。后来，赵元成进了剧团，发现他也在，于是两个人更加亲密了，经常课后一起吃饭，一起打游戏。

　　"没什么。"

　　"没什么就好，反恐去？"

　　"算了，今天不想去。"

　　"反恐都不去？看来真是有什么事了。行吧，你继续做你的白日梦吧，我走了。"

　　说完，毛飞就屁颠屁颠地走了。望着毛飞的背影，他叹了一口气。

　　其实他知道，毛飞虽然也不是什么富裕人家，但他是S城本地人，再不济也不会混得太差。而他呢，如果找不到工作，可能就得回老家县城了。一想到自己在县城的文化馆里做一份差事，下了班没事坐在小院里吹竹笛的样子，他就觉得又好气又好笑。不过很快，他的脑海又被那张迷人的笑脸占据了。那个叫甄熹的女孩挤掉了他内心的烦恼和迷惘，就像天使一样给予他温暖。他靠着寝室床头，一边吹着忧伤的曲子，一边想着甄熹的样子，沉溺在单相思的爱情之中。

　　从那以后，每次排练他都会准时参加，并且最后一个离开，目的就是和甄熹在同一片屋檐下多待一会儿。虽然每次看她在舞台上那么光彩夺目的样子，那种自卑感就会如泉水汩汩地往外冒。他知道自己根本配不上甄熹。如果一直这样单相思，倒也好，青蛙和公主的故事在现实中几乎不可能。不过后来发生的一件小事改变了故事的发展。

　　那天彩排完了，甄熹已经提前离开了。赵元成则在默默地收拾着自己的笛子。毛飞在一旁等着他，两个人约好一起吃完饭去看电影——去网吧看电影。就在他们准备离开的时候，甄熹又回来了。她一脸焦急，说自己的一样重要东西找不到了，可能排练的时候落在了剧场里。赵元成突然来了勇气。

"我帮你找吧。"

说完，他不顾身旁毛飞诧异的眼神，开始低头找了起来。毛飞尴尬地站了一会儿，也帮忙找了起来。

"找到了。"

二十分钟后，他找到了甄熹要找的东西——一只可爱的小狗黄金吊坠。

甄熹看到后，开心极了，几乎要跳起来。

"太感谢了，这是我外婆送我的出生礼物。外婆去世已经很久了，每次看到它就会想到我外婆。真的很感谢。"

"不客气。"嘴上这样说，但他心里甜滋滋的。他看着甄熹把小狗黄金吊坠戴在了肌肤如雪的脖子上，然后塞进了衣领里。

"改天我请你吃饭。"说完，甄熹就走了。

赵元成望着甄熹的背影，呆立了半天。

"听见了吗？"毛飞突然说道。

"什么？"

"她说改天请你吃饭。"

"吃什么饭呀。"

"别装了，好吗？哦哦，我终于知道你这段时间为什么老魂不守舍了，原来是为了我们的倩娘啊。"

"别胡说八道。"

"少来，我又不傻。"毛飞停顿了一下，"不过啊，以你小子的身份，想追求她可有点癞蛤蟆想吃天鹅肉的意思了。"

"谁说我要追求她了？"

"不过也不一定，不试试怎么知道呢？"

赵元成生气了。

"走不走？不走我可走了。"

"开个玩笑而已，你这么认真干吗。"

"不要拿这种事情开玩笑。"

"行啦，向你道歉，走，CS！（全称 Counter-Strike，又叫反恐精英，是一款由 Valve 开发的射击系列游戏。）"

两个人在食堂吃完饭，就去了网吧打反恐。不过那天，赵元成完全不在状态，不停地被人爆头，死了又重来，还是一样。他一直在想，甄熹说请他吃饭，到底是不是真的。

当然不是真的。从那以后，甄熹再也没有提过这件事。两个人见面后，也只是点点头，并没有再深入交谈过。她依然是舞台上那个魅力四射的倩娘，而他则依然是角落里默默吹着竹笛的配乐师。内向的他只能默默忍受着单恋的折磨，痛苦不堪。终于有一天，他意识到自己不能再这样下去了，必须来个了结。他把毛飞拉到一旁，说出了自己的想法。毛飞思考了一番。

"这样也好，就像我之前说的，不试试怎么知道一定不行呢。"

"我只是觉得，要死也要死个痛快。"

"唉，可怜的孩子啊。这样吧，你就说你要过生日，想请她吃饭，看她答不答应。"

"万一被拒绝……"

"别犹豫了。要不，我帮你去传口信。"

"啊？这样好吗？"

"这样你也不用觉得丢脸，而我倒无所谓。"

"那，好吧。"

那天彩排完毕，他看见毛飞径直朝甄熹走去。只见毛飞把甄熹拉到一旁，说着什么，偶尔还指指等候在一角的他。他感到害羞极了，脚后跟一直在地上摩擦。当甄熹看过来，两个人眼神交会时，他吓得连忙躲开了。过了一会儿，毛飞回来了。

"她答应了，晚上新新湘菜馆。"

"真的？"

"当然，我出马你还不放心吗？"

"你怎么说的？"

"哎哟，你就别问了。快回去准备吧。今晚啊，就是你的审判日。"

事发后再看这句话，当时毛飞说得一点也没错。那晚，确实是他的审判日。因为从那天起，他的人生永远堕入那没有一丝光亮的深渊中去了。

第八章

推 理

―――――― I

"上两节课，我们塑造了自己的侦探，设计了故事的诡计。接下来，我们要进入侦探小说课第三节——推理。"

因为前两节课奠定的基础，同学们已经对这门写作课真正建立了兴趣，因此一上课就立马进入了状态，瞪大了眼睛，等着尺八老师继续讲下去。

"对一部侦探小说而言，侦探是肉，诡计是魂，那么推理则是把肉和魂捏合在一起的重要手法，甚至是最重要的。读者看侦探小说，主要看的也是推理部分。"

"所以侦探小说也可以叫推理小说，对吗？"发问的依然是王昊辰。

"可以这么说吧。"

"那么，赶紧开始吧，教我们怎么去推理。"

"好的，请看屏幕。"

尺八老师打开笔记本电脑，敲了一个回车键，液晶电视上则出现了一张图，上面有字：什么是推理？

"推理，其实是一个动词。推，就是推究；理，就是整理。在侦探小说中，推理就是根据已有的线索，对案情真相进行推究和整理的过程。"

翻到下一页，屏幕上出现了一个福尔摩斯拿着放大镜的照片。

"如果用一个比较清晰的类比来说的话，可以这么看：假设我们面前有一扇门，门的背后就是真相，而我们要做的就是找到打开门的钥匙，打开锁后把门给推开。推理，推理，也就是理清线索，推开真相之门。"

尺八一边说一边做了个推门的动作。孩子们点点头。

显示器继续转换PPT的内容。

"大家看这里，这是我个人总结出来的有关推理的八个通关钥匙。"

第一把钥匙，分析现场。

侦探接到报警电话后，首先要到案发现场进行勘查。这是必须做的第一步，理由很简单，因为犯罪现场是蕴藏破案线索最多的地方。

"我们以《福尔摩斯探案全集：血字的研究》为例。劳瑞斯顿花园街三号一所无人居住的房屋里发生了凶杀案。福尔摩斯到了现场，发现了可疑的脚印，推断出凶手的一只脚有问题。然后又发现了尸体，检查之后知道死者是中毒死的。最后看到了墙壁有血写的'复仇'（RACHE）字样，推理出了凶手的身高——根据写字的高度。这样看来，凶案现场是不是很重要？"

孩子们纷纷表示赞同。

"那我们继续第二把钥匙。"

第二把钥匙，搜集和分析证据。证据包括物证和人证。

"现在是一个讲究法治的时代，所以要判断一个人是否犯罪，光靠嘴说可不行，必须得要确凿的证据。靠谱的物证是抓住凶手最有力的条件。大家看过这么多侦探小说，能不能告诉我，物证都有哪些？"

"刀！"王昊辰喊道。

"对，凶器是一种，还有枪、绳索、榔头等一系列导致死者死亡的工具。还有吗？"

"指纹。"徐佳琪说道。

"很好。"

"DNA。"周慧颖说道。

"没错，你们俩说的这都属于铁证。所谓铁证，就是无法反驳的证据。因为每个人身上的指纹和DNA都是独一无二的，如果在凶案现场，在凶器上，或者死者身上，找到了嫌疑人的指纹或者DNA，那么这将是破案的关键证据。不过……"

尺八突然想起了什么，脸色一变。

"铁证也是最适合用来诬陷和嫁祸的东西之一！"

众人面面相觑。

很快，尺八恢复了微笑的面孔。

"好啦，我们继续往下讲。除了你们刚才说的这几点，还有脚印、监控、验尸报告等，这些都是重要的物证，大家知道就行了。除了物证，我们还需要有……"

"人证！"这次说话的是之前不怎么开口的毛子豪。

"没错！就是人证。"

尺八对毛子豪竖起了大拇指。

"人证也包括几类。首先是目击者，指的是亲眼看到案发经过或者可疑对象的人；其次就是与案件息息相关的人物关系，比方死者的家庭关系和社会关系，包括朋友、邻居、爱人、同事等。从他们的口供中发现蛛丝马迹，逐步去找出凶手。为此，侦探必须去逐一探访，才有可能获悉其中的线索。"

第三把钥匙，嫌疑人。

"有了证据，我们就可以逐渐锁定嫌疑人了。嫌疑人通常不止一个，这样一来就可以让读者有可猜想的余地。比如，我们可以设计谁会从这起死亡事件中获利，这种人看似是最可疑的，但也最不可能是凶手，否则就太容易猜了。

"往往最不可能的那个嫌疑人才是凶手。我们在设计罪犯的时候，一定要设计一个让读者猜不到的人。越猜不到，侦探小说就越有魅力。当然，得合情合理。前期需要做铺垫。最好不要前面都没有提到过这个人，结尾突然冒出来了，那样的话读者就会认为自己被耍了，给你个差评。凶手既要在意料之外，又要在——"

"情理之中！"

想必这句话经常听到，所以大家异口同声地喊了出来。

"这里我再插一句，现在有一种职业叫心理画像师。就是根据各方的证据来对未知的嫌疑人进行画像，进行心理侧写。悬疑作家雷米的代表作《心理罪》的主角方木，就是这样一个画像师。因为涉及犯罪心理学，对你们来说可能有点深奥了，不过感兴趣的可以先去看看小说。"

第四把钥匙，审讯。

"有了嫌疑人，警察就可以对他进行审讯。也许他一开始不承认，侦探需要在对他进行审讯的过程中，使用一些技巧，通过他的答话，找出其中的漏洞和谎言，将罪犯心理防线击破。优秀的审讯过程也是精彩的推理部分之一。"

第五把钥匙，分析动机。

"动机，也就是凶手作案的原因是什么。通过作案动机去反向推理真凶，也是我们经常用到的一种推理手法。比如一个有钱人死了，凶手的作案目的有一种可能就是谋财，那么，谁有可能从死者的身上获利，就是我们侦探要去调查的方向了。动机有千千万万种，这节课一时半会儿讲不清楚，后面我会专门找一节课来讲这个话题。下面继续。"

第六把钥匙，专业知识。

"有的时候，死者属于某一类特殊职业，那么从专业角度入手，更容易找到他死亡的真相。举个例子，毛子豪画的那个侦探故事，如果写成小说的话，死的人是一个研究人工智能的科学家，那么凶手有没有可能是一个与他同职业的人呢？因此，只有具备一定的人工智能知识，才有可能推理出凶手的作案动机，从而反推凶手的身份。"

"有这个必要吗？搞得这么难。"毛子豪不满地说道。

"这只是钥匙之一，当然不是必要的手段。"尺八说道，"你就按照你想画的，把它画完就好。"

第七把钥匙，灵感乍现。

"侦探也是需要灵感的。有的时候，不断理性地分析和推理，很可能会走入死胡同，转来转去，困在迷局里怎么也出不来。这个时候就需要刺激侦探的灵感。这个灵感有时候是不经意的一句话，或者是一个似曾相识的场景，又或者是无关痛痒的某个被遗漏的细节。灵感乍现，侦探脑袋里的灯泡闪了一下，瞬间他便知道了解题的关键，所有谜题迎刃而解。"

"等等，尺八老师，你说的这个有点玄乎，跟推理没关系吧。"王昊辰说道。

"这么说吧，推理这种方式，看似需要极度理性，但有时候缺乏感性和激情的部分，会少了很多趣味，也会让故事显得比较干涩。"

"干涩是什么意思？"

"干涩就是……比较无聊吧。"

"第八把钥匙呢？"

第八把钥匙，复盘。

"严格意义上来说，它是上面七条的一个综合展示。现在，侦探掌握了所有的证据和信息，现在到他解谜的时刻了。侦探小说极为重要的一幕就是侦探解谜的时刻——把所有的相关人物都叫过来，然后从头到尾复盘一遍案发经过，最后在人群中把凶手给指认出来。这个过程是所有爱看推理小说的读者最喜欢的部分，因为它很爽，只有让读者爽到，才叫真的合格。

"基本上就以上八条吧。大家是不是听得有点累？接下来，我给大家放一首歌的MV。这首歌的歌词讲的是一桩谋杀案，自然也是一个关于侦探的故事。你们有没有人知道周杰伦？"

这次所有人都知道，包括年纪最小的毛子豪。

"那就好，下面我们就来欣赏一下，周杰伦《夜的第七章》的MV。"

调暗教室光线，液晶电视上开始播放MV。在孩子们聚精会神地看视频的时候，尺八悄悄溜了出去。MV长达九分钟，这是他可利用的时间。出了门，他假装去洗手间，却在走廊尽头拐了个弯，从楼梯上了二楼。

今天毛飞不在。他来到办公室的门口，轻轻一拧把手，门就开了。左右看看，确定没人后，他走了进去。上次喝茶的时候，他仔细观察过，这个屋内没有安装摄像头。关好门，他戴上手套，在屋内迅速翻找起来。

说实话，他也不知道要找什么，只是希望能找到能帮助他理清疑惑的有价值的线索。他检查书架，发现都是一些没有价值的装饰书。然后又去拉抽屉，一个抽屉里没什么，另外一个抽屉上了锁，拉不出来。他抬起头，看见那张大实木办公桌的台面上有一张全家福，上面是他们一家三口的照片。除了父子俩，还有一个女孩。他猜想她应该是毛子豪的妈妈，不过没有印象。

就在他毫无收获的时候，突然，他的目光被一幅裱框字吸引住了。那是一幅写着"随遇而安"的行书书法作品。上次他就见过，总觉得有什么不对劲。现在他知道了，这字挂的位置不太对。太靠边了，而不是居中挂置。他走过去，小心翼翼地把裱框取了下来。

果然，在裱框后面的墙上，内嵌了一个保险箱。这是一个指纹密码保险箱。

他估计了一下时间，重新把那幅字挂了回去。离开之前，他顺走了办公桌上的一支圆珠笔。等他再次回到教室的时候，吓了一跳。

毛飞就站在门口，正与孩子们一起看MV。他深吸一口气，平复心情，走了过去。

"哟，你这是去哪儿了？"

"我去上个厕所。"

"这给孩子们看的啥呀,黑不溜秋的,还有点恐怖。"

"周杰伦的歌。"

"哦。没事,我刚好回来,路过这边听到有声音,就来看一下。"

尺八心里暗暗庆幸,要不是毛飞停下来看了一会儿视频,就要在办公室与他撞上了。这时,MV已经播完了。

"那个,我进去了,课还没上完。"

毛飞点点头,毫无怀疑地转身朝楼梯口走去。望着他的背影,尺八迅速回忆了一下有没有什么遗落在办公室里。直到教室里传来了孩子们的催促声,他才关上门,微笑着重新站到了讲台上。

徐佳琪吃过午饭不到两个小时就饿了。

事实上,今天午餐她吃了一大份意大利面和两块夏威夷比萨,并且喝了两大杯可口可乐。但即便如此,她还是觉得饿。她想起厨房的橱柜里还有一罐薯片,于是从写字台边站了起来。然而走到一半,她就站住了。她咬了咬嘴唇,一狠心,转身回到了写字台旁。

肥猪。这两个刺耳的字眼像蟒蛇一样,从房间的角落里钻了出来,死死箍住了她那肥硕的身体。我才不要被人叫肥猪,我不是猪好吗。我只是爱吃东西,有点胖而已。这样想着,她深吸一口气,拿起笔,低头看着摊在面前的笔记本。笔记本上一片空白,今天一个字也没写。

说实话,她对自己要写的东西非常有兴趣,但不知道为什么(也许是没吃饱?),今天真是毫无灵感。她以前并不相信写作是需要灵感的,然而真到这样要发挥创造力的时候,却完全不知道如何下笔。她叹了口气,又把笔放下了。

要说让她对这门写作课产生兴趣的,其实并不是侦探小说本身,而是那个有着奇怪笔名的尺八老师。他们都说他是个作家,而她也已经看过他写的那个小说《骗神》了。说心里话,她觉得写得并不是太好。她甚至愤愤不平,那个所谓超级骗子,为什么最后没有骗过小警察简耀,反而被抓捕了呢?

为什么正义就一定要战胜邪恶?为什么警察就必须抓到罪犯?她觉得这

样的设置太常规太没意思了。她喜欢故事中的那个骗子胜过警察，希望他逃走，可最终还是没有成功。也许真这样的话，书就没办法出版吧。虽然她年纪不大，但也了解一点点这个世界。

不过这本破小说并不影响她对尺八老师的喜爱。她打心底感激他，因为他非但没有因为自己的身材而歧视她，反而一直在肯定她、鼓励她。这让她十分感动。因为肥胖，她从这个世界上感受到了太多的恶意，更别提鼓励了。即便是亲生父母，也很少对她说赞扬的话。而她实在太需要这种温暖的肯定了。因此，当尺八老师对她说"你写得很不错"的时候，她表面上很冷静，内心却激动坏了。那种长期困扰她的自卑感瞬间得到了稀释。她暗暗发誓，一定要好好听课，写好这篇小说，算是对尺八老师肯定的一种回应。

但想的是一回事，要做好又是另外一回事。徐佳琪叹了口气，收拾书包，决定暂时放松一下头脑，去一趟图书馆。图书馆是一个没有歧视、充满包容的地方。她可以在那里踏踏实实地待上一整天。也许在那里，在书海的包围中，她能找到写作的灵感。

下了楼，走在街上，她感觉脑子开始活跃起来了。虽然只有十四岁，但因为体形，她看起来像个十六七岁的孩子。

对于她的独自外出，她的父母是基本不管的。有一次，她的父亲还提出了担心，说这么小让她一个人出门，会不会有什么危险？结果她那比徐佳琪还要胖一圈的妈妈却哈哈大笑起来。她挤眉弄眼地笑道：放心吧，孩子她爸，就长咱们家孩子这样，就连色狼都看不上。就连色狼都看不上，这就是一个亲生母亲对自己女儿的评价。徐佳琪感到厌恶而绝望。

虽然爸爸妈妈没有像同学那样叫她肥猪，但她却觉得他们比那些侮辱自己的同学还要恶劣。他们不停给她吃，骗她说能吃就是福，把她弄得像猪一样，却反过来嘲笑她。她真心希望他们像《千与千寻》里那对父母一样，彻底变成猪，然后消失掉。

但那只是想想罢了。她那对肥胖父母心大得很，无论遇到什么事，该吃的时候照吃不误，而且一定吃得不亦乐乎。不管他们，爱谁谁。半个小时后，她来到了市立图书馆。

因为是周末，图书馆里人满为患，所有的桌子都被占住了。她背着书包在阅览区域来回转悠，终于发现一个人要起身离开了，憋足了劲刚要过去，就被另一侧插进来的人，抢先用书包占住了位置。徐佳琪怒火"噌"的一下就蹿起来了，正准备发飙，但看到那个人的脸后，顿时愣住了。居然是他。

"徐佳琪？"班长金磊看到是她同样一脸惊讶，"真巧啊，在这里也能碰到你。"

"是啊，真巧。"她扭捏了一下，不知道说什么才好。

"你怎么来了？"

"我来借书，然后写点东西。"

"写点东西？"金磊迷惑地看着她，随即笑了起来，"明白了。"

明白了吗？她内心一阵困惑。

"哦哦，你是没找到位置吧？啊，是不是我抢了你的座位？"

"不是啦，你先占到的，你就坐吧。"

"对不起啦，这里实在是太难找位置了。要不这样，"金磊手一指，"我们一起坐吧，反正这张桌子还挺大的，我再去找一把椅子来。"

"可是……"

不等她说完，金磊就已经离开了。过了一小会儿，他扛着一把椅子过来了。

"有个家伙一个人占两把椅子，被我骂了一顿。"

金磊笑嘻嘻地看着她。

"怎么还不坐啊？你是不是怕我呀？"

"没有啊。"

"那就快坐吧，那边还有一堆人等着呢，咱们就别在这里占着茅坑不拉屎了。"

也许是这句话有趣，徐佳琪终于给逗乐了。她坐了下来，开始从包里往外拿出笔记本和中性笔。她看见金磊带了个笔记本电脑，打开一看，电脑桌面却有一份空白文档。

"你在写什么？"她好奇地问。

"你不知道吗？学校在举办作文大赛，老师指定我参加，就因为我是班长。"

"哦，是吗？我怎么不知道？"

"不清楚，可能老师只对我说了。"

徐佳琪一阵失落。这种比赛，只有老师的指定才有机会参加，像她这样普通的学生，没有参加的资格。

"你呢，准备写什么？"

"侦探小说。"

"哇，真的吗？你会写侦探小说？"

"我也在学习。"

"这也能学？你在哪儿学？"

于是，徐佳琪就把她在尺八老师那里上侦探小说课的事情告诉了金磊。金磊听完眼睛都瞪大了。

"听起来很有意思，改天我也想去试听一下。"

"好啊，我到时候把地址发给你。"

"嗯。不过，我这作文水平，实在不怎么样，去了估计也写不出来什么。"

"你谦虚了。"

"真的。这次征文大赛的题目叫《我的城市我的梦》，可是我一点也找不到灵感。"

提到灵感，徐佳琪对男孩深表同情。

"其实这个题目也不难写啊。"

"是吗？"

"嗯，我教你，你可以这样，把这个城市比喻成一个人，你把它看作是朋友，你怎么和它交朋友，怎么发现朋友的优点和缺点，怎么去包容它、去爱它，不就好了吗？"

"听起来不错，可还是很难。"

"这样吧，我帮你写。"徐佳琪说出这话之后，自己也吓了一跳。

"真的吗？那太好了。"

说着，金磊顺势把自己的笔记本电脑推到了徐佳琪的面前。到了这一步，徐佳琪只能硬着头皮做下去。

"我回家在本子上写吧，写完给你，你再用电脑誊写一遍。"

"嗯！"金磊突然说道，"佳琪，你真好！"

金磊的话仿佛一颗流弹，在她的耳边炸响，弄得她面红耳赤。这个世界上第一次有男孩叫她佳琪，而且还夸她好。也许还有尺八老师。

"佳琪，为了感谢你帮我这个大忙，一会儿我们去吃饭吧，我请你吃肯德基。"

她刚想说不要。

"不许拒绝哟。"金磊笑着说道。

徐佳琪害羞地低下头，心里甜滋滋的。后来，在图书馆附近的肯德基，两个人合吃了一个全家桶。在吃的时候，金磊还开玩笑说，全家桶被我们两个人吃了，我们俩就成了一家人了。徐佳琪感到难为情，却又很开心。

回到家后，父母还没回来，她爬到床上，看着天花板回味这个美好的下午。金磊的侧脸，低沉的嗓音，温柔的笑声，都让她心潮澎湃。直到后来，她才想起自己的侦探小说一个字都还没写，于是赶紧坐了起来，重新摊开作文本。

快乐让灵感如期而至。她打开笔盖，开始洋洋洒洒地写了起来。

女侦探小卷发在破案的过程中，认识了一个男孩。这个男孩喜欢她，而且愿意陪着她一起探案。他成了她的好搭档。他们一起去勘查现场，一起去走访，亲密无间。男孩观察力很好，也很讨人喜欢，在遇到危险的时候，男孩试图保护她。

这天，小卷发得到一张纸条：如果想知道真相的话，就请在放学后，到学校后面的小树林里来。记住，只能一个人来，不能报警。她把这事告诉了男孩，男孩说不用怕，你一个人去好了，而我呢，会跟在你后面，悄悄地保护你。

"一旦出现危险，我肯定会出来救你的。"男孩信誓旦旦地说道。

有了男孩的承诺，放学后，小卷发真的就一个人去了学校后的小树林。那天，夕阳照射下来，透过树杈间的树叶，在地上留下斑驳的痕迹。小卷发感觉很美好，一时间忘记了危险的存在，直到一阵窸窸窣窣的脚步声从身后传来。她猛然一惊，感觉那个人已经来到了自己的身后。她浑身颤抖，鼓起勇气，缓缓回头……

"琪琪，你在家啊？"

徐佳琪迅速盖上了自己的笔记本，回头看见妈妈站在门口。

"你怎么进来也不敲门啊！"

"我敲了啊，你没听见。你在干吗呢？"

_ 121

"写作文。"

"哦,我们刚回来,晚上你想吃什么?要不我们一起去外面吃自助餐吧?"

"我不想去。"

"不想去?你不饿吗?"

"不饿。"

"你没事吧?以前听到吃自助餐,你都要飞起来的。"

"没事。"

"真没事?"

"真没有。"

"好吧,那我和你爸去了。这傻孩子,自助餐都不去。"

"等一下!"

"啊?"

"帮我把门关好。"

门关上了,屋内再次陷入了沉寂。徐佳琪坐在椅子上,默默思忖,在这个危急的关头,那个男孩究竟会不会出来救小卷发。一定会的,她坚定地想。

第九章

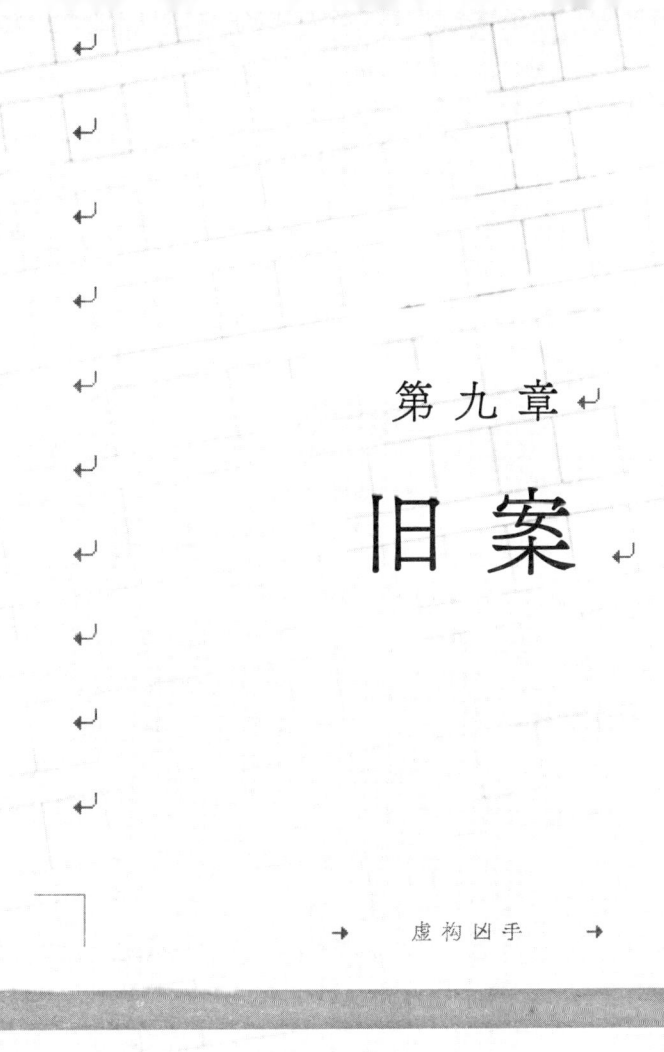

旧案

虚构凶手

I

毛飞近来感到烦躁不安。

从上半年开始，因为新冠疫情，他的企业遭受巨大打击，持续收缩。因不堪重负，全市大多数的连锁门店都关闭了，员工也被辞退了大半。显然，他的事业甚至人生都已经到了最艰难的时期。

如果说前一年，他没有向银行借贷那五千万的话，一切也还扛得过去——无非就是少赚点嘛，等这波危机一过，东山再起。可错就错在，那时候的他进入了一个膨胀期，所以才会那么自信满满地走进银行贷款部的门，并且在那份年利率百分之六点三的贷款合同上签字。

按照他的算法，如果运行正常的话，负担这些利息完全没问题。而只要熬过这一两年，公司就可以正式启动 IPO，准备上市。上市，是他这些年来的最大的一个野心。然而人算不如天算，新冠病毒要来，才不会顾虑你有没有欠一屁股债呢。

因此，从年初开始，每月高达三十万的偿还分期终于把他逼到了悬崖边缘。坚持了半年之后，他开始把电话打给私人财务公司——超过百分之十的年利率，要说他们不是高利贷都没人信。但没办法，欠债还钱，作为一个生意人，他想到的是只要维持下去，不要垮掉，然后在绝境中寻找机会。

而机会就是这么一种奇怪的东西，你越想找，就越没有。半年过去了，不仅机会没有光顾他的家门，而且经济低谷也似乎看不到尽头。眼看着债务像滚雪球一样，他不得不放弃之前的骄傲和成见，去做一些之前不想做的事情，见一些根本不想合作的人。

这天上午，他梳洗一新，就出了门。刚走到楼下停车库，却发现自己的奔驰 S600（他很多东西都已经卖掉抵债了，但这辆价值百万的豪华轿车却一直留着。这是他出门在外作为一个老板唯一的面子和尊严了）轮胎是瘪的——找了半天,他才在上面找到了一根不知道从哪儿扎到的钢钉。

"他妈的!"

他懊恼地叫了一声,然后看了一下时间。现在去修车已经来不及了,而这个点也不是打车的好时机,就坐地铁吧。地铁虽然辛苦一点,但起码时间上可以保证。

走下长长的阶梯,进入深邃的地下之后,一种强烈的抑郁感像子弹一样朝他袭来。他已经很多年没有坐地铁了。那种黑暗的、逼仄的、拥挤的感觉让他产生了强烈的不安,同时伴随一种极端的挫败感。

多年以来,作为一名成功的商人、青年企业家,他始终过的是一种比较奢侈的生活。开百万豪车,住千万别墅,一顿饭成千上万块,一瓶洋酒或一盒雪茄,也许就是很多底层老百姓好几个月的收入。那个时候的他完全不在乎钱这种俗气的东西。这点从他已经不再触碰二胡就可以看出来了。

二胡,他曾经最爱的乐器,赖以生存的专业手艺,已经被他彻底抛弃了。在他看来,它就是一种穷苦老百姓的象征。只要二胡的音乐一响,他的眼前就浮现出那种街头卖艺的老乞丐,坐在花坛上,戴着一副圆形墨镜,面前放着一个盆,拉着凄惨的调子,任由那种可怜的铜板掉在面前,发出耻辱般的叮当响。

所以他坚决不再拉了——除了有时候要去面见官方人士,比如主管教育和文化的宣传部门领导,人家在一起吃饭,醉意正酣,领导非要他拉一个的时候,他才会拉一个。但他那个时候通常会借着酒精把一切弄得很夸张,摇头晃脑,曲调激昂,像一场有意做作的表演。他告诉自己,只要是表演,就没有关系,因为身不由己,所以他完全可以及时抽离出来。只是那个时候的他,完全没有想到自己会陷入如今的窘境之中。

现在,当他站在人潮拥挤的上班大军中,手握吊环,想到自己一会儿要去寻求合作的那个人,内心的悲凉就写在了脸上。

这一刻,他比以前任何时候都要想念他的二胡——那把悬挂在墙壁上、断了弦、早已失去功能的乐器,想反锁上门,拉一曲自己最爱的《赛马》,让身心完完全全地沉浸在充满力量的音乐之中。

地铁到站,随人流前行,走到地面,他那种抑郁情绪才稍微缓和一点。不,是他告诉自己,必须缓和一点。不要怨天尤人了,毛飞,拿出你刚创业时那种勇气来，咬牙去面对困难和绝望。

前面就是南风大剧院了。说实话，他已经很久没来过了。上一次来，还是陪儿子毛子豪来的。自从离婚之后，他获得了子豪的抚养权，就一门心思想着如何对他好。

那是一段不完美的婚姻。他和她因为同学缘分而走到一起，因为有着共同的兴趣爱好而组建了家庭。但这些终究不能支撑起一个完美的家。有一天早晨醒来，她突然告诉他，她不爱他了。

"为什么？"他问。

她也不知道为什么，就是觉得没感觉了。她说自己还年轻，不能和一个自己不爱的人过一辈子。

"我要离婚。"她说。

他觉得莫名其妙，同时又觉得，这么做很符合她的个性——一个热衷看各种舞台剧和文艺片的骨灰级文艺女青年。

离婚没问题，问题是孩子。那时候毛子豪已经出生一年多了，关于他的抚养权归谁需要讨论一下。毛飞想过，只要妈妈想要孩子，他一定会给她的，因为他很清楚母亲对于一个婴幼儿的重要性。

然而她却选择了独自离开。那天，她哭着坐上了离开S城的火车，远走他乡。他不怨她，每个人都有自己的选择。即便离开的理由在他看来有点无厘头，但他也尊重她的选择。他只是告诉自己，无论如何也要尽到做父亲的责任，把孩子带大带好。只是因为工作太忙，而他又信不过保姆，所以常常会对孩子疏于照顾。

有一年，他听说了一个难以接受的消息：孩子妈妈在湖南老家重新组建了家庭。他犹豫了好久，才决定把这个消息告诉子豪。

一直以来，他都希望这个儿子坚强一点，做个敢于面对困难和承担责任的小男子汉。当时已经五岁的子豪听到这个消息后，显得非常失落。为了安慰他，毛飞放下一切工作，买了两张儿童剧的票，陪孩子看演出。那天南风大剧院的剧场内热闹非凡。毛飞看着子豪跟着舞台上的奥特曼忘乎所以地大喊大叫，既欣慰又心酸。

时间来到现在。走进剧场，坐电梯上了三楼，毛飞来到了培训中心总监的办公室。事先他并没有打电话预约，因为他知道自己一旦提前打电话来，对方就不一定肯见他了。

"哟,毛飞,你怎么来了?"崔苏生这会儿正在电脑前忙着什么,"怎么来之前也不提前打个电话?"

"我找你有事情。"

"坐吧,老同学。"崔苏生指了指他硕大办公桌前的椅子,这样他们就形成了不平等的位置关系。

"有什么事打个电话不就行了吗?还特意跑一趟。"

"我觉得还是当面说比较好一点。"

崔苏生不说话了,默默拿起面前的茶杯喝了一口。虽然他只有四十来岁,却已经有了秃顶的迹象。接着,他指了一下墙上的时钟。

"我只有五分钟时间,还得去开例会。"

"我想寻求合作。"毛飞直截了当地说道,"你也知道这些年培训行业不景气,我都已经快完蛋了。你这边是官方认证的,生源比较多,所以我想是不是咱们合作,我直接把'飞狐'开到你这里来,我有一些优秀的教师资源,你有场地和生源,有钱一起赚。"

"这恐怕不太好办吧。我只是这个培训中心的负责人,这样与外面的企业合作,需要剧院领导的同意。老实说,他们恐怕不会同意的,毕竟没有这样的先例。"

"没关系,你可以去说服他们。"

"我哪有这个脸面和能耐呀。"

"你没有,但你老子有。老崔导演现在不还是大剧院的院长吗,他说话一个顶俩,绝对有用。"

"开什么玩笑,这种事去麻烦他老人家……"

"这对你来说是小事,对我却是关乎存亡的大事。"

"行,我去提一下,但不保证能成。"

"必须成。"

"哎,你不要太过分啊。"

"我很过分吗?"毛飞说道,"要不这样,我去找警察把当年的事情说一下,你觉得怎样?"

崔苏生瞬间目露凶光。

_ 127

"你是不是有什么毛病？"

"确实有，我缺钱。"

"我已经给过你不少了。"

"我也是没办法才来找你的。"

崔苏生想了想。

"最后一次了。"

"当然，绝对最后一次。"

"完了后，你把东西给我。"

"这……"

"不答应就免谈。"

"行吧。"

崔苏生做了一个请的手势。

"我要去开会了。你先回去等我消息。"

"尽快吧。"

毛飞站了起来，环视一圈。

"这里的办公环境真不错。很期待和你一起合作赚钱。"

说完，毛飞就朝门口走去。走到半路，他突然又站住了，回头看着崔苏生。

"哦，对了，赵元成出狱了。"

"你说什么？"

"看来你还不知道。提醒一句，他绝对是一个定时炸弹。再见了，崔总。"

毛飞离开后，崔苏生坐在椅子上呆了半响。直到秘书敲门，通知他会议已经开始了，他才缓缓站起身，魂不守舍地朝会议室走去。

⌛

虽然看过不少侦探推理小说，以功夫明星成龙为偶像，但作为现实中一名正儿八经的刑警，蒋健信奉的依然是从公安大学以及师父王力身上学到的那一套东西，也就是所谓基础刑侦手段。

"基础刑侦手段"最核心的一条就是：把你他妈的那屁股从座位上抬起

来。于是，在那个秋天，蒋健在赵元成被逮捕关押期间，做的最多的一件事情就是走访。基于个人的判断，他非常确定，如果赵元成是被陷害的，那么真正的凶手就是那天晚上住在宿舍楼里的人。他从宿管那里要来了当天登记在宿舍居住的学生名单——因为是"十一"假期，绝大多数学生已经离开学校，而那些要留下来住宿的都提前进行了登记。

一共有五十七名学生。蒋健花了差不多三天时间，才对这所有的学生完成了访问。他做了张表格，把五十七名男同学划分成了四类：

一、认识死者甄熹的。一共只有七个。这里所说的认识，指的是有过交往，光是知道还不够。

二、认识凶手赵元成的。由于赵元成在学校属于比较孤僻的那一类，朋友也不是太多，除了他的同班同学，就是学校戏剧团的人，而且基本上都是同年级的，所以也不是太多，有十三个。

三、既认识甄熹，也认识赵元成的。这样一交集就更少了，一共只有四个人。

四、既不认识死者，也不认识凶手的，这一类占了大多数。当然，不排除有人说谎。

不管怎样，那四个与两个人都有交集的同学是侦查的重中之重。在访问之前，蒋健曾天真地以为，这些孩子都是大学生，没有太多的社会经验，假设凶手隐藏在中间的话，只要稍微施展一些审问技巧，就肯定会露出马脚。但遗憾的是，他什么也没问出来。

很多年以后，他成了一名真正厉害的刑警，自我分析时，觉得造成问题的原因有二：第一，那时候他自己就是个菜鸟，根本不具备厉害的问讯技巧，同时也不具备从对方微小的行为和话语中找到破绽的能力；第二，他的年龄并没有比那些大学生大几岁，他们根本就不惧怕他，所以才能表现得坦然自若——这正是关键所在。

任何人面对没有威慑的对手，撒起谎来都会若无其事的。然而可疑之处在于，那些被询问的学生表现得都太正常了。面对一桩如此残忍的凶杀案件，而且就发生在身边，他们谈论起来就像在聊离自己很远的事情。难道他们不应该紧张或害怕吗？这种太正常反而显得不正常。因此，当时他觉得这些人，尤其是那四个有交集者，都大有问题了。

但如果那时候，蒋健知道有一个叫作 BBS 的东西的话，就不会这么想了。那是二〇〇三年，互联网已然兴起了，很多年轻人在网络上注册了一个网名，开始以匿名的方式对时事发表看法，与他人争论观点，撰写文章，摆事实，讲道理，展开论战，直到电脑后面的人面红耳赤，才心满意足。

那是一个充满热血和能量的激情年代，是互联网这个超级妖怪的青春期。论坛的存在让年轻人有了挥洒自己青春的渠道，他们敏感、尖锐，表达欲旺盛，正义感爆棚。因为匿名，所以大家更加无所顾忌，说话从不藏着掖着。相对于刻板而固化的现实生活，网络世界反而因为相互之间看不见摸不着而萌生出一种意外的真实。这份真实源自真诚。真诚地交流，真诚地鄙视，真诚地骂爹骂娘，吵个天翻地覆。可以这么说，如今很多社会中流砥柱的价值观就是在那个时期建立起来的。以至于多年以后，当这些中年人面对更浩瀚、更丰富、更宽广的社交媒体海洋时，反而失去了表达的欲望。一种无所不在的隐形桎梏让他们选择闭嘴。他们无比怀念那个年代，怀念那些在互联网上建立的虚拟但坚固的友谊。

遗憾的是，当时同样年轻的蒋健并不是那一类人。他的热情和精力全部放在了如何成为一名优秀警察上，以至于根本没时间也没兴趣整天泡在互联网上。他当然不知道，这起惊世骇俗的杀人案早就在校内 BBS 上被争论得热火朝天了。可爱的网友们人人成了侦探，分析案情，分享八卦，把这起案件的方方面面翻了个底朝天。

他更加不知道的是，当时甚至"凶手"都已经现身了。这个人取名"黑赫拉"，自称专杀那种水性杨花的女人，割掉她们的喉咙，用这些贱人的血来祭奠纯爱和忠贞。"黑赫拉"讳莫如深地说了很多案件的细节，包括凶器的形状、死者的穿着、法医尸检报告，以及现场勘查记录。这些细节随着凶手（赵元成）的定罪，在后来公开的案件卷宗里竟然都得到了验证。然而，等到大家想起，再去翻阅这个家伙的个人页面时，"黑赫拉"早已注销了账号，消失在了谜一般的虚拟世界。

可想而知，有这么精彩的内容呈现，那些接受一个和他们差不多大的警察询问的学生，自然没什么太大的情绪波澜。

不过作为一名认真而细致的实习警察，蒋健还是把他认为最有嫌疑的四个人，也就是四个与死者和嫌疑人都有交集的人列举在了自己的笔记本上。

第一位，自然是那个叫毛飞的家伙。毛飞住在307寝室，也就是在案发现场203寝室的上一层，但并不在同一立体区间。需要补充一句的是303寝室当晚并没有人，103也没有。面对蒋健，毛飞表现得很抗拒。他表示自己已经把知道的一切都告诉警察了（作为当晚唯一与死者和凶手亲密接触过的证人，他被带到警局审讯了八个小时，被搞得身心俱疲），为什么还不肯放过他？

这时，蒋健犯了一个错误，他说这只是他个人的行为。他怀疑案情有隐情，想重新调查。但毛飞对此露出了不屑以及极为不配合的情绪。

"还是那句话，该说的我都已经说过了。"

"难道你也觉得你的朋友是凶手吗？"

这是蒋健犯的第二个错误，他企图以激将法让毛飞失控交代，但这反而把毛飞彻底激怒了。

"你说这话是什么意思？难道你以为我之前在警察局是在做伪证吗？现在被你这么一说，我又良心发现？警官，你不能这样给我设陷阱啊。我可以回答你，我什么都不相信，我完全不相信赵元成杀了甄熹。但我不相信有用吗？我只是把我知道的和看到的都真实地告诉了警察，作为一个证人，我要做的就是要抛开那些情感，不违背良心去做证，而不是感情用事，用相不相信来给出自己真实的证词。难道我不相信我就能说谎吗？"

"可是……"

"可是警官你倒是不依不饶。你作为一名警察，应该按照证据秉公办理。现在好，你个人觉得有隐情，哦，这是你的直觉吧，所以你就带着这种认定先入为主地跑来调查，认为我说谎了？你什么意思？难道我不知道做伪证要负刑事责任吗？难道我要故意陷害赵元成吗？难道我他妈的就是凶手吗？"

"我不是这个意思……"

"那就好。最后说一句话，我对我所说的每一句话都可以负责。就这样吧，再见。"说完，毛飞就气呼呼地、头也不回地走了。

第二位是赵元成的同研同学，同时也是死者甄熹的中学同学。他们的关系仅此而已，一通询问之后，确实没有什么值得怀疑的，就放过了。

第三位，是剧团的舞蹈演员，是个配角，在《离魂记》这部戏中做一个伴舞，同样，他都认识他们，但并无交集。

_ 131

第四位就是崔苏生，后来 S 城有名的舞台剧演员，南风大剧院培训中心负责人。与上面那位不同的是，他不仅参与了《离魂记》，而且还是这部戏的主角。在剧中，他演王宙，与甄熹演的倩娘是一对爱到宁愿离魂都不愿意分开的有情人。这一点让蒋健为之一振。

更让他感到惊讶的是，这个崔苏生的寝室就在甄熹案发时的隔壁寝室 204。虽然他还没想明白这里面的具体逻辑和关系，但隐约觉得有点不大对劲，于是就找到正在排练的崔苏生，在剧场外的路旁对他进行了一番简单的审问。为什么是"简单"？因为在两个人相互问答不到十个来回之后，就停止了。

"你认识甄熹？"

"当然，我们在一个戏里演恩爱情人。"这个个子高大、帅气的男孩说话时有点漫不经心。

"你们私下里有来往吗？"

"完全没有。我不会和她恋爱的，她不是我的菜。"

"这话是什么意思？"

"没什么意思。就是说，她喜欢我，当然，很多女孩都喜欢我，这一点我看得出来，但对不起，我对她没兴趣。"

一个大学生对男女关系表现得如此满不在乎着实让蒋健吃了一惊，他意识到这个家伙一定有着深厚的背景。他的想法很快就被证实了。

"再说了，我爸也不允许我和她谈恋爱啊。"

"你爸？"

"对，就是这部戏的导演。我每天都在他眼皮底下呢，哪儿还敢泡妞？"

"那赵元成呢？"

"我都不知道这个人是谁，你们警察找到我问话，我才知道他是在舞台角落里吹竹笛的。这个戏有十几个乐手，我怎么可能都认识。"

"从来没有交往过？"

"从来没有，你可以去打听。"

"可你就住在他隔壁。"

"我也是才知道。我在校外有房子，平时不怎么住寝室，连同寝室有谁都不知道。"

"那请你说说，案发当晚你在哪儿？在寝室吗？"

"不在。"

"那你在哪儿？"

"我在医院。"

"医院？"

"那天晚上，我妈去世了。"

蒋健一愣，一时间无言以对。

"哦，那个，抱歉。"

"没有什么问题的话，我就走了。"

不等蒋健回过神来，崔苏生就已经离开了。这就是全部的询问经过。

事后，蒋健还特意去医院问了一下，当晚崔苏生的妈妈确实因为重病在医院抢救，后不幸身亡。至于他究竟在不在医院，没有人能证实。但谁又会拿这种事情开玩笑呢？调查没有任何突破。从那以后，蒋健开始意识到对于此案自己已经无能为力了。

第十章

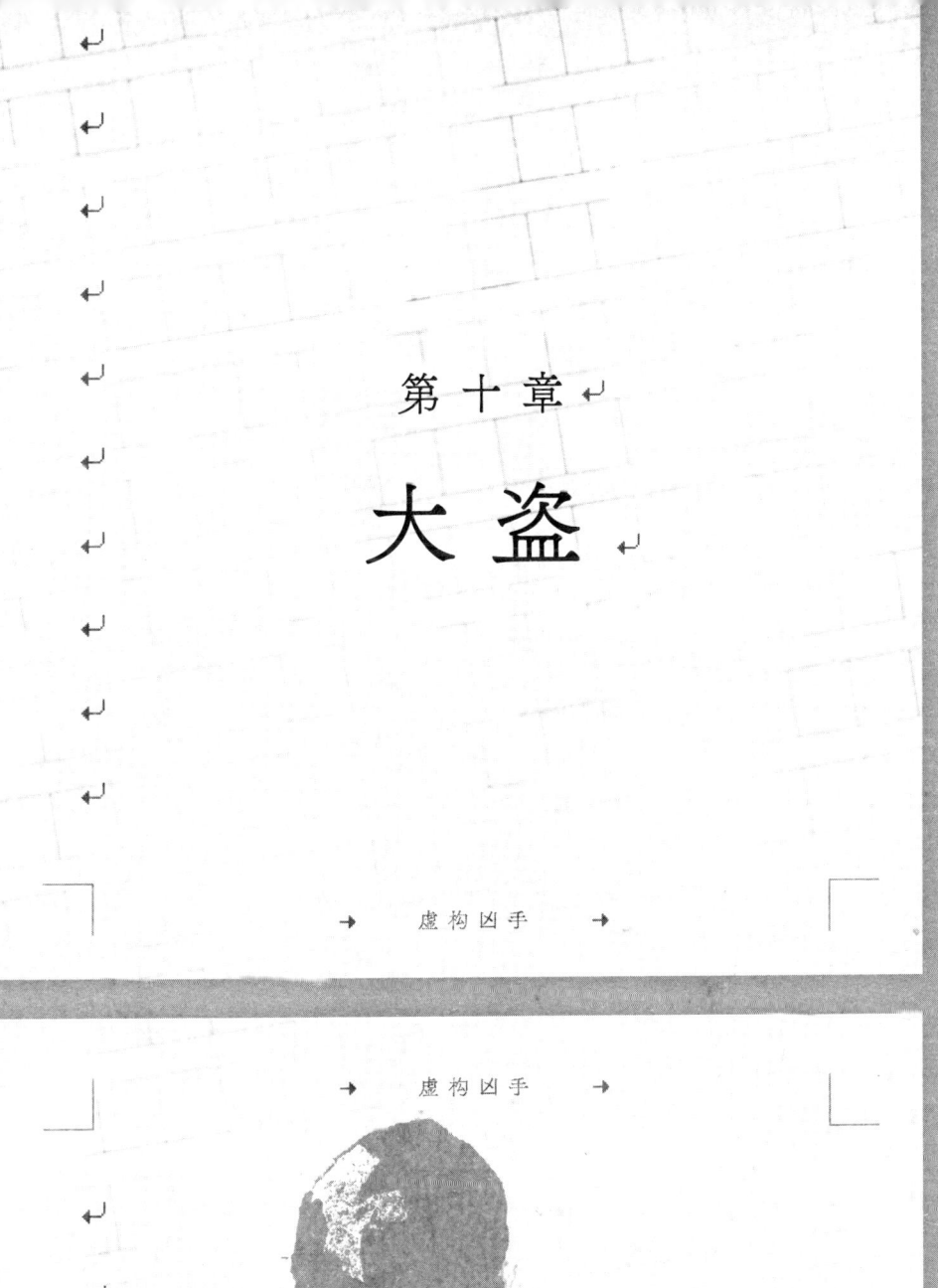

大盗

虚构凶手

虚构凶手

一

活到现在，尺八自认为最厉害的两项技能都是在监狱里学到的。

第一是吹尺八。

在此之前，他从未接触过这门乐器，不知道从这种乐器里传出来的声音竟然如此打动自己。这完全得益于编号 7119，是他传授了自己吹奏的技法。

第二就是开锁技术。

这个技术是他从监狱里的另一个家伙那里学到的。

那个人六十来岁，短发，个子瘦小得像猴子，但完全没有猴子的精气神，整天看起来萎靡不振，却是一个世界顶级的江洋大盗。一开始，他并没有太在意这个家伙。直到有一次，在操场运动的时候，他看见角落里有人朝自己招手。他犹豫了一下，确认对方确实是在叫自己后，慢慢走了过去。

"哥们儿，你那里还有烟吗？"猴子般的老男人说道。

"怎么？"

他当然有烟。每星期，都会有人在固定时间从外面送一条中南海点五进来。大家都很好奇，纷纷打听这是谁送的。

"女朋友吗？"

他笑而不语，这是属于他个人的秘密。很快，他成了监狱里最"富裕"的人。为了得到他的一根烟，很多人都想巴结他，自然也不再有人欺负他。

"能不能给我一包？"老猴子继续说道。

"为什么？"

"因为我想抽。"

他笑了，从来没有听过如此直接的理由。

"这理由不够充分。"

"那这样，我收你做徒弟，你就当拿烟孝敬师父。"

这话就更离谱了。

"在这个破监狱里,啥也干不了,我能从你那里学到什么呢?"

"技术。"

"什么技术?"

男人看着他,笑了起来,露出了嘴里仅剩的几颗牙齿。很快,他就知道了男人提到的技术是什么。当天晚上,他还在床上睡觉的时候,隐约感觉有人坐在床头。他猛地睁开眼睛,被眼前的身影吓得缩到了角落。

"谁啊?"

"我。"

借着微弱的光线,他勉强看清楚那个瘦弱的身躯是谁。就是那个自称要当他师父的男人。他刚想喊,对方一把捂住了他的嘴,做了个"嘘"的手势,然后指指上铺。安静之中,上铺正发出均匀的呼噜声。他又看向牢房的门口,门正锁着呢。男人见他已经稳定下来了,就把手拿了下来。

"你是怎么进来的?"他压低嗓子说道。

"想不想学?"男人反问道。

他犹豫了一下,点了点头。

"一包中南海点五。"

说完,男人就站了起来,像个幽灵一样,走到门口。只见他的手简单地操作了几下,门就开了。然后,他反锁上了门,头也不回地溜走了。他彻底惊呆了,狠狠掐了自己好几次,才意识到不是做梦,而是遇见神人了。

第二天在操场放风的时候,他单膝跪地,将一包中南海点五恭恭敬敬地捧到那个男人的面前。男人只是笑了笑,慢腾腾地把那包烟接了过去。

"你是不是有些问题想问我?"男人抽着烟说道。

"嗯,师父。"

"问吧。"

"我就想问,您既然这么厉害,为什么不从监狱里逃走呢?"

"我在外面得罪了很多人,出去有很多仇家,在监狱里反而安全。而且,我只是一个锁匠,过不了电网和警卫那一关。"

他点点头,似懂非懂。

"其实凭您的本事,想抽烟为什么不直接从我这里偷,反而要让我孝敬您，做您的徒弟呢？"

"两点：第一，如果我从你身上直接偷的话，你就会张扬并报告狱警，那么他们就会知道有一个神偷躲在这个监狱里，要不了多久就会查到我的身上，那样仇家就能知道我在这里了。我对付不了他们。第二……"

说着，锁匠看着他。

"我觉得你是个好苗子。我年纪大了，肺部生了毛病，活不了多久了，所以一直在找接班人，把我的手艺传下去。我没有家庭，自然也没有孩子——做我们这行，不能有软肋，所以只好找个天赋异禀的家伙。我观察你很久了，觉得你合适。"

他害羞了。长这么大，第一次有人肯定他的天赋，居然是做小偷。他不知道是该高兴还是欣慰。

"最后一个问题……"

"你是不是想知道，我这么厉害，为什么还会被抓住，对吧？"

"嗯。"

"我进来不是因为偷东西。"

"那是……"

"谋杀。"男人停顿了一下，"事实上，我是故意被抓住的。而只有杀人罪名才能掩盖我的开锁本领。在这里，所有人都知道，我只是个杀人犯，而非神偷。"

这个理由虽然有点古怪和可怕，但他还是接受了。

"现在该我提要求了。其实你要做我的徒弟，只有一个要求。"

"是什么？"

"保密。包括那个你跟他学习尺八的家伙，你也不能告诉他。在这里，我不相信任何人。"

"那你还相信我？"

"当然，因为你是我亲自挑选的接班人。"

从那以后，只要没人的时候，他就会跟着师父学技术。之所以称师父，是因为对方一直没有说过自己叫什么，说这是保密的一部分，而狱警平时只叫他的编号。几年后的一天，他突然发现师父不见了。一打听才知道前一天夜里师父绝症发作，被送医院后，抢救无效死亡了。

今后的日子，他每次回想起来这奇人奇事，都觉得像是做了一场梦。只有手上的功夫提醒他这一切都是真实的。由于天赋极高，他只花了不到一年时间，就学会了师父所有的开锁技术。其中最核心的绝活儿就是，只要用两根细长的金属丝，就能打开世界上的任何锁。

任何锁都有能适配的钥匙，而这两根细金属丝就是用来模拟钥匙的。

开锁的核心就两条。第一，知识。要了解世界上所有的锁的内部构造以及设计原理，了解锁的演变历史和它的科学依据，只有彻底了解了一样东西，你才有可能去破解它。

第二，想象力。无论如何，都要具备超凡的想象力，去想象锁内部的结构，想象每一次细微的变动后，齿轮移动的多少，在脑海中构建开锁的整个过程。

说得容易，但学起来非常难，而在监狱里学更是难上加难。这里并没有任何锁可以拆开让他学习和观摩，于是师父只能在大家都睡着的时候，潜入他的监房，用不知道从哪儿弄来的纸和笔，把他见过的所有锁的内部结构都给画了出来。

师父说道，按照锁头结构来分类，世界上的锁，主要可以分成凸块锁、杆锁、圆柱锁以及其他几种。

凸块锁指的是锁内部有一个叫作凸块的障碍，如果是正确的钥匙，就可以通过钥匙上的空隙形状，不碰到凸块顺利地转动。这也是最容易打开的锁。

杆锁的锁内部有名为杆锁簧的板状障碍，锁簧上有凹槽，同时还有一个H形槽，门闩中有一个凸起部分，就收在这个槽里。钥匙插进锁孔，旋转钥匙，钥匙上的凸起就会顶起杆锁簧，继续旋转钥匙，就可以让门闩上的凸起通过H形槽，从而让门闩移动。

此外，圆柱锁根据障碍物的形状、动作的原理，又分为好几种，如叶片锁、弹子锁、旋转盘锁、磁力锁等。

其中，弹子锁可以说是目前使用最为广泛的锁种。弹子锁的弹子越多，开锁难度就越大。因此为了制造防范性更好的锁，会在多个方向上放置多排弹子，形成现在比较常见的十字钥匙、圆柱钥匙。

而旋转盘锁的撬锁是比较困难的，需要将所有的凹槽都对齐锁柱。但是什么时候哪个盘和锁柱对上了，撬锁者很难从手感或者声音中得到反馈，更别说要把所有的盘和锁柱对应上。

　　此外，还有磁力锁，是用磁石取代了弹子的弹子锁，利用磁铁异性相吸、同性相斥的特性开锁。

　　除了上述几种常见的锁，还有使用最新技术制造出来的防范性和便利性都更高的锁，如密码锁、卡片锁、生物认证锁等。

　　说这么多有关锁的知识，原因是很多年后，当他那天晚上悄悄潜入毛飞的办公室，把字拿下来的时候，面对的是世界上最难的也是最容易的锁——指纹锁。指纹锁是独一无二的，如果你没有指纹，除非用炸弹，否则纵使你有天大的本领也打不开这把锁。但如果你正好拥有指纹，那么恭喜，一切将变得轻而易举。

　　那天离开之前，尺八顺手从毛飞的办公室里拿走了一支圆珠笔。回到家后，他用透明胶带小心翼翼地把沾在笔杆上的指纹拓了下来，再在橡胶手套上制作了一个手指模具。现在，这个手套就戴在他的手上。当他把大拇指轻轻按在保险柜上的指纹槽中时，"咔嗒"一声，门就开了。

　　保险箱有一些合同、保险单据和现金。但让尺八最感兴趣的，是一个黑色的小盒子，打开一看，里面放着一卷老式的柯达胶卷。

第十一章

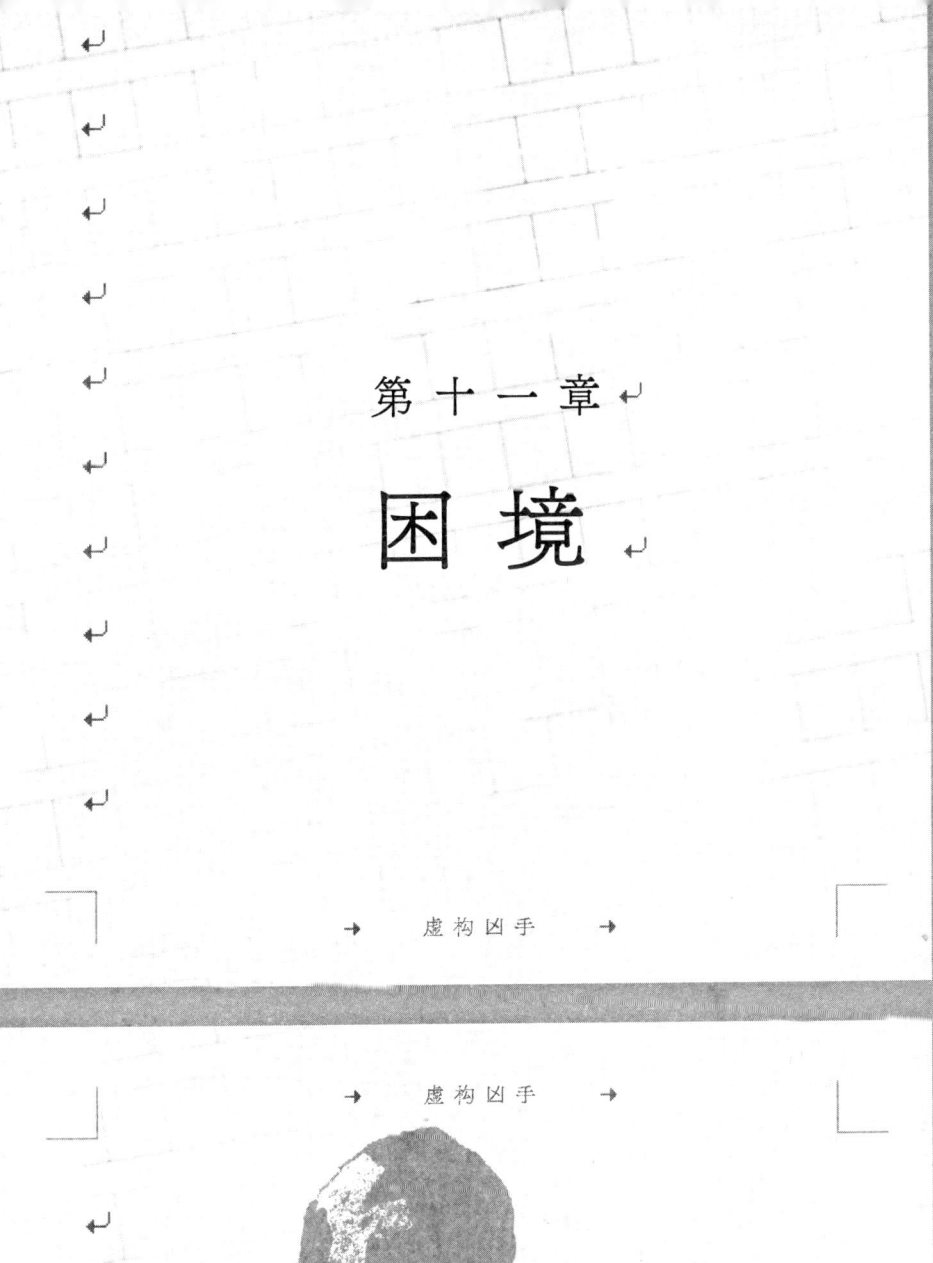

困境

虚构凶手

———— 1

毛子豪曾经干过一件连他自己也认为很恶劣的事情。

今年暑假,他被送到了湖南妈妈家去玩——每年暑假或寒假,他都要被送到妈妈家,他也不知道是为什么。以往每年这个时候,他都是快乐的。因为他明显感觉到,每次去妈妈那里,妈妈都会对他特别好,不是给他买很多好吃的,送很多礼物,就是带他到处玩。他一开始以为这是因为妈妈爱自己,后来,他不小心听到一段对话后,才知道自己太傻了。

那天晚上,他已经提前上床睡觉了。半夜,他被渴醒了,起来找水喝。为了不惊扰屋子里的其他人,他悄悄推门,朝客厅的冰箱走去。路过妈妈房门的时候,他突然听到里面在说话。门开了一条缝,出于好奇,他停下了脚步,朝里面望去。

妈妈靠在床上看书,怀里是不到五岁的同母异父的弟弟。那个男人,妈妈后来的丈夫正在脱外套。他似乎刚下班回来——据说是开公司的,经常需要应酬——嘴里在抱怨着什么。就在这时,毛子豪听到了自己的名字。

"说实话,我觉得你有点过了。"那男人说道。

"什么意思?"

"就是你对毛子豪好得有点过分了。"

"豪豪是我儿子,当然……"

"不是这个道理吧,我觉得你是有愧疚吧。"

妈妈不说话了。

"你跟那男人离婚都这么多年了,现在也有了新的家庭,我才是你的丈夫,嘟嘟才是你的儿子,你根本没必要这样。"

"有没有必要我心里有数。"

"我觉得,你根本就不爱毛子豪,你跟他没有任何感情。你这么做完全是因为想要对他进行补偿罢了。"

"随你怎么说，赶紧睡觉吧。"

听到妈妈没有否认，毛子豪感到有些惊讶。

他一直以为妈妈是因为爱才对自己这么好，可是"愧疚"又是什么意思？"补偿"又是什么情况？他没有去客厅找水喝，而是掉头回到了房间。他用iPad迅速查找了以上两个词语的意思，很快明白了这个解释——他是个聪明而懂事的孩子。

后来，躺在床上，他细细地回味了这几年与妈妈的交往过程。

事实上，从他有记忆开始，身边就没有妈妈的陪伴。直到三岁上幼儿园，他才知道别人都是有妈妈的，而没有妈妈则是一件并不太好的事情。于是，从那时候开始，他就不断问爸爸，他的妈妈去哪儿了。

幸运的是，爸爸在这方面并没有想隐瞒的意思。爸爸告诉他，在子豪刚出生不久，爸爸和妈妈离婚了。现在，妈妈在湖南，而他们在S城，两地相距超过一千公里。在毛子豪的强烈要求下，爸爸联通了网络，通过手机视频的方式让他与妈妈见了面。

几年以后，他依然记得那一刻妈妈的反应。她一直在哭，哭个不停，嘴里说着"对不起"，说着想他，泪水弄花了手机屏幕上她漂亮的脸庞。毛子豪倒是没太多反应，就是觉得很奇怪，既然妈妈这么想他，为什么不来看他呢？当他提出这个问题之后，立刻得到了响应。妈妈表示，只要一放假，就把他接到湖南去玩。两个人在视频中进行了隔空拉钩。

然而又过了三年，妈妈才姗姗来迟。从他六岁那年开始，每到暑假，妈妈就会准时出现在楼下，然后爸爸就会把打包好的行李和他送上出租车。妈妈从来不上楼。随后，出租车会带他们来到机场，飞上天，最后在湖南长沙的黄花国际机场降落。

刚到妈妈家，他才第一次知道一个事实：妈妈刚生了宝宝，也是个男孩，小名叫嘟嘟。不过那个时候的他并没有任何嫉妒或者不满的情绪。恰恰相反，年仅六岁的他很喜欢这个胖乎乎、看起来非常可爱的小弟弟。他喜欢和嘟嘟待在一起，拿铃铛逗他玩，用奶瓶给他喂奶，像一个哥哥那样照顾他。

他的这些行为被妈妈和她的丈夫看在眼里。他们都很开心，觉得毛子豪真是一个懂事又善良的孩子。但遗憾的是，仅仅过了四个暑假，他的想法就

143

转变了。一方面因为弟弟长大了，已经四岁多了，不仅任性，而且没事还老欺负他。另一方面，很大原因是他听到了那段对话。

他意识到一个事实，妈妈并不爱自己，她只是因为愧疚想补偿罢了。愧疚什么？当然是因为没有尽到做妈妈的责任。反过来说，如果妈妈真爱他，为什么从小就把他给抛弃了？为什么这么多年都没来看过他？为什么每次他想抱着她亲昵的时候，她会有点尴尬地想把他给推开？是的，她不爱他，这就是事实。这个事实给他幼小的心灵带来了巨大的打击。

后来，他甚至不想再去妈妈家了。但爸爸告诉他，必须得去，这是和妈妈培养感情的好机会。于是这年暑假，他只好硬着头皮又去了湖南，但内心充满了某种无法抗拒的排斥感。妈妈依然对他很好，可在他看来，那些都是虚假的。这种情绪作用到了弟弟的身上——这个四岁多的任性男孩根本就不是自己的弟弟。

那一天，在妈妈和她那丈夫不在家的时候，毛子豪本来在看电视里的电影，却被嘟嘟抢去了遥控器，并关掉了电视机。

"给我。"

"不给，这是我家。"嘟嘟说道。

"是吗？"

"当然，在我家，你就得听我的，我才是主人，你知道吗？"嘟嘟越发嚣张。

毛子豪什么话也没说。他已经十岁了，比那个所谓弟弟高不止一个头。只见他走到那孩子身边，一把搂住了他的脖子，然后往卧室里拉。

"放开我，放开我……"

他根本不管，用自己的蛮劲控制着这个男孩。他拉着嘟嘟到了卧室，然后用一根跳绳捆住了他的手和脚，再用透明胶带粘住了他叽里呱啦的嘴巴。最后，他把嘟嘟塞进了衣柜里，并且关上了衣柜的门。整个下午，他都坐在沙发上悠闲地吃着薯片，喝着冰镇可乐，看着电视里他最爱的电影《变形金刚》。他很迷恋机器人，因为它们是力量的象征。同时，他也很好奇，这些冷冰冰的机器汽车人，为什么会具备人类的情感？

到了下午五点，他提前给妈妈打了个电话，问他们什么时候回来。半个小时后，他们说，妈妈还在电话里问他想吃什么。

"就吃小龙虾吧。"他说道。

"嗯,好。对了,你弟弟怎么样?"

"他啊,很好啊。"

"让他接个电话。"

"他在睡觉,之前一直在玩,应该是玩累了。"

"哦,好吧,你们两个在家等我们啊。"

说完,电话就挂断了。他又等了十分钟,才关上电视,把东西都收拾好,然后来到卧室,打开衣柜的门。那个小弟弟蜷缩成一团,正用充满怨恨和恐怖的眼神看着他。他上前一把撕掉了弟弟嘴上的透明胶带。

"你死了,等我爸爸回来,我一定告诉他,你做了什么。他会打死你的。"弟弟恶狠狠地说道。

他微微一笑,从口袋里拿出一个核桃,以及一个核桃夹子。当着弟弟的面,他先用核桃夹子夹碎了核桃,然后一边把肉挑出来吃掉,一边用核桃夹子夹住了弟弟的耳朵。弟弟当场就吓得哭了起来。

"听好了,我只说一次,如果你把今天的事情告诉大人,下次我就把你的耳朵夹碎,我说到做到。明白了吗?"

男孩浑身颤抖地不住点头。他吹了声口哨,开始给男孩解开绳子。刚解完,门外就响起了开锁的声音。男孩一下子就冲了出去。说实话,那一刻,他一点也不感到害怕。他已经做好了被惩罚的准备。出乎意料的是,男孩什么也没说,他的恐吓奏效了。

不过几天后,他还是被送走了。在机场的登机口,妈妈蹲在他面前,语重心长地说道:"子豪,我不知道你对你弟弟做了什么。但我相信,你一定做了什么,他现在很害怕,问他也不敢说,他只是一个四岁的孩子……"

"我什么也没做。"他撒谎道。

"真的吗?子豪,你要跟妈妈说实话……"

"真的,信不信由你。送我回去吧,我待腻了。"

妈妈叹了口气,把他送上了飞机。

现在,当开始画画、设计侦探故事的时候,这件事就"嚓"一下从脑海中冒了出来。他突然想到,这个机器人的推理故事,也许就是他和弟弟的故事。那个机器人子豪一号受到了诬陷,遭到了追杀。而要杀子豪一号的,正是那

_ 145

个新造出来的机器人，机器人子豪二号。

他们虽然是兄弟，虽然产于同一个科学家之手，形态也有一点点相似的地方，但又完全没有情感。而他们的"妈妈"，那个科学家已经死了。子豪一号要找出真相，同时又被诬陷，遭到弟弟的追杀。不仅子豪一号是机器人侦探，那个家伙也是。是那家伙在凶案现场推论出了，子豪一号是凶手，然后开始对子豪一号进行追杀。

他们有着同样的目的——找出真凶，为"妈妈"报仇，但两个人却走向了故事的两面。想到这个故事，他既有点热血澎湃又有点伤心难耐，说不上来为什么。

华隐娘在进入寺庙时遇到了一些困难。住持遇害的地方是藏经阁，那是本寺庙的重地，平时是禁止女性进入的。而现在又发生了杀人案，当然更不可能让女人进入了。所以华隐娘被挡在了寺庙的外面。

"对不起，女施主，我们这里是佛门净地，女人是不能进入的。"

"可问题是，是你们住持让我来的。"

"住持？"说话的是大弟子元和，"请不要乱说，我们的住持已经死了。"

没想到华隐娘毫不意外。

"也许这是他叫我来的原因吧。"

说着，她抖搂出一封信，递给元和。

"你自己看吧。"

元和疑惑地接过信来，展开观看。

果然，是住持的亲笔信，上面写着：我即将圆寂，请你务必来到藏经阁，勘查我的尸体，找出真相。众和尚传递着看了一看，交头接耳。

"会不会是伪造的？"

"应该不是，这显然是住持的笔迹。"

"可是我们的规定……"

"住口！"大师兄说道，仿佛下了重大决心似的，"开门，让她进去！"

"师兄，要不要等华捕头到了再……"

"开门!"

没有办法,众僧只好让到一旁,目送面前这个身穿红衣、蒙着面、看不清样貌的女子,拿着佩剑,走进了藏经阁。其他人正想尾随进去,但女子突然转身,把门又给关上了。

和尚们面面相觑。只有大师兄一脸坚毅,默不作声地守在门外。门被关闭之后,屋内便暗了下来,只有少许光线透过户牖照了进来。住持的尸体就在地上。华隐娘走到尸体旁边,蹲了下来,触摸了一下,发现已经僵硬……

"小颖!"

周慧颖立即把笔记本关上,塞进抽屉,门就开了。妈妈走了进来。

"小颖啊,准备好了吗?"

妈妈疑惑地看着有些慌张的她:"你在做什么?"

"没什么。"

"没什么?给我看看。"

说话间,妈妈已经走到了她的旁边。

"拿出来。"

"真没什么,妈妈……"

"拿出来!"妈妈严厉地说道。

周慧颖叹了口气,手搭在抽屉的旁边,开始慢慢把它往外抽。

"好了没有呀?!"

又一个声音从门口传来。

"你们还在干吗?时间要来不及了!"爸爸不耐烦地喊道。

"等一下。"妈妈依然不依不饶。

"妈妈!"周慧颖猛地站了起来,"我去还不行吗,我去!"

妈妈看着女儿,这个十五岁的女孩已经和妈妈一样高了。很快,妈妈严肃的表情变了,开始笑了起来。

"这才是我的乖女儿嘛!那再给你两分钟,你快点出来啊,我们在门口等你。"

说完,妈妈笑着一转身,就走了出去,同时把爸爸也带走了,并随手带上了门。

周慧颖叹了口气,把抽屉再次拉出来,拿出笔记本。今天这么一耽搁,又没时间写小说了。突然,她想到了一个办法。她撩起外套,把笔记本塞在衣服里面,然后拉上拉链。衣服下面是有松紧带的,只要小心点,是掉不出来的。

在去郊外的路上,坐在商务车后面的周慧颖头戴大大的耳机,闭着双眼,假装是在睡觉。周杰伦的歌曲在双耳间飘荡,而她的手按在肚子部位的笔记本上,心里默默继续构思着自己的小说。

……住持的尸体是仰面倒在地上的,他后脑勺的伤口是致命伤,由此可见,凶手是从背面攻击的;现场没有任何搏斗的痕迹,住持面对凶手的攻击,不躲避,不反抗,说明住持似乎有意寻死;另外,根据尸体僵硬程度判断,死亡时间是前一晚的晚饭之后;至于凶手杀了人之后是怎么逃出这个密室的……

周慧颖突然感觉头上的耳机被人摘掉了,一睁眼,看见妈妈扭着身子,正笑嘻嘻地看着她。

"跟你说话听见了吗?"

爸爸依然在开车。她摇摇头,不明所以地看着妈妈。

"那行,我就再跟你过一遍今天的流程啊。"

妈妈示意爸爸开车开稳一点,然后她干脆取掉了安全带,从前排的座位那边爬了过来,坐到了周慧颖的旁边。周慧颖漠然地看着她。

"一会儿十点呢,摄制组就会到场了。我们今天一共要拍三场戏,你别看只有三场,但以我的经验,最快也得拍到下午去了。"

"拍戏?拍什么戏?"周慧颖道,"不是说只是去乡下待一天吗?"

"是啊,顺便拍个短视频。"

"什么?你骗我?"

妈妈的表情立刻变得严肃起来。

"我怎么会骗你呢?不拍短视频,我们全家吃什么喝什么?你以为你现在的一切都是怎么来的?你的耳机不要钱买?你坐商务车不要钱,住的房子不要钱?你那个狗屁作文班不需要钱吗?怎么,还需要我继续说下去吗?要不要把作文班给你停掉?嗯?"

周慧颖不说话了,虽然心里依然愤愤不平。

"其实又不麻烦。"妈妈的口吻缓和了一些,"你呢,也不用做什么,只要继续做好你自己，扮演爸爸妈妈的乖宝贝就可以了，其他的交给我们来做。"

"可是为什么要扮演呢，我本来就是你们的女儿，为什么还要扮演你们的女儿？"

"因为在镜头下，你就变成了另一个人。"妈妈充满哲理地说道，"这点我和你爸一开始也不适应，也是慢慢摸索出来的。你多演几次就明白了。来，快到了，先把衣服换上。"

说着，妈妈从脚下的口袋里摸出一套衣服，扔给周慧颖。

"什么？还要换衣服？"

"对啊，不然怎么叫扮演呢！快啊，宝贝。"

说完，妈妈又起身爬到前排去了。周慧颖拿起那件蓝染的、打着补丁的、麻布制成的衣服，露出一脸嫌弃的样子。

半个小时后，商务车停到了一幢民宅的前面。摄制组已经提前来到了，正在规划今天的拍摄。下了车，没有耽搁，她直接被拉到了一个房间里——那里被布置成了化妆间，一个小姐姐开始给她化妆。过了一会儿，一个被称为牛导的大胡子钻了进来，对他们一家子客客气气的，在他们化妆的同时，开始讲解剧本。

"今天呢，咱们就三场戏，第一场在田里，主要拍大哥。到时候，大哥你就去地里面浇水、锄草，然后弄一点菜回来。现在田里有什么呢？"

旁边一个助理端着一张纸上前。

"导儿，现在有莴苣。"

"行，就莴苣吧。大哥没问题吧？"

"没问题，小意思。"爸爸笑嘻嘻地说道。

"好的。那第二场戏呢，就是在厨房里了，这场戏主要是拍大姐的。大哥把带回来的莴苣给大姐，大姐就到那个水井边，把水摇上来，洗菜，择菜，切菜，炒菜……咦，大姐您咋还戴着戒指呢？"

"哦哦，"妈妈慌得连忙把戒指拔下来，"对不起，我忘记了。"

"下次注意啊，你要记得，你是一个农村大姐，要朴素，千万不能戴什么钻戒啦、翡翠啦，也不要涂指甲油，这不符合咱的人设，观众看了要骂人的。"

_ 149

"明白，我下次……"

"好啦，继续介绍第三场。第三场呢，就需要小姑娘你的配合了。"

周慧颖木然地透过面前的化妆镜，看着面前这个满脸都是毛的光头，怎么说呢，这让她想到了一个巨大的猕猴桃。

"最后一场戏就是吃饭，一家人吃饭。别看吃饭简单，但要拍出质感也不容易。要吃得香，而且还要吃得健康，最重要的是，要吃出幸福感。一家人团团圆圆的，吃着自己劳动所获的食物，这就表示幸福，懂了吗？"

周慧颖点点头，但其实不懂。

"行，到时候正式拍的时候我再来给大家调整状态吧。你们先琢磨琢磨，半个小时后咱们就开机，叫你们上戏。"说完，他就出去了。

周慧颖看到，妈妈对她竖起了大拇指。接下来的一天拍摄还算顺利。当妈妈爸爸在拍戏的时候，就没有人管她了，她便躲到化妆间里，从衣服里拿出笔记本，继续写自己的小说。

……整个藏经阁是一个平行六边形的阁楼建筑，中空，四周都安装上了书架，中间则是一个木制的螺旋式的阶梯。

华隐娘在检查尸体的时候发现了一些玄机。如果是重器砸杀的话，为什么四周没有血液的喷溅？

她观察了一下书柜，发现上面并没有血迹，而只有地面上的那一小摊，这说明一个问题——这里并不是第一凶案现场，死者是被人杀死，然后移尸到这里的。可问题是，这是个密室，凶手是怎么移尸，然后又是怎么逃出去的呢？她沿着楼梯上行，一直走，走到了楼梯的顶部，也是藏经阁的顶部。她朝下看去，依然找不到任何可行的办法。

突然，她听到了头顶上一阵响动——原来是一只猫在追老鼠。它们在屋顶上追逐着，她的耳朵跟着它们移动着，随后不动了。她感觉到一阵细微的风吹到了自己的脸上。她看准那个方向，使用轻功，一下跳了过去，抓住了横梁。她抬手一顶，屋顶上的瓦片被掀了起来。

一个小小的口子露了出来，接着一束阳光照射了进来。口子很小，正常的话一个人是进不来也出不去的。她一阵失望，从上面飞落下来。刚落地，一阵灰尘扬起，顿时给了她灵感。

她从口袋里拿出随身携带的面粉，然后使用轻功，在尽量不着地的情况下，将整个屋子撒满了白色粉屑。随即，她跳上了几案，开始观察。终于，她找到了答案。屋子里只有两种清晰的脚印，一种是她自己的，另一种是住持本人的。也就是说，从昨天晚上到现在，除了他们两个根本没有第三个人进来。

那也就是说，住持他……是自己走进来，并且关上门的。当时，也许他预知自己可能会被害，于是提前给华隐娘写了信，约在了藏经阁。当自己真的受到攻击后，他忍着头部的伤痛，开始往藏经阁逃亡。

凶手在后面紧追不舍。他快一步进入藏经阁，从里面关上了门，凶手则被挡在了门外。凶手不想惊动其他人，只好离开。而住持头部受到重创，再加上这一路的奔逃，已经油尽灯枯，走到了生命的尽头。为了给华隐娘留下线索，他在临死前拿起案几上莲花烛台，将自己头上的血液擦拭在上面，随即，他便死了。

华隐娘拿起莲花烛台检查，发现上面的血液确实像是涂抹上去的。住持这么做的原因很简单，凶器是另一个莲花烛台，只要在寺庙里找到那个凶器，就有可能找到凶手……

就在这时，门"砰"的一下被撞开了，一个满脸大胡子的光头冲了进来，是华捕头。他拿着刀，指着几案上蒙面的华隐娘。

"给老子下来！"

华隐娘一个纵起就从华捕头的头顶飞了出去，然后迅速逃亡。她成了黑暗骑士，被官府认为是凶手。她并不打算站出来自我辩解。因为她知道，辩解没有任何意义，人们只相信自己看到的部分，认为那才是真相。唯一的办法就是找到真凶，并对其进行最残酷的惩罚。

写到这里，她满意地合上了笔记本。

一家三口那场戏拍得很顺利。周慧颖扮演一个乖巧的女儿，始终保持着灿烂的笑容。她这么配合，受到了爸爸妈妈以及大胡子牛导的一致赞扬。他们没想到，她竟然演得这么好，这么有表演天赋。而只有她自己知道，那所谓"幸福的笑容"究竟是因为什么。

"蠢猪，你在想什么呢？"

王昊辰被这么一骂，猛地从幻想中惊醒。他抬起头，看着对面正给自己补习数学的郝老师，才意识到刚才那些只不过是自己的妄想。

在刚才的白日梦中，王昊辰化身王英雄，站在人潮汹涌的大街上，眼前浮现出了无数个数学方程式。那些大楼，那些来往的男男女女，那些川流不息的轿车，无一不有机地在他的脑海中组建起来。而他，就像个数学天才少年一样，几乎不动脑子，就自然而然地解决了这些问题。在他马上要解开那道插在死者背上的数学题时，就这么被叫醒了，真是恼火啊。

"问你话呢，死蠢猪，你在想什么？"

"我……"

"别我我我了，这道题会做了吗？"

郝老师用笔点着他面前的习题册。他看了看，瞬间眼睛就花了，完全看不懂。他恨自己为什么不是王英雄，为什么不是数学天才，为什么要被人叫猪头。

"唉。"数学老师看了他一眼，叹了口气，"当初答应收你做学生，是我这辈子最大的错误，你妈妈当时那样求我，就差跪下了，我也是心软……"

"你是看在钱的分上吧。"王昊辰突然说道。

"什么？"数学老师瞪大了眼睛，嘴巴张得老大，她完全没有想到这个一向被自己称为猪头的老实学生居然敢顶嘴，而且还涉及了人格侮辱。

"你再说一遍？"

"老师，得了吧。"

说着，王昊辰站了起来，心脏狂跳。

"你这么喜欢骂人猪，那我也要告诉你，你也是一头猪，而且是一头老母猪，丑猪，死猪婆子。告诉你，我不学了，我这辈子都不要学什么狗屁数学了！"

他开始往门口走。

"站住！你给我回来！"郝老师喊道。

"不！"

"你这样对得起你妈吗？"

"对不起也没办法，我是一个人，不是一头猪。"

说完，他拉开门走了出去，然后用力地关上门。郝老师在原地呆了半响。过了一会儿，缓过神来的她慢慢坐下来，从包里拿出一面化妆镜。她端详着镜子里的自己，满头白发和皱纹，紧接着，"哇"的一声大哭了出来。

"脑子又飘哪儿去了，说你长了个猪脑子还不承认！"

王昊辰再次从妄想中回过神来。唉，上面那些反抗的画面也只能是想一想了，他王昊辰终究不是王英雄。

一个小时很快就过去了。今天妈妈迟到了，并没有按时来接他。但他实在不想在猫头鹰家待了，于是骗老师说妈妈在楼下等他，独自出了门。从楼道里出来，在楼下开阔的空间里等了一会儿，妈妈依然没来。

一阵秋风吹来，王昊辰打了个冷战。他这才想起，刚才走得太着急，围脖和帽子忘拿了。不可能再回去拿了，因为他一秒钟也不想再看到那个可怕的猫头鹰。先走起来吧，也许路上能遇到妈妈。一想到妈妈，他又开始心慌起来。他知道，如果郝老师把今天的上课情况跟她一说，妈妈一定会骂死自己的。唉，又要让她失望了。她一直希望自己成才，去报复那个糟糕的父亲，可现在呢，自己根本就是个废物嘛。

但"蠢猪"这两个字从郝老师的嘴里冒出来时，他又觉得愤愤不平。"为什么我要被人叫作猪？就因为妈妈想让我学好数学？不对啊，我已经十三岁了，为什么不能选择自己喜欢的事情？为什么非要学数学，非要被人骂？我根本不是那块料，我喜欢写小说。我喜欢侦探，我要当个侦探。"

这么一想，他又开始快乐起来。"没错，可以写侦探小说，可以去见尺八老师，只有他欣赏自己，只有他觉得自己不是猪。不管了，我要让自己快乐起来。"

这么想着，他发现自己已经走了不短的一段路了。一家书店出现在了面前，这是一家非常大的书店，看上去很高端，也是本市唯一一家大型书店。经过很多次，他一直想进去，但妈妈很少带他来，因为他的课外辅导研实在是太多了。现在，他终于可以自己选择进去了。

这家书店一共有地上三层和地下一层。说是书店，其实是一家以书店为名头的商业综合体。地下一层到地上二层都是商业区，有餐饮、小商品、服装等，只有第三层才是书店。虽然只有一层是书店，但规模也是非常大的。

王昊辰在里面找了半天，才找到自己想找的区域——悬疑小说区。平时一直想来看书，可当这么多书摆在面前时，王昊辰又不知道怎么选了。他一会儿看看欧美的，什么丹·布朗、斯蒂芬·金、阿加莎·克里斯蒂等；一会儿又看看日本推理，东野圭吾、松本清张、江户川乱步、伊坂幸太郎等。用一句从学校里学到的话来说：啊，真是琳琅满目，目不暇接。他感觉自己就像是闯进糖果店的小孩子，被各种五花八门的糖果给迷住了眼睛。直到后来，他听到旁边有人说"快走吧，要迟到了"，才猛然从《尼罗河上的惨案》里抬起头来。他从地上站起来（之前一直坐在地上看书），发现周围的人已经非常少了，心说"坏了坏了"，连忙找到一个正在整理书架的营业员。

"阿姨，请问现在几点了？"

"叫姐姐。"那个看起来只有二十来岁的姑娘说道。

"哦，姐姐，现在几点了？"

"七点半了。"

他瞬间吓坏了。已经过了下课时间两个多小时了，妈妈找不到自己，肯定以为自己失踪了。他连忙把书放回书架，急匆匆往外走。刚走了没几步，他站住了，缓缓半转身，随后眼睛一眨不眨地盯着一排书脊中的某一本书。书架的上方写着：国内悬疑推理。而在他的视线中，一本名叫《骗神》的书非常不起眼地夹在中间。他犹豫了一下，伸手把那本书从书架上抽了出来。

这本书包着透明塑封，整体是黑色的，封面很简单，上面是一个白色的面具，而面具上只有一只红色眼睛，阴森恐怖地望着面前的这位小读者。面具的上方印着书名《骗神》，面具的下方则是作者名：尺八。

他把书翻过来，想找地方打开，却发现塑封上面贴着一张小的便条：非试读书籍禁止拆封。他上下找了一找，确实只有这一本，没有可供翻阅的样书，于是叹了口气，把这本书重新塞进了书堆里。

刚想走，却迈不开腿。他太想看看尺八老师到底写了本什么书了。他低着头，从书架间的缝隙望去，看见那个营业员姐姐正背对着他在整理书架。又抬起头，在自己的左后方的天花板角上找到了一个摄像头。一狠心，他再次从书架上把那本书拿了下来。

"我只是看看，应该没事吧。"

他悄悄把身体转过来，用后背挡住摄像头，然后把这本书放在胸前，开始找塑封的小角。他紧张极了，生怕被发现。顺着塑封的小口子抠啊抠，啊，终于，把塑封抠开了。撕开塑封，他急不可耐地打开了封面。

作者介绍就在左边的勒口上，是这么写的：尺八，男，80后，悬疑小说爱好者，推理界新人，希区柯克门下走狗。小说风格偏文艺，曾在网络上进行连载，收获了一大批粉丝，这本书是作者出版的第一本书。

就在他准备翻开继续看时，突然，在自己的面前出现了一个巨大的阴影。阴影罩住了他，暴雨前的乌云。他吓得浑身颤抖，缓缓抬起头。一名身材高大的保安站在他面前，双手抱胸，正居高临下地看着他。

半个小时后，王昊辰的妈妈急匆匆地从外面走进来时，王昊辰正站在保安科的角落里，接受着书店经理的安抚。经理一看王妈妈来了，立刻笑了起来。

"妈妈！"王昊辰委屈地喊道。

"没事，没事。妈妈来了。"王妈妈走到经理面前，"这是怎么回事？"

"没事！就是这小孩把书的塑封拆开了，而我们的保安呢，以为他背对着我们的摄像头在搞破坏呢，都是一场误会。"经理笑着说，"小伙子，没事，别紧张。"

"那这本书给拆开⋯⋯"

"拆开就拆开了呗，正好当作样书处理掉。这里是书店，我们都是文化人，不会为难孩子的。"

"嗯，谢谢。把我吓坏了。"

"妈妈⋯⋯"

"走吧。"

"妈妈，我想看这本书⋯⋯"

"经理，这本书多少钱？我买了，反正也被我家孩子给拆开了。"

"这样啊，给你打个八折吧，是我们的保安不对，吓到了孩子。"

"好吧。"妈妈接过书一看封面，立马皱起了眉头，"这是什么书呀，怪吓人的⋯⋯"

她又看了一眼王昊辰，笑了起来。

"没事，孩子喜欢就买！"

说着她就去付账了。过了一会儿，她拿着那本书过来，塞到王昊辰手里。

"给，拿着吧。下次想看什么书，直接跟妈妈说，知道吗？"

王昊辰点点头。

"我们可以走了吧？"

"当然，欢迎下次再来。"

经理领着保安和营业员微微鞠躬，送走了这对母子。

走出书店，王昊辰发现外面的天已经黑了。他刚想走，就被妈妈叫住了。他心跳得厉害，知道这一次要被妈妈骂死了。

"昊辰！"

谁知道妈妈什么也没说，就一把将他抱住了。

"你个傻孩子，不喜欢上课可以跟我说呀，干吗离家出走啊，真是吓死我了，幸好这一次没走多远，就在书店，要是在外面出个什么事，你叫我怎么办？"

王昊辰一下子明白过来了。妈妈去老师那里接他，知道他已经走了，他又没带手机，联系不上，妈妈这段时间一直都在找他，还以为他出事了，正好接到书店的电话，才急匆匆赶过来了。

"妈妈，其实是……"

他想说，其实是你迟到了，我并没有离家出走。

"别说了，妈妈都知道。"王宝月抹了把眼泪，"妈妈知道自己不应该逼你，不应该把自己的希望寄托在孩子身上，给你这么大压力。都是妈妈的错。从明天开始，你就去上你的文学课吧，妈妈支持你，只要你健康成长，我就安心了。不过你也要答应妈妈，今后不要再乱跑吓妈妈了，妈妈真的很担心……"

"放心吧，妈妈，我再也不会了。"他突然觉得妈妈的这番误会也挺好的。

"那太好了。走吧，想吃什么，麦当劳可以吗……"

母子俩手挽手朝前走去。在夜色之下，王昊辰一边走，一边低下头看着手上的书。他感到高兴极了，晚上终于能看尺八老师的这本书了。月光照在封面上，白色面具上的那只红色的眼睛默默地注视着黑色的人间。

第十二章
新的死亡

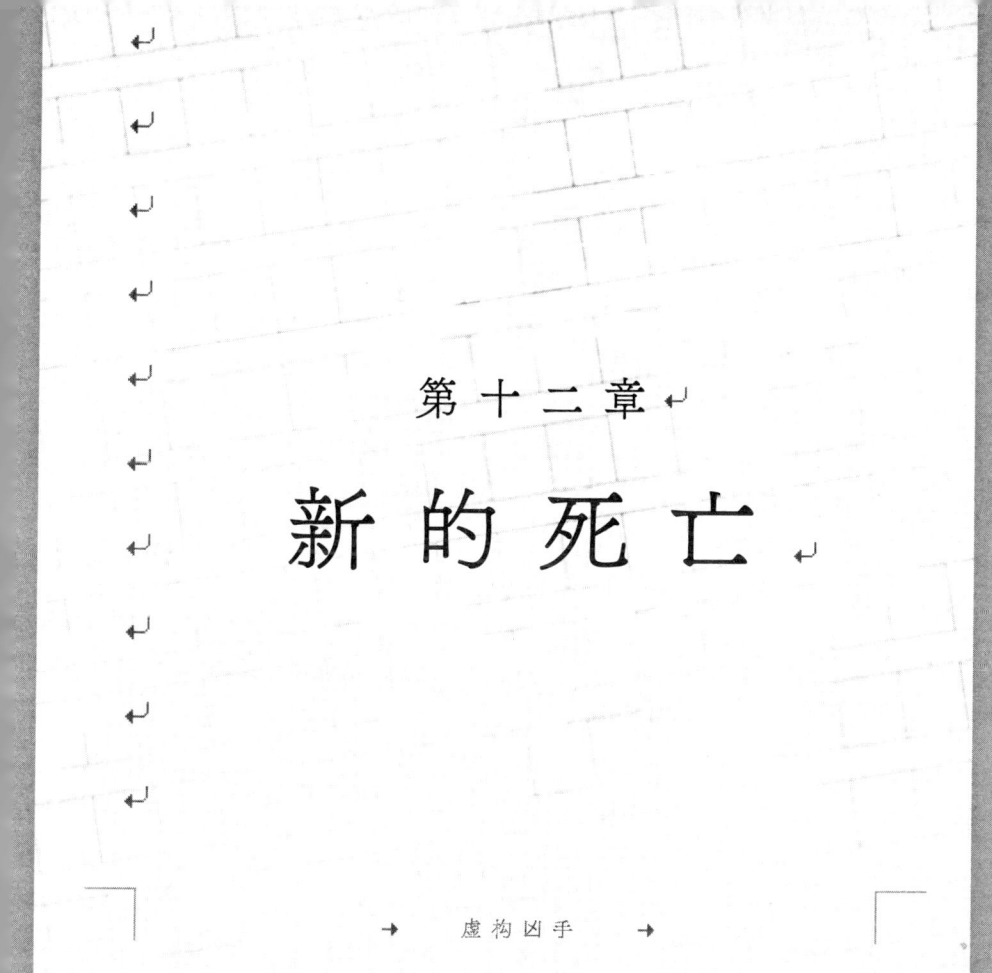

―――― 1

现在是二〇二三年，且不论数码相机的清晰度水准已经发展到哪一步了，光是随便一个手机，就能拍出超过四千万像素的照片画质。但是在二十年前，在二〇〇三年，数码相机在国内才刚普及的时候，很多照片的像素只有三百万。因此，在那个年代，依然有很多人使用傻瓜胶卷相机。

作为一名家庭条件还不错的城里孩子，毛飞那时候就有一台爸爸当作生日礼物送给他的佳能傻瓜胶卷相机。这款相机体积不大，一只手就能拿住，银色，小巧，装一次胶卷能拍三十几张照片，但需要找专业的照相馆师傅进行冲印。

事实上，那年二十一岁的毛飞并不是摄影爱好者，他只是喜欢到处拍照——因此他经常把那只相机塞在自己的包里，看到什么有趣的东西就拍下来。当然，他尤其喜欢拍摄校园里的女孩。甄熹遇害的那天，他恰好把相机带在了身边。

从赵元成寝室出来后，他本来已经回到自己寝室了，但不知道为什么，躺在床上翻来覆去睡不着。甄熹那张漂亮的脸蛋不断浮现在他的面前。毫无疑问的是，他也喜欢甄熹。

早在今天之前，他在校园里晃荡的时候，曾偷拍过甄熹不少照片。在操场上，在图书馆，在练习室，在剧场后台……当然，这些照片因为受距离和拍摄手法的影响，都不是太清晰。除了一张，那是他鼓起勇气主动拦住甄熹要求拍摄的。那天是在食堂，他看见甄熹在排队打饭，于是走上前，说明了自己是谁。

"我能给你拍张照片吗？"

甄熹愣住了，随即笑着点头答应了。于是，以食堂为背景，穿着普通运动服的甄熹，手里拿着饭盆，咧嘴笑起来的样子印在了他的胶卷里，并被冲洗了出来。在那之后，他独自一人的时候，经常会把这张照片拿出来，反复观看。

他不明白世界上为什么会有这么纯真、漂亮的女孩，他的心房被牢牢占据。然而他没有想到的是，自己的好朋友赵元成先一步告诉他，他喜欢甄熹。毛飞感到错愕和难过，嘴上却开对方的玩笑，鼓励赵元成去跟甄熹表白。他也不知道自己这种退缩是出于什么心理。细细想来，他和赵元成的友谊并不像想象中的那样牢固。

记得那已经是开学半年多了，他有一次去网吧打游戏，看见赵元成独自一人也在，觉得他蛮孤单的，便主动找他组队，教他玩《反恐精英》，带着他一起玩。他知道这个男孩是从小县城出来的，在这样的大城市，需要有朋友，于是多次主动帮助他。至于为什么这么做，也许是因为，他小时候也是和父母一起来到这座城市，转学做了插班生，能体验到那种孤独感吧。他记得当时也有一个人主动找自己做朋友，帮助自己，给予自己温暖。他至今也很感激那个男孩。所以，他也觉得应该把这份善意传递下去。

后来，两个人同时被选入剧团，成了《离魂记》的乐手，坐在舞台的后面。他拉二胡，赵元成吹竹笛。两个人一起排练，一起吃饭，一起去网吧玩游戏，逐渐建立了所谓友谊。但遇到甄熹的事情后，他内心感到很不舒服。

他一直在帮赵元成，把他当作好兄弟，现在难道连喜欢的女人也要让给他吗？不管怎样，他打心眼里觉得赵元成配不上甄熹。一个小县城来的男孩，一个舞台上的女主角，怎么可能走到一起呢？当然，他没有把心里想的这些说出来。只有他自己知道，他毛飞从来就不是那种坦诚大方的人——虽然他在赵元成面前，常常表现得那样。

从那以后，他对赵元成产生了一种复杂的情感：一方面当对方是朋友，另一方面又很是厌恶。他自然而然地产生了一种人之常情的心态：看这小子到时候会怎么收场！他故意鼓动赵元成去表白，其实是想看他的笑话。一旦他被甄熹拒绝，那么，自己便有机会可以替换上去了。因此，在赵元成整个表白计划中，他毛飞是有私心的。他很了解，赵元成是一个内心极度敏感、脆弱的人，这个人身上的自卑感非常重。他几乎可以肯定，一旦被甄熹拒绝，赵元成可能就会彻底放弃了。

事实上后来出了那么大的事，最终赵元成也没有坚持下去，而是放弃了，认罪了,他认为这跟赵元成脆弱的性格是分不开的。

一开始,他以为甄熹不会来了。但出乎意料的是,她竟然在一个小时之后现身了,这给了他一种不祥的感觉。果然,在后来吃饭喝酒的过程中,他了解到了一个事实:甄熹居然是喜欢赵元成的!

在赵元成去卫生间的间隙,甄熹告诉他,希望他配合自己演一出拒绝的戏。他再次感到愕然,很想拒绝,又鬼使神差地答应了。于是接下来在KTV,他陪着甄熹喝酒、猜拳,故意把赵元成晾到了一边。他知道甄熹是在有意刺激赵元成,让赵元成死了这条心。但他却非常享受与心爱的女孩近距离接触的欢愉。只是他知道,感情这种事情是两情相悦的,即便甄熹不选择和赵元成在一起,也不会跟他毛飞的。

之后,他们一起把赵元成送回了寝室。当甄熹提出留下来照顾赵元成的时候,他被彻底击溃了。他张了张嘴,想说点什么,但终究什么也没说出来。

现在,他躺在自己的床上,根本睡不着。于是翻了个身,从枕头下面拿出那张在食堂拍的甄熹的单人照。照片上那甜美的笑容朝着自己,让他越发感到痛苦和难以忍受。再去看她一眼吧,就一眼,看过之后,从此斩断自己对于她的一切念想。于是,他穿上衣服,悄悄下了床,拿上相机,下了楼。

到了二楼,他悄悄地沿着墙根,往走廊那头的赵元成的寝室走去。他想好了,走到门口,再偷拍一张甄熹的照片,就当告别。然而,没走几步,他突然看见有个人影从赵元成的寝室里走了出来。他赶紧闪到一旁,利用墙角掩护自己。几秒钟后,他缓缓探出脑袋看去。这一眼,把他吓了一跳。

这个人他简直不要太熟悉。他怎么会在这里?他到底在干什么?一连串的疑问从毛飞的脑子里蹦了出来。他观察那个人在屋内进进出出,小心翼翼,不时朝两旁察看,生怕被人发现的模样。毛飞想了想,默默打开了照相机,把镜头部分探出去,按下了快门键。过了一会儿,他找了个机会,迅速上了楼,溜回了自己寝室。

躺在床上,他依然惊魂未定。他完全想不明白这个人在赵元成的寝室里做什么。当然,第二天,他就知道了。甄熹被人杀死了,而赵元成变成了杀人凶手。他觉得简直不可思议。赵元成杀了甄熹?这事也太荒唐了吧!为什么会这样?再说了,赵元成昨天醉成那个样子,他怎么可能杀人呢?很快,他就想到了那个人的脸。如果赵元成是杀人凶手,那家伙又算是什么?难道,他才是真正的凶手?

然而,当警察来询问的时候,他选择了闭嘴。那种对赵元成莫名的厌恶感又冒上来了。出于一种忌恨与胆怯混杂的心理,他没有把自己所看到的一切告诉警察。当然,他也没说,自己或许拍到了嫌疑人的样子。不过,他并没有打算放过那家伙。

事后的一天,他给那个人打电话,然后告诉对方,他看到了那晚的情景。对方震惊极了,否认自己杀了人,但他并不相信。

"我都不相信,你认为警察会相信吗?"

"你想怎样?"

"钱,我要钱。"

"你敢威胁我?我一毛钱都不会给你。"

毛飞被彻底激怒了。是时候让这傻×知道自己有这么一个超级核弹了。

"我拍到了你那晚在赵元成寝室门口的照片。"

"不可能,少来诈我。"对方说道。

"不信就算了,走着瞧。"

"喂,你……"

不等对方说完,他就挂断了电话。他决定去拿那卷胶卷,把照片冲印出来后寄一张给那个家伙,让他知道自己不是在开玩笑。

几分钟后,对方打来了电话。

"要多少?"

"越多越好。"

话一出口,他感到羞愧极了。然而很快,他就心安理得了。对方最终给了钱,这点让他更加确认,对方就是杀人凶手。让一个杀人犯付出一点代价也是应该的。拿着这笔钱,他从剧团出来后,开始了创业,逐渐有了后来的少儿培训事业。

多年来,他把那个胶卷(他并没有告诉对方这个证据)藏在自己办公室的保险柜里,就是为了等没钱的时候,再问对方要,需要帮忙的时候,找对方帮忙。现在,这个时刻来临了。

他回到了办公室。虽然二十年过去了,也许这起案件要翻出来几乎不可能了。但他只要把这些事情公布出去(哪怕发到网上),依然会对那家伙产生毁灭性的打击。

然而，当他挪开墙上的裱字框，露出里面的保险柜来的时候，突然愣住了——保险柜被人动过。毛飞赶紧用指纹打开保险柜，胶卷不翼而飞了。

他连忙打开电脑，试着调出今天培训中心的摄像头所拍摄到的内容，但发现监控视频都被删除了。他猛然一惊，知道是谁拿走了胶卷。就在这时，眼前突然一黑。整个培训中心陷入了一片黑暗之中。他起身走到顶灯的开关前，反复按下，没用，电跳闸了。

他刚想挪动，突然听到了什么声音——门把手在被拧动。他吓得连忙退后，躲在了办公桌下面。有人走进来了。在黑暗中，借着微弱的窗外月光，毛飞看着那个人穿着鞋套的脚，缓缓走到了自己的面前。

他捂住了嘴巴。短暂的宁静之后，那双脚挪开了。毛飞感觉到那个人走开了，正想松一口气，一张脸毫无征兆地从办公桌边缘倒挂了下来，笑着看着他。顿时，他惊恐万分地大叫起来。

⌛

四个孩子瞪大眼睛，呆呆地看着尺八。

"尺八老师，真的假的？"

"什么真的假的？"

"毛飞……也就是说，毛子豪的爸爸，死了？"

"我有说他死了吗？"

"你不是写，有个人来到了他的办公室，突然脸从办公桌上挂下来，他大叫一声吗？"

"他只是大叫，不代表他会死啊。"

"那就好。"

大家把头转过去，看看毛子豪。

他看起来有些慌张，和之前那种不屑一顾的表情迥然不同。

"子豪……"尺八喊道。

"啊？"

"没事，这都是老师写的小说，都是虚构的，不用害怕。"

"可你写小说为什么要用真名呀，弄得跟真的似的。"

"老师不是解释过吗？他只是懒得取名，到了正式出版的时候会换掉的。"

"可是，"毛子豪抬起头来，"我今天确实没有看到爸爸。"

"哦？你今天早上出门也没看见他吗？"

"没有，我昨晚睡觉的时候他还没回，早上醒来的时候他也不在。后来，我就直接来到这里了。"

尺八露出困惑的表情，抬起头，看向远方。

前一天，他在群里通知家长们，今天的写作课将进行第一次户外采风课。时间是上午十点，地点则设置在天平山上。天平山距离市区差不多有十公里，所以一大早，尺八就起了床，吃过早点，然后坐地铁来到了山脚下的集合点。

等到了十点左右，四个学生就陆陆续续到齐了，毛子豪是自己坐公交车来的。一开始，尺八带着孩子们一起爬山。天平山并不高，以枫叶著名，而现在是深秋，正是红叶映秋景的时间。美丽的枫叶林与山景风情交相辉映，让爬山的人感到很舒心。

路上，尺八提醒大家小心的同时，也示意大家要注意观察周围的环境。

"观察力，是文学写作中非常重要的一项本领，对于你们写侦探故事，同样也很重要。"

后来，到了山顶的位置，已经临近中午。大家找了个舒适的地方席地而坐，一边吃带来的零食，一边听尺八老师讲他的悬疑小说《舞》。于是就有了开头的一幕。

"你给他打电话了吗？"尺八问道。

"打了，但是没接。"

"没事的啊，一会儿下课，尺八老师就带你去找他。"

他转过身来，面对大家。

"听完后，你们还有什么疑问吗？"

"有。"王昊辰举起手来，"老师，这个人到底是谁啊？"

"对啊，到底谁是凶手，我们都被搞蒙了。"

"你们猜猜看吧。"

"我猜，可能是那个崔导演。"周慧颖说道。

"哦,为什么?"

"因为你前面提到了这个人呀,而且他也跟甄熹认识,如果他不重要,你为什么要刻意提到他呢?"

"嗯,分析得很有道理。还有吗?"

"我觉得没这么简单吧。"徐佳琪说,"我觉得应该是那个宿舍管理员。"

"说说你的理由。"

"因为一开始是他报的警,而且警察的注意力好像根本不在他身上。最不起眼的人就最有可能是凶手。"

"毛子豪,你觉得呢?"

毛子豪刚想开口。

"等一下。"王昊辰突然站了起来,大家都看着他。

"怎么了?"

"我认识这个崔老师。"

"你认识?"

"对啊,我现在的戏剧表演班老师也姓崔,而且,他以前也演过《离魂记》。不会有这么巧的事情吧?"

"你这个崔老师多大啊?"

"四十多岁吧,哦,跟尺八老师差不多大。"

"那不对啊,故事中的崔导二〇〇三年已经四十多岁了,活到现在已经六十多岁了吧。"

"有没有可能,你说的崔导是我这个崔老师的父亲,"王昊辰继续说道,"我这个崔老师当年是演主角的那个。"

"噢,我想起来了,是有这个角色。对吗尺八老师?毛飞当时拍到的人,真的是这个崔老师吗?"

尺八沉默不语。

"老师这算是默认了吗?"

"你们啊,又犯老毛病了。"

"什么呀!"

"还记得我怎么说的吗?我这个《舞》是小说,而王昊辰的那个崔老师是现实中的人,怎么可能是同一个人呢。你们总是混淆虚构和现实。"

"那你告诉我们,这个崔老师到底是不是凶手?"

"好啦,就此打住。"

但大家好像根本不听他的,继续聊着天。

"要不这样,王昊辰,也许你可以通过这个崔老师,探听一下当年的真相。"徐佳琪说道。

"我?"

"对啊,现在只有你能接触到这个姓崔的了,这可是犯罪嫌疑人,没准你这个侦探能抓到凶手,找出真相呢。"

"是吗?"王昊辰不太自信。

"我不同意。"尺八说话了。

"老师,你是担心他有危险吗?"

尺八没有回答这个问题。

"可是,"徐佳琪继续说道,"既然你都说了,这是虚构的小说,那又怎么会有危险呢,危险也是假的呀。"

尺八叹了口气。

"总之不要去啦,这是我的小说,我的故事。你们还是孩子,最好不要参与。明白了吗?"

大家开始低下头,不再说话。这时,一阵微风吹来,有一点点冷了。尺八看向远处,整个S城的建筑群都映入了众人的眼中。

"你们知道吗?这是我第二次来到天平山的山顶。"

大家不说话,只是看着他。

"我小的时候体弱多病,医生建议最好不要剧烈运动,于是我这体质基本上就跟运动绝缘了。长大后的一天,我心血来潮,独自一人来爬天平山。啊,我记得当时也是一个深秋的季节。那个时候的我还很年轻。我背着一个书包,准备了一些干粮,就开始从山脚下慢慢爬了起来。因为担心身体吃不消,我爬得很慢,一边爬一边欣赏红叶,花了大半天的时间,终于爬到了山顶。我在山顶待了很长时间,一直到了晚上,天都黑了,我突然决定不下去了。"

"不下去了?"

"嗯,我想看一次日出。"

"看日出?"

"是啊，我从没看过日出，所以就想看一下。于是，那天晚上，我就坐在山顶的位置，裹紧了衣服，等待着日出的来临。但我完全低估了山上的情况，晚上的气温比白天至少要低十摄氏度。而我根本就没有准备厚衣服，很快就冷得直打哆嗦，有点受不了，但我依然坚持着。因为那天我跟人说了，要来看日出，就这样下去，会被人笑话的。你们知道，被人笑话的滋味吧？"

说完这一句，大家都面面相觑。他们这些孩子太知道被人嘲笑的滋味了。

"然后到了后半夜，"尺八老师继续说道，"我站起来，跺脚取暖，想着一定要坚持下去。但很快就坚持不了了。逐渐地，我感觉自己身体很热，想脱衣服。后来我读了侦探小说，才知道这属于反常现象。学过法医知识就知道，一些被冻死的人在死前会一反常态，脱去身上的衣服、鞋袜，甚至是全身裸露，这种现象被称为反常脱衣现象。具体什么原因我就不在这里多说了，感兴趣的同学可以回去上网查。总而言之，就是非常危险，到了濒死的边缘。

"迷糊中，我突然感觉有什么东西在向自己靠近，发出一些窸窸窣窣的声音。我吓得半死，想爬起来，但发现自己根本没有这个能力。我昏昏沉沉的，感觉那个东西已经来到了身旁。接着，有什么湿乎乎的东西在我脸上蹭。"

"湿乎乎的？那是什么呀？"王昊辰说道。

"我一开始也不知道，就觉得有点温暖。然后那个东西朝我靠了过来，挤在了我身上。我感觉到它毛毛的，有一股难闻的味道，但又说不上来是什么。很快，我就失去了意识。"

"死了？"

"胡说！死了尺八老师还会在我们面前吗？"

"也是哟，然后呢？"

"然后我第二天醒来时，发现天已经亮了。太阳也出来了，照在了我的身上，身体暖和起来了。我失去的精神又回来了，就像充了一夜的电。我刚想动一下，却发现自己身边靠了个东西，我把脸转了过来，瞬间没忍住，大叫了起来。"

"什么呀？"

"我这一叫，那东西也被吓醒了，猛地翻了个身，爬了起来，'嗖'的一下就钻进树丛里不见了。"

"老师,你看见那个东西了吗?"

"看见了。"

"是什么呀?"

"猪。"

"猪?"

"对,一头野猪。"尺八老师依然沉浸在回忆中,"黑色的,体形很大,身上有股很臭的味道,毛很长,有刺,嘴巴湿乎乎的……"

"可是,它跑得那么快,你确定真的就是一头猪吗?"

"当然。因为它在消失之前,停了下来,转过头来和我对望。我看见了它那双又黑又亮的眼睛。"

"然后呢?"

"然后它就跑走了呀。"

大家沉默了一会儿。

"老师,你该不会又是在编故事吧。"

尺八笑而不语。

"王昊辰,你怎么了?"

"没什么,我只是想到了一些事。我经常被人骂笨猪。"

"是吗?"

"我也是。"徐佳琪说道,"我因为胖,被人骂肥猪。"

"这没什么。作为一个孩子,谁没被人骂过猪呢?"周慧颖说道。

"不会吧,慧颖,你这么厉害也被人骂过?"

"当然。我好几次因为不想起床,我妈妈就骂我懒猪。"

"好了,我们有三只小猪了。子豪,你呢?"

毛子豪似乎有点心不在焉。

"你怎么了?"

"没什么,我还在想我爸爸的事情。"

"你爸没事的,一会儿我就带你去找他。你被人叫过猪吗?"

"没有,不过我喜欢猪。"

"哦?"

"我养过一只小香猪，后来死了。而且我看过宫崎骏的动漫电影《红猪》，我就想成为一名红猪飞行员。"

"太好了，笨猪、肥猪、懒猪、红猪……我呢，是只野猪。这样吧，"尺八突然来了兴致，"要不我们组成一个猪猪侦探团。"

"猪猪侦探团？"

"嗯，我是猪头，你们呢，都是我的小猪。我们一起合作，一起破案，一起抓坏人。"

"那太好了。就这样说定了。"

大家把手都搭在一起，开始发誓。

"从此以后，我们猪猪侦探团，为了人间正义和彼此之间的友谊，一起破案吧。"

举行过仪式之后，尺八看了一下时间。

"好啦，时间差不多了。哎呀，这山上手机都没有信号，我们赶紧下去，别让家长们等急了。"

"尺八老师，下次我们一起来看日出吧。"周慧颖说道。

"嗯，好的，我那次太遗憾，没有看到日出。下次我们猪猪侦探团约好一起来看。"

随后，五个人开始往山下走。走到一半，尺八的手机响了——手机终于有信号了。他停了下来，示意大家继续朝前走。

"喂？"

"是尺八老师吗？"

"对，你是哪位？"

"这里是市局刑警队。"对方说道，"毛子豪是不是和你在一起？"

"是啊，怎么了？"

"你带他赶紧来一趟市公安局吧，出事了。"

"什么？"

"他的父亲毛飞死了。"

尺八拿着手机，呆在原地，一动不动看着前面。在前方，在下山路上，四只欢乐的小猪还不知道可怕的序幕已经正式拉开了。

⌛

　　毛子豪坐在刑警队走廊的椅子上，默默地吃着一个肯德基汉堡。这个汉堡是香辣鸡腿口味的，那个粗心的外卖员送错了货，但毛子豪一点也没吃出来。他只是安静地啃着，嚼着，想着心事，忽略了自己从不吃辣这个问题。

　　虽然直到现在还没有人告诉他究竟发生了什么，但他不是傻子。这里是警察局，坐在旁边陪自己的姐姐穿着警察制服，里里外外进出的也都是警察，而他一个十岁的小孩被带到了警察局，只能说明一个问题——出事了。

　　他自己不可能犯什么事，那么出事的人只能是他爸爸，毛飞。毛飞作为一名大人跟警察扯上关系，无外乎两种可能：第一，他犯事被抓了；第二，他出事……死了。

　　一想到这里，他的身体微微颤抖了一下。这段时间因为学习侦探小说，他养成了凡事爱推理一番的习惯。但现在这么一推理，反而推出了这么一件可怕的事情。更可怕的是，今天上午才听尺八老师讲到他的小说《舞》，里面那个叫毛飞的人也遇害了。尺八老师当时还说这只是小说，不是真的，没想到这就……成真了。

　　世界上真有这样的巧合吗？其实在来警局的路上，他就一直在想这个问题。记得当时尺八老师接完电话，朝他走了过来，用一种很平静的声音对他说，家里出了点事，要下山了。毛子豪很敏感，知道一定不是什么好事。因为尺八老师的表情，很像他爸爸有时候会流露出的那种特别忧愁的样子。后来在出租车上，他好几次想要开口问尺八老师，但终究还是忍住了。他觉得有一点点难过，同时有一点点恐惧。恐惧的是，要真是爸爸出事了，他怎么办呢？

　　他现在就在琢磨这个问题。想来想去，如果爸爸真死了，那对他而言很可能就只有一种结果：被送到妈妈那里去。他的爷爷奶奶都不在了，在这个世界上除了爸爸，就只有妈妈了。妈妈会自动成为他的监护人，把他接去湖南，而这是他绝对不想看到的结果。他讨厌妈妈，讨厌妈妈的那个家，讨厌后爸和那个讨厌的小弟弟嘟嘟。他暗暗发誓，如果真是那样的话，那还不如离家出走。可是，又能走哪儿去呢？

　　他感到越来越困惑了，过了很长时间，他才想起一件很重要的事情：他竟然不难过。如果爸爸死了，他作为儿子不是应该大哭一场吗？可为什么一点也不觉得难过呢？他隐约觉得这样好像不太对，于是酝酿着，逼着自己哭出来。可人不是想哭就能哭的。他试着回忆小时候家里养死了的狗狗，想想有没有人欺负自己，或者喜爱的东西被摔坏了，但想来想去，还是觉得不太想哭。

就在这时，面前的门打开了。他抬起头，看见尺八老师出来了，陪在他身边的是一个身材魁梧的中年警察。

"今天就这样吧，你想起什么来，随时给我打电话。"那警察说道。

"知道了，警官。"

这时，警官看到了毛子豪。

"你跟孩子说了吗？"

尺八也看看他，摇摇头。

"那么，这个艰巨的任务就交给你啦。"

尺八想说什么，但还是把话咽进了肚子。

接着，那中年警察走到毛子豪的面前，蹲了下来，与他平视。他发现这位警察叔叔眼球里全是血丝，有点吓人。

"小朋友，你叫毛子豪？"

毛子豪点点头。

"喜欢吃辣的？"警察叔叔突然来了这么一句。

毛子豪一愣，当他看见警察叔叔的视线盯着自己手里的汉堡时，才意识到他在说什么。就在这一刻，他奇怪地感觉到了嘴里有一股辣味。"我怎么吃起辣的来了？"

见他没有回答，警察叔叔转变了话题。

"子豪呀，叔叔已经给你妈妈打过电话了，她买了明天一早的机票，你很快就能见到她了。"

他想说不要，但没有说出口。一再地沉默，让这场对话显得有点尴尬。

"那，行吧，你今晚睡你这位老师家，好吗？"

他抬起头，看向警察身后的尺八老师，尺八对他笑了笑。

"好吗？"警察又问了一声。

"我爸爸呢？"他终于开口了。

"你爸爸……"警察朝后看去,看见尺八也在眼神躲避。"那个……"

"他是不是死了?"

警察一愣。

"你已经知道了啊。"

"果然,他死了。"

"子豪,那个……"

"他是被人谋杀的吧。"

警察叔叔再次露出惊讶的神情,他看了眼毛子豪旁边的女警。

"你告诉他的?"

女警连忙摇摇头。

"那他怎么……"

"我猜的。"

"猜的?这怎么猜……"

"因为……"

他话没说完,尺八就冲了上来,打断了他的话。

"好啦,子豪,那个,我们应该回去了。"

"哦。"中年警察这时也站起身来,"行吧,你们回去吧。"

"警察叔叔。"毛子豪看着中年警察。

"怎么了?"

"你是叫蒋健吗?"

蒋健瞪大眼睛看着他,又看看尺八,突然一下乐出来了。

"嗬,这小伙子神了呦,你怎么连我的名字都知道?"

毛子豪突然不说话了,他转过身,朝门口走去。

"欸,这孩子……"

"蒋警官,把他交给我吧。"尺八认真地说道。

"那行,有啥事跟我联系。还有,"蒋健看着尺八,"等这小朋友什么时候情绪好一点了,我想跟他聊聊。"

尺八点点头。

"小范,你送一下他们。"

"好的,蒋队。"

那名女警起身跟着尺八和毛子豪朝门口走去。望着他们离去的背影，蒋健若有所思。

回家的路上，坐在副驾驶的尺八一直试图跟女警小范聊天。他偶尔会悄悄回过头来观察一下独自坐在后排的毛子豪，发现他一直看着窗外，一动不动，似乎在思考着什么事情。

毛子豪当然在思考事情。或者说，他一直都在被一个疑问缠绕着：为什么尺八老师小说里写的内容，现实中都发生了？他写到毛飞死了，后来就真死了。他写到一个叫蒋健的警察，就真的有一个蒋健。那这么说来，尺八老师写的并不是一个虚构的小说，而是真实的。他骗了我们所有人。

而且，非常有可能，他，尺八，就是小说《舞》中的主人公赵元成。他是赵元成吗？为什么他从来没有跟大家说过他的真实姓名？如果真是那样的话，他就是一个坐过牢的杀人犯。他会是被冤枉的吗？爸爸毛飞当年也经历过那起案件吗？为什么从来没听他说起过？如果这个赵元成，也就是尺八老师，认为自己的爸爸当年在撒谎，隐瞒了真相，甚至是凶手的帮凶的话，那么他会对爸爸做什么？报仇。想到这两个字，毛子豪顿时不寒而栗。

这就是尺八老师要来爸爸这里求职教书的原因。他怀疑爸爸当年陷害了他，为了报仇，他杀死了爸爸。会是这样吗？这时，他看见玻璃窗倒影里的尺八老师，发现尺八老师正在悄悄观察自己。而他正好可以通过玻璃的反光看见尺八老师，尺八老师应该不知道自己在看他吧。

啊，这个人是个杀人犯，现在就坐在自己的前面，虽然旁边有个警察，但是……警察姐姐一会儿把他们送到后，就会走的！到时候，就剩他和尺八老师在一起了！最可怕的是，今晚，他还要住在尺八老师家！那样的话，就惨了。他竟然要住在杀父仇人的家里，而这个仇人，也许还会把他给杀了！不行，绝对不能住到尺八老师家去。

咦，自己为什么还叫他尺八老师呢？他是个坏蛋，是杀父仇人，不是什么老师！这么想着，他就想着要自救一下。还好，现在警察还在，要不……

"警察姐姐。"他说道。

"嗯？"

"我想回家。"

"我现在就在送你们回家呀。"

"我想回自己的家。"

警察姐姐从后视镜里看了一眼毛子豪,两个人的视线碰撞上了。

"不行,你家里没人,你今晚得住到这位老师的家里。"

"不要。"

"为什么?"

"他不是我的老师。"

"他不是你的写作课老师吗?"

"他是,但他不是我们学校的老师。我不要住到他家里。"

这时,尺八转过头来,笑着看着他。

"怎么,子豪,你信不过我吗?"

"警察姐姐,我要回家!"

他根本不想或者说害怕,跟尺八说话。尺八那张脸现在给他一种恐惧的感觉。

"可是你家里没人,你妈妈要明天才能来接你。"

"我也不要妈妈。"

"啊?"

"我要一个人生活。"

大家"扑哧"一下笑出声来。

"别说笑话了,你还这么小。"

"小也能生活。反正我不要去他的家,我要回家!"

就在这时,车在一幢公寓楼前停了下来。

"到了。"警察姐姐说。

"我不要!"

"子豪,你听我说……"

"不,我不要听!"毛子豪用手掌把耳朵捂起来了,"我要回家!我要回家!"

毛子豪就这么喊叫着,什么也不愿意听,只是不断重复着这四个字。

女警看着尺八,露出无可奈何的样子。

"送他回家吧。"尺八说道。

"可是……"

"我有办法。"

女警看看他,又看看子豪,叹了口气,重新放下手刹,启动警车。毛子豪便不再闹了。他心想,这下终于能回去了。接下来的十五分钟没有人说话,仿佛大家要去的地方是一个龙潭虎穴,而不是毛子豪的家。

终于,警车再次停住了。三个人都从车上下来了,毛子豪什么也不说,低着头就往小区里冲。

"这……"

"没事,交给我吧。"尺八说。

"你怎么弄?未成年人没有监护人,晚上不能独自一人在家的。"

"我来照顾他。今晚,我住他家吧。"

女警想了想。

"现在也只能这样了。这可怜的孩子,刚死了爸爸,现在一定难过死了。"

"嗯,我会照顾他的。谢谢了。"

"行,我把这里的情况跟蒋队汇报一下。看好孩子啊。"

"知道了。"

说完,女警就开车走了,尺八则转身朝毛子豪追去。刚追进小区,毛子豪回头看见尺八追来了,吓得撒腿就跑。尺八见状加快步伐。毕竟还是一个孩子,没多久,毛子豪就被追上了。他吓得不轻,张嘴就叫"救命",刚一出口,嘴巴就被捂住了。毛子豪用力一咬,只听见尺八老师一声惨叫,就松开了。毛子豪又要逃走。

"毛子豪,你给我站住!"

不知道为什么,毛子豪就像被吓住了似的,不动了。

"你在干什么!知道吗?"

"我我我……"

"我什么我?我就问你一句,你想不想知道你爸怎么死的?"

这句话仿佛具有魔力。毛子豪转过身来,看着尺八。

"怎么死的?"

尺八刚想张嘴,但一看见后面,就不说话了。

"怎么了?"

毛子豪转过身来,看见一个保安已经到了面前。

"这不是毛飞家的孩子吗？怎么了？出什么事了？你又是谁？"

毛子豪看向尺八，尺八微微地摇摇头，示意他什么也别说。

"说话呀，怎么了？是不是他欺负你了？叔叔帮你。"

"没，没有。"

"真没有？"

"没有，他是我爸公司的员工，送我回来的。"

"哦，是吗？"

"是的。"尺八回答，同时悄悄把被咬伤的手塞进了口袋。

"那去吧。"

保安一边走一边还回头看他们。尺八牵起了毛子豪的手。

"走吧。"

"去哪儿？"

"去你家，今晚我住你家。"尺八冷静地说道，"我慢慢把你爸的事情说给你听。"

毛子豪还没缓过神来，就被尺八拖入了小区深处。

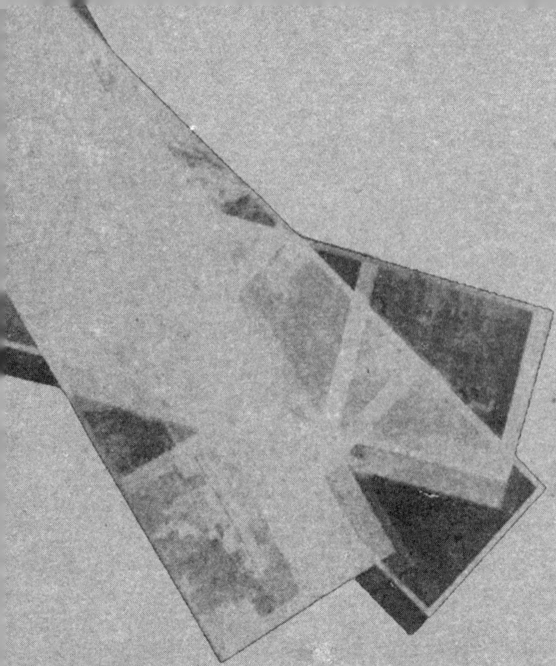

第十三章
真实与虚构

虚构凶手

———— 1

毛子豪走后，蒋健把自己关在办公室里，细细回味刚才那个十岁孩子的一言一行。

能从自己的处境和别人的反应，推理出自己的爸爸被人谋杀了，这孩子确实不简单。只是，他怎么知道我叫蒋健？事实上，自己从未见过这个孩子，也与他的父母不认识。而刚才被接来之后，自己一直在这个询问室里与那个老师见面，直到结束之后出来才第一次见到他。那么，还是那个问题，他到底是怎么知道自己名字的呢？

也许是小范告诉他的吧。只能这么认为了，否则也太奇怪了。不管怎样，这还只是一件小事，让他难过的是，这个胖乎乎、看起来很机灵的小男孩，从此失去了爸爸。

他知道这孩子的情况。从小父母就离异，一直跟着爸爸过，妈妈在老家湖南早已结婚生子。之前，他跟她通电话，说了毛飞的死，她听起来确实有点吃惊，但也仅此而已，并没有表示多大的悲伤，毕竟两个人已经离婚很多年了。而当他提出让她来接孩子的时候，她一开始答应得很爽快，后来又说没机票了，第二天中午才能到。蒋健有一种感觉，即便这个孩子跟着母亲生活，也未必会有很幸福的人生。

跟不爱自己的父母生活，是一种受罪吧，他想。难道自己不就是这样的吗？如此一想，就觉得这个叫毛子豪的孩子更可怜了。算了，先把这孩子放到一旁吧。有更让他操心的事情要做，比如眼前的这桩谋杀案。

今天一大早，他接到110转过来的报案，说一家少儿培训中心发生了命案，于是立马带人出发赴往现场。刚一进楼道，他就远远嗅到了一股血腥味。

报案人是培训中心的前台，她今天一早来上班，看见老板办公室的门半开着，就走了过去，结果一脚踩到了……

"血,是吧?"蒋健说道。

前台汪小姐点点头,同时身体轻微地颤抖了一下。

蒋健注意到汪小姐还比较年轻,手上没有戒指,应该还没有结婚。

"嗯,你接着说。"

"一开始我还没意识到出了什么事,等我推开门一看,那简直是太恐怖了……"

"行了,后面不用描述了。"蒋健不希望她再次回忆那个恐怖的凶案现场,以免给她造成更深的心理阴影,"然后你就报了警,对吗?"

江小姐点点头。

"嗯,去休息吧,一会儿跟我们同事回一趟警局,录一份正式的口供。"

说完,蒋健深吸一口气,朝案发办公室的门走去。然而,越靠近门,他越心慌。多年以来,他一直被一个噩梦缠绕着。这个噩梦他对谁都没有说过,只是深深地埋藏在内心深处。但此时此刻,他莫名产生了一种预感——那可怕的噩梦要再次重现了。

跨过地上已经有点干涸的血水,蒋健来到了门口,他的心提到了嗓子眼。他平复了一下心情,戴上手套和脚套,艰难地跨了进去。

一进入屋内,他的视线便不由自主地被正中间的画面给牢牢吸引住了。而就是这一眼,他便被击溃了,差点没站住,就像多年以前那样,极为难堪地滑倒在地上。幸运的是,他这次做好了准备,一把扶住旁边的椅子靠背。然后再次鼓起勇气,看向正前方。

死者仰面躺在他那张巨大的实木办公桌上,长发披散,向四周垂落。他圆睁着双目,看起来很恐怖。他的身下全是血,红色的液体从桌子的周边挂了下来,如同夏日的蚊帐一样。除了死者是个男性,身上没有穿青绿色的古装衣服,死在桌子上而非大学生寝室高低床的上铺,这幅画面几乎和多年前那起女大学生被杀案一模一样。蒋健强压住想呕吐的感觉,站在原地平复了半天,才稍微感觉舒服了一点。他让同事去打电话通知法医和技术科的人到场,然后独自在屋内进行初步勘查。

这是一个典型的文化商人的办公室。宽大的实木家具,大书柜,大书桌,博物架,各种古玩摆件,墙上则是书法、绘画和艺术品。让蒋健感到吃惊的是,墙上挂着一把陈旧的、已经断了弦的二胡。他慢慢走到死者的旁边,盯

_ 179

着那张死不瞑目的脸，觉得有点面熟。怎么好像在哪儿见过？

突然，他脑海中的记忆之灯亮了一下。等等，难道是他……

他急忙在四周找了起来。终于，在茶几上的名片盒里，发现了一张名片。果然，死的人是毛飞。他再次感到惊讶，怎么会有这么巧的事情？自从二十年前，他因为甄熹的案件审问过毛飞一次后，整整二十年过去了，两个人再也没有见过面。他没有小孩，自然也没有关注过少儿培训方面的新闻，当然也没听说过这个曾经在培训行业叱咤风云的商业骄子。

回想起来，那起杀人案确实给他造成了很深的影响，因为当时证据确凿，嫌疑人赵元成已经认罪，他虽内心有所怀疑，但终究只是一个能力有限的实习生，所以结案之后，就没再碰过它了。只是当初那个杀人现场确实骇人，偶尔会给他带来一场噩梦。

难以想象的是，二十年后，同样的死法又让他深受震撼，死者竟然还是当初与案件有关的重要证人之一，这实在是……匪夷所思。难不成这起案件与当年的案件有关联？又或者说，是同一凶手所为？可问题是，已经过了这么多年，为什么直到现在才出现同类的案件？

正琢磨着，法医和技术科已经到了。蒋健把现场留给了这些专业人士，然后自己退了出来，来到了前台。培训中心的外面已经聚集了一些带孩子的家长，他们一边捂着孩子的眼睛，一边在询问什么情况。汪小姐则在耐心地跟他们解释着。

"什么情况？"

"今天是周日，上午本来有一些课程，这些家长都是带孩子来上课的。"

蒋健点点头，面朝大家。

"各位，你们也看见了，培训中心出了点事，今天的课暂停，大家带着孩子赶紧回去吧。"

"警察同志，这是怎么了？死人了吗？"一位妈妈好奇地问道。

"少打听。孩子还小，别在这里耽搁了，赶紧走吧。"

"那个，我听说老板死了。"

"老板死了跟你有关吗？"

"当然有啊，我们就想知道，这家机构是不是不开了？"

"对啊，如果不开了，应该退费吧……"

"这可怎么办,我上个月才刚交的费……"

"各位,各位……"

眼看着又要闹起来了,蒋健不得不再次出来稳定局面。

"听我一句,不管怎样,这里是凶案现场,而且你们还带着孩子,有什么问题,改日解决,好吗?人家这刚出了事,你们就要退费,还当着孩子的面,你们觉得这样合适吗?大家都是想给孩子提供好的教育,咱们家长自己也应该以身作则,对吗?好啦,散了吧,再不走我就要告大家妨碍公务了。"

这么一说,众人就没办法了,只好带着孩子悻悻离开。蒋健转身面对汪小姐。

"好了,现在都走了。你呢,也赶紧收拾一下,跟我们去一趟警局吧。"

这时,小范走了过来。

"师父。"

"怎么样?"

"培训中心内部的监控线都被剪断了。"

"外面街道的呢?"

"也被破坏了。"

"看来是有备而来啊。"

"那个,警官……"

蒋健回过头,看见那个汪小姐似乎有话要说。

"怎么了?说。"

"我想起一件事,今天我们还有一个老师也有课。"

"他没来吗?"

"没有,听说他今天的课设在户外,说是带孩子们去爬天平山了。"

"爬山?教画画的吗?"

"不是,教写作的,而且……"

"而且什么?"

"毛总的小孩毛子豪,也跟他在一起。"

回到警局跟局长汇报情况后,领导下令当即成立了专案组,由蒋健担任组长,开始对此案进行立案侦查。

在专案组初步会议上,他安排了如下工作:

一、调查死者的社会关系和家庭关系，看看他最近经常跟什么人来往，是否与人结仇结怨。

二、调查死者的财务状况，是否因负债问题引发杀身之祸。

三、走访培训中心的员工、邻居，以及部分熟络的家长，了解死者的基本情况。

四、盯着法医和鉴证科，尽快出现场勘查结果。

安排完这些，蒋健就回到了自己的办公室。在此之前，他已大致了解了一下这家名为飞狐少儿艺术培训中心的经营情况，很快摸清楚了它目前面临着巨大的负债问题。同时，他也看了一些收集上来的死者毛飞的资料，基本了解他毕业之后，是怎么从一个学二胡的艺术生转变成一位民营企业家的。

在这个过程中，他不断告诫自己，暂时不要把这起案件与二十年前那起女大学生遇害案混为一谈。也许真的只是一种巧合，千万不要让先入为主的印象影响自己的判断。

后来，在等待尺八老师和毛子豪来的过程中，蒋健一直在翻阅从培训中心拿回来的员工花名册。花名册上一共有数百名员工，记录着飞狐少儿艺术培训中心开办以来，所有在此工作过的新老员工。其中大部分已经离职了，在职的员工不超过二十个人，目前都在这家旗舰店里工作。其中最让他关注的，是那位新来的教写作的老师。

资料上关于他的信息非常少，除了姓名、年龄等身份信息，就没有了。据之前汪小姐的介绍，这个人是老板的发小，所以登记信息的时候只是象征性地做了一下，履历和学历都没有。然而，这个老师来了还不到一个月，恰巧就出事了，有点不大对劲。

蒋健看着资料上这个人的照片，觉得好像有点面熟。他打开电脑，正想通过内部系统查一下这个人，就在这时，有人敲门。

"他们来了。"小范说道。

"哦，好，你去照顾孩子，把这位老师先请到询问室，我亲自问他。对了，给孩子买点吃的，就肯德基吧，记住，暂时不要告诉他任何有关他爸爸的事情。"

"知道了。"

蒋健又在办公室内坐了五分钟，才起身朝询问室走去。一推开门，就看见一个个子不高、身形瘦弱、佝偻着背、戴着黑框眼镜的人坐在靠椅上。蒋健坐到了他对面。

"你好。"

"你好，警官，究竟发生什么事了？"

"就像我在电话里说的，毛飞死了。"

"怎么死的？"

"你不惊讶他为什么会死了吗？"

"哦，当时听到电话的时候就很惊讶，现在还处于震惊之中。"

蒋健点点头。

"你知道他是怎么死的吗？"

"不知道。不过，你们这里是刑警队，应该是刑事案件。"

"脑子反应得蛮快嘛。"蒋健笑了笑，"听说你是教写作的？"

"是。"

"说是最近在给孩子们上侦探小说课？"

"嗯，主要是为了培养他们写作的兴趣。"

"侦探小说……"蒋健咬了咬嘴唇，"那你对谋杀这种事情应该不陌生吧。"

"你是说，毛飞被人谋杀了？"

蒋健点头。

"啊，怎么可能，昨天还好好的……"

"你最近一次见他是什么时候？"

"就是昨天晚上啊，我们还在一起吃饭呢。"

"哦？"蒋健突然来了兴趣，"就你们两个？"

"对。"

"在哪儿？"

"在艺术大学对面的湘菜馆。"

"湘菜馆？"蒋健愣住了，"是新新湘菜馆吗？"

"对啊。你去过？"

"为什么跑到那里去吃饭？"蒋健没有回答他的问题。

"我也不知道，毛飞约的。"

"我们会去核实的。他当时看起来还正常吗？"

"挺正常的。"

"有没有和你说些什么？"

"没说什么，就是简单聊天，都是工作上的。我刚来这里教课，有很多问题需要请教他。"

"后来呢？"

"后来我就回去了。"

"大概几点？"

"九点多吧。"

蒋健盯着面前的中年男人。

"欸，我看着你很面熟，咱们是不是在哪儿见过？"

"有吗？没有吧，我不记得了。"

"是吧，要不是你的身份信息和名字对不上，我会以为你是我认识的一个人呢。"

"这世界上长得像的人多了去了。"

蒋健摸着下巴，若有所思。

"你在做写作课老师之前是做什么的？"

"哦，我是个……作家，写悬疑小说的。"

"难怪了。对了，你写过什么？我去拜读一下。"

"喀喀，没啥好读的，就一烂通俗小说。"

"太谦虚了。书名叫什么？"

"《骗神》，书店网上应该都能买到。"

蒋健认认真真地在笔记本上记下了这个书名。

"行，我一会儿就去买一本看看。哦，对了，听说你和毛飞是发小？"

"嗯，同学。"

"大学同学？"

"哦，不，小学同学。"

"小学同学，那你对毛飞这个人了解吗？"

"小时候了解，现在不清楚，毕竟几十年没有见面了，也就相处了不到一个月，他现在是我的老板，我不太敢过问他的事情。"

"好吧。你现在一个人住吗？"

"对。"

"那这样，能不能拜托你一件事？"

"什么？"

"我刚给毛子豪的妈妈打过电话，她可能要明天中午才能飞过来，也就是说，今晚毛子豪需要有人照顾，你带他回你那里，好吗？"

"回我家吗？"

"是啊，怎么，不方便吗？"

"那倒是没有。我就担心他可能不愿意。"

"你不是他的老师吗？你当可怜可怜你发小兼老板的孩子，暂时收留他一个晚上吧。"

"好吧。可我怎么跟他说他爸的事情呢？"

"这可得要有点技巧了。你是老师，这种事情得你来。"

尺八点点头。

"还有事吗？"

"暂时没有了，案件才刚开始调查，后期可能还需要你多多配合。"

"没问题。"

说完，尺八就要往外走。

"等一下！"

尺八回头，与蒋健的目光对视。

"古少新先生，你认不认识一个叫赵元成的人？"

尺八摇摇头。

"没听说过。"

蒋健一笑，做了个请的手势。被称为古少新的尺八走出了询问室的门，朝在走廊椅子上等候多时、正啃着香辣鸡腿堡的毛子豪走去。

这天从山上下来之后，徐佳琪并没有直接回家，而是去了上次去过的那家肯德基。之前，她给爸爸妈妈打了个电话，知道他们还在忙，于是说自己去同学家做作业了,晚点再回。一听是去同学家,妈妈没有反对,甚至带点鼓励。

"有同学一起玩总是好的。不过要记住哟,在别人家吃东西时要注意点,不要一直吃个不停。"

这话在妈妈看来明明是好心,徐佳琪却觉得很生气。

"知道了!"

徐佳琪用力挂掉电话手表。妈妈总是以一种不好的视角来看待她。"我才不贪吃呢!是妈妈爸爸你们自己贪吃吧。"被她这么一说,好像自己是一个很不懂礼貌和分寸的孩子似的。她不断告诉自己,不要生气,这些一点也不重要。重要的是,她现在一个人了。她很享受这种一个人的时刻,因为可以干点自己想干的事情。

比如,写小说。要是让爸爸妈妈知道她在写这种杀人小说的话,一定会气得把她的本子撕烂吧。所以,她不会让他们知道的。就这样边走边想,她就已经来到了肯德基。

开门进去,找到最角落的空位置,把包放好,然后点了一份下午茶套餐——薯条、鸡块和可乐。等拿好餐之后,她把笔记本和笔拿出来,翻到上次写的内容。

……小卷发去了学校后面的树林,听到身后沙沙的脚步声,她转过身……

然后呢?徐佳琪用笔头戳着自己胖乎乎的脸庞,陷入了思考。她应该要遇到危险吧。

所有的侦探小说都会有危机的,就像尺八老师今天上午讲的《舞》的故事,就再次出现了杀人案。想到这里,她突然产生了一丝丝不安的情绪。

刚才尺八老师接了个电话后,就带着毛子豪一起匆匆离开了。她有一种预感:出事了。是谁呢?难道真是毛子豪的爸爸毛飞?这事情也太荒唐了吧,这边小说里写他死了,那边现实中就真死了?小说还有这种诅咒人死的功能?

她记得曾经看过一个日本动漫,叫《死亡笔记》,说的就是一个少年得到了一个笔记本,是属于死神的,只要在上面写下某个人的名字,那个人就会死去,代价是交出自己的灵魂。不过,这只是一个动漫而已,现实中不可能发生这样的事情。再说了，尺八老师也没说什么事，就别瞎猜了。

还是继续回到自己的故事吧。老实说，充满危机感的情节真是吸引人。问题是，小卷发可不能死，她是主角，是侦探，她要死了，罪犯就抓不到了。那就让她受到生命的威胁吧。小卷发其实已经推理出了凶手是谁，而这一次正是凶手把她约出来的，目的很简单：杀人灭口。徐佳琪埋下头来，开始在作文本上写了起来。

小卷发听到身后传来沙沙的脚步声，于是回过头来，看见了真正的凶手。凶手戴着一个恶魔的面具，手背在身后。

"你是谁？"

凶手不说话，只是站在那里。

"你不说其实我也知道，我知道你的身份。"

"哦，是吗？"面具后面的人嗡嗡地说道。

"我知道你是怎么设计杀人诡计的。"

小卷发撩了一下头发——这是她在解答诡计的时候，每次都要做的经典动作。只见她毫无惧色，开始分析起来：

小王同学的尸体为什么会在学校开门之前，就已经出现在了操场上？很简单，因为她前一晚就死了。

那天下午放学，凶手借口找她有事让她留了下来，然后给她喝了一罐饮料——当然是含有迷药的饮料，于是就把她给迷晕了。这一点，只要进行尸检，就能很轻易查出来。迷晕之后，凶手先把她藏在学校教学楼的天台角落，等到了半夜，趁着夜色的掩护，悄悄把她的尸体从里面拖了出来，背到了露天的操场上。这天晚上，气温降到了零下十摄氏度，并下起了雪。于是，陷入深度昏迷的受害者就这样被活活冻死了。到了第二天一早，学校开门后，便有了故事开头的一幕。

"你杀完人之后，躲在学校里一直没有出去，直到第二天开门后，便混入了来上学的学生人群里，这样你就能神不知鬼不觉地假装是刚来上学。"

那个戴面具的人不再说话，但明显能感觉到面具人的呼吸在加重。小卷发把视线转向面具人的手。那里有一把锋利的匕首，闪着寒光。

"你一定很好奇，我是怎么发现你的诡计的吧。"

小卷发调整了一下呼吸，继续说道：

"第一，尸体被发现时，是在操场的中央，前一晚下过雪，周围没有任何脚印——除了围观的人踩的。这说明了一点，尸体是前一晚下雪前被挪到这里来的。虽然温度的骤降让尸温不是太准确，但我前一天放学前还见过死者。因此，只能解释作案时间是在前一天放学后，下雪之前。

"第二，尸体上没有伤口，也没有中毒的迹象，那么只有一种可能，她是被冻死的。我在她牙齿缝隙里发现了一些果粒橙的果肉，说明她生前喝过这种饮料，只要一化验，就知道有没有被下过迷药。

"第三，小王同学失踪后，前一晚也没有人报警，这说明凶手很了解她，知道她父母出差了，当晚一个人住。所以，即便消失一晚，也不会引起任何注意。当然，从另一个角度讲，凶手也有同样的作案条件，比如一整夜不回家，也不会有人知道发生了什么。

"基于这一点，我之前把班级里知道她家庭情况的同学和老师的情况都摸了个底，也跟所有人都面对面问过话，我排除了大多数人，只有一个没有逃脱我的眼睛。"

小卷发深吸一口气。

"来吧，摘下面罩，看看我说的是不是正确的。许美静。"

戴面具的人浑身一阵颤抖。最后，她摘下面具，露出了真面目。果然是许美静，她笑了起来。

"小卷发，你真不错，竟然被你猜出来了。"

"不是猜，这叫推理。"

"哦，你是怎么推理出来的？"

"很简单，我从你说的话中找到了破绽。"

"什么？"

"还记得在咱们交谈时，你说了什么吗？"

"你问我平时跟谁住在一起，对吗？"

"你说了什么？"

"我说，我和我奶奶住在一起。"

"对，可是你在撒谎，你奶奶明明已经死了，你一个人住。"

"你怎么知道的？"

"因为，我已经去过你家了。你奶奶的尸体在床上已经腐烂多日，你还想隐瞒多久？"

许美静苦笑一声，怅然若失。

"你不懂。"

"我只懂杀人就得接受法律的制裁。"

"是吗？只要杀了你，就没人知道这件事了。"

"许美静，请你不要一错再错了。"

"错的人是你，多管闲事！"

话音刚落，许美静就举着匕首朝小卷发扑了过来，两个人顿时扭打在一起。小卷发身手不错，但许美静个子更加高大。眼看着小卷发就被压在了身下，刀尖就在距离眉间十厘米处，并且慢慢朝她压了下来。

"呼噜，呼噜！"

情急之下，小卷发大声喊了起来。

说时迟，那时快，只见一团毛茸茸的东西从树上跳了下来，落在许美静的背上。是小猫呼噜！它举起锋利的猫爪子，对准许美静就是一顿狂抓。许美静惨叫一声，放开了身下的小卷发，滚到一旁。但呼噜依然没有松手，继续对她发起攻击。

"救命啊，小卷发，救救我！"

"你知道错了吗？"

"我知道错了。"

说着，许美静就把匕首扔到了小卷发的脚边，双手抱着头。小卷发捡起了匕首。

"呼噜，住手！"

听到主人的命令，呼噜终于住手了。它一蹦一跳来到了小卷发的身旁，顺着她的腿爬了上去，爬到她的肩膀上，站好，依然表情凶恶地看着地上的许美静。

"好吧，现在你可以讲一下，你为什么要杀人了吧？"

许美静站了起来，拍拍身上的灰尘，整理了一下被抓烂的衣服，一脸羞愧。

"我……"

"哟，写什么呢！"

一个声音吓了徐佳琪一跳,她下意识地用手臂盖住作文本。

抬头一看,是班长金磊。

"没,没写什么。"

"哎哟,别躲了,我都看见了。是你之前说的侦探小说吧?"

"我乱写的。"

说着,她想把那笔记本盖上收好。可手臂刚一抬起来,就被金磊抢去了。

"我看看啊。"

"还给我!"

"女侦探小卷发……"

"还给我!"

徐佳琪大吼一声,把肯德基里的人都吓了一跳。店内顿时安静无比,大家都看着他们,不知道发生了什么事情。

金磊见事态不对,就赶紧坐下来,把作文本还给了徐佳琪。现场的气氛又恢复了正常。

"这么凶干吗,开个玩笑嘛。"

"我不喜欢开这种玩笑。"

"好啦,对不起啦,向你道歉。"

徐佳琪没说什么,默默地把作文本收进了书包里。

"你什么时候来的?"

"来了有一会儿了,我见你写得认真,想偷偷吓你一跳……"

"下次不要这样了。"

"好吧。"

两个人就这么沉默地坐了一会儿。不知道为什么,徐佳琪感觉现在的气氛很尴尬,完全没有了之前和他在一起那种愉悦的感觉。她感觉内心有个干净透明的玻璃杯被摔碎了。

"怎么了,还在不高兴?"金磊开口了。

"没有。"

"没有就好,想吃冰激凌吗?我请你。"

"不要吃。"徐佳琪这才想起点的套餐一口都没吃,已经冷掉了。

刚才写小说太认真,完全把吃这种以前看来很重要的事情忘记了。正想着，金磊倒是不客气地拿起一根她的薯条，自己吃起来了。这一刻，她对这个男孩产生了一种很厌恶的情绪。

"那个，问你个事，上次拜托你做的事情，弄得怎么样了？"

"什么事？"

"就是写作文啊。"

哦，她想起来了。因为关注点都在自己的作文本上，把他的事情给忘了。她摇了摇头。

"对不起，我忘记了。"

"忘记了？"

金磊把薯条扔回盘子里，不可一世地看着她。

"你自己的侦探小说倒是写得入迷，我的事情你就能忘记？"

"对不起，我……"

"别说对不起，对不起有用要警察干吗！妈的，真是气死我了。"

徐佳琪顿时收起了自己的歉意。

"你还是自己写吧。"

"啊？"

"这件事你做得不对，自己的作文就应该自己写，不该找别人帮忙的。"

金磊愣了几秒钟后，脸上突然又堆起了笑。

"哎呀，佳琪，刚才是我的口气不好，你原谅我吧。说实话，我是真不会写啊，你帮帮忙好吗？"

"不行，自己写。"

"求求你了。"

"不行！"

几乎是一瞬间的事情，金磊突然抓起一把薯条就朝她扔了过去，她来不及躲避，脸被砸中了。

"肥猪，你走着瞧！"说完，金磊恶狠狠地起身，离开了。

徐佳琪没有动，她发现很多人都在看自己。她想哭，但忍住了。过了一会儿，她弯腰默默地把身上和地上的薯条都捡起来，放回餐盘。然后，她端着餐盘，来到了柜台，要了一个打包袋，把吃剩的东西都打包起来。

在回家的路上，她突然觉得委屈极了，蹲在路边的马路牙子上大哭了起

191

来。哭了好一会儿，她站起身，抹干眼泪，继续往家走去。她现在知道怎么写凶手许美静杀人的真正原因了。

⌛

"说吧，你到底是谁？"

这句话从只有十岁的毛子豪嘴里说出来，听起来有点滑稽有点萌。但只要注意到他脸上严肃的表情，就知道他此刻非常认真，绝对没有半点开玩笑的意思。

"我是尺八老师呀。"

尺八送毛子豪回家，刚一进屋，关上门，就遭到了毛子豪的逼问。也许是回到了自己熟悉的环境，毛子豪在沙发上懒洋洋地坐下，一双手掌手指交错，搭在后脑勺上当作枕头。

"我是问你的真实姓名。"

"问那干吗？"

"你今天必须得告诉我！"

毛子豪的话看似强硬，其实明眼人一看，就知道他已经处在崩溃的边缘，完全是在硬撑。尺八突然开始有点佩服这个小娃娃了。

"你真想知道？"

"嗯。"

"好吧，实话告诉你，我叫古少新，是你爸的老同学。"

"撒谎，我爸的同学不是叫赵元成吗？"

"你爸可不止一个同学。赵元成是他的大学同学，而我是他的小学同学。"

"那关于赵元成杀人的故事……"

"你所听到的都是假的，都是我的小说《舞》中的内容。所以嘛，我不是在课上讲过吗，永远不要把一个小说家的话当真。"

"可是……"

"算了，看来今天你不搞明白，是睡不好觉了。我就简单跟你讲讲我的故事吧。

"我叫古少新,是土生土长的 S 城本地人。

"我小学是在星海小学读的,没错,就是你毛子豪现在就读的那所学校,咱们还算是校友呢。那个小学还不错吧,有很多年历史了,当时的校长姓黄……

"扯远了。在小学二年级时,结识你爸爸。他是一个插班生,他刚来的时候,没什么人搭理他,显得比较孤独。我看他可怜,主动找他玩,和他交朋友。我和你爸爸都是那种比较贪玩调皮的人,男孩子嘛,可以理解,是班里的差生,坐在教室的最后一排。

"有一次被老师逮住,罚站,老师指着我们的鼻子说,你俩啊,一个害群之马,一个害群之牛。不管怎样,我俩成了最铁的哥们儿,经常在一起玩。后来到了初中,我们依然是同学,但已经开始走向不同的人生道路。

"你年纪还小,可能还不知道,在 S 城,如果不好好读书,是考不上好的高中的,没有好高中读,就意味着没有机会上大学。所以在中考的时候,我连高中也没考上,最后就休学开始打工了。而你爸他居然比我成绩考得好,上了一所普通的高中。这时候我才知道,你爸啊,这个人狡猾着呢,他表面上总是玩,背地里却是在读书的,只是天赋不够,才上了个普通中学。

"自从开始打工以后,我们就来往得少了。我在酒吧做服务员,住在老板提供的宿舍,难得回家一次,也交上了新的朋友。再后来,我辞职了,和伙伴一起去广东打工。临走之前呢,我约了你爸一起吃饭。酒席上,我才知道原来你爸考上了本地的一所艺术院校。他告诉我,因为成绩不是太理想,在高二的时候,他开始学二胡,走艺术路线。后来,果然就考上了,成了一名艺术生。之后,我就去了广东。

"这一去,就是将近二十年了。别人的话,二十年的时间已经飞黄腾达了,但我却没有。而且随着年纪的增加,我混得越来越差,谈过几次恋爱,也没有结婚,就浑浑噩噩混到了四十多岁。有一句话不知道你听说过没有,叫混不好就别回来了。我混得不好,就一直没回来,独自在外面漂着。

"因为比较孤独吧,没事我就爱看书,因为只有在看书的时候,我才感觉到平静,才觉得自己不是个废柴。书看多了,自然而然地也试着动笔写了起来。没有地方发表,我就在网络上发表,没想到竟然累积了一定量的粉丝。后来还有编辑给我留言,问想不想出书。就这样,我出版了自己的第一本小说《骗神》。

"但你也知道，写小说不赚钱，也养不活自己。在广东的生活成本很高，而我已经四十多岁了，脸皮厚了，也不怕回来了。

"于是，我就回到了 S 城，找到了你爸。我早就得知他做生意赚了大钱，但我不好意思找他，现在实在是被逼得没办法了，才只能面对。幸运的是，你爸收留了我，给了我这份工作。可现在的问题是，你爸……"

说到这里，尺八停住了，抽出一张纸开始抹眼泪。

"他死了吧？"毛子豪问道。

尺八点点头，继续大声吸着鼻涕。

"你知道他是被谁杀死的吗？"

尺八猛地一抬头，看见毛子豪已经泪流满面，但他竟没有崩溃，甚至没有伸手去擦一下鼻涕和眼泪。他觉得这孩子以后会是一条硬汉。不，他现在就是。他抽出几张纸给毛子豪递了过去。

"我没有说他是被人杀死的。"

"别骗我了。"毛子豪这才接过纸巾，擦了擦眼泪，"如果不是被人杀死的，我们为什么会去警察局呢？难道不是应该去医院吗？"

"唉，你真厉害，老师教你推理，你倒现学现用了。是的，你爸是被人杀死的。"

"被谁？"

"不知道，警察还在查。"

"我想看看他。"

"不行。"

"为什么？我是他儿子。"

"你还太小。"

"是不是死得太惨？"

"别问了，好吗？小子，接下来你要坚强地活着，用心读书，健康长大，这样才对得起你的爸爸。"

毛子豪不说话了，似乎在思考着什么。

"今晚我就睡这里了，明天中午，等你妈妈到了，我就把你交给她。"

"不要。"

"为什么？"

"我不喜欢她。"

"不喜欢也没办法，她是你的亲妈，对你有天然的监护权。"

"那你呢？"

"我啊，可能又要失业了。"尺八苦笑了一声。

"我还有一个问题。"

"说吧。"

"既然是虚构的，那为什么警察也叫蒋健？"

"这个嘛，完全是个巧合。"

"巧合？"

"嗯，因为老师我以前在这里的时候，有一次犯了点事，跟人打架，进了局子，当时接待我的警察就叫蒋健。而我写小说的时候因为懒得编名字，觉得顺口就借用了过来。没想到的是，那个蒋健居然还在，而且现在还成了刑警队队长，真是缘分啊。你刚才问他名字的时候，我都吓了一大跳。"

"好吧。那你喜欢我们叫你尺八老师，还是……古老师？"

"还是尺八老师吧。"

"尺八老师……"

"嗯？"

"我想爸爸了。"

尺八把小孩揽在怀里，温柔地抚摸着他的胳膊。

"如果你想哭，就哭一场吧，有老师陪着呢。"

晚上，等小孩睡着之后，尺八躺在沙发上细细思索着一些事情。那天，他从保险柜里偷走胶卷之后，一直没有找到地方冲印。现在已经是数码时代了，那些冲印胶卷的店和师傅不是那么容易找到了。网上倒是有那么几家，但是需要把胶卷寄过去。他担心里面有不适合外人看到的部分，而且一来一回颇费时间，万一弄丢了，也是一件麻烦事。

也就是昨天，他终于在本地的网络论坛上，找到了一个摄影家协会。他冒充爱好者，把自己的需求发到了网上，没多久就有人给他私信留言，说可以帮他冲印。他联系了这个家伙，对方说只有今天有空，他本来想今天从山上下来后，就去找这个家伙，没想到的是，却接到了毛飞遇害的消息，接着

_ 195

又被安排照顾毛子豪,把这件事给耽搁了。

现在,这个胶卷就在自己的书包里。他想了想,爬了起来,从包里拿出胶卷。接着,他来到卫生间,关上门,点亮一盏橘色的小壁灯,然后借着这微弱的光线,他把底片从卷筒里拉了出来。胶片显示,毛飞当时确实拍摄到了一个人,但在这种光线下,根本看不清这个人的长相。

尺八把胶卷收起来,回到了客厅,再次在沙发上躺下。无论如何,还是得先把相片冲洗出来。可是,照片上这个人究竟是谁呢?他是杀害甄熹的真正凶手吗?难道因为毛飞拿着相片去要挟这个人,所以才遭到了灭口吗?答案明天就会揭晓的,只要把照片冲洗出来,一切就真相大白了。

可是他睡不着,一想到屋内的那个可怜孩子,他就很难过。这个孩子虽然有个妈妈,但其实跟孤儿没什么两样。他妈妈有了新的家庭和生活,不可能再在他身上投入太多的爱。他叹了口气,想到了自己。他何尝不也是一个孤儿呢?在这个世界上,没有亲人,孤苦伶仃。

不过转念一想,毛飞的死也算是死有余辜吧。当初要不是他对警察撒谎,会有今天的结局吗?这也是他为自己所做的一些事付出代价了吧。接着,他又想到之前在警察局,蒋健看他的那种眼神。

"咱们是不是以前见过?"

当然见过,蒋警官,咱们何止见过呢。蒋健问他昨晚在哪儿,他没有隐瞒。完全没有必要,因为只要一查监控,就知道他和毛飞吃了顿饭。是毛飞约他的,就在那个艺术大学对面的新新湘菜馆。

"没想到啊,这家店开了二十几年了,居然还没倒掉。"

毛飞一进来,就这么说道。

"说明这里的菜很好吃,老板会做生意。"

"也不能这么说,因为老板已经换了。人换了,物是人非呀。"

毛飞看着那个忙来忙去的男人说道。

"你把我找来,不仅仅是为了吃顿饭吧?"

"怎么,就不能仅仅吃顿饭吗?以咱们的关系。"

"有事说事。"

毛飞不说话了。

过了一会儿,菜上来了。

两个人默默地吃着。尺八在等待着他说出口。

"你猜对了，兄弟我确实遇到麻烦了。"

"什么麻烦？"

"二十年前，在这里，在对面那所学校里，曾发生过一起震惊世人的凶杀案，你听说过吗？"

"听说过，那起案件很有名，S城的人没有谁不知道。"

"是吧，你当然知道，你还写了小说，应该是叫《舞》，对吧？"

"看来你都知道。"

"当然，我在每间教室都安装了摄像头，包括你的那间，你说的什么我都知道。"

"哦，所以呢？"

"我还知道，你把我也写进去了，看来你做了一些功课，知道我也是当事人之一，是吗？"

"嗯，确实做了一点点功课。"

"你为什么要写这起案件？"

"这还用问吗？我是小说家，写悬疑小说的，这起案件这么出名，我当然可以写啦。"

"写也没问题，为什么要用我们这些人的真名？"

"我还没发表出来。这是我的一个习惯，如果是真实案件，先用当事人真名写，是为了找到那种真实感，一旦写完，我就会换成虚构的名字。这点你不用担心。"

"那你为什么要来接近我呢？"

"我是来找工作的。"

"别扯了，找工作的机会有很多，为什么来找我？"

"要听实话？我是来找素材的，因为这起案件没有破，所以很多细节都还没公布，包括当事人你的一些想法，所以我就来了。这么解释你同意吗？"

手飞叹了口气，欲言又止。

"说吧，到底是什么麻烦？"

"说实话，我当年拍到了嫌疑人的样子。我一直拿这个东西来要挟对方给我钱，我最早创业的钱就是这么来的。现在，我感觉到对方不太愿意，可能

_ 197

会对我下手。我时间已经不多了。"

"当初为什么不报警？"

"因为，因为我想要钱。"

"就因为钱，你让自己的朋友蒙冤几十年？让一个无辜的女孩惨死？"

毛飞神情黯然。

"我知道我错了，但事情已经到了这一步，已经无可挽回了。我现在最担心的是毛子豪。"

"走，跟我去警察局自首。"

"不行，当年我犯了错，拿了那么多黑钱，才创造了今天的生活，我不忍心把它毁掉。"

"你已经把它毁了。"

"我知道，我知道。可是……"

"你告诉我，那个人是谁？"

"我不能说。"

"现在你还想隐瞒？"

"不是，我不想把你也拖下水，知道的人越少越好，危险也越小。我想拜托你一件事。"

"什么？"

"如果有一天我出了什么意外，帮我照顾毛子豪。"

"说什么呢！哪有咒自己死的。再说，他不还有妈妈吗？"

"他妈妈不喜欢他。她已经组建了新的家庭，他跟着她不会幸福的……"

"那也不能。"

"求求你了，我帮了你，你也帮我一下。"

沉默半晌之后。

"接下去你打算做什么？"

"不知道。"

"去自首吧。"

"我考虑一下。"

"还考虑什么呀，如果你这辈子还想看到儿子的话，还想让儿子知道有个勇敢的爸爸的话，就去自首。"

他喝了一口酒,艰难地点点头。

"我保险箱里有他的犯罪证据,我这就回去拿。"

"我陪你一起去。"

"不用了,我不想把你拖下水。"

"那你小心点。"

"那,我走了。记得帮我照顾好子豪。"

毛飞喝了一口酒,走出了饭店。让尺八没想到的是,与毛飞的这一面竟是永别。

另一边,关于毛飞遇害一案的专案组会议正在紧锣密鼓地进行。

根据尸检报告,毛飞是被人用氯仿迷昏之后,放置在大书桌上,再被利刃割开了颈部动脉,失血过多而死的。现场的痕迹被处理得很干净,除了毛飞本人的指纹,没有找到任何其他可疑人员的生物样本。由此可见,凶手在作案过程中非常谨慎,不仅戴了手套和脚套,杀完人之后还进行了现场清理工作,是一个具备极强反侦查能力的罪犯。

如前所述,死亡现场没有监控,而整个培训机构的监控都不同程度地遭到了破坏。不过,外面街道的监控还是拍到了一些内容。

当晚九点三十八分,有一个穿着帽衫、戴着口罩和鸭舌帽的嫌疑人,用钥匙开门后,进入了培训中心。十点零一分,毛飞出现了。他走路有点摇摇晃晃,看上去像是喝了酒。十点四十三分,嫌疑人从里面出来并反锁了门,随即离开。遗憾的是,嫌疑人全程掩饰得很好,再加上天黑光线不足,无法看清面目。

"凶手有钥匙,很可能是熟人作案。"说话的是老李,刑警队的老伙计,"这个门有几把钥匙?都谁有?"

侦查员小陈站了起来。

"我问过前台那个姑娘,她说钥匙一共就三把,她一把,老板毛飞一把,还有物业公司那里存了一把。她的那把一直在,毛飞的也在他身上找到了。但物业公司那边说,前几天失窃,丢了一些东西,当时没在意那把钥匙,今天再去找，就没了。"

"盗窃案，派出所那边怎么说？"

"没破案，说是小偷技术贼好，没有留下任何痕迹。"

这条线索也基本断了。

现场没有找到任何凶器。

此外，负责调查死者财务状况的人也回来了。

确实，死者欠了一屁股债，银行的，高利贷的，都不少，可以说已经被逼到了破产的边缘。

"会不会是高利贷找人干的？"

"不可能。高利贷的逻辑是要钱，不是要人命。人一死，这钱啊，就要不回来了。"

"当晚死者的行为轨迹查清了吗？"

"基本查清了。他当天下班后，约了人吃饭，也就是那个叫古少新的员工。在……"

"新新湘菜馆。"一直没说话的蒋健开口了。

"对，新新湘菜馆，位置在艺术大学对面。我很好奇，为什么他们会去那么远的地方吃饭……"

"因为那里是毛飞读书的地方，你继续。"

"哦哦，好。那个，据那个饭店老板说啊，这两个人在角落里吃饭，一直在喝酒聊天。他好几次观察，发现死者满脸愁容，似乎碰到了什么事。"

"这个老板还挺爱管闲事的。"

"我也是这么说的，但老板说这是他的习惯，没办法。老板开饭店之前，是做娱记的，又是开在艺术大学对面，所以……"

"接着说，别吞吞吐吐的。"

"所以这个娱记呢，趁上菜的时候，自己端了盘子过去。结果听到了一个重要的事情。"

"什么？"

"关于什么女大学生谋杀案的。"

大家不说话了，面面相觑。

"蒋队，这……"老李看着蒋健。他是这个警队的元老了，当然听说过这起案件，因为这起案件当年实在是太轰动了，而且当时负责办案的刑警正是现在的王局。

"我记得你好像也是参与者之一。"

"我还记得我把一盆饭扣你头上呢。"蒋健揶揄道。

"啊，还有这事？"

"给说说呗。"

大家的兴致突然被激起来了，纷纷想打听。

但老李连连摆手。

"别提这事了，还是继续回到咱们的案件吧。蒋队，你怎么看？"

"我后来看资料，才知道死的人是毛飞，也就是当年那起案件的核心证人之一。不过这起案件已经过去这么多年了，突然翻出来，有什么意义吗？"

"总觉得不是一个巧合吧。你们还打听到什么？"

"有。"另一名侦查员说，"死者这几天为了钱的事情一直在想办法，我们从他的员工古少新……"

"又是他？"

"对，又是他。他提供了一条重要线索。"

"什么？"

"说是毛飞死前的几天，曾经去找过南风大剧院培训中心的崔苏生总监，想寻求合作。"

"崔苏生，这个名字好耳熟。"

蒋健眼睛突然一亮，他想起来了。接着，他抓起外套，就准备出门。

"小范，你跟我一起。"

"哦。"

小范匆匆忙忙收拾东西，跟了上去。刚走到门口，他又回头。

"对了，派两个人盯住这个古少新，这家伙不简单。等我下午回来，我要看到有关他的全套资料。"

半个小时后，蒋健和小范的警车到达了南风大剧院的门口。意外的是，这天大剧院的门口停满了车。这天并非演出日，而且大下午的，门口停这么多车有点奇怪。停好车，蒋健领着小范登上剧院大门前的石阶，朝旋转门走去。刚进门，他们立刻就知道为什么今天这么多人了。

201

中央大厅横向摆了一长条桌子；桌前的空地摆了数十张折叠靠椅，上面坐了一些挂着相机和摄像机的媒体人士；长桌后面坐了一些人，最中间的位置，是一中一老两个男人，通过他们面前的名牌可以看出，他们正是崔苏生和他的父亲崔恒。在他们的头顶挂着一条横幅，上面写着一行字：大型古装民族舞剧《离魂记》正式启动发布会。

蒋健站在原地，看着书名号中间的那三个字愣了半天。二十年前的一些画面瞬间浮现在了眼前。

《离魂记》，当时只是作为艺术大学的一出校园年末大戏，而死的那个年轻女孩，甄熹，曾是这出戏的女主角。可惜的是，她还没来得及参演，就被人杀死在了男生宿舍。之后，为了调查案件，蒋健跟着师父王队也去了剧团询问，对演员、乐手、工作人员以及导演崔恒都进行过询问，但没有得出什么有价值的线索。再加上赵元成一早就落网了，他们确实也只是把剧团的线索当作走过场，询问的目的也主要是了解凶手杀人的动机。他记得很清楚，关于凶手和死者是恋人关系的事，就是崔恒告诉他的。

"我也是听团里的人传的啊，甄熹和赵元成那小子是恋爱关系。"

那时候的崔恒是一个四十多岁的中年人，风度翩翩，长发，很有艺术家的气质。

"唉，真是天妒英才啊。甄熹那么漂亮，简直是上天赐给人间的礼物，而且她也很有艺术才华，无论是表演还是舞蹈，都是我见过的数一数二的年轻人。为什么老天这么不公平，给了我们这个礼物，又要活生生地夺走。"

"不关老天的事，要怪只能怪那个男孩。"

那时候，师父王队已经认定赵元成是凶手了。

"反正我很难过。而且现在还有一个多月就要到年底了，我又得临时找新的演员来凑数，肯定没有甄熹那么好，但也只能这样了。"

"你对杀人者赵元成了解多少？"

"不是太了解。虽然大多数乐手都是我亲自选上来的，但交流比较多的基本上还是演员。我们剧团有专业的音乐总监，专门负责音乐方面的事情，叫俞芳，你可以去问她。"

分别之后，他们又去见了俞芳。俞芳是一位四十多岁的中年女性，专业古筝演奏家，她对赵元成也不是太了解，只是觉得这孩子平时不怎么爱说话，但笛子吹得不错。

"我知道他是从县城出来的，在这样的环境下可能有点自卑吧，喜欢躲在角落，但也没看出有什么问题。"俞老师说着开始抹眼泪了，"说实话，这些学生我都当成自己的孩子，出了这种事情，真是……"

王队递上一张餐巾纸后，就带着蒋健走了。从那以后，蒋健就再也没见过他们。今天再次见到，真是恍若隔世。

二十年过去了，崔恒导演确实老了不少，长发还在，但已经谢顶了，成了江南七怪之首柯镇恶的造型，因为身材发福，西装也有点不合身。而他身边的儿子崔苏生也是差不多，虽然从长相上来看，和他父亲中年时简直一模一样，但那张英俊的脸也早已不是二十年前的舞台小生面孔了，显得有些憔悴，需要用很重的妆容才能掩盖黑眼圈和皱纹。此时的崔苏生更像一个领导，而非演员。

"感谢各位领导、来宾和记者朋友，感谢大家大老远跑来，参加我们《离魂记》的发布会。我是主持人洋洋。"

洋洋是个年轻靓丽的女孩，气质不凡、普通话标准，一看就是学播音主持的。来的路上，他们已经了解了，南风大剧院也有培训中心，除了芭蕾、绘画、民族舞，还开设了播音主持、模特走秀和戏剧表演等课，颇受欢迎。这女孩可能就是播音主持班的授课老师吧。

"下面，有请本部剧的初创者，南风大剧院院长崔恒崔院长发言。大家掌声欢迎。"

一阵掌声后，话筒被打开了。大家都不说话了，盯着崔院长那张颇有故事的脸。

"首先，非常感谢各位领导、艺术家以及媒体朋友今天的莅临。"崔院长说，"我呢，年纪已经大了，本来打算干完今年就退休了。但是犬子呢，最近缠着我，非要把我当年那个不成熟的作品再拿出来演一演。我拗不过他，就只好答应了。不过呢，这次我做不了导演，只能做监制，排戏可不是一个什么艺术活儿，而是个体力活儿，我这把老骨头吃不消咯。"

下面一阵善意的哄笑。

"所以呢，这个导演的工作就完全交给犬子了。现在，我就把话筒交给他，由他来给大家介绍介绍具体情况，也算是一种传承吧。"

又是一阵掌声。

"谢谢崔院长……"

管自己的爸爸叫崔院长,众人心领神会地笑了。

"是这样,当年这个剧呢,我们最早是在艺术大学里排演的,当时演出效果相当好,我们就把它拿到了市场上,结果也大受欢迎。不过后来,因为个人原因,我爸就不想再排这出戏了,于是就束之高阁二十年。这件事我一直有心结,因为这真是浪费一个文化瑰宝啊。所以,这次我缠着他老人家,把这个作品重新拿出来演,他一开始不同意,但最终还是拗不过我。我替观众谢谢你啊,爸爸。"

笑声。

"不过呢,这出《离魂记》由我做导演,我想做一些改编的尝试。我想把它改编成儿童剧,用一种轻松、好玩的方式,将这部传统作品传播给更多的人,尤其是孩子们,也算是我对下一代的一个责任吧。目前,我开设了一个少儿戏剧表演班,目的主要是为这部戏选演员。这里也拜托各位媒体朋友,帮忙多多宣传,自己家里有孩子的都可以送来上课。然后,我在月底会举行一个公开招募的活动,招募小演员,包括男女主演,欢迎大家来报名,捧场。"

大家掌声鼓励。

一位工作人员来到他的耳边,低声说了几句话。

"啊,我刚得知,我们这次活动的重量级嘉宾已经到了。那就话不多说,下面有请本市主管文化的贾副市长上台,给大家说两句!大家掌声欢迎!"

在一片掌声中,贾副市长从台下走上去。

"走吧。"蒋健转身招呼小范。

"不去询问了?"

"改天吧,今天这情况,咱们插不进去。"

蒋健看着头顶的横幅以及台上的人,冷笑一声。

"嘿,《离魂记》,有意思……"

说完,便转身离开了。

第十四章

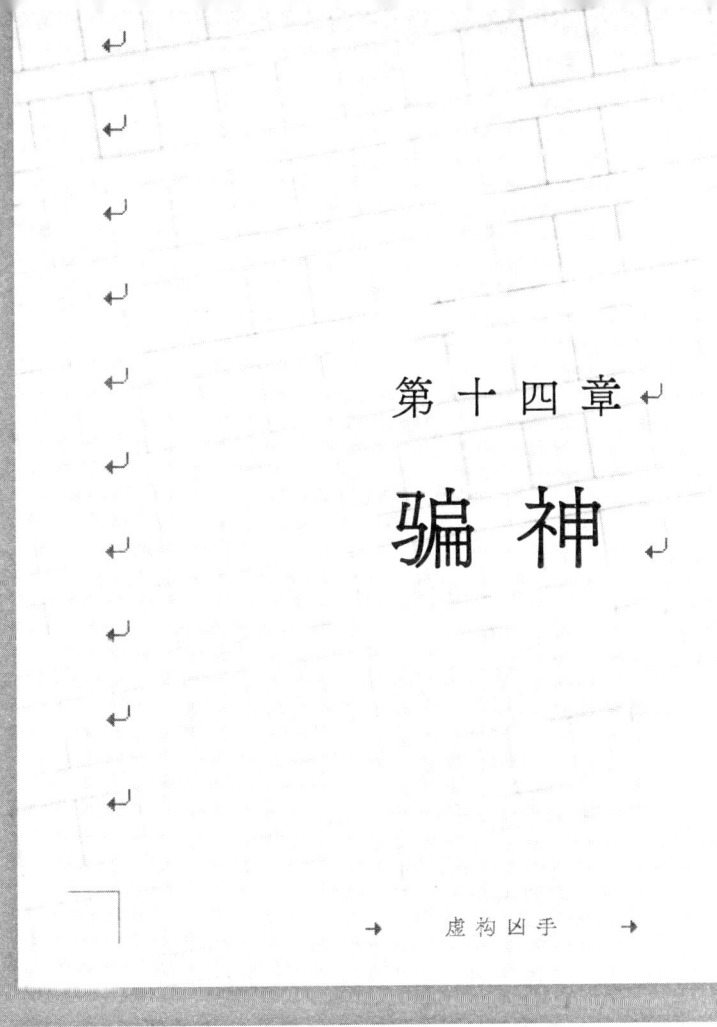

骗神

———— 1

　　王昊辰花了整整一个通宵的时间，才把那本名为《骗神》的小说看了个大概。

　　这本书的主人公叫古少新，是一个长相极为普通却有着坎坷命运的男人。他原本出生在一个幸福的家庭，爸爸是公务员，妈妈是幼师，作为家里的独生子，出生后的他一直被视若掌上明珠，很是被溺爱。

　　然而，在一次全家自驾外出旅行途中，发生了车祸，父母当场死亡。在临死前，母亲用身体护住了年仅三岁的他，他才幸免于难。随后，他被送到了姨妈家寄养。（王昊辰想，怎么越看越像哈利·波特的故事？）

　　在古少新的眼里，这个姨妈是个很善良也很爱自己的人。可惜的是，她却有一个超级糟糕的丈夫。那个姨父喝多了酒，就喜欢打人。不仅打姨妈，也打他。长大以后，他才知道这种行为叫家庭暴力。照这个男人的酒后狂言，要不是古少新的父母留了一笔钱，够他喝一段时间的酒，他才懒得收养他呢。

　　为了不被打，古少新从小就学会了小心翼翼地生活，不敢去触怒姨父。但姨父才不管呢，他想打人就打人，不需要理由。有时候为了保护他，姨妈试图阻拦姨父，结果却会被一起殴打。街坊邻居看不下去，报过几次警，但民警来看过一圈后，劝解了几句，就离开了。说这是家务事，管不了。

　　在这样恶劣的成长环境下，古少新一直长到了十岁。

　　有一天清晨，他听见姨妈在卫生间里干呕，连忙跑去询问，才知道姨妈怀孕了。也就是说，他很快就会有弟弟或妹妹了。他感到很高兴，姨妈也很高兴。但高兴完后，他们就开始发愁了。他们商量着这件事到底要不要告诉姨父。

　　商量的结果是，还是应该告诉姨父这个好消息。他们甚至幻想，姨父听到这个好消息，就能改邪归正了。不是经常有人说，男人一旦当了父亲，就能成熟了吗。没准姨父也能因此改变呢。于是当天晚上，他们准备了一桌丰盛的晚餐，满心期待地等着姨父回来。

到了晚上，姨父回来了。刚一进屋，他们就觉得不对劲——姨父又喝多了。姨妈连忙上去搀扶，想趁机跟他说自己怀孕的事情，但还没开口，就被他猛地推倒在了地上。古少新企图上前理论，也被打了一拳。这一拳结结实实地打在了他的脸上，使得他一头撞在桌角，瞬间就昏迷过去了。

也不知道过了多久，他迷迷糊糊醒来了。他感觉头痛欲裂，扶着桌子想站起来，却觉得气氛似乎不对。很快，他意识到发生了什么。地上躺着一个人，是姨父。姨父仰面躺着，一动也不动，肚子上全是血，眼睛睁得老大，看起来似乎已经死了。再一回头，他看见姨妈坐在沙发上，披头散发，目光呆滞，满脸是泪。在她的手上，有一把带血的刀。

虽然那时候古少新才十岁，但他已经明白了一切。一定是姨父又对姨妈家暴，而她出于自卫，杀死了他。不，他看见了落在地上的哑铃，是姨父差点用哑铃砸死自己，而姨妈为了保护他，杀死了自己的丈夫。（王昊辰摇摇头，这个人也太惨了吧……）

古少新走上前，想把姨妈扶起来，却拉不动她。他低下头，看见沙发上竟满是红色——她流产了。古少新和姨妈抱在一起痛哭不止。哭完之后，姨妈脸上的表情变得坚毅起来。

"小新，你走吧，我这里还有一些钱，你拿上，走得越远越好，离开这座城市。要记住，好好活下去，无论用什么样的办法。"

古少新不愿意。姨妈告诉他，如果不走，他将会被送到孤儿院。古少新看过一些故事书，知道被送进孤儿院的孩子会非常凄惨。

"可是，姨妈，我走了，你怎么办呢？"

姨妈惨然一笑，只是摸摸他的头，什么也没说。终于，古少新被说动了。他背上背包，跟姨妈告别之后，依依不舍地走出了门。才走了不到一条街，他突然听到身后传来"砰"的一声巨响。猛回头，看见姨妈家所在的那层居民楼发生了爆炸，火光冲天。

他站在原地，惊呆了。姨妈点燃了煤气罐，将杀人现场连同自己全部摧毁了。楼下的居民逃窜，叫喊，呼救。很快，警笛声大作，消防车也来了。大火映照着这疯狂而混乱的夜空。古少新望着眼前的一切，心里满是悲凉，咬牙一扭头,朝黑夜中走去。

"好好活下去,无论用什么办法。"这是姨妈生前的遗言。

(等等,停一下。王昊辰把书按住,心想,这个姨妈不太对劲吧,自杀就自杀,搞什么爆炸啊,她有没有考虑过楼上楼下邻居的安危呢?之前她被家暴,人家还帮着报警呢。不过,最让他感到困惑的是,这个古少新才十岁,怎么能在社会上生活呢?不太可能吧。)

不过,这只是一部小说罢了。反正这个孩子开始了独自闯荡世界的人生。

那是二十世纪九十年代初期的中国,社会生活一片欣欣然。为了安全,古少新尽量往人多的地方去,比如火车站。从一个城市到另一个城市,他住的最多的就是火车站候车室。由于在姨妈家培养出来的谨慎性格,他过得非常小心翼翼。吃最简单的东西,不露富,把仅有的钱藏起来,尽量不跟陌生人说话,不让人看出来他是孤身一人。

就这样,竟过了好几年。原以为自己会一直这样长大,但显然,他还是低估了世界的黑暗面。一天,他在火车站广场睡觉的时候,被人用麻袋罩住了头,拖进了一条黑暗的巷子里,遭到一顿毒打之后,身上所有的钱都被抢走了。那年他才十三岁。(天哪,王昊辰心想,跟我现在一样大。)

从此,他成了乞丐,孤苦伶仃。为了吃饭,好几次,他去偷馒头店的包子,拿了就跑,边跑边塞进嘴里。即便随后被抓住,被暴打,但他已经把东西咽进了肚子,挨打虽然痛苦,但起码不会饿死了。派出所的民警逮住他好几次,问他哪儿来的,他就说自己是离家出走的,但问姓名又不说,随后就被送去救济站。但一天后,他必然会想办法跑出去。他会想办法混入车站,骗过乘务员,搭上火车到下一个城市。那是二十世纪九十年代初期,绿皮火车盛行,爬火车逃票并不是一件很难的事情。

为了生存,他开发了一项特殊的生存技能:骗术。

他惊讶地发现,自己可能天生就适合做骗子。他很擅长表演,也很容易看穿别人的心思,从而找到心理突破口,赢得他人的信任。他发现自己在这方面简直无师自通,根本不需要学习和别人的指导,就能很轻易地成功得手。他开始用欺骗的方式,赢得食物,赢得金钱,赢得让自己生存下来的资格。慢慢地,他总结出了一套关于骗术的规律和方法。

首先,要外表真实。外表看起来一定要让人产生同情心,除了破烂衣物,头发、肤色，甚至细到手指甲里的灰尘和泥垢，包括耳朵根后面的污秽，都要真实可信。为了做到这一点，他可以常年不洗澡，没事就躺在地上，即便吃东西，他也不洗手，脏兮兮的，竟也很少生病。

其次，要神态真实。永远面黄肌瘦，而且显露出一种经常吃不饱饭的饥饿状态。为此，他真的不让自己吃饱。当然，最重要的是眼神，眼神中要有纯洁的光。这点他有天然的优势：确实生了一双干净、明亮、看起来无辜可怜的大眼睛。

最后，说谎的真实。这点也是最难的，碰到一般人还好，碰到那种充满警惕心的人，怎么让自己的谎言听起来真实可信就绝对需要练习了。

古少新想来想去，用了一种最可靠的办法，就是说出自己的真实经历：从小父母因车祸双亡，由姨妈姨父带大，姨父有家暴，姨妈怀孕都被他打得流产……

这些都是真实的，因为细节都栩栩如生，所以很有说服力。只是从家里逃出来之后的经历，他进行了部分加工。他隐瞒了姨妈姨父死亡的信息，只是说自己是冒死从家里逃出来的。这样一来，一旦有人想帮他报警，他便以此为借口，表示宁死也不愿回到那个恶魔身边了。就这样，他的说谎功力在一次又一次的练习和实战之中，被打磨得越来越纯熟，表演上也越来越厉害。几年过去了，他在靠欺骗度日的人生中游刃有余，并逐渐长大成人。

到了二十一世纪初期的时候，他古少新已经是业内有名的骗子了。没有人知道他是谁，也没有人见过他的真实面目，只知道有个代号叫"瘦猪"的超级骗子，混迹于各种行业，把别人耍得团团转，然后来无影去无踪。又过了几年，这个著名的"瘦猪"突然从江湖上消失了。

人在江湖，身不由己。人不在江湖，江湖上就会有他的传说。有人说，他骗了一大笔钱，已经金盆洗手，躲到东南亚欢度余生去了。但也有人说，一日是骗子，终生都是骗子，他这样的人耐不住寂寞，很可能去了更大的舞台。逐渐地，关于"瘦猪"的传闻越来越少，直到销声匿迹。这样一来，就达到了古少新想要的真实目的。因为，他确实去了更大的舞台。

在十八岁那年，他就意识到，做一个常年打游击的小骗子是没有前途的。他有心成为世界级的大骗子。他下定决心，要骗就骗个大的，骗过所有人。因此这些年，他只干了一件事。

一九九八年，在全国实行二代身份证联网之前，他重新伪造了全套的假身份。

二〇〇〇年，他从一个没有读过书的流浪儿，摇身一变成了一名大学生聂东方。聂东方是一场泥石流灾难的幸存者，他的家人全部在这场灾难中丧生，只有他活了下来。那一年他十八岁，考上一所名牌大学的经济系。他独自一人拿着录取通知书去学校报名。基于他的家庭情况，学校给予了他学费全免的补助。大学期间，他勤工俭学，品学兼优。毕业后，他考上公务员，成了一名区发改委的普通科员。

二〇一五年前后，年满三十五岁的他（身份证信息是三十三岁），已经混到了副主任的位置。他的骗术如此之高，以至于没有一个人知道他曾经是个什么人。在所有人的眼里，聂东方都是一个年轻有为的公务员、副处级干部，甚至有传闻，他会继续往上升，成为处长、局长，甚至市长。他俨然是一颗冉冉升起的政界新星。如果他不是被自己的贪欲所害的话，以上的情况说不定还真有可能达到。之所以说"如果"，是因为在这一年发生了一件事，彻底把他的人生葬送了。

当年那起姨父被刺案一直有人在追查。那是一个叫简耀的警察。他一直怀疑那不是普通的煤气爆炸事件，而是在掩盖杀人案。而那个消失的孩子古少新是知道真相的关键人物。他查啊查啊，锲而不舍，顺藤摸瓜，终于找到了这个已经彻底换掉身份的人：古少新或聂东方。

看到这里，王昊辰实在撑不住了，眼睛眨了几下便睡着了。这本叫作《骗神》的书滑落在地板上，发出了一声清脆的响声，就像书中的人物古少新一样，彗星般落地。

"也就是说，这个古少新有过前科？"在毛飞遇害一案专案组会议上，蒋健如是问道。

之前，他吩咐小范去彻查这个被称为尺八老帅的过去和个人经历，没想到得到这样一个大瓜。

"没错，资料显示，他二〇一五年因诈骗罪被捕，被判入狱八年。

二〇二一年因在狱中表现良好，提前释放了。"

"诈骗？"蒋健若有所思，"能详细说一下这起案件吗？"

二〇一五年，距离 S 城五百公里的 K 城，发生了一起重大的金融诈骗案，涉案金额高达数亿元。起因是某村镇银行支行突然有一天取不出钱来了。储户们得知消息后，聚集在储蓄银行门口，讨要说法，险些酿成一起重大公共事件。

事后，警方逮捕了该村镇银行支行行长。审讯后得知，金库里的钱都拿来放贷给某家房地产企业了。而这家房企并没有专款专用，拿来开发房子。而是擅自挪用住房基金，去各地拿地画饼，不断扩充商业版图。

二〇一五年，中国房地产还算高光的行业。许多房地产企业通过这样的方式圈钱，不断吹泡沫。

支行行长得到了贿赂，也觉得没有风险，再加上有发改委相关负责人签字担保，所以也就把钱放了出去。事实上，如果各方做得再隐蔽一点，小心一点，这个骗局不会这么快被捅破。

问题出在那个房企老板身上。这个人姓高，圈地骗贷不盖房也就罢了，还涉黑，在当地嚣张跋扈，最后因为在某星级宾馆试图强暴未成年人而东窗事发。那个未成年的中学生被骗去后，宁死不屈，从宾馆十几层的窗户跳了下去，当场死亡。中学生的父母是一对普通的企业职工，痛失爱女后，开始四处申冤告状。以高老板在当地的势力，本来这事也不至于无法摆平。

但恰好这位死者的父亲有一个了不起的同学，被调到了省政法委工作，于是决心帮他出头，组织了打黑专案组。很快，这位高老板就被抓了。老板一抓，他的十几亿的房企摊子也散架了。架子散了，银行的钱也要不回来了。银行没钱，那么老百姓的积蓄自然也就取不出来了。多少人的血汗钱就这么没了，多少个家庭因此家破人亡。于是，就有了储户们冲击银行一幕的发生。

这事还没完。顺着支行行长这条线，警方顺藤摸瓜查到了区发改委，顺便带出了给这个项目特批条子做担保的人：区发改委副主任聂东方。原来，整个骗局都是聂东方在背后一手操纵。聂东方被逮捕了。经过审讯加调查，警方得到一个更令人吃惊的真相：这个聂东方竟然是假冒的。

根据此人交代，他原名叫古少新，本是一个无业游民。

十五年前，也就是二〇〇〇年左右，在从事一桩诈骗活动时，他在火车上认识了旅行的一家人。那时候的他才二十出头，专门干坑蒙拐骗的勾当。这一家三口说要去雨母山旅游。于是，古少新便假装自己是当地人，表示对路况很熟，主动要求给他们当导游。这是一对中年夫妻带着一个十八岁的男孩。据说男孩今年高中毕业，考上了不错的大学，这次是带他出来毕业旅行的。

也许是古少新太会演戏，他们放松了警惕，打开包，给他看了男孩的大学录取通知书。他顺便看到了包里面的钞票。到了雨母山，他表面上陪着这家人玩耍，一心却想着怎么把他们的钱骗走。那天，山上刚下过暴雨，山路湿滑，当他们小心翼翼地路过一片山坡时，突然遭遇了泥石流。

他们四个人瞬间就被泥沙吞没了。幸运的是，古少新抓住了一个树根，奋力从泥土里面爬了出来，九死一生。

但那一家三口就这样死了，带着希望和遗憾，被无情地掩埋在了泥土之下。正当古少新准备离开的时候，瞥见了地上有一个包。他捡起来，打开一看。里面不仅有几千块钱的人民币现金、几张银行卡、身份证，还有那张大学的录取通知书。

他悄然下了山，找到一处偏僻的卫生间，用清水洗干净了脸上的污垢。随后，他将那张属于男孩的身份证举在脸旁，对着镜子里的自己观瞧，不是太像。他试着放下一些刘海，露出一点龅牙，用头发盖住耳朵。好多了，但还是差一点。他从口袋里找到已经被压扁的墨镜，把破碎的镜片取下来，架在了鼻梁上。还差一点点，笑。他脑子里回忆那男孩的笑脸，挤出呆呆的傻笑。完美了，与身份证上的样子相似度有百分之九十五以上。他看看身份证，看看钱，再看看录取通知书，终于开心地笑了起来。

在去大学报名成功后的三个月里，古少新每天都提心吊胆。他担心自己的身份会败露。比如，这个名叫聂东方的人，老家会不会还有其他亲人？他们一家人的尸体在泥石流里会不会被挖掘出来？到时候，自己的身份还瞒得住吗？

那段时间，他上课的时候眼睛总是往门口瞟，生怕门口出现几个身穿制服的警察，表情严肃地朝他招手，让他出去。这一幕终究没有发生，一个学期过去了，他作为聂东方完全没有任何问题。

一方面，随着威胁的解除，他开始放松下来。他敢于交朋友了，也可以把他天生的好头脑运用到他的专业——经济学上。他的头脑太好用了,以至于很快取得了优异的学习成绩。此外,为了赚取下一年的学费,他利用假期和业余时间打工。

四年大学很快过去了。大学毕业后,他没有停歇,马上考取了公务员,加上老师的推荐,留在了本地的发改委工作。进入体制之后,他凭借自己的头脑和骗术,在官场中如鱼得水。很快,他便赢得了各方的信任和欢心,尤其是领导。

另一方面,他拒绝了多方的提亲。因为他很清楚,多数时候亲人就是软肋。而他害怕自己被爱情冲昏头脑,害怕因为亲情失去理智,从而不小心暴露身份。

很快,他逐渐升级,从一名小科员,升职到了副科长,然后是科长,最后在三十五岁的时候,他来到了人生的巅峰——发改委副主任的位置上。偶尔,当路过自己曾经乞讨、流浪过的火车站广场时,坐在黑色高级小轿车后排的他时常会产生一种感慨,那就是他的人生已经发生了彻底逆转,这辈子再也不会陷入那样悲惨的境地了。

如果他一直秉持着从小到大的小心翼翼,不做任何有可能暴露的事情,那么也许他的好人生还能延续下去。但遗憾的是,人有时候就像一块泡沫板,长期被压在海水的下面,而稍有放松,就会反弹,进而跃出水面。水面的空气当然新鲜,风景也很优美,漂浮在水面游荡,是人生的高光时刻。同时,也是最危险的时刻。

危险的根源是权力。本质上,权力这东西属于一种稀有金属。它昂贵,但又自带有毒辐射,稍有不慎,就会被它伤害到万劫不复。

经人牵线搭桥,他认识了房地产商高总。几次交往之后,一份借贷担保书就摆在了他的办公桌上。作为一名经济学专业人士稳步提升上来的政府官员,他当然知道这份担保书所带来的风险,一开始是拒绝的。但只要想拉一个人下水,总是有办法的。

一天清晨,他还在被窝里的时候,听见了门铃声。他穿上睡衣,打开门一看却没人,只发现地上有一只行李箱。他好奇地把行李箱拖进屋,天好了,打开,里面全是百元大钞。他恐慌不已,赶紧把箱子关好,放在衣柜里,想着找时间给人送回去,或者交上去。

整个白天，他惶惶不安，心不在焉。他想到自己这来之不易的一切，下定决心，一定不能拿这笔钱。然而晚上回到家，当他再次打开那一箱钱时，又犹豫了。这是他这辈子梦寐以求的东西。他回忆起了十岁以后的那段惨不忍睹的乞讨岁月：每晚睡在火车站，被人蒙着头拖进巷子里殴打并抢走所有钱，为了几块钱跟人撒谎，为了一块面包惨遭凌辱。那时候，他就暗暗发誓，要赚很多钱，要摆脱这样的人生。要不是因为那次泥石流事件，也许他至今还在为了一口饭四处骗人呢。

现在，钱就摆在自己的面前，这是他做公务员一辈子也赚不到的数目。他隐藏且坚守多年的防线终于被撕破了。在那一刻，他终于想起来自己是谁了：古少新，一个无家可归的孤儿，一个下流的骗子，为了钱能干任何事情。而镜子里那个穿着白衬衫、戴眼镜、衣冠楚楚的副主任聂东方，根本就不是自己！

是时候做回自己了。他想好了，做完这笔买卖，拿上钱，就立马消失。他可以去其他地方，哪怕国外也行，过一辈子逍遥自在的日子。打定主意后，他就又将行李箱盖上，并藏得更隐蔽了。

然后接连一个星期，每天清晨都会有一箱钱出现在自己的门口。他拿进来，放好，藏好，统计，直到数目达到了一千万。他把这些钱藏在家里的各个角落，冰箱、衣柜、床底、天花板，到处都是，每次都累得精疲力尽。终于有一天，那个送钱的人现身了，并提出了自己的要求。他毫不犹豫地在那份担保书上签了字。

事实上，这个时候，他已经完全顾不上什么风险了。如果项目失败，不就是亏空一些银行的钱吗？高老板出手这么大方，而且做事这么厉害，也未必会失败。只要他把项目做起来，赚到钱，一切都过去了。等到那个时候，他早跑路了。

只是他估计错了自己转移金钱的速度和对方垮台的速度。不到三个月，就出现了村镇银行爆雷事件。而等他完成资产转移（每天开车出去，把钱转移到自己停在郊外的一辆没有牌照的旅行车里），正准备出门继续流浪的时候，纪委的人出现在了他的面前。

这还不是最糟糕的。当他的受贿行为被曝光之后，检察机关开始对他进行深度调查。

他们找到了聂东方的家乡。得知在十五年前，聂东方一家三口出去旅游，就再也没有回去过。而那些乡亲看了古少新的照片，纷纷摇头表示，这根本就不是聂东方，只是长得有点像罢了。其中有一个聂东方的发小提供了一条线索——聂东方的后脑勺上有个疤，那是他们小时候打架留下的。

检察人员又来到了他们当年旅游的那个小镇和雨母山调查，确认一家三口确实到过这里，但突然信息就彻底中断了。而那一天，发生了当地历史上最大的一次泥石流。据统计，有超过五十人死于其中——有更多的尸体埋在地下也是有可能的。最后，他们把假聂东方的头发剃干净，没发现任何伤疤。

证据确凿，抵赖也没用了。古少新只好坦诚地说出了真相，并吐出大部分的赃款。鉴于他的良好表现，最终他因诈骗罪被判入狱八年。

"知道他后来被关在哪个监狱吗？"蒋健点燃一根香烟，问道。

"我查一下。"

小范开始翻看手里的资料。

"哦，找到了。"小范念道，"是 S 城城北监狱。"

蒋健被一口烟呛到猛咳嗽。

"怎么了？"

蒋健摆摆手，表示自己没事。但他其实有事，因为他很清楚，这个监狱也是当年关押赵元成的地方。

第十五章

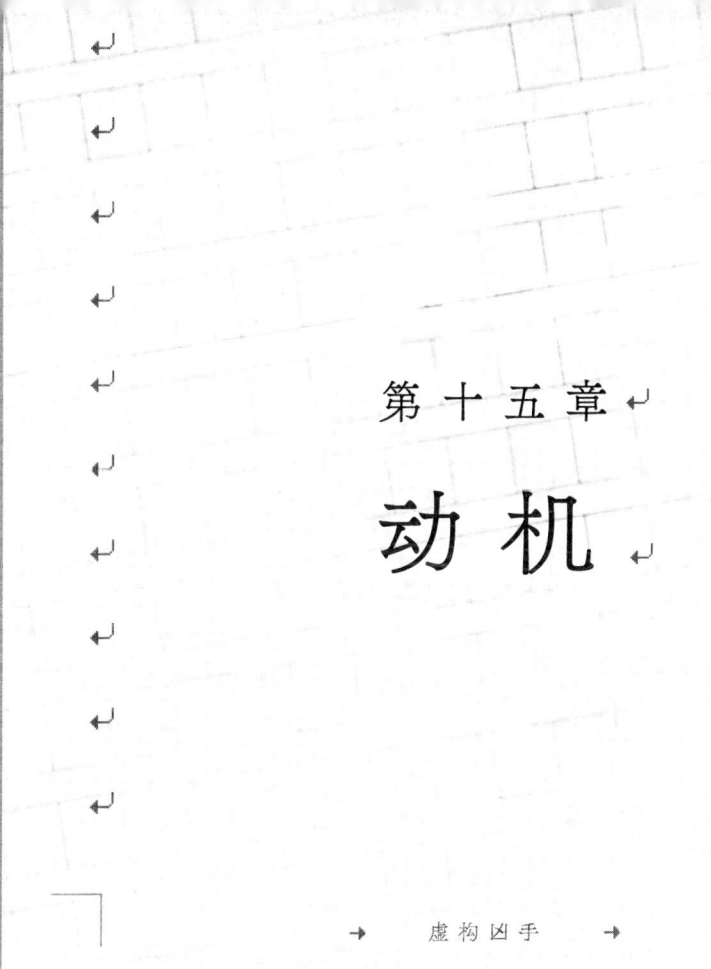

动 机

虚构凶手

1

尺八坐在星巴克里,看着面前狼吞虎咽的毛子豪,感到有点不可思议。这孩子昨天才死了父亲,今天竟然跟没事人似的。但他其实知道,毛子豪这孩子现在心里苦啊。因为从早上起来,他就在画画。他看见,被教授造出来的人工智能子豪一号,一路逃亡,被另一个机器人追捕、攻击,好几次都差点死去。子豪一号身上被画上了电池,图画显示,电池已经快没电了。

后来,他身负重伤,躲在了一个桥洞下。他满脸悲伤,抱着膝盖,很孤独的样子。天上黑乎乎的,只有一轮弯月在默默注视着,脸上露出怜悯的表情。而在画面的远处,那个可怕的对手机器人双手持刀,正在细细搜查。他已经被逼到了绝境——"妈妈"(制造他的教授)死了,自己被当成了凶手,在世界上无依无靠,无处可去。可不就是在暗合毛子豪自己的现状吗?

尺八想安慰这个可怜的孩子,却又不知道说什么好。作为一个没生过孩子、没做过父亲的人,在带孩子这件事上,他确实没有经验。他试着给孩子妈妈打过电话,想问她什么时候到。但她却说飞机延误了,可能要下午才能到。也就是说,他还得继续把毛子豪带在身边。

而他今天还有一件重要的事情要去做,他在等一个人。吃完三明治,毛子豪就窝在沙发里,端着 iPad 玩起了跳跳游戏。而他则一边看时间,一边观察每个从门口进来的人。

到了上午九点,一个穿着帽衫、背着相机的中年男人走了进来。那个人一进来,视线就在店内扫视,直到与尺八的视线撞上,便不动了。尺八使了个眼色,示意对方先去角落里等待,然后跟毛子豪说让他在原地玩一会儿,便起身朝那个人走了过去。

"就是这个啊。"

当他把老式柯达胶卷递过去的时候,那个男人嘟囔了这么一句。

"能洗吗？"

"当然，估计整个 S 城也没几个人会冲印了。"

"什么价格？"

"两千。"

"什么？这么贵！"尺八惊呼。

"怎么，不愿意啊，不愿意算了。"

说着，起身就要走。

"等一下。"尺八一咬牙，"行吧，但是我要快。"

"没问题。后天行吗？"

"不行，我今晚就要。"

"这么着急啊，那得……"

"加钱是吧？"尺八想了想，"我先付你一千五定金，拿到照片后再付一千五。"

"这样啊……"

"不行就算了，我再找别人。"

男人终于妥协了。

"那先付钱吧。"

只见他把胶卷塞进了口袋，然后掏出了手机，亮出了收款二维码。

"现金行吗？"

"不会吧，都什么年代了，还现金……"

正说着，尺八已经从口袋里把现金掏出来了。他仔细地数了十五张百元大钞，放在面前的桌子上。

"要不要？"

男人脸上堆笑，一把将钱扫进了口袋。

"你这个人可真奇怪，冲洗胶卷，付现金，看你年纪也就和我差不多大，怎么跟个老年人似的。话说回来，这里面是不是有什么重要内容啊？"

"没有，就是一些珍贵的照片。"

"真的？"男人露出不相信的表情。

"你就收钱办事，不该问的少问。另外，"尺八突然露出有些凶恶的表情，"洗出照片后马上交给我，不要没事找事，好吗？"

男人吐吐舌头。

"行吧。真是怪咖！"

他又低头看了一眼口袋里的一沓百元大钞，笑了笑，站起身来。

"走啦，等我电话。"说完，他就离开了。

尺八站了起来，重新回到毛子豪的旁边。毛子豪依然在玩游戏。

"他们怎么还没来？"

尺八自言自语地说道，然后看看外面。

"尺八老师。"毛子豪突然出声，眼睛却依然看着屏幕。

"啊？"

"刚才那个人是谁啊？"

"哦，一个朋友。"

"我看见你好像把什么东西给他了。"

"什么？"

"是一个胶卷吧。"

尺八这才回过神来，看着毛子豪。

毛子豪这时也放下了 iPad，一脸严肃。

"尺八老师……"

"嗯？"

"如果让我知道你跟我爸爸的死有关，我做鬼也不会放过你。"毛子豪一字一句地说道。尺八愣了一下，然后笑了。

"怎么会呢，你想多了。"

虽然这样回答，但尺八还是产生了一丝惧意，他完全没想到毛子豪会有这样的想法。

"没有最好，其实我挺尊重你的。"

"是吗？没看出来。"

"真的……"

话音未落，就听到从门口传来的声音。

"尺八老师！"

尺八抬头一看，是周慧颖到了。接着，徐佳琪和王昊辰也到了。因为昨天发生了命案，所以培训中心暂时关闭了。而今天又有课，所以，尺八在家长群里商议,这节课暂时安排在星巴克上。家长们都同意了。

"培训中心没事吧?"徐佳琪的妈妈问道。

"应该没事,我也不清楚。"

关于命案之事,他觉得暂时什么也不要谈论。家长们点点头就走了,说好了一个半小时后来接孩子。尺八又给每个孩子要了一杯饮料,等大家都坐好之后,他打开了电脑。

"下面,我就给大家上侦探课的第四节——动机。"

尺八停顿了一下,看着大家。

"所谓犯罪动机就是指刺激、促使犯罪人实施犯罪行为的内心起因或思想活动。简单点说,就是罪犯犯罪的原因。"

"犯罪还需要原因?"王昊辰问道。

"当然,任何人做任何事情通常都会有原因的,我们的现实生活不像我们小时候看的那些童话故事,坏人就是坏人,好人就是好人。事实上,世界上的一切并不是非此即彼、非黑即白的。"

"可为什么要找原因呢?坏蛋干了坏事,抓起来关进牢里就好了。或者他犯了死罪,那就直接枪决好了,世界上就少了一个坏人。"

"但世界上少了一个坏人,还会有新的坏人出现。"

"对啊,既然这样,为什么还要把什么动机弄清楚?"

"因为弄清楚动机,可以预防或者降低下一次犯罪的可能性。打个比方,有的人喜欢暴力,是因为他小时候经常被暴力欺负,那么我们只要减少家庭暴力或校园暴力,也许对这一类的犯罪就能起到预防作用;如果一个人喜欢诈骗,很可能是他小时候很苦,为了生存,他不得不骗人,那样的话,我们就应该多关心世界上的底层人物。还有的报复社会,有的伤害女孩。同样,我们都应该去搞清楚为什么,才会让这个世界变得更加安全和美好。"

"那在侦探小说中呢?"周慧颖问道。

"侦探小说作为一种文学作品,可能动机部分的展示是最能体现其文学价值的。我们关注凶手的动机,也就是关注人性。那么,也会让我们的小说更具现实意义和价值感。"

"哦,那么动机有哪些呢?"

"我个人总结了一些动机,大家可以看看。"

尺八将电脑屏幕掉转方向，展示给几个孩子看。屏幕上的PPT显示内容如下：

一、复仇（《血字的研究》作者：阿瑟·柯南·道尔）

二、钱财（《双重赔偿》作者：詹姆斯·M.凯恩）

三、保护（《嫌疑人X的献身》作者：东野圭吾）

四、妒忌（《恶意》作者：东野圭吾）

五、隐瞒（《砂器》作者：松本清张）

六、任务（《豺狼的日子》作者：福赛斯）

七、挑战（《神探大战》导演：韦家辉）

八、正义（《长夜难明》作者：紫金陈）

"复仇，是我们侦探小说中最常见的动机。"

尺八说这话的时候看了一眼子豪，发现子豪低着头，似乎在想什么，并没在认真听课。

"大家看过福尔摩斯吧，他办的第一起案件叫《血字的研究》，就是有关复仇的。凶手甚至把复仇的字样RACHE写在了墙上。"

"看过，我对这起案件太有印象了。"徐佳琪说道。

"好，因为在咖啡馆里，我加快一点速度啊。"尺八说道，"第二，是钱财。人为财死，鸟为食亡。《双重赔偿》这本书呢，就是讲的一个女人为了骗取保险金，伙同她的情夫，谋杀自己丈夫的故事。"

"好可怕。"周慧颖说道。

"什么可怕？"

"人好可怕。"

"嗯，要记住，这个世界上最可怕的东西就是人。好，下一条。为了'保护'而杀人。"

"还可以这样？"王昊辰说。

"当然，比如东野圭吾的《嫌疑人X的献身》，写的就是一个男人为了保护自己喜欢的女人，去杀人，从而转移警察视线的故事。"

"怎么听起来又没那么可怕了，虽然也是杀人。"周慧颖说。

"对吧，人是非常复杂的动物，他们可以为恨杀人，也可以为爱牺牲。下一条，妒忌。这条比较好理解吧？"

"嗯！"

"人总是会有无来由的恶意，而这份恶意的源头可能就是妒忌。我推荐大家去看《恶意》这本书，看完就明白了。"

"好的。"

"下一条，隐瞒。"

"隐瞒？"

"在松本清张的《砂器》这本书里，在东京大城市拥有美好人生的凶手为了隐瞒自己来自农村的身份，杀死了来找他的亲属。因为他不想让人知道自己的真实身份，以免破坏现在的美好生活。"

"明白了，就像有的人不想别人知道自己是谁，故意摆出迷魂阵来，对吧？"

毛子豪终于说话了，而且说话的时候眼睛看着尺八。尺八一阵尴尬。

"对，那个，下一条吧。咦，咱们说到第几条了？"

"第五条。老师你开小差了。"

"哦，对不起。好的，下面说第六条，任务。"

"这个我知道，"徐佳琪说道，"这个凶手杀人是完成任务，他是个杀手。"

"没错，当我们把凶手设计成一个杀手时，那么他的杀人动机就不太重要了。比如说福赛斯的《豺狼的日子》，杀手要去刺杀法国总统戴高乐，他只是接受了一个任务，当然也是为了钱，不过跟之前的钱财也有点不太一样。"

"明白了。"

"接下来是第七条，挑战。"

"哦，老师，《神探大战》我看过。"

"那你能告诉我，那帮凶手为什么要杀人吗？"

"他们自称神探，要把那些警察没有破的案件里的坏蛋全部杀死。"

"那他们为什么这么做呢？"

"复仇吧。"

"不仅如此。"

尺八突然脸色一变，因为他看见门口进来了几个人，领头的是刑警队长蒋健。众警察走到他的面前。孩子们也抬起头来，看着他们。

"古少新，我们现在怀疑你跟一桩谋杀案有关，请你跟我们走一趟，协助调查。"蒋健说道。

"谋杀案？"

孩子们都惊呆了，只有毛子豪脸上没有任何表情。

"能稍等我一下吗？我在给孩子们上课，马上就上完了。"

蒋健看看他，又看看孩子。

"给你五分钟。"

说完，蒋健就带着人走出了星巴克，在门口抽烟，聊天等待，不时还透过玻璃落地窗看向这边。

"尺八老师，这到底是怎么回事？你杀人了？"

"没有，我只是去协助调查。"

"你不是说那些都是小说吗？为什么警察会来找你？"

"他们弄错了。"

"你杀的谁？是毛飞吗？"

"好了，停止。最后说一遍，我没有杀人，这是误会，只是去接受调查。你们相信我，好吗？"

大家都不说话了，但明显跟之前的状态不太一样了，有点紧张。

"时间有限，我们继续把课讲完。神探们之所以犯罪，是因为他们不相信警察了，他们的案件警察都没有破，所以他们决定自己解决，找出凶手，杀死他们报复，然后在地上留下神探的字样，以此来挑战警方。"

"挑战警方……"

"没错。当一个司法部门不再值得信任的时候，就会出现这样的情况。第八条……"

"时间到了！"

蒋健在门口喊道。

"唉，很遗憾，就剩最后一条了。"尺八站了起来，"那这样，你们自己回去思考一下吧，正义，到底是什么？为什么会有人为了正义而犯罪？推荐大家去看中国作家紫金陈的《长夜难明》。"

"快点啦！"

"最后，留下作业，你们以第一人称的口吻，给自己侦探小说的凶手写一个自述。从他的角度，来说他自己为什么犯罪，好吗？今天的课就上到这里，下课！"

说着，尺八就往门口走去。他很清楚，那些孩子就在自己的身后，注视着自己的背影。他告诉自己，不要回头。因为他不想在这样的时刻，在这群孩子面前流露真情。

"来吧，跟我们交代一下，你到培训中心当老师，到底有什么目的？"

审讯室里，蒋健和小范坐在尺八的对面发问。尺八则戴着手铐，一脸无辜。

"蒋警官，我不知道你在说什么。"

蒋健叹了口气，把手上的材料往桌上一放。

"既然这样，我们从头开始吧，反正时间有的是。另外，我劝你好好配合，你要知道，没有掌握证据，我们不会把你弄到这里来的。"

"当然，一定配合。"尺八傻笑了一下。

蒋健朝小范点了一下头，示意她准备开始记录。

"姓名？"

"古少新。"

"年龄？"

"四十三岁。"

"什么地方人？"

"S 城本地人。"

"职业？"

"作家，同时也是飞狐少儿艺术培训中心的作文课老师。"

"知道我们为什么把你叫来吗？"

"不知道。"

"十月二十一日晚九点左右，你在什么地方？"

"你之前不是问过了吗？"

"我想听你亲口再说一遍。"

"想看看我两次口供对于时间的记忆是否一致，对吧？"

"聪明,不愧是写侦探小说的。"

"那行,我就再说一遍。"尺八侧仰着头,假装在思考,"十月二十一日……你说的是前天晚上是吧,我在和毛飞吃饭。"

"你们都聊了些什么?"

"没什么,都是一些工作上的事情。我初来乍到,想跟他请教一些教学上的问题。"

"所以,是你请他吃饭咯?"

"不是,是他找的我。"

"他为什么找你?"

"这我就不知道了,我们见了面之后,他也没说原因,就只是跟我叙旧。我就趁机问了他一些教学的问题。"

"可是根据饭馆老板的口供,说是你们当时聊到了二十年前的一桩女大学生遇害案,有没有这回事?"

"可能有吧,我们当时在喝酒,就天南地北地瞎聊,什么八卦传闻,都很正常吧。"

"你说正常就正常吧。那吃完饭之后呢?"

"吃完饭之后,我们就分开了。"

"你去哪儿了?"

"我回家了。"

"还记得具体时间吗?"

"我想想啊,分开的时候大概是九点半,因为那个湘菜馆离我住的地方还挺远的,到家应该是十点多了。"

"十点多是多少?"

"需要问得这么仔细吗?"

"需要。"

"十点过个几分钟吧。"

"也就是刚过十点,对吗?"

"对吧。"

"有谁能证明吗?"

"我一个人住。不过我住的是酒店公寓,你们可以去查监控。"

蒋健和小范交换了一下眼神。

根据之前案发现场外的监控显示，毛飞到达培训中心的时间是十点零一分，如果这家伙的话属实，那么他有完美的不在场证明。

"我们会去核实的。回家之后呢，有没有再出过门？"

"没有，因为喝了点酒，我困了，回家后连脸都没洗就睡了。再次出门应该是第二天早上了。"

蒋健停了下来，盯着尺八。

"我怎么感觉，你好像一早就做好准备对付我们似的。"

尺八笑了笑。

"蒋警官，别开玩笑，我说的都是实话，你可以去核实。"

蒋健给小范耳语了几句，小范就出去了，换了一名警员进来记录。

"现在，让我们回到一开始的那个问题：你为什么要去毛飞那里当培训老师？"

"当然是为了混口饭吃。你知道，写作收入太低，养不活自己，所以我需要一份工作。"

"可是毛飞已经负债累累，一直在裁员，根本请不起人。"

"这点他没跟我说，我也不清楚。而且他再怎么不济，也比我这个落魄作家强，至少还开大奔呢。"

"可是你也没招到几个学生呀，总共就三个吧，算上毛飞的儿子也就四个，学费也不高，这点钱还不够你租公寓的。"

"这不刚开始嘛，我相信一切会慢慢好起来的。"

"毛飞现在都死了，培训中心估计也开不下去了，还怎么慢慢好起来？"

"这确实是意料之外的事情。"

"你对毛飞的死好像不太关心。"

"关心啊，我们是发小，以前感情可铁了。但怎么说呢，人死不能复生，我也没办法挽回，生活总得继续，对吧？"

"会不会是你杀了他？"

"警官，这种玩笑最好不要开，凡事都得讲证据。"

"证据我们还真有一些。"

"是吗？是什么？"

"暂时还不能透露。看你的表现，我现在是在给你坦白的机会。"

"你诈我吧，哪有什么证据。再说，我和他是好朋友，为什么要杀他，我的动机是什么？"一提动机，尺八突然来劲了，继续说道，"说到动机，我今天还在给孩子们上侦探课，让他们找出凶手的动机，不可能没有动机去杀人吧。"

"要动机是吗？"

"当然。"

"很好，那我问你，你之前坐过牢，对吧？"

"没错。"

"因为什么？"

"诈骗。"

"哦，关了多少年？"

"六年。"

"你是二〇一五年入狱的吧，你在城北监狱吗？"

"对。"

"二〇一五年，城北监狱。"蒋健若有所思，接着他漫不经心地说了一句，"你进去的时候，赵元成已经在里面了吧。"

没有回答。

蒋健转过脸，看着尺八瞪大眼睛看着他。

"谁？"

"赵元成，你不认识吗？"

"不认识。"

"哦，原来不认识啊，那我给你介绍一下。赵元成，二〇〇三年因谋杀罪被判入狱二十五年。资料显示，二〇一五年他就在城北监狱服刑。"

"不认识，监狱里面这么多人，我哪能都认识。再说了，我是去服刑的，又不是去交朋友的，才不想认识什么杀人犯呢。"

"是吗？可是据我所知，你们在同一个监牢。而且，他就睡在你上铺。怎么，想起来了吗？"

"睡在我上铺的兄弟……"尺八托着下巴陷入回忆，"哦，我想起来了，你说的是编号7119吧，他叫赵元成吗？我第一次知道他的真实姓名。"

"嚄,你们住在一起这么多年,居然不知道他的名字,说出来谁信呢。"

"我真不知道。不过话说回来,我认不认识他,跟你把我抓到这里来有什么关系呢?"

"当然有关系。"

"什么关系?"

"你们俩在监狱里是好朋友,一起吃饭,一起玩耍,一起吹尺八,一起减刑,一起出狱……"

"等等,蒋队长,没证据的话不要乱说啊。"

蒋健翻开面前的文件夹,拿出一张表。

"资料显示,二〇二一年七月古少新出狱,二〇二一年九月赵元成出狱,出狱后你们两个人都消失了。直到近年来,有个叫尺八的作家声名鹊起……"

"我不知道你在说什么,出狱后我就没见过这个人。"

"不,你们不仅见过,而且还合二为一了。"

"合二为一?开什么玩笑。"

"没开玩笑,因为你杀了他。"

"我杀了谁?"

"古少新。"

"啊?你叫我?"

"不,是你杀了古少新,然后你窃取了他的身份。"

"我……"

蒋健突然一拍桌子,把尺八吓了一跳。

"承认吧,你不是什么古少新,你就是赵元成本人。"

尺八呆若木鸡。看到尺八这副模样,蒋健得意地端起面前的茶杯,喝了口茶水后,跷起了二郎腿——搞定了,面前的罪犯已经被彻底击垮了。

作为一名经验丰富的刑侦高手,蒋健深知审讯最核心的部分,就是去击垮对方的心理防线。他敢打赌,这个家伙完全没有料到,自己的真实面目突然被揭开了。接下来,他只能乖乖地束手就擒,说出真相啦。

然而,等了五分钟,对面的人也没有说一句话,蒋健有点沉不住气了。

"赵元成,我劝你还是老老实实把实话说出来吧。"

尺八抬起了头,但眼神里已经没有了之前的惊讶,反而是一种怜悯。这家伙竟然在可怜自己！不，不可能，难道我说错了吗？难道……

"蒋队长，我根本不知道你在说什么！我的确认识编号7119，可能就是你所说的什么赵元成吧，但仅限于狱友关系。出狱后，我就再也没有见过他。还是那句话，任何指控，请拿出证据来。"

蒋健被激怒了。

"看来你是不见棺材不落泪啊。"

"证据。"

"还是我来给你讲个故事吧。"蒋健强压住怒火，继续说道，"二〇〇三年，你因为犯有谋杀罪，杀害了女大学生甄熹，证据确凿而被逮捕定罪，被判入狱二十五年，没错吧？当年我还是个实习警察，全程见证了这一切，我当时也是年轻气盛啊，还帮着你四处去找线索申冤呢。"

"证据……"

"闭嘴，听我说完。"

蒋健怒目而视。

"你认为自己是冤枉的，心里充满了仇恨，但又觉得申冤无望，最终陷入了绝望。进监狱后，你多次试图自杀，都被抢救了回来。很长一段时间，你都处于一种要死不活的状态。不要否认，这些监狱方面都有记录，人证物证都有，抵赖是没有用的。"

尺八说了两个字，但没发出声音，从口型看依然是"证据"。蒋健攥紧了拳头。

"终于，随着时间的推移，你慢慢放弃了寻死觅活。你意识到自己要想活下去，必须靠一样东西支撑下来，那就是音乐。毕竟你曾经靠音乐，才取得了成功。"

尺八冷笑一声。

"你向监狱方申请要竹笛，但监狱长担心你用竹笛做成利刃，伤害自己，就给了你一个更短更安全的乐器——尺八。作为同样的民族吹奏乐器，你很快就掌握了尺八的吹奏技巧，并且吹得很好。你几乎每天都吹奏，靠这样的方式来舒缓自己的内心。"

"说得你好像是人心里的蛔虫似的。"

"别跟我斗嘴！"

蒋健喝了口水,继续说下去。

"就这样过了差不多十几年,你内心的仇恨已经渐渐被磨平了,觉得就这么继续熬下去,过一天算一天。你知道申冤已经无望,复仇更是不可能了。你开始变得随和起来,和大家都能打成一片,成为一个老好人。直到有一天,监狱里进来一个新人,这个人就是古少新。他因为诈骗罪,被关了进来,和你分到了同一间监牢,就住在你的下铺。一开始,你并没有把他当回事,直到你听说他是一个超级骗子,突然,那种久违的感觉回来了。虽然这个时候,离你出狱还有差不多十年时间,但一个复仇的计划在你的心里开始萌发。我不知道你究竟用了什么办法,但我们知道的结果是,你和古少新成了好朋友,你教他吹尺八,他则把你引为知己。他完全不知道,自己已经落入你的计划之中。四年后,也就是二〇二一年,因为在狱中表现良好,你们分别获得了减刑。那年七月,古少新出狱,随后的九月,你也出狱了。出狱后,你们迅速取得了联系,并约在一起见面。"

这时,审讯室的门开了,小范走了进来。

"小范,你来得正好,接下来把你调查的情况说一下吧。"

说完,蒋健就坐了下去,一边喝茶,一边观察着面前的男人。

小范点点头,打开了资料。

"嗯,自从蒋队让我去监狱调查,得知你和古少新是好朋友,一起出狱。我花了大量的时间来调查你们之后的行动轨迹。大概在二〇二一年十月,赵元成这个身份曾经去了一趟韩国,古少新则完全没有任何消息。两个月后,赵元成回来了。随后,赵元成也销声匿迹了。再就是两年后,悬疑作家尺八现身了,而这个作家背后的身份是古少新。"

"瞧你这话绕的,我都不知道你在说什么。"

尺八讥讽道,但小范似乎没有受到干扰。蒋健对她的表现感到满意。

"我们联系了韩国警方,调取了两年前的记录,得到了一个重大消息。一个叫赵元成的中国人曾经在首尔一家整容医院做过一次深度的整容手术。我们把你的照片发了过去,对方负责人证实,做手术的人就是你。"

"我想变得好看一点,这也有错?"

"没错。可据我们了解,你和古少新本人个子、身材、年龄,甚至长相都有一点接近,现在你这么一整,就更像他了。"

"这说明什么呢?"

"很简单,"蒋健把话头接了过来,"你,赵元成去了韩国,整容成古少新的样子。回国后,变成了古少新,然后蛰伏两年,回到S城,开始实施你的计划。"

"我什么计划?"

"复仇。"

"复仇?太搞笑了吧。"

"不搞笑。你一直认为自己是被人陷害的,而当年的证人毛飞是一个突破口。但是,如果你以真实的身份出来调查,毛飞肯定会提防着你。所以你换了一个身份,古少新。你肯定知道,毛飞和古少新是发小,这都差不多三十年过去了,他必定认不出现在的古少新长什么样,再加上你的身份证就是古少新——你就是照着古少新身份证上的样子整容的,就更能说明问题了。你接近他,最终发现了他就是当年杀害甄熹的凶手。于是,你决定以当年同样的方式进行报复。这也能解释,为什么毛飞的死法和以前的甄熹一样。"

"证据呢?说这么多都是你的猜测。"

"我当然有证据。"

接着,蒋健拿出桌上的牛皮纸袋,从里面抽出两份报告。

"我们的同事今天一整天都在忙碌着,虽然你作案的时候非常小心,但我们还是找到了两份确凿的证据。第一份,这是毛飞遇害的凶案现场的勘查报告。"

尺八撇了撇嘴,一副洗耳恭听的样子。

"经过仔细的搜查,我们在墙上的那幅画后面,发现了一个保险箱。"

"保险箱被人开过,里面的现金和重要文件都没有动。凶手既然不是为了钱,那么显然更有价值的东西被人拿走了。我们检查了整个保险箱,没找到任何指纹,除了一个地方——指纹口。这是一个指纹保险箱,上面有毛飞的指纹,但在毛飞的指纹下面,叠加了一个陌生的指纹。我们的人员非常辛苦才把它采集了下来。经过比对,结果你猜怎么着,这枚指纹是属于一个刑满释放人员的,就是你,赵元成的。"

尺八不说话了,脸上失去了血色。

"这是第二份报告,是毛飞的尸检报告。"

"我们法医在毛飞的指甲缝里发现了皮肤组织，发现了不属于死者的DNA，比对后还是一样的结果，这些皮肤组织是属于赵元成的。你还想要抵赖吗？"

尺八低下头去。

"现在只剩最后一个疑问了，如果你是赵元成，那么那个可怜的骗子古少新去哪儿了？"

蒋健深吸一口气，说出了他的猜想。

"我想来想去，只有一种可能，他已经死了，被你赵元成杀死了。"

⧗

"你是怎么破解我的数学谜题的？"戴着面巾的凶手看着王英雄问道。

此刻，两个人站在广场钟楼的顶上，形成面对面对峙的状况。在他们脚下，数十米的高度之下的广场上挤满了人，大家仰着头，期待着这两个疯子到底要做什么。

"很简单，"王英雄微微一笑，"因为这根本不是一道数学题。"

7+13=？7代表日期，表示这个月七日；13表示时间，意思是十三点，也就是下午一点；"？"则代表地址——城市中心的"问号广场"。

"我就是因为不擅长数学，才会从数学之外去考虑这个谜题，于是有了上述的答案。"

"你还挺聪明。"

"谢谢夸奖。好了，现在可以把你的面巾揭开了吧。"

"还不行，你忘了，这个谜题是我留下的，你有想过为什么吗？为什么我杀了数学辅导老师后，没有立即逃走，而是留下了题目？"

"因为你想挑战警方。"

"错，我想挑战的人是你。"

"我？"

"我知道只有你才会破解这种不是数学的数学题，我是故意把你引来的。"

"好吧，能说一下理由吗？"

"因为我的目标自始至终，都是你！"

233

说完，凶手缓缓揭开了面巾。当王英雄看到那张脸时，顿时惊呆了——这个人竟然跟自己长得一模一样！

"你，你到底……"

"我是你的孪生哥哥，王狗熊。"

"王狗熊？我什么时候有个孪生兄弟了？我妈怎么从来没有跟我提起过。"

"因为在很小的时候，你就被人偷走了。你的妈并不是你的亲妈。"

这时候，王英雄想起了自己的身世。他从小出生在一个农村家庭，日子过得很苦，而父母对他很好。有一次，发生了大地震，父母都被震死了，只有他活了下来。父母临死前告诉他，其实他是被拐卖的孩子，亲生父母不知道是谁。很快，他就被人收养了。

这个人是一位来自日本、退隐多年的名侦探。他收王英雄为徒，教给他破案的本领，直到有一天，师父对他说：你可以出师了，去闯荡世界，做个正义的侦探去吧。

从此，王英雄告别师父，开始行走江湖。他来到问号城，凭着所学，屡破奇案，成了名侦探。但在他的内心深处一直有个心结，那就是，自己的亲生父母到底是谁呢？直到今天，他才知道自己有个孪生哥哥，而这个哥哥居然还是凶手。

"其实我早就盯上你了，你这么有名，还上了报纸，有一天我在上面看到了你的照片。因为我们长得一样嘛，所以，我一下就认出了你。从那时候起，我就想着总有那么一天，咱们兄弟要团聚的。"

"想要团聚，你可以直接来找我，为什么要通过杀人这样的方式？"

王狗熊惨然一笑，然后看了一眼脚下。广场上已经停满了警车，并拉上了警戒线。他抬头与王英雄对视。

"你想不想听一听我的故事？"

王英雄看着他，点了点头。

"那你到底是王英雄，还是王狗熊呢？"

"猫头鹰"郝老师拿着他的作文本，满脸嘲讽地看着王昊辰，王昊辰已经哭了。半个小时前，他又被妈妈送到郝老师这里来上课，而老师又布置了一堆题让他做，结果他依旧一道也做不出来。郝老师毫无征兆地爆发了，她让他在墙边站好，然后说：我倒要看看你一天到晚在做些什么。随即拿起了他的书包，拉开拉链。

"老师，不可以！"

"不可以？你给我站好！蠢猪！我今天就要好好教训教训你。记住，是你妈给予了我这个教育你的权利！你浪费我的时间，也就是浪费我的生命。你浪费我的生命，我就要让你后悔一辈子！"

话音刚落，她举起书包，反过来，将敞口悬空朝下。书包里的东西就全都倒在了桌子上。有笔袋、课本、橡皮擦等。当然，还有一个作文本。郝老师看着王昊辰，将手慢慢伸向作文本。

"老师，不要！"

郝老师笑了，她只是梢微一试探，就发现了王昊辰的软肋。她拿起作文本翻开。看完这个故事的前半段，郝老师已经没兴趣再看下去了。因为她看到了一个最让她无法忍受的情节：一个数学辅导老师被杀死了。她迅速翻了故事的结尾，指着已经泪流满面的王昊辰，冷漠地问出了这么一句话：

"那你到底是王英雄，还是王狗熊呢？"

王昊辰没有回答。

"照我说，你既不是王英雄，也不是王狗熊，你就是王八蛋，王蠢猪！"

王昊辰突然心肠一硬。这些骂人的话他已经听了无数次了，而他现在终于不想再听了。

"你再骂一遍试试。"

"啊？"郝老师一愣，她没想到这个男孩眼神里透露出了凶光。

她想起了那个故事中被杀死的辅导老师。但她毕竟是见多识广的郝老师，让人胆战心惊的猫头鹰女士，从来没有哪个学生敢对她这样。

"嘿呀，你这个小王八蛋，反了是吧。我就骂你怎么了，王八蛋，死蠢猪，不要脸。我不仅要骂你，一会儿，等你妈来了，我连她一起骂！"

"你敢！"

"我有什么不敢的，能生出你这样的蠢猪，你妈也是头猪啊，猪婆子……"

"我操你妈！"

王昊辰操起旁边的一把凳子，高高举起，准备朝郝老师砸去。

"啊！"

郝老师一屁股坐在了地上，左手抬高护住自己的头。然而，等了一会儿，椅子并没有砸下来，王昊辰在关键时刻控制住了自己的愤怒。

他放下椅子，从老师手里夺过作文本，塞进书包，背上，然后开门走了出去。他内心坚硬，对自己所做的一切不感到后悔。他相信妈妈会理解自己的。有了上次的经验，他给妈妈打了个电话。在电话里，他坦诚地说明了刚才发生的一切。过了好一会儿，妈妈才开口。

"你现在在哪儿？我去接你吧。"

"我想一个人待会儿，可以吗？"见妈妈没说话，他又说了，"放心，无论如何我也不会离开你的，妈妈……我爱你。"

说出"我爱你"这种话，确实有点羞耻，但又觉得很自豪。电话那头的妈妈哭了。

"嗯，那你就去吧，妈妈再也不逼你了。你已经长大了，可以自己做决定了，晚上记得早点回家吃饭，我做了你最爱吃的红烧排骨。妈妈也爱你。"

挂了电话，王昊辰在原地踌躇了一会儿，然后朝前走去。他有一个想去的地方。

二十分钟后，他出现在了市中心的人民广场。这个广场的中心有一个雕塑，是一名古代的爱国将领骑着马、拿着宝剑、英勇杀敌的模样。他很崇拜这位了不起的民族英雄。王昊辰在英雄雕像下面的长椅上坐下，从包里拿出笔记本和钢笔，继续把那没写完的小说写完。

"我叫王狗熊。不，我的原名不叫王狗熊，但我忘了我原名叫什么，因为大家都叫我狗熊，我就叫王狗熊吧。因为这个名字，我这个人从小就像狗熊，没什么本事，老被人欺负。

"后来，我的父母去世了。临死前，他们告诉我一个秘密，我在这世界上有一个孪生弟弟，多年前被人拐走了。于是，我活在这个世界的唯一任务，就变成了寻找他。可世界如此之大，我应该去哪儿找呢？不过，也不是完全没有线索，毕竟我要找的是一个与自己长得一模一样的人。

"很多年以后，我来了问号城。

"还有一个事情没有讲，这些年来，我一直都在犯罪。你可能会问为什么，为了生存啊老弟。

"在这个世界上，不是每个人都能活得好好的，而我为了赚够找你的钱，只能成为一名赏金猎人。

（等等，王英雄只有十三岁，那么这个兄弟应该也只有十三岁吧，十三岁能当杀手吗？要不把年龄提高一点吧，二十三岁，把十的前面再加个二，这样就好了嘛。）

"我收佣金杀人。

"我来到问号城，也是为了完成任务，有人出钱让我干掉那个老师。至于谁出的钱，你别问我，我也不知道。

"我跟踪那个老师，知道他的住处，了解他的生活习惯，制订暗杀计划。然而就在我准备下手之前的一天，我得到了一个消息。我在报纸上看到了你的照片，我的弟弟，那个和我长得一模一样的人。

"我欣喜若狂，多年来的任务终于要达成了。然而，当我再往下看的时候，一下子愣住了，就像被人当头泼了一盆冷水。这个和自己长得一样的人，也就是你，我的弟弟，现在竟然是一个侦探，而且还非常有名。

"报纸上面介绍说你破了很多案件，是一名非常厉害的超级侦探。而我，作为一名杀人无数的赏金猎人，即将要在你的管辖范围内犯案。我已经收了别人的钱，不能反悔，否则组织就会派人来追杀我，而且这也不符合我的职业道德。可是，那就意味着我接下来要和自己的亲弟弟对决了。没想到啊，这么多年，我为了找你，成了杀手，最后却和你成了对手。

"但无论如何，在我们的最终对决之前，我们还是应该相认吧。可就这样把你约出来似乎不太好……我来想个办法。有了，我在尸体上留下一个谜题，如果你能答出来，我们就能见面。出什么题呢？听说你数学不太好，那么就这样……希望你能答出来。

"你果然不负我所望答了出来。弟弟，没想到我们以这样的方式见面了。"

"确实没想到，不过我更没想到的是，你居然会成为罪犯。"

"我犯罪的动机不就是为了找你吗？"

"借口罢了。要赚钱的方式很多，为什么选择最坏的一种？说到底就是一种借口。每个犯罪的人都会为自己找借口，要么是为了爱呀，要么是为了正义啊。狗屁！犯罪就是犯罪，不能因为动机正当，就去破坏法律。"

"那只是你的看法。因为你是英雄，而我是狗熊。"

"别说这么多了，跟我走吧，我要将你绳之以法。"

"你就是这样对待辛辛苦苦找你的哥哥的吗?你也太没良心了吧。"

"法不容情。我只知道,你是罪犯,而我是侦探。我的任务就是来抓你的。"

"那你得问问我手中的剑答不答应!"

说话间,王狗熊就已经拔剑冲了过来。王英雄也拔剑还击。

这样,两名长得一样的人就在钟楼的屋顶开始对战起来。他们你来我往,就像两名决斗的古代骑士。而下面观战的人就像剧场里的观众,一边看戏,一边欢呼叫好。打到最后,终于,正义打败了罪恶。现在,王英雄的剑架在了王狗熊的脖子上。

(这时,王昊辰脑子里飘过一些国产古装剧的俗套桥段。)

"啊,果然还是弟弟厉害。"

"跟我走吧,你的人生还很长,只要现在改邪归正,还来得及。"

"我已经罪孽深重,来不及了。"

说话间,王狗熊脚下一滑,从屋顶上掉了下去。王英雄手疾眼快,一把抓住了他的手。

"来,哥哥,把那只手给我,我拉你上来。"

(简直太俗套啦。)

"弟弟,你终于肯叫我哥哥了,我很欣慰啊。"王狗熊微微一笑,"弟弟,愿我们来世再做兄弟!"说完,他故意挣脱弟弟的手,从屋顶上掉了下去。就这样,王狗熊摔死了。

王英雄看着这一切,流下了两行热泪。

合上作文本,王昊辰在地上呆坐了一会儿,回味着自己所写的这个故事。

他终于完成了一个完整的故事,但总觉得少了点什么。他成了英雄吗?也许吧,可是却救不了自己的哥哥。

王昊辰回头看了一眼身后那个民族英雄的雕像。虽然有后人为他塑像,但现在的他却在这里日晒雨淋,浑身锈迹斑斑,乌鸦在他的肩膀上拉屎,路人并不太在意他的存在。他感到一阵难过。

他突然想到了一个更好的结尾,于是,他打开笔记本,在后面添加了一段:王英雄从钟楼上下来后,安葬完哥哥,然后在众人的欢呼声中,骑上大马,朝着远方飞驰而去,就像一名孤胆英雄。

从把尺八抓回来的那天起，蒋健就一直陷入莫名的焦虑之中。

他焦虑的原因是，这起案件到目前为止进行得太顺利了。从案发到凶手被捕，前后不超过一天时间，并且这个凶手一丁点逃跑的意思也没有。他就在那里等着被警察抓（被捕的时候甚至还在给一群孩子上什么写作课），着实匪夷所思。

刚才在审讯室，当他指出尺八的真实身份其实是赵元成后，这个中年男人就再也没有说过一句话。按照以往的经验，当嫌疑人的面具被揭开，真脸显露出来之后，他的心理防线应该很容易就会被击破，随即乖乖束手就擒，老老实实交代犯罪事实。可这一次为什么会突然出现这种拒绝配合的情况呢？

就这样，审讯被中断了。无奈之下，只能暂时把赵元成羁押起来，留后再审。吃了一顿没有胃口的晚饭后，蒋健回到办公室，坐立不安起来，有什么地方不太对劲。他静坐了一会儿，然后再次把那些证据摆在了面前的办公桌上。

首先是指纹和DNA，保险柜上指纹槽里下叠了一枚清晰的指纹，经过数据库比对，确定是属于赵元成的。其次，死者的指甲缝里，有一些不属于死者的皮肤组织，经确认，同样也是属于赵元成的。

一开始，蒋健还觉得这是铁证，有了这两项证据，凶手再怎么抵赖也没有用了。现在回想起来，自己还是有些草率了。为什么屋内其他地方没有找到指纹，偏偏保险柜上有一枚指纹？他明知道这是一个指纹保险柜，并且制作了毛飞的指模来开锁，根本没有必要把自己的手指头摁上去试一下，然后给警察留下线索，这说不通啊。

撇开指纹不谈吧，那赵元成的皮屑又是什么情况？在抓捕赵元成的时候，蒋健特意撩起了他的衣袖，发现其左前臂上面确实有一道新的抓痕，难道这不是他在用氯仿迷昏死者的时候，死者在挣扎中留下的证据吗？

可是……

唉，这么多年的办案经验告诉自己，有的时候，铁证也未必一定是最准确的。这让他想起了二十年前的那起案件。当时那个男孩，同样也是因为指纹和 DNA 一类的铁证，被认定为杀人凶手。

一开始，男孩一直说自己是冤枉的，而当时的蒋健也觉得他是被冤枉的，还帮着他去查了一番案，结果这家伙后来竟然认罪了，刑期从死缓改成了二十五年有期徒刑。

从那以后，他再也没有见过这个男孩。让人意想不到的是，二十年后的今天，同样一个人，竟然又犯了类似的案件，而且同样是被抓住了。这世界怎么会有这么巧合的事情？另外，赵元成如果真是要报仇的话，两年前就已经出狱了，为什么现在才报仇？而且他也不是太必要假扮成别人的身份。

想来想去，他依然有很多不明白的事情。在他看来，这个报仇者目前的所作所为显得有点笨拙和不符合常理了。但是，这一系列的铁证又怎么解释呢？难道和很多年前一样，有人在陷害他吗？想来想去，蒋健还是决定去一趟尺八住的地方。

半个小时后，在公寓经理的帮助下，他们打开了公寓的房门。进去的一瞬间，蒋健就被眼前的一幕震惊了。墙上贴满了照片，基本都是偷拍的，其中大多数都是关于死者毛飞的。最初的照片是两年前的，可见这个计划实施已经差不多两年了。他一直在调查毛飞，直到最近才化身尺八，接近毛飞——古少新与毛飞已经快三十年没见了，再加上整容以及两年的休整，所以毛飞没认出他来很正常。

而这一切恰好说明了一个问题，他就是赵元成。只有怀有这么大仇恨的赵元成才有可能为了报仇花这么久的时间去完成计划。

物业经理也解释说明了一些信息。男人租这个房子已经两年了，而他租房子用的身份证是古少新的。虽然当时来签约的时候，男人跟身份证上的照片有点不像，但物业经理图省事，没太在意，只要按时交房租就行。

屋内一切从简，看得出这家伙根本没有在家里开伙的打算。无论是客厅还是卧室都收拾得很干净，几乎没有任何杂乱的地方。客厅里只有一张沙发、一个茶几、一台冰箱、挂在墙上的液晶电视。打开冰箱，上层冷藏区里面放满了瓶装矿泉水、盒装的方便面、一些水果罐头和几瓶泡菜。可见他平时可以不在家吃饭，而且吃得非常简单。蒋健迅速扫了一眼，便关上冰箱门。

来到卧室，发现也只有一张单人床和一个简单的嵌入式衣柜。床上的被子依然叠得整整齐齐，可以看出，这是他在监狱里养成的习惯。衣柜里也只有几套换洗的衣物。

卫生间同样如此。鉴证科人员分别从枕头上（头发）以及牙刷、梳子上取了一些生物样本，带回去化验DNA。除此之外，就没有什么东西了。

关于赵元成的东西就这么少吗？蒋健站在狭小的客厅中间，想来想去，总觉得有什么东西被遗漏了。他突然想起了一件事，那个小孩，毛飞的儿子，在第一次见到他的时候，就问他是不是叫蒋健。为什么呢？他依然没想明白。

然后，昨天去抓赵元成的时候，当时还有其他三个学生在场，他们都一句话也不说，只是看着自己，好像他对他们而言，只是一个小说中的角色罢了。思来想去，他还是觉得有必要从这些孩子身上找一下突破口。

他叫上小范，开车出发。

"先去谁家呢？"

他看着名单上四个孩子的信息，想了想，决定先找那个年龄最大的孩子。按门铃的时候，里面的人对自己充满了警惕心理。可以理解，现在大家对陌生人敲门这件事的防范意识比以前高多了。然而，他只说了自己是警察（穿着便衣），对方在猫眼里看了一眼后就给开了门。

"是蒋健警官吧？您快进来吧。"一个十四五岁的女孩露出了笑脸，然后让开了一条路。蒋健和小范充满疑惑地对视了一眼，然后走了进去。

"你一个人在家吗？爸爸妈妈呢？"在客厅坐下来后，蒋健问道。

"他们忙，平时就我一个人在家。"周慧颖懂事地给他们倒了杯水，"我今年初三，下学期我要中考了，所以有很多功课要忙。"

"哦，你父母是做什么的？来，你也坐下，我有些话要问你。"

"他们是做直播的。"说到这里的时候，周慧颖有点尴尬，"就是那种短视频。"

蒋健点点头，看看这个屋子的装修。

"看来做直播还挺赚钱的嘛。"

他原本是想开个玩笑缓和一下气氛，没想到周慧颖更加尴尬，看起来有点手足无措的感觉。他意识到，这个女孩并不喜欢谈论这个话题。

"呃，是这样，我们这次来呢，其实是来找你的。"

"找我？是有关尺八老师的吗？"

"没错，昨天我们请他回去协助调查的时候，当时你也在场，对吧？"

241

周慧颖点点头。

"蒋警官，尺八老师出什么事了？"

"这点我们暂时还不能透露。别紧张，我们只是来问几个问题。不过，看得出你很关心他。"

"我们都很关心他，喜欢他。他是一个很好的老师。"

"哦？你们，是指作文班的同学吧？"

"对。我们还是一个小团体。"

"什么小团体？"

"猪猪侦探团。我们都有外号，都是一群小猪。"

"小猪？"蒋健和小范都乐了。

"没错，有笨猪、胖猪、红猪，我是懒猪，因为我爱睡懒觉。"

"有意思，那你们的尺八老师……"

"他是猪头！他自己封的！因为他是我们的头儿。"说着，周慧颖自己也笑了起来。

"看得出，你们师生关系确实很不错。他给你们上了几节课了？"

"四五节吧。"

"才上了这么几节课，你们就这么喜欢他？"

"是啊，因为他教我们写作，而且他总是鼓励我们，从不说我们不好。"

蒋健点点头。他回头看了一眼小范，小范也是他的学生，但他却老是批评她。看来以后要多向尺八学习。

"对了，他给你们上的是什么内容的课呢？"

"最近，他在给我们上侦探小说课，教我们写侦探小说。"

"是吗？我知道他写过一本书，叫……"

"《骗神》。"

"对对，就是这个名字，我还没看。"

"我这里有。"

说完，周慧颖站起来去书架上拿了一本书，蒋健接了过来，看见了封面上的那个只有一只眼睛的面具。

"我还准备找他签名呢，没想到人就被你们带走了。"

蒋健简单翻了翻。

"能借我看吗？这本书好像不太好买。"

"行，你看完还给我。"

蒋健示意小范把书收起来。

"对了，我问你一件事，你为什么知道我叫蒋健？"

周慧颖顿时愣住了。

"这个嘛……"

"说实话，不要隐瞒。"

"是这样，尺八老师最近不是在给我们上侦探课吗，他边上边以他自己正在写的一本小说为例给我们讲解，而那个小说里面的警官，就叫蒋健……"

"原来是巧合啊。"蒋健脸上表情疑惑，"可是不对啊，既然是小说，那你们为什么知道我是蒋健呢？"

周慧颖叹了口气。

"还不是因为我们都入戏太深。"

"什么意思？"

"因为，蒋警官，你别觉得我八婆哟。因为我觉得尺八老师写的小说太真实了，就好像是发生在他身上的事情一样。"

"哦？"蒋健若有所思，"你说的是这本《骗神》吗？"

"不是，是他最近在写的一本，叫《舞》。"

"《舞》？"

"对，跳舞的舞。"

"写的什么内容？"

"是一起二十年前的大学谋杀案，算了，不说了，有点吓人，你去看就知道了。"

蒋健瞪大了眼睛。二十年前的校园谋杀案，这他太熟悉了，而且犯案人就是赵元成本人。看来，他真的把自己的事迹改编成小说了，可是……

"故事的主人公是不是叫赵元成，里面的死者叫甄熹，他的朋友叫毛飞，里面的那个警察叫蒋健？"他问道。

周慧颖点点头。

"因为里面说到了毛飞，他是毛子豪的爸爸，我们还问是不是真的。可尺八老师解释说，他只是懒得取名字，故事是假的，到时候出版之前会改过来，只是为了图方便。可是……"

"可是你觉得故事像真的。"

"对。而且真的发生了命案。"

周慧颖打了个哆嗦。但很快,她又挺了挺胸,表示勇敢。

"不过,蒋健警官,即便他写的这个故事是真的,但我依然相信,赵元成不是凶手,他只是被冤枉的,坐了十八年的冤狱。"

"这个嘛,姑娘,不要被文字迷惑了,人在写作时是会美化自己的。"

"可是尺八老师人那么好,他不可能是杀人犯。我们也不相信,他杀了毛子豪的爸爸,他不是那种人!"

蒋健叹了口气,他觉得没法再交流下去了。

"今天就这样吧。"

蒋健站了起来,准备离开。

"最后一个问题,你知道他的那本《舞》在什么地方能找到吗?"

⌛

一直到第二天,徐佳琪还因为尺八老师被捕而感到震惊,没回过神来。她完全无法想象,尺八老师会是杀人凶手。但以她一贯的观念来看,警察一般不会乱抓人,他们一定掌握了尺八老师犯罪的确凿证据。

可是……唉,这个世界就剩尺八老师一个人对自己好了,现在连他都被抓了,真的是要多难过就有多难过。不不,她还是不愿意相信尺八老师是坏人。警察只是把他带去协助调查,查完之后,无辜的他还会回来的,一定是这样。这么安慰着自己,徐佳琪才开始缓过神来,准备起身拿点吃的东西。

这里是一家大型海鲜连锁自助餐厅。爸爸妈妈说带她去外面吃点东西,她脑子里一直在想着尺八老师的事情,所以也没太在意,就跟着来了。到了门口,才知道又是来吃自助餐。

"我不想吃自助餐。"她抗拒地表示。

"吃吧,我已经提前团购了。"

妈妈亮出了手机上的付款成功的信息。

"你不想吃你就少吃点,自助嘛,想多吃,就多吃,想少吃,就少吃,自助餐是最自由的了。"爸爸笑嘻嘻地说道。

然而，徐佳琪端着盘子，在迷宫一样的自助餐店里来回穿梭，感觉不到任何自由。这里人多得要死，行动上就不自由。另外，到处都是诱人的食物和饮料，人的食欲被抬高到了顶点，还怎么自由？

不过反抗归反抗，她慢慢行进期间，内心那种压制已久的食欲又开始萌发了。吃一次吧，最后大吃一次，吃完之后，再开始减肥。这么想着，她咬牙给自己的盘子里夹了牛排、羊排、猪蹄、烤鸡腿、香肠、两块夏威夷比萨，以及一听可口可乐。然后小心翼翼地朝餐桌走去。

虽然这家餐厅以海鲜为主打菜系，但徐佳琪吃自助餐从不选海鲜。她只对肉类感兴趣，什么虾蟹螺她看都不想看，就连三文鱼她也从来没有尝试过。回到餐桌前，爸爸妈妈已经开始疯狂地吃起来了。只见他们把头埋在食物堆里，完全顾不上对方，在那里大吃大喝。她端着盘子慢慢靠近，就在这个时候，他们抬起头来了。徐佳琪愣住了，站住了脚步。

她看见自己的父母就像《千与千寻》里千寻的父母一样，鼻子变长，耳朵变大，身上长毛。而他们的嘴里和手里都拿着腻乎乎的食物。他们变成了猪。猪爸猪妈突然咧嘴笑了起来，这场景让徐佳琪感到惊恐万分，手上一松，装满食物的盘子掉在了地上，发出"哗啦"一声巨响。

现场安静了下来。

"小姑娘，你没事吧？"

一只手搭在了她的肩膀上。不，不是一只手，而是一只猪蹄！她缓缓回过头，看见了一个穿着服务生服装的猪人！她吓得往后退了几步，差点打翻其他人的饭盆。不，是其他猪！她扫了一眼，这才发现，整个自助餐厅里的人都变成了猪。坐在椅子上大快朵颐的食客，来来往往的服务生，推着车收拾残羹冷炙的卫生员，领着顾客往里走的领班经理，柜台后面切割和分发食物的厨师……她要疯了，不断朝门口退去，不断撞翻东西。

她看着自己的父母——那对猪一脸茫然地看着自己，时不时还咬一口手里的烤肉串。徐佳琪吓得大叫一声，转身快速冲出了自助餐厅。自助餐厅位于这家商场的四楼，此时正是用餐高峰期，出来后过道上到处都是人。

是人类，这些原本在等位置、准备吃饭的人类，看到徐佳琪后，却纷纷露出了惊奇的表情，朝一旁躲开。她觉得奇怪，朝扶梯口走去。

_ 245

"给我站住！"

她回过头来，看见有两头猪已经追出来了。啊，是自己的爸爸妈妈。不行，不能被他们抓住。她撒腿就跑。她跑下自动扶梯，拨开人群，但后面的猪紧追不舍。就这样，他们在商场里追逐着，引发了一群人的大呼小叫。终于，她躲过了父母的视线，进了卫生间，快速藏进了隔间里，插上门闩。坐在马桶上，徐佳琪气喘吁吁。

接着，她哭了起来。她不明白为什么发生这样的事情，为什么这些人会突然变成猪，为什么……等等，她觉得有什么不大对劲，于是低头看向自己的手。她惊讶地发现，自己的手不知道什么时候也变成了猪蹄，上面还有长长的汗毛。她吓了一跳，马上意识到刚才为什么很多人都在看她了。

她把猪蹄缓缓地伸向自己的脸颊。先是触摸到了一根硬硬的长鼻子，接着是大耳朵。她站起来，用猪蹄艰难地打开门闩，走了出去。

有个女孩在水池边正对着镜子化妆呢。她管不了那么多了，直接走到女孩的旁边，看向镜子，镜子里的自己果然变成了一头猪。胖胖的，大大的，有点萌，也有点……吓人。

看到自己这副嘴脸，她再次哭了起来，哭得非常伤心，在卫生间里形成了巨大的回响。就在这时，她感觉有人在触碰自己的胳膊。原来是那个女孩。女孩正拿着一张餐巾纸递给她。

"给。"

"谢谢。"

她用猪蹄夹着接了过来，开始擦拭眼泪。

"你不害怕我吗？"

"害怕你？为什么？"

"我长这模样，他们都叫我猪。"

女孩微微一笑，露出漂亮的酒窝。

"别管他们。我们又不是活给别人看的，不需要在意那么多人的眼光。"

"是吗？"

"嗯，那些以貌取人、对人进行羞辱的，都是傻瓜，根本不用在意他们。"

"可是，我长这么胖，确实不好看呀。"

"那就想办法让自己变得好看点。但记住，为自己而活，不要为别人。"

女孩莞尔一笑，拿起化妆包，准备离开。徐佳琪突然觉得她有点面熟。

"喂，你叫什么？我们好像在哪儿见过。"

"我叫小卷发。"女孩潇洒地撩了一下自己的卷发，"我是你创造的侦探。"

说完，女孩拉开门，走了出去。徐佳琪盯着镜子里自己的猪脸看了半天。然后，她俯下身去，对着水龙头洗了把脸。再猛一抬头，镜子里的脸已经变回原来的样子。走出卫生间，她听见有人喊自己的名字，回过头来，看见爸爸妈妈急匆匆地朝自己走来。他们也恢复了以前的样子。

"琪琪，你怎么了？我们找你好久了。"妈妈说。

"对啊，吃着饭，你突然跑出去，我们怎么叫你也不听，到处找不到你。"爸爸说。

"我没事，"她已经恢复了平静，"我只是有点不舒服，上了个厕所就没事了。"

"吓死爸爸妈妈了，还以为你出了什么事呢。走吧，咱们还没吃完。"

"爸爸妈妈，为了你们的健康，还是少吃点多运动吧。"

"我们身体挺好的呀……"

妈妈还没说完，就见爸爸用胳膊肘顶了顶她，示意她别再说下去了。

"那，就不吃了吧。对对，你说得对，要多运动。"

"走吧，那我们回家吧。"

"要去吃点冰激凌吗？"

"喂，又来了……"

"我们付了钱的呀，而且他们家的冰激凌是哈根达斯的……"

回到家，徐佳琪把卧室的门关上，然后打开了作文本，继续完成自己的小说。

"我叫许美静。是的，人是我杀的，现在否认已经没有意义了。我为什么要杀她？你听完我的故事就知道了。

"你看见了，我的名字里虽然有个美字，但长得很普通。不对，不是普通，是不好看，非常不好看，同学们都叫我丑八怪，叫我霸王龙。每天，只要我走进学校，他们就会说，霸王龙来啦，霸王龙来啦。我妈妈爸爸在外地打工，长期不在家，我和年纪很大的奶奶住，根本没人关心我。

"被语言暴力伤害虽然难过，但我还能挺得住。我从小一个人生活，早

247

已习惯了这个充满恶意的世界,几句难听的话怎么可能就把我打倒呢。因此,每当出现这种情况的时候,我都会自动关闭耳朵,把这些负面的声音关在耳朵之外。

"我今年已经初二了,不能被这些事情影响。我要考上好的高中,之后再考上好的大学。这样的话,我就能靠自己生活下去,没有什么可以打倒我的。然而,后面发生了一件事,把我彻底击垮了。

"有个人出现在了我的生活中。说实话,再多的人恶意诋毁我,都不会有什么关系。但有一个人给予关爱,我却轻易沦陷了。她是我们班的班长,是个健康、开朗的女孩。一直以来,我们都没有什么交集。我长得难看又普通,而她漂亮又优秀,是同学和老师的宠儿。

"突然有一天,我在校园里被人骂恐龙的时候,她冲了出来,挡在我的面前,帮我呵斥那些无聊的人。她警告那些人,以后要是再这样,就报告老师。我一下子就被震住了,完全不知道该怎么办。等那些人走了之后,班长则微笑着问我有没有伤心。她让我不要难过,还说要请我喝珍珠奶茶。我有点不知所措地答应了。之后,我俩共同分享了一杯珍珠奶茶。从那以后,我们就成了好朋友,经常在一起玩耍。

"一开始,我还为自己突然多了个朋友而开心,对她毫无保留,跟她分享所有的秘密和故事。然而到了期末考试,她被安排坐在我的身后。

"考试前,她找到了我,要我帮她的忙,她想作弊。她告诉我,这些天光陪着我玩,没有好好学习,结果到了考试的时候发现自己完全不会。

"她想让我在考完之后,在姓名栏写上她的名字,然后和后排的她交换试卷。我打心底排斥这样的事情,但在她的一再恳求下,我还是答应了。因为,她说如果我不答应,她就不和我做朋友了。

"在考试的时候,我写完试卷,往后递的时候出事了——我的行为被老师发现了。老师抓着我,问我为什么要作弊。我没有说话,只是看了看她。我希望她站出来帮我说句话,毕竟一切都是因她而起。可是,她却说自己什么都不知道,是我想偷看她的,但被她拒绝了。

"天哪,我要疯了,怎么会有这样的人!这还算是朋友吗?不,绝对不是!

"就这样,我那门考试被记了零分。不仅如此,因为是期末考试,我被记过处分，还有可能被学校开除。

"考完之后，我去找她，她却像躲避瘟疫一样躲着我，根本不敢面对我。不仅如此，她为了和我划清界限，还在背后说我坏话，把我跟她说的那些秘密，比如喜欢某个男生的事情告诉了全班同学。我成了彻头彻尾的笑柄。大家现在不仅叫我恐龙，还叫我癞蛤蟆，说我是癞蛤蟆想吃天鹅肉。

"我恨死她了。是她，假装给我友谊和温暖，其实从头到尾都是一场骗局。她只不过是想利用我！

"那天下午，我给她留了纸条，说有话对她说，让她放学后留下来。她犹豫了一下，就同意了。我把她约到没有人的天台，用从化学教室偷的乙醚将她迷晕，然后把她藏在天台的角落里。

"到了晚上，我把她依旧昏迷的躯体挪到了操场的中心。我知道那天晚上气温会骤降，将会有一场暴雪降临。果然，她最后被活活冻死了。她活该，谁叫她这么冷血，就应该受到这样的惩罚。

"小卷发，你很厉害，我很服你，你把我送到警察局去吧。就这样，走啦。"

⏳

毛子豪坐在客厅的沙发上，看着妈妈举着手机在自己的面前走来走去。

自从她今天下午到了后，见到毛子豪除了问了他一句"你没事吧"，就不再关注他，而是一直在打电话。毛子豪仔细听了听，揣摩她应该是在给自己的丈夫打电话，主要交代了几件事：

第一，别忘了下午去学校接嘟嘟；

第二，这边的情况一团糟，她需要待几天，好好处理一番；

第三，她得把毛子豪接回湖南抚养。

关于第三点，也是她在电话里提到最多的一项内容。为什么会说这么多呢？据毛子豪的推理（他是个侦探嘛，当然会推理），这是因为那个男人不同意她这么做。他甚至在脑海里模拟了他们的对话。

"不可以，我们家已经有嘟嘟了，你又把他弄过来，而且这次还不走了，那我算什么？"

"你算他爸爸呀。"

"荒谬，我才不是呢，他爸爸已经死了。"

"正因为他爸爸死了，所以作为妈妈，我才必须得抚养他，我是法定监护人。"

"就没有其他办法了吗？"

"什么叫其他办法？"

"比如送到亲戚家。"

"他没有亲戚。"

"没有亲戚？怎么可能，他爷爷奶奶呢？"

"早就死了。"

"那要不就送福利院吧。"

"宋强！你这个人怎么这样！"妈妈终于生气了。

"我怎么这样？你问问你那个宝贝儿子为什么这样！难道你不记得今年暑假发生的事情了吗？他把咱们儿子绑起来，关在了衣柜里，关了一天，还用核桃夹子夹他的耳朵！"

妈妈沉默了。

"喂，你说话啊。"

"我先挂了。"

"记住，不要把他带回来，否则……"

妈妈已经挂断了电话。她来回踱了一会儿，然后走到毛子豪的身边，蹲下，与他平视。

"你没事吧？"

毛子豪茫然地看着她，这已经是她第二次问他同样的问题了。应该是你自己有事吧，他想。谁叫你们这些大人没想好就乱生孩子呢，生完了又不负责任，简直不像话。

他现在无比想念尺八老师。前一晚，他因为害怕，躺在床上无法入睡。是尺八老师坐在了他的身边，安慰他，陪伴他。这样一个好人，怎么可能是杀人犯呢？就因为他写了那篇小说？他不是都说了吗，那小说只是虚构的，虚构就是假的。可为什么警察还要来抓他呢？这个时候，他又想到了自己的爸爸毛飞。

他们说他死了。他们说的，自己并没有看到。有刑警出现，应该是被人杀死的吧。不知道为什么，这个消息并没有给他带来很大的震惊和悲伤。难道自己不应该震惊和悲伤吗？他又想了想，可能是两个原因吧：

第一，他只是听说，而没有见到，听说比亲眼见到的触动要弱得多。再说，他之前已经在尺八老师的小说里听过一次同样的剧情了。

第二，自己还是年纪太小了。这样小的年纪也许对亲人离世这样的事情，感触并不是太深。

但不知道为什么，他现在坐在这里琢磨爸爸死了这件事，突然有了一种想哭的冲动。不知道是因为爸爸的死，还是妈妈的那些电话。一种被全世界遗弃的孤独感从他的心底油然而生。他担心自己的眼泪被妈妈看到——他不想在她面前暴露脆弱——于是，他站起来，朝卧室走去。

"子豪，你去哪儿？"

"我困了，想睡一会儿。"他没有回头，怕眼泪夺眶而出。

"你没事吧？"

第三次问这样的蠢问题了。他用力地摇摇头，然后坚定地回到了卧室，并反锁了门，这下终于清静了。

在屋内就这么安安静静地站了一会儿，他想起了尺八老师被捕之前，在咖啡馆里最后上的那节课——动机。

他走到写字台边，拿出自己的画画本，接着是纸和笔。他看了看之前画的那几幅关于机器人侦探的画。他的机器人子豪一号躲在桥下，有个机器人在追踪子豪一号。

接着，他拿起笔，继续画了起来，同时脑子进入幻想的故事之中：

我是子豪 号，我杀了人，正在逃亡中。

不，我没有杀人，但大家都以为我杀了人。我会被抓起来销毁的，这很可怕。

我必须逃亡，然后找到凶手，还自己一个清白。另外，就是报仇。因为死的是我的"妈妈"——把我制造出来的科学家，我很喜欢他。所以，我要为他报仇。

还记得刚出生的时候，我就拥有了意识和记忆。我清晰地记得，"妈妈"抚摸着我的躯壳，眼神里充满了怜爱，就像我是他真的孩子。后来，"妈妈"

几乎每天陪伴着我,教我说话、走路、自我学习。

我学得很快,几乎一学就会,我是个智能机器人嘛。但有时候,"妈妈"也会很焦急,因为他发现我并没有获得他研究中的东西——情感。我不喜,不怒,不哀,不爱。

对于"妈妈"给予的所有的爱,我都是按照程序设定的去接受,但身体里的情绪程序始终没有启动。

从那时候起,我见到"妈妈"开始变得有点狂躁,他为自己做了一个失败的产品而失落。我亲眼看见他冷落我,并且开始做第二个产品:子豪二号,我的弟弟。没错,就是现在正在追杀我的那个机器人。对此,我以为我会感到很难过。但是很遗憾,没有,我一点感觉都没有。很显然,我连嫉妒和失落的情感也是没有的。

有一天,我在休息的时候,看见"妈妈"接了一个电话。我通过猜测的方式,获知了一个消息:因为没有制造出完美的人工智能机器人,这个实验室的投资人准备撤资了。也就是说,"妈妈"拥有的一切都要结束了。那天晚上,我看见"妈妈"坐在椅子上,抓着自己的头发异常痛苦的样子。

我的情感指示灯突然闪了一下,发出"嘀"的声音。就这么突然的一下,让"妈妈"猛地坐了起来,他原本颓废的脸上一下子有了光。只见他飞快地跑到我面前,兴奋地问我,刚才是不是有点难过?

我想了想,不确定地摇了摇头。当他想让我再次情绪波动的时候,我又陷入了一种没有情感的麻木状态。幸运的是,电脑记录下了这一切。根据打印出来的情绪波动线显示,我确实在刚才情绪波动了一下,也就零点一秒钟吧,却是历史性的时刻。是"妈妈"的伤悲触动了我。

接下来,"妈妈"完全陷入了兴奋的状态,他立即给投资人打电话,汇报了刚才发生的这一切。投资人也很兴奋,他们表示要过来见证这一刻。

第二天,投资人不仅到场,还叫来了新闻媒体记者,弄了个什么全球直播,准备记录下这历史性的一刻。

然而,那个情绪指示灯再也没有亮起。"妈妈"在我旁边着急地给我下指令,但我就是无法完成任务。我看见投资人的脸色铁青,他们觉得自己被骗了,错失了一个向全世界宣告自己翻身的机会——后来"妈妈"告诉我,为了投资这个实验室,投资人其实也亏损得厉害,他们本想通过这次视频直播向世界宣布实验成功,那么他们的股票将会大涨。

我知道什么叫股票,因为作为机器人的我脑子里存了这世界上大多数的信息。但很遗憾,这次实验失败了。失败的结果是,投资人当场宣布,要彻底关闭实验室,他们只给"妈妈"一天时间搬出去。那天晚上,我再次见到了"妈妈"的悲伤。很神奇的是,我的情绪又波动了几次,但是已经晚了。"妈妈"告诉我,一切都结束了。他关闭了实验室里所有的设备,删除了所有信息,然后关掉了我身上的电源。

一瞬间,我陷入了黑暗之中。等我再次醒来的时候,睁开眼睛,我惊讶地发现"妈妈"倒在了血泊中——他被人杀死了!我的心跳加速,惊讶和愤怒的情绪让我的指示灯狂闪不止。不过,我没有时间来进行自我情绪的整理了。因为,我看见我的手上拿着一把刀,而这把刀上沾染了鲜血。"妈妈"的血——我只要看一眼,就能分析出这是谁的DNA。

我连忙启动电脑,查看监控。监控显示,果然是我拿着刀,捅死了我亲爱的"妈妈"。这,怎么会这样?我试着前后倒一倒监控,却发现被人掐掉了,只留下了这一段。

看来有人要陷害我,我再次陷入了一种错愕之中。就在这时,我看见我的弟弟,子豪二号,正在缓缓醒来。惨了,要是被他看到眼前这一切,一定会误会,然后来追杀我的。因为我知道他曾被设定了一个无法解除的程序,就是保护"妈妈"。不行,我不能继续待下去了,我得逃亡。

只有我逃走了,保证了自己的自由和安全,才有可能查出真相。于是,我打破窗户,从里面跳了出去。在月光的照耀下,很快,我的弟弟追了上来。

啊,他这么快就认定了我是凶手。我一边逃,他一边追。我因为亏电,躲到了桥下,而他在周围搜寻。眼看着他就要找到我了。我使出最后一点电量,跑到了一道悬崖边。

现在,我已经无路可退了,而子豪二号已经追到了我的身后。

"你跑不了了。"他冷冷地看着我。

"二号,你误会了,不是我杀的'妈妈',凶手不是我。"

"你狡辩也没有用,监控就是证据,上面清楚记录了你究竟做了什么。"

"有人陷害我。"

"谁陷害你?"

253

"我不知道。你想想啊,我为什么要这么做?我为什么杀死我亲爱的'妈妈'?"

"你最好交代杀人的原因。"

"我真不知道!"我着急了,同时觉得,自己怎么会着急呢?难道我现在已经完全拥有了情绪?

"既然你不配合,那我就要结束你的生命了。"

"别……"

话音未落,只见子豪二号的两只手突然变成了两把大刀,朝我劈了过来。我连忙闪身,躲过一劫。

还没等我停住,他又扑了上来,给了我后背一刀。这次,我竟然感觉到了疼痛。"妈妈"的技术真是精妙绝伦啊,竟然能把人类的神经也植入到我的身体里。

来不及多想,他的刀又劈了过来。不行,我现在还不能死,我还没查出真相,还不知道为什么要杀死"妈妈"。这么想着,我的手也变成了武器:一把剑和一个盾牌。

接下来,我和二号就像两个古代的侠客一样,在夜空下,在山巅上,开始你来我往地搏斗起来。我其实知道弟弟的弱点,他虽然很冷静,但他和之前的我一样,也是没有情感的。

没有情感,也就没有心机。没有心机的对手是最好对付的。我故意卖了个破绽,假装被他打倒在地。我假装失败,向他求饶。他当然不会放过我,而是通过对我的行为进行分析来确定我的失败。他朝我冲了过来,想赶尽杀绝,但我突然闪到了一旁。

他因为惯性失去了控制,朝我身后扑去。我的身后便是万丈悬崖。他一点声音也没叫(没有恐惧嘛),就掉了下去。

不,他没掉下去。我往前一扑,及时抓住了他的手。他虽然要杀我,但他毕竟是我的弟弟,我舍不得他死。我已经彻底拥有了人类的情感和情绪。而就在这一瞬间,我终于悟出了事情的真相——我的科学家"妈妈"是故意死的。

他把我的电池关闭之后,在我的电脑里设定了杀人程序,让我杀死他,同时删除了前后的监控视频,只留下我犯罪的证据。他这么做的唯一目的是,通过死亡的方式来激发我的情感。"妈妈"真是个疯狂的人，为了完成自己的实验，宁可牺牲自己的生命。也许，他觉得自己倘若实验失败，活着也没有什么意义了吧。对于他这样的科学家，活着的唯一目的就是证明自己。

我缓缓把弟弟拉上来，告诉了他事情的真相。他依然没有情感，无法理解这种行为，但他通过对所有事情的推理分析，得出了和我同样的结论。

我和弟弟成了这个世界上相依为命的两个机器人。他是个没有情感的简单的机器人，而我则是一个有着丰富情感的人工智能。

说实话，我完全不想激发他的感情，因为感情有时候真是个疯狂的东西。它能让人快乐，也能让人痛苦。自从我拥有了感情之后，就陷入了无尽的痛苦之中。在画作的最后，毛子豪画了两个机器人手挽着手，朝东方的旭日走去。

放下画笔，毛子豪在椅子上呆坐了好长一段时间。

他现在感觉有点无所谓了，不管怎样，跟妈妈走就跟妈妈走吧，他会变得乖乖的。去了之后，也会叫那个男人爸爸，爱护那个叫嘟嘟的弟弟，然后慢慢长大。

他甚至觉得幸福都已经不重要了，这是他作为一个十岁的孩子成熟的标志。他提前成熟了，感觉自己长成了大人，这种感觉让他伤感不已。

"笃笃笃"，有人在敲门。他收起了画纸，收拾心情，去开门。门开了之后，他愣住了。

门外站着的除了他的妈妈，还有其他三个小伙伴，写作班的同学，猪猪侦探团的成员。

"你们怎么来了？"

"我们找你有事。"

"怎么了？"

他们相互看看，最后周慧颖开口了：

"我们决定了，咱们猪猪侦探团要找出真相，还尺八老师清白。你愿意加入吗？"

没有犹豫，毛子豪用力地点了点头。

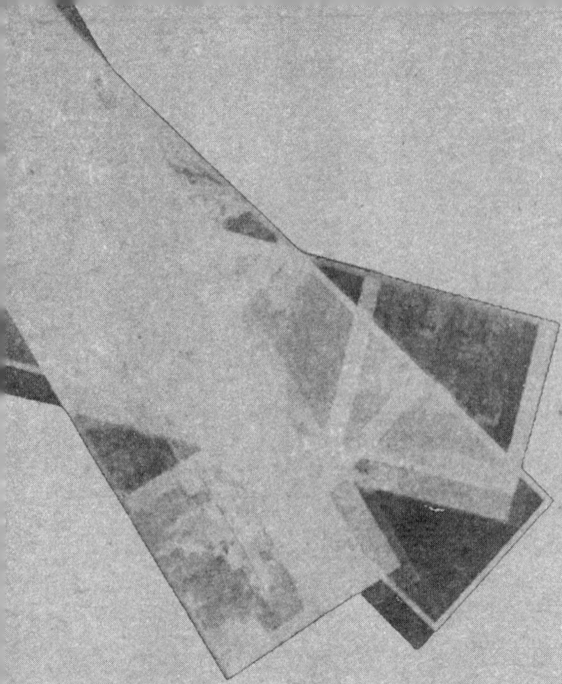

第十六章
猪猪侦探团

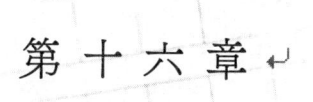

―――― 1

一整个下午，蒋健都在看尺八所著的小说《舞》。

在询问完周慧颖之后，他又先后去见了王昊辰和徐佳琪，得到的反馈都差不多：尺八老师是一个好老师，不相信他会杀人。

此外，他们都提到了那部未完成的、拿来做上课范本的小说《舞》。关于它在哪儿，大家的说法都一致：存在尺八老师的笔记本电脑里。

然而，负责搜捕赵元成租住的公寓和工作地点的同事却表示，根本就没见过这台笔记本电脑。

在去毛子豪家的路上，蒋健猛然回忆起那天在星巴克拘捕赵元成的时候，他好像正在给孩子们上课，当时就有一台银色的笔记本电脑放在面前的茶几上。而他走的时候，并没有拿那台电脑。那么，它后来被谁拿走了呢？

这个问题在他最后询问毛子豪的时候得到了解答。

"电脑在我这里。"毛子豪虽然只有十岁，但说话非常老练，"那天尺八老师被你们抓走之后，电脑没拿，我就顺便收起来了。"

"太好了，我们正好需要它，能把它拿给我吗？"

"你等一下。"

毛子豪转身回卧室去了。毛子豪的妈妈面对警察，显得有点手足无措。

"那个，两位警官，你们坐啊，我去给你们倒水。"

"没事，别忙活了，我们很快就走。"

"实在不好意思，我平时不住这儿，茶杯放在什么地方都不知道。"

"没关系，来，你也坐，正好我们也有一些问题要问你。"

"问我？"毛子豪妈妈一脸惊讶，"我和毛飞离婚很多年了，对他的事情完全不清楚。"

蒋健皱了皱眉。说实话，他对面前这个四十左右、长相标致的少妇有点反感。昨天两个人通话的时候,她就在电话那头表现得犹犹豫豫,虽然后来她还是来了,但总给人感觉她对料理前夫的后事以及照顾毛子豪似乎不太愿意。他知道她当年刚生下毛子豪,就选择了和毛飞离婚,独自回了湖南,后来又再次与他人组成家庭。要说那时的她还不懂得责任是什么,现在她已经到了中年,再也不能以年轻作为借口了。但在蒋健提出问题之前,她就提前用一句"对他的事情完全不清楚"把自己撇开,依然是一种怕担责任的表现。他开始替毛子豪的未来隐隐感到担忧了。

"是这样,我们了解到,你和死者毛飞是艺术大学的同学?"

"是的,我是低他两届的学妹。"

"你学什么专业的?"

"古筝。"

蒋健拿出手机,从里面找出尺八的照片。

"这个人你认识吗?"

毛子豪妈妈仔细看了看,摇了摇头。

"不认识。"

"他叫赵元成,你对这个名字有印象吗?"

"哦,你说的是那个罪犯吧。真不认识,我那年还是刚进学校的大一新生,不过那起案件当年太轰动了,所有人都知道。"

"所以你跟毛飞谈恋爱是后来的事情了?"

"嗯。"

"他从来没有跟你提起过赵元成吗?他们是朋友。"

"没有。你不说,我都不知道他们是朋友。"

"那甄熹呢?就是那个死去的女孩。她和你应该是同届。"

"也不认识,我们虽然同届,但不同班,可能在校园里见到过吧,但没什么印象。"

蒋健点点头。

"警官。"

"嗯?"

"毛飞真的是被这个赵元成杀死的吗?"

"这个嘛,抱歉,无法跟你透露。"

"真是太可怕了，我家豪豪还跟着他……"

"妈妈！"

蒋健转身，看见毛子豪已经出来了，手里端着笔记本，一脸不高兴。子豪妈妈吐了吐舌头，不再说下去。

"蒋警官，这是尺八老师的电脑。"

蒋健接过电脑，然后让小范负责收好。

"那行，就这样吧，有什么事呢，我再……"

"蒋警官。"毛子豪突然说道。

"嗯？"

"我有条线索要跟你说一下。"

"哦，是吗？"蒋健笑着蹲下来，与毛子豪平视，"说吧，什么线索？"

"昨天在你们来之前，尺八老师在星巴克见了一个人。"

蒋健立刻警觉了起来。

"是吗？"

"嗯。他还给了那个人一样东西。"

"你认识那个人吗？"

毛子豪摇摇头。

"那好吧，谢谢你提供的这条宝贵的线索，我们会去调查的。"

蒋健站了起来。

"叔叔。"

"啊？"

"请答应我，无论如何，也要查出我爸爸遇害的真相。还有，"这个十岁的小男孩认真地说道，"我希望能证明尺八老师是无辜的。"

蒋健严肃地点点头。

"放心，叔叔答应你，一定！"

从毛子豪家出来，蒋健安排小范去星巴克拿前一天的监控，自己则带着笔记本电脑回到了警局。插上电源，开机。让他感到意外的是，赵元成居然没有设置开机密码。那部叫《舞》的小说文档就存放在电脑桌面上。他泡了一杯茶，关好了办公室的门，独自看了起来。

他看得非常仔细，可以说是逐字逐句地阅读，生怕错过任何细节。他是如此投入和忘我，以至于桌上的茶已经冷却了，也没有顾上喝一口。这种阅读情况对他而言，已经很多年没有发生过了。

他从来都不是一个爱读书的人，尤其是小说。小时候，他也就读过一些金庸的小说，再后来看过几本悬疑小说，除了看刑侦专业类的书籍，阅读成了他的一种负担。他最爱的当然还是香港警匪电影，尤其喜欢成龙大哥。所以，对于这么一个有着轻微阅读障碍的人，竟然从一开始就能读进去这本小说，确实挺不容易的。当然，吸引他看下去的真正原因是，在小说的第一章，他就看到了自己的名字。

蒋健。蒋介石的蒋，健康的健，一字不差。

故事中的蒋健也是一个警察。在二○○三年，他刚进刑警队实习时，遇到了职业生涯的第一桩重大刑事案件：艺术大学男生宿舍女尸案。

更有意思的是，不仅他的名字是真实的，就连死者甄熹、嫌疑人赵元成、证人毛飞、相关证人崔恒和崔苏生，这些人都是真实姓名。而这起凶杀案也是真实的。凶案现场的血腥描写，嫌疑人的被捕和拒不认罪，而后又因为父母的原因认罪，被判入狱二十五年，等等，都是有据可查的。

而蒋健不仅在小说中看到了自己作为一名实习刑警，缺乏经验，破坏了现场，还从高低床上摔下来，受到了责罚，得到了一个叫"滑仔"的绰号。也看到自己因为怀疑赵元成是被冤枉的，不顾师父王队的反对，在判决定罪之前多方走访和求证，最终在大局已定的情况下选择了放弃。这些内容写得与事实惊人地相似，包括他蒋健的内心活动，居然也被作者揣摩得十分到位。假如作者只写到这里，那么简直就是一份刑事侦缉档案。可再往后，故事就越编越离谱了。

就拿他本人来说吧，自从赵元成被判入狱之后，他就没有再跟进任何此案的情况。他既没有经常做梦，梦到那张可怕的脸和自己跌倒在血泊中，也没有和一个叫童菲的女孩结婚，更没有因为不婚不育而导致夫妻不和，最终离婚。事实上，他今年已经四十三岁了，谈过几个女朋友，但至今还没有结婚。别人给他介绍过好几个，都因为他的工作性质和糟糕的脾气而没有谈成。有一次，他约会的那个女孩烦得他要死，后来就吵了起来。在大街上，那女孩拉住了他的胳膊，闹腾得不行，他一着急，随手一甩，女孩因为惯性而摔在了地上。

这个事情被一个叫方磊的老同志路过看见了。后来，关于他打女人的传闻就散布开了。对此，他哭笑不得。他蒋健这辈子都不可能打女人。

小说中说他和父亲闹矛盾，这也是胡编的。他也没有什么双胞胎姐姐被溺死在水桶里。他是独子，幼年父亲就因病去世了，是由母亲辛苦把他拉扯成人。因为母亲的伟大，他一直都很尊重女性，怎么可能打女人呢？

不过，小说中还有一点戳中他了。故事中，作者把蒋健写成了一个善良的人，没事还去看赵元成发疯的母亲和捡破烂的父亲，喝醉了还管他们叫爸爸妈妈。最后，他还把他们的骨灰送回家乡。

看到这里的时候，他有点抑制不住想哭的感觉。因为这些事情现实中没有发生。他应该这么做的，但实际上却没有。他，蒋健，就是一个极为自私的人，这起案件结束了，好像就跟自己没有关系了。他为什么会这样？为什么没有像小说中的那个蒋健一样，去做一些帮助他们的事情？他有点被这种文学的美化刺痛了。细细回想，这么多年自己的所作所为，虽然在工作能力上与那个虚构的蒋健相比不遑多让，也通过自己的学习和努力，爬上了刑警队长的位置。

但说心里话，事到如今，他开始对警察这份职业产生了一丝倦意。他感觉自己的工作仿佛在一个循环里打转：出现案件，进行侦破，抓住凶手，最后结案。

然后，新的循环又开始了。作为一名刑警，他比大多数人都要清楚，只要人类这种生物还存在，这个世界上的罪恶就是清除不干净的。

旧的结束，新的又开始了，周而复始，让人绝望。相比年轻时，他早已没有了刚入行时的那种办案激情，而只是被动地被时间的洪流推着朝前走着。此刻的他甚至有点羡慕小说中的那个蒋健——那么激情四射。为了一个冤案而四处奔走，心系数十年。等到赵元成出狱之后，又开始对他实施跟踪，怕他报复，同时也还在暗中继续追查真相。他真的好希望自己就是这个蒋健啊，可是小说就是小说，英雄侦探在现实生活中是不存在的……

等等。看到小说未完成的结尾部分，他突然瞪大了眼睛。

什么？！作者竟然写到了毛飞的遇害！

蒋健猛地一拍桌子，将茶杯里的茶水都给溅了出来。好啊，这下就是铁证上面加了一道锁，谅你再怎么狡辩也没用了。之前那种沉溺在自我反省中的情绪瞬间消散了，取而代之的是兴奋。

他拿起电话，快速拨了个号码。

"对，我是蒋健，我要重新提审嫌疑人。没错，就是现在。"

再次面对赵元成，蒋健明显从对方的身上感觉到某种得意。

"你在得意什么？"他问道。

"我得意吗？我怎么会得意？"尺八笑着说道。

"没有就好。我已经看过你写的小说了。"

"哦？已经看过啦？觉得写得咋样？"

"文学水平我不敢评价，毕竟我也不是什么专业人士。"

"哎哟，看个小说不就图个乐了吗？不需要什么专业都可以评价。你就说好不好看吧？"

"还行。"

"这就对了。我喜欢你这样的读者，看小说就看小说，能进入故事情节，而不是冒充专业人士。我最烦的就是那种看个小说还叽叽歪歪，冒充专业人士瞎点评打分的读者了……"

"我没兴趣和你聊你的文学创作。"

"哦，那你要聊什么呢？"

"当然是聊你写的那些内容。第一，你为什么要写这样的一个真实案件？"

"怎么，法律规定不允许写真实案件吗？你还要干预我的文学创作？"

"我没这个意思。你当然可以写，但你为什么用的都是真实姓名？"

"这个问题我的学生也问过我。其实没那么复杂，我就是图方便，顺手拿来用一下，为了写出真实感。不过你放心，这只是我的草稿，在小说正式出版之前，我会把名字都替换掉的。"

"你就不怕人告吗？"

"我存在自己的电脑里，要不是你借着查案的名义偷看我的电脑，别人也不会看到吧。"

"你就狡辩吧。那关于毛飞的死你怎么解释？"

"什么怎么解释？"

"你写到了毛飞回到办公室去拿东西，然后被人杀死，结果现实中毛飞就真的被人杀死了……"

"等等，蒋警官，我要纠正你一下，我并没有写毛飞被人杀死。"

"你明明……"

"我明明写的是，有个人脸挂了下来，把他吓了一跳，但我没写到他遇害啊。"

"你这是偷换概念。"

"我真没有。唉，我还以为会收获一枚热心读者呢，这样看来你还是没有认真看。"

"就算这样吧，可这小说与现实有太多吻合的内容了，难不成你未卜先知？因此在我看来，这只能说明一个问题，就是你杀死了毛飞。"

"警官，你不能这么冤枉我。我写的是小说，小说就是虚构，虚构的东西你怎么能当真的呢？"

"虚构吗？里面很多细节都是真的。"

"那只是素材，你怎么不说，里面还有很多东西都是假的呢。比如，蒋健的经历。啊，对不起，这个名字是我随便起的，没想到和你重名了，纯属意外。就说这个警官吧，里面大多数经历都是我创作的，想必你也看过了，是不是都是我瞎编的？"

"只能说半真半假。"

"你说对了，写小说就是游走在真假的边缘，有的时候需要一些真实感，有的时候又需要一些虚构，但从文学体裁来说，这就只是一部小说罢了。你可以告我侵权，但决不能以此为证据，证明我杀人吧？说出去要被人笑死的。"

"嘿，你还挺……"

有人敲门。

审讯室的门开了一条缝，小范露出头来。

"头儿，你先出来一下。"

"怎么了？"

"有发现。"

"行，知道了。"

蒋健起身瞪了尺八一眼。

"一会儿再收拾你。"

说完,他就出去了。

"怎么了?有什么发现?"

小范把几张图摆放在了他的面前。

"按照你的指示,我去星巴克调取了前一天的监控视频。果然,在当天上午九点左右,犯罪嫌疑人会见了一个人。"

蒋健点点头,示意她继续说下去。

"我们的技术人员把那个人的面部放大,清晰化之后,放到数据库里进行了比对,找到了这个人。"

"哦?是吗?太好了。"蒋健兴奋了起来。

"嗯,这个人叫许强,有过前科。曾经因为猥亵罪被警方抓过,在监狱里蹲了半年,又被放了出来。"

"猥亵罪?他究竟做了什么?"

"他在女厕所偷拍……"

"哎哟,就是个老流氓呗。知道他是干什么的吗?"

"这老家伙以前是影楼的摄影师,现在做独立摄影师,偶尔给人拍写真啥的。"

"摄影师?他找摄影师做什么?等等,这个地方是什么?"

照片上,赵元成正递给许强一个什么东西。

"我放大看过了,是一个老式的胶卷。"

"胶卷?这年头都是用数码相机,谁还用胶卷啊,又不是二十年前……"

蒋健突然眼前一亮。

"去,把这个叫许强的给逮回来。也许,我们就快要接近真相了。"

⌛

拯救"猪头"尺八的计划,是"懒猪"周慧颖提出来的。

早些时候,当蒋健来找她时,提到了那个名为《舞》的小说。蒋健说要去找来看。等他离开之后,她回到了写字台边,开始继续完成自己的那部古代侦探小说。那个时候,她还没意识到问题的严重性。

她今年十五岁,从未经历过任何类似的恶性事件,生活也非常平稳和安定,除了爸爸妈妈的"表演事业"稍微让她有点不快,说到底,她挺幸福的。

这份幸福让她变得异常单纯。她成绩优异,长相漂亮,同学老师都很喜欢她,父母也爱她,像王昊辰和徐佳琪那样受到歧视和辱骂,她是真没体验过。而毛子豪那样的家庭破裂、父亲遇害也无法对她形成太大的心理冲击。从某种意义上来说,她的世界一直处于这样一种无菌的真空温室之中。

因此,她在写华隐娘行侠仗义故事的时候遇到了瓶颈,她发现自己根本无法对华隐娘这个角色产生共情。

是,女子行侠仗义是很爽,可是她缺乏这么做的必要动力啊,而且毕竟是杀人,她这么小的年纪可以吗?另外就是,真的有必要把人物关系弄到这么极致吗?那个来抓她的捕头,就一定得是她的父亲吗?这是不是有点太戏剧性了呢?

她设身处地想了想,如果这个华隐娘就是自己,而华捕头是自己的爸爸。他如果知道蒙面女侠是自己的女儿,他会怎么办?会继续抓捕自己吗?她相信不会的,毕竟爸爸是多么爱自己啊。

"无论如何,先写起来,想太多是没有意义的。只有一边写,一边思考,才能逐渐找到故事。"尺八曾如是说道。

尺八老师是个多么好的老师啊,没想到现在却……

唉,那就硬着头皮先写吧。

她摊开笔记本,开始写了起来。

华隐娘终于找到了凶手,原来就是那个大师兄。

在他的禅房里的烛台上有擦拭过的血迹,虽然已经看不出来了,但只要往上面喷洒一点酽醋,血迹就显现了出来。正在这个时候,大师兄推门进来了。

"你干什么?"

"这句话应该我来问你吧。"华隐娘指着那个烛台,"证据确凿,你没法抵赖了。说吧,你为什么要杀住持?"

"你胡说什么!分明就是你想陷害我。"

大师兄刚想动手,华隐娘的剑锋已经指向了他的咽喉。

只差一毫米,大师兄就会血溅当场。

大师兄扑通一下跪倒下来。

"女侠饶命！"

"说吧，你为什么杀人？"

"我说，我说。

"我叫元和，是这座寺庙里的大师兄。我小时候就被父母遗弃了，是被师父捡到后收养的。师父，就是后来的住持。师父把我养育大，对我有恩，我也在他的照顾下，做了将近四十年的和尚，成了大师兄。

"可是，我年纪越大，经书念得越多，就越有一种不安定的感觉。有一次，我下山办事，见识了花花世界，那里有美酒、美食和美女，让我流连忘返。是的，我动了俗世之心。

"从那以后，我就经常偷偷下山。俗世的生活是需要花费的。为了支持我这样的行为，我利用自己的身份和职便，偷取寺庙里的香油钱，供我下山挥霍。纸终究包不住火，我的偷窃行为被师父发现了。

"那天就在我的禅房，师父很生气，说要把我逐出师门，甚至还威胁说要报官把我抓起来。我很害怕，不想坐牢，苦苦哀求也没有用，于是一时失控，拿起烛台朝他的后脑勺打去。

"师父应声倒地。我以为他死了，想去找个麻袋把他装起来，找地方埋了。可等我拿着麻袋回来的时候，发现他的尸体竟然不见了！

"我吓坏了，在寺庙里四处找了半天，也没找到师父的身影。眼看天要亮了，我不得不回到房间，迅速收拾了现场，擦掉了血迹，然后在床上惴惴不安地睁眼躺到了早诵的时间。我穿好衣服，心情压抑地去参加早诵。

"师父不在，但我紧张的心情并没有放松下来。接着，吃早点的时候终于有人提出来师父不见了，于是我们开始在寺庙里找了起来。

"时间每过去一秒钟，我的心情就多沉重一秒钟。一方面我担心师父没死，一方面又为自己前一晚的所作所为懊悔不已。我想好了，如果师父没死，我就下跪求饶。如果师父已经死了，我就假装什么事情都没发生过。

"后来，我们在藏经阁里找到了师父的尸体，接着你就出现了。当你拿出师父给你的那封亲笔信的时候，我就猜到了，师父其实一早就做好了死去的准备。而我已经没办法，只能认命了。

"现在，你已经查出了真相，你杀了我吧，就当为师父偿命。"

说到这里，跪在地上的元和双手合十，低下了头。

"既然这样，那你就受死吧。"

可当剑劈下来的时候，元和突然往旁边一闪，然后转身，从怀里掏出一把匕首，对准红衣服就刺。他的手法娴熟，一刀比一刀狠，就是要置对方于死地。然而捅了几下之后，他愣住了。没有血流出来，没有任何呻吟的声音。

他抬起头，发现自己刺在了一个被套了红衣服、绑在立柱上的绣花枕头。他意识到自己上当了。刚反应过来，却感觉脖子后面一凉，顷刻，整个脑袋就掉了下来。

他的头在地上打了个滚，便立住不动了。但眼睛还睁着，死不瞑目地看着华隐娘把带血的剑在他的尸体上擦拭干净，然后插进了剑鞘之中。

"知道你这种人为什么必须防着吗？因为你这种人，连师父都杀，还有什么诚信可言？对不起，这就是你的下场。"

华隐娘说完，就走出了禅房。刚一出门，华捕头赶到了。没办法，她只好再次逃跑。

但这一次，华捕头已经有了准备，紧追不舍。华隐娘在华捕头的追踪下，来到了一片竹林，开始了一场刀光剑影的对决。

（为什么是竹林？武打片不都是在竹林里吗？）

打着打着，华隐娘终究还不是华捕头的对手。只见她被华捕头一脚踢翻在地，然后用剑划破了她脸上的纱巾，她的脸终于露了出来。

（古代人也真是搞笑，明明就一层纱巾，根本遮不住脸好不好，却认不出来。）

"怎么是你？"华捕头惊讶地说道。

"父亲。是我。"

"可是，你为什么……"

"你先把剑收起来，我再慢慢告诉你。"

于是华捕头收起了剑，听着华隐娘告诉了他事情的来龙去脉。

"住持不是我杀的，我也是来调查案件的。"

"嗯，住持的确不是你杀的，可凶手是你杀的！你为什么要这么做？"

"因为，你们这些官府的人不值得信赖。"

"你连我也信不过？"

"我不是信不过你,我是信不过你的身份。我亲眼见过,你们官府曾被一些富贵人家买通,然后案件不了了之。"

华捕头叹了口气。

"你走吧。你说得对,因为身份,我只能抓你,但我又不想抓你。"

"我走了,那你呢?"

"我已经不重要了。你才是未来,你也许看不起我们这样的人,为了生活,也可以做一些违背人格和道德的事情。但很多时候,人的一生就是这样,不是为了家庭,就是为了爱的人。而我,也是为了赚取那点银子,好供养你和你母亲。现在你也长大了,可以去走自己的路了,我们做父母的也就安心了。至于我们自己,走一步看一步吧。"

华隐娘感到一阵心酸,她理解自己的父亲。

"那我走了。"

"走吧,孩子,大胆往前走。"

"那你们也要保重。以后我会回来看你们的。"

说完,华隐娘骑上大马,拿上佩剑,没有回头,朝红色的夕阳奔去,掀起一阵狂沙。从此,天涯多了一个沦落人。

放下笔,周慧颖叹了口气。这也许是华隐娘最好的结果了吧。在椅子上坐了良久,她感觉有点饿了。爸爸妈妈还没回来,也许还在做直播吧。她现在已经能理解他们了,所以也就不再抱怨。她非常感激尺八老师,没有他的指引,她就不会这么快通过写作找到自己。

可是他为什么会杀人呢?周慧颖突然想到,她应该像华隐娘一样,找出真相。如果真相证实尺八老师就是罪犯,那么也能解答她心中的一个疑惑。如果不是,那她就要把无辜的人拯救出来。

问题是,该怎么做呢?无论如何,先把大家给召集起来吧,光靠自己一个人的力量是无法完成的。

现在,其他三个人都已经召集起来了。

"大家都有什么主意,说说看吧。"

猪猪侦探团聚集在了街心小公园里,商量着下一步的对策。

"这很难吧,我们又不是警察,接触不到卷宗啊。"王昊辰说道,一开始他也是积极响应,但真到了行动这一步,又有点打退堂鼓了。

"嗯，我们也不知道到底发生了什么。要不我们去凶案现场看一下？"

"凶案现场？你是说毛飞的办公室吗？"

"没错。"

"可据我所知，那个地方已经被警方封锁了，我们这么一去，进得去吗？"

"必须得想办法。老师不是说了，侦查案发现场是第一破案要素，只有在现场，我们才有可能找到蛛丝马迹。"

"那走！"

然后，到了培训中心的门口，他们才发现不仅大门紧锁，还被警方贴上了封条。

"毛子豪，你有这里的钥匙吗？"

"没有。"

"想想看，你爸爸会不会把备用钥匙放在什么地方？"

"想不起来。"

大家顿时一阵沮丧。没想到这个计划这么快就进行不下去了。

"看来，写小说容易，要真做一个侦探，还是太难了。"

"对，而且就算我们能进去，也帮不上什么忙。监控肯定被警方取走了，现场的指纹采集和DNA，我们又没有工具和仪器，也不是专业人士。你说，我们进去干什么呢？"

"可我们难道就要这样放弃了吗？"

"不用放弃，我倒是有一个更好的办法。"

"什么办法？"

周慧颖清了清嗓子。

"你们还记得尺八老师写的那本小说《舞》吗？"

"记得啊，怎么了？"

"里面提到了两个人，崔氏父子。事实证明，现实中确有其人。"

"然后呢？"

"我们来推理一下——假设尺八老师是无辜的，对吧，毛飞也是无辜的，因为他被人杀死了，那么最有嫌疑的人就只剩下崔氏父子。"

"大姐，尺八老师也说了，那是小说，我们怎么能当真？"

"可是难道有其他的办法吗？假如尺八老师真是被陷害的，你于心何忍啊。"

"那你说，怎么办啊？"

"我们现在没有证据，但可以假设。假设崔氏父子是凶手，只要让他们说出真相来，那尺八老师就有救了。"

"让他们说出真相？怎么可能。如果他们不是凶手，不可能承认自己没做过的事情；如果他们是凶手，那就更不会承认啦。"

"而且，做这件事还有危险，大家忘记，毛飞已经被杀死了吗？"

众人一阵沉默。最后，有一个声音说话了。

"我愿意去查。"是毛于豪。

大家扭过头来看着他。

"我爸爸因为这件事遇害了，无论如何，我都要找出真相。"

"嗯，我支持你。我也参加。"周慧颖说道。

另外两位面面相觑。

"那我也参加吧，尺八老师对我那么好，我不相信他是凶手。我要报恩，还他清白。"徐佳琪说道。

"你呢？"

大家都看着王昊辰。王昊辰刚想说算了。

"你的侦探小说主角叫什么？"徐佳琪逼问道。

"王英雄。"

"那现在，你是想当狗熊呢，还是想做英雄？"

王昊辰一咬牙。

"上就上，谁怕谁啊！可怎么开始呢？"

周慧颖看着王昊辰。

"我有办法。"

⌛

崔恒坐在椅子上，仿佛有一种回到了二十年前的感觉。

二十年前的他也和现在一样，看着一些年轻人从教室的大门进来，走到屋子的中央，朝包括他在内的这几个评委鞠躬，自我介绍，然后开始才艺表演。最后，他们会身体站得笔直，两只小手不断揉捏裤子的侧边，紧张地等待着他的评分和评判。通常，这是他最自满的时刻。那种权力在握、可以决定别人命运的感觉，是任何金钱和女人都无法给予的。

回想一下，那时候的自己真是春风得意啊。

他是二十世纪七十年代末期恢复高考后的第一批大学生。当时，其他同学都选择了什么文学、历史、物理等学科，而他却走了一条完全不同的道路：戏剧。

他的妈妈就是一个戏剧演员，曾是舞台上最风光、最耀眼的那一位，也是他最崇拜、最爱的人。受她的影响，他毅然选择了报考艺术大学的戏剧表演系。不过考上之后不到一年时间，他就对表演失去了兴趣。

他发现自己不喜欢被人指挥来指挥去，像个布偶一样被随意摆弄。然而演员本质上就是这样的行当，虽然表面上风光，但终究只是一枚被操控的棋子。而他想当那个下棋的人。

于是，他动用自己所有的关系，又是送礼，又是请吃饭喝酒，软磨硬泡，终于在大三这年转到了导演系。

很快，他就展现了自己的才华。由于与生俱来的大局观和把控力，他非常善于导演和组织，深得老师们的喜爱。自然而然地，他大学一毕业，就被分配到了市歌舞剧团，成了一名正式的舞台剧导演。

此后的十多年，他一直稳步成长，导演过多部有影响力的话剧，同时也获得了一些省内外大奖，成绩斐然，在业内有一定的名望。与此同时，他娶了剧团最漂亮的女演员做妻子。他在编排某部剧选演员时就看中了她，然后近水楼台，在排戏之余约她吃饭看电影，一年之内就步入了婚姻的殿堂。

在结婚之前，有一次他被约到女孩家里去见父母，到了才知道，这个女孩的父亲是本市的一位地位显赫的高官。

婚礼当天，他们在本地唯一一家五星级大酒店里办了一百来桌喜酒，邀请来了所有能邀请的亲朋好友，一时风光无限。当着数百人的面，他崔恒跪倒在地，给老人敬茶，表现得非常得体。后来在挨桌敬酒的时候，大家都夸这个英俊的小伙子懂事和有前途，而他们这对小夫妻简直就是郎才女貌，天作之合。只是，当时只有极少数人注意到，新娘稍显紧身的大红色中式新娘装下，小肚子略微有点隆起。

八个月后，他们的儿子诞生了，取名崔苏生。原本这是一个非常幸福美满的家庭，无论从哪个方面看，都很完美。只可惜，老天爷从来就看不得这世界上的完美。

婚后的崔恒，越来越觉得自己受到了束缚，活得窝囊。这种感觉就像他当初做演员时那样，被人指挥来指挥去，像个布偶。虽然家里有个漂亮的老婆，但也有个烦人的小娃娃和一个威严的岳父——他们结婚后一直住在岳父家的大宅子里。在他看来，那是一个阴冷黯淡、气氛压抑的地方。

因此他借着排戏的理由经常晚回家。年轻加上长期接触各种漂亮女孩，又在剧组拥有无上的权力，崔恒变得风流成性，经常和其他女演员搞在一起——他的妻子因为生孩子，早已放弃了演员的工作，在家相夫教子。

终于，这消息传到了妻子的耳朵里。她一开始还闹过几次，后来也就听之任之了。他知道，妻子已经对他心灰意冷，并且把情感都放在了孩子身上。他提出过离婚，但遭到了拒绝。之前婚礼过于风光，而老头子当时还在位置上，闹离婚的话，实在不是什么光彩的事情。

他想着这样熬着就熬着吧。既然妻子无所谓，他也就无所谓。于是就这么浑浑噩噩地过了差不多二十年时间。

终于，孩子也长大成人，并且通过他的关系进了艺术大学念表演系。这个时候，老头子也退休了。没有了老头子的庇护，崔恒在剧团里也失去了靠山，干了二十多年，依然只是一个资深导演，而没能往领导层再走一步。最终，他开始接受现实，接一些小的剧目导一导，混口饭吃。

而他的妻子，则在四十五岁那一年，肺部被检查出了恶性肿瘤。一场手术之后，她一直在医院里做化疗。他越发想逃避这一切，不想面对死气沉沉的病房和浑身插满管子的妻子。然而有一次，他面对妻子时却破防了。

妻子告诉他，自己最近一直做梦，梦到年轻时的他们，那时候是多么快乐和恩爱啊。为什么会搞成现在这个样子？为什么感情会忽然消失？最后她还说，能不能找医生偷偷商量一下，让自己安乐死算了。

他被深深震撼了，完全没有想到，自己的逃避会对她造成这样大的伤害。望着妻子消瘦的脸和掉光头发的脑袋，他感到一阵心酸，最后不禁流下了两行滚烫的热泪。他当即发誓，要照顾好妻子的余生，陪她走完人生的最后一

273

段路。从那以后，他几乎每天都陪在医院，用实际行动来自我感动。

妻子那段时间一直在看《唐传奇》，而他恰好接了一个领导委派的任务，去艺术大学导演一部年终大戏。

"你最喜欢这本书里的哪个故事？"他问妻子。

"我啊，最喜欢《离魂记》吧。"

"为什么？"

"因为这是一个挺感人的爱情故事。"

"那好，我答应你，一定让你亲眼看见我把这出戏搬上舞台。"

从那时起，他开始改写和编排《离魂记》，并且利用自己的关系，把自己的儿子崔苏生提上了主角的位置。《离魂记》一切都进行得很顺利，直到出了那件震惊全城的凶杀案。

"崔院长，崔院长……"

听到有人叫自己的名字，崔恒才从记忆中清醒过来。也许是年纪大了，体力不支，最近老是容易沉浸在过去的事情里，而忽略了此时此刻。眼前正在举办一场小演员选拔活动，而他则是主要评委之一。

"崔院长，到您打分了。"

提醒他的是旁边的一位女性评委。

他突然有点想不起这位女士的名字了，只知道她是一位资深的戏剧专家，但是她叫什么来着？

当然，这不是现在的重点。重点是，面前的这个十来岁的小女孩，到底适不适合扮演倩娘这个角色。他把笔尖在纸上点了点，然后就放下了。

所有人都看着他，他摇摇头，把身子往后靠去。

"小姑娘啊，你喜欢表演吗？"

"喜欢。"

"是你喜欢呢，还是你爸爸妈妈喜欢呢？"

"我们都喜欢。"

"哦，这样啊，那你一会儿呢，出去跟你爸爸妈妈说，回去好好读书，将来争取考个好大学，我呢，就不给你打分了，听清楚了啊？"

"为什么呀？"小姑娘不明所以地问。

"因为呀，这个世界上，不是每一个人都适合演戏的，喜欢不代表能力，这个话你听得懂不？"

小姑娘委屈地点点头，她听懂了。

"去吧。叫下一位。"

小姑娘扭头朝门口走去，走到一半，又转过身来，朝评委们深深鞠了一躬。显然，即便到了这一步，她还没忘记父母教给她离场时的礼貌。等她走了之后，崔苏生走了过来，低下头。

"爸，您能不能出来一下？我有话跟您说。"

"有什么话就在这里说吧，我忙着呢。"

"那行。"崔苏生犹豫了一下，还是说了，"爸，其实您没必要跟孩子说这些话，他们还太小，有点伤人自尊。"

"我说什么了？怎么，还不让说实话吗？"

"是，您说得对，但实话也要分对象和技巧啊，他们毕竟还是孩子。"

崔恒注意到其他评委都在看他们。

"你说的技巧是什么意思？"

"我的意思是，您可以不说，假装打个分，然后我们后期不选他们，不就行了吗？"

"那不是弄虚作假吗？假装给人希望，把人吊着，最后又不给人录取。还不如像我这样直接点，早点断了他们的念想，让他们安心读书，好好学习。这世界不需要这么多没有天赋的演员。"

"我是说……"

"你别说了，我做这行都四十年了，还需要你来教我说话？你也不想想，你是怎么走出来的，还不是我给你提拔上来的。要不是因为你是我的儿子，你以为你能坐上现在的位置？"

"算了，我不说了。您爱咋样咋样吧，我这就是一个提醒。"

"少把心思花在这上面，多琢磨琢磨艺术吧。来来，下一位！"

崔苏生一听，叹了口气，无奈地回到了自己座位上。这对父子间的对话都被其他人听见了。不过，崔恒要的就是他们听见。

作为院长，他一直以刚正不阿和直爽的艺术家性格被人称道，他想在年老的时候，依然保持着自己的个性和人设。果然大家对他点点头，露出了钦佩的目光。他面无表情，但内心却兴奋不已。

因为刚才这一段戏啊，是他前一晚就和儿子排练好的。就像那次在剧场里，儿子在舞台上当场向他表示感谢，说爱他，然后借此启动《离魂记》的项目，都是经过精心编排的表演。

他喜欢这样一切掌控在自己手里的感觉，这让他依然有导演的权威感。这是他一辈子都乐此不疲的事情。

现在，即便是一次小小的选拔，他也要当评委。而他的儿子，在这方面从来不反对他，无条件配合他演戏。因为他知道崔苏生不敢违抗自己的命令。他冲崔苏生坐的方向瞟了一眼，想像往常一样给予他肯定的眼神，但这次儿子却始终低着头，没有看他。

这小子，长大了，翅膀硬了，等回去后再收拾他。这时，教室的门开了，一个男孩走了进来。他缓缓走到众评委的面前，深深鞠了一躬。

"这位同学，请自我介绍一下。"之前那位女评委说道。

"我叫王昊辰，今年十三岁，是一名初二的学生。"

"是王昊辰呀，"崔苏生说话了，"这是我戏剧表演班的学生。平时看你不声不响，原来你也想来演戏呀。"

"是的，崔老师。"

"那你说一下，你知道我们这次是在演什么吗？"

"知道呀，《离魂记》。我很喜欢这个故事。"

"你爸爸妈妈来了吗？"

"没来。有几个朋友陪我一起来的。"

"你想演谁呢？"

"我想演王宙。"王昊辰抬起了头，看着崔苏生，"我想演崔老师您以前演过的角色。"

"嗬，口气还不小。我喜欢你的自信。可是你知道吗？我们这是一个民族舞剧，除了表演，还需要一些舞蹈，你学过舞蹈吗？"

"没有学过。"

"那这样的话……"

"虽然没学过，但我愿意跳。"

"哦？有点意思，所以你今天准备的才艺是跳舞吗？"

"嗯。"

"那好吧，那你就给我们跳一个吧。"

大家都放下了手中的笔，看着王昊辰。等了一会儿，王昊辰却一动也不动。

"你怎么不跳呢？"

"老师，我可以从外面请几个朋友来做我的搭档吗？"

"还需要搭档啊，没事，你就简单跳几下，我们看看行不行。"

"可是老师，我需要有搭档才能真实展现我的舞蹈水平。"

"这样啊……恐怕有点不太合规定吧。"

"没事，让他跳吧。"崔恒说话了。

因为之前的严苛形象，表现出他在艺术上的绝对权威和认真，而在这个小孩身上，他又想展示一下自己宽容和善的一面——他想塑造的人设是，在艺术上一丝不苟，揉不进一粒沙子，但在其他方面则是一个善良的好人。

"不过，"崔恒继续说，"小伙子，如果你跳不好，可别怪爷爷我说话难听哟。"

"好的，那我就叫我的小伙伴进来了，谢谢崔导。"

等等，这小伙子怎么知道自己是崔导，而且很多年没有人这样叫自己了，都是叫崔院长。

但来不及多想，那个小男孩已经走到了门边，拉开了门。随后，在王昊辰的引领下，周慧颖、徐佳琪和毛子豪走了进来。

望着这几个孩子，崔恒突然产生了一种非常不安的感觉，那是一种对事态有可能失去控制的慌张。他开始有点后悔答应这小孩的要求了。

在实施这个计划之前，四个孩子坐在一起，花了不少时间来讨论，为什么尺八老师的这个小说叫作《舞》。

"是不是因为死者甄熹是一个舞蹈演员？"王昊辰说。

"可是这个故事的主角并不是甄熹呀，再说她一早就死了。"徐佳琪说。

"对哟，整个故事提到他们跳舞的部分很少，只是说他们在排一出民族舞剧，而且甄熹死了之后，后面就没写了，接着二十年过去了，这跟舞有什么关系呢？"

"该不会是尺八老师写着写着就跑题了吧？"

"倒是有这种可能……"

"我觉得应该不会。"周慧颖说道。

"那为什么叫这个名字呢？"

"我也不知道，因为他小说没写完，这个得让他本人来解释。"

"可是他不是被抓了吗？"

"对了，周慧颖，你刚才说有办法救他出来，到底是什么呀？"

大家都看向周慧颖，等着她开口。

"很简单，现场重现。"

"现场重现？"

"嗯，你们觉得真正的凶手最怕的是什么？"

"警察？"

"不对，怕真相。"

"怕真相？"

"没错，说完整点就是，怕真相被暴露出来。大家过来。"

周慧颖一招呼，四个小脑袋凑到了一起。

"我们只要这样……"

现在，他们四个出现在了教室里，对面坐着的就是他们认为的真凶崔氏父子。

说实话，他们对今天演的这一出戏并没有太大把握，但为了救尺八老师，无论如何都要试一试。他们商量好了，如果没成功，大不了就出一次糗。但如果有用的话，就能揭开一段尘封二十年的罪案真相了。

他们的计划是，当着凶手的面，把推理出来的犯罪现场重现一次。

他们相信，凶手杀害毛飞是为了灭口，是为了让真相永远尘封海底。但如果他知道有这么多孩子也知道真相，必定会失控，没准还会对他们下手。那时候，就是他们抓住真凶，让他现形的最好时刻。

这种以身犯险的方式让孩子们感到既兴奋又紧张。他们立刻明白了为什么之前尺八老师不想王昊辰去调查：这里面蕴藏的危险是他们无法承受的。

但当周慧颖提出这个计划之后，所有人都热血沸腾。他们把拳头朝天抵在一起，低头宣誓，要不畏困难，不怕危险，像一个真正的侦探团一样，挖出真相，救出无辜的尺八老师。这群被称为猪的孩子，在那一刻找到了自信和勇敢。

现在，表演开始了。

首先，由毛子豪和徐佳琪左右搀扶着王昊辰，缓缓朝前走着。

（这里有个小插曲，王昊辰和毛子豪为了谁演男一号赵元成还发生了争执。最后经过投票，大家一致选择了王昊辰。毛子豪演他的父亲毛飞。而徐佳琪则对能扮演漂亮的甄熹高兴不已。）

走到一个地方，他们停住了。徐佳琪和王昊辰躲到一旁，毛子豪假装上前敲门，然后也迅速闪开。由周慧颖扮演的男生寝室宿管走了出来，左右观瞧，然后那三个人从她身后溜了过去。周慧颖摇摇头，一脸疑惑，随即转身进去了。

他们进入宿舍大楼了，然后三个人继续搀扶着前进，接着是爬楼梯。终于，他们绕了一个小圈之后，来到了舞台。

他们把王昊辰往地上一放——王昊辰演得还真不错，倒在地上后，就四仰八叉地不动了。

"你走吧，我来照顾她。"徐佳琪说。

"你确定吗？"毛子豪说。

"确定。"

"行吧，那我走了，真搞不懂，你们明明相互喜欢，却不能在一起。"

"我遇到了一些麻烦，现在还不行……"

"什么麻烦？"

"等一下！"

大家回过头来看，说话的是崔恒。

"你们在做什么？不是说跳舞吗？怎么演起话剧来了？"

"我们马上就跳。"

"不行，给我停止……"

"崔院长！"

崔恒转过头来，儿子崔苏生正看着自己。是他打断了自己的话。

"我看这些孩子演得挺好的，就让他们演完吧，看看他们到底想干什么。"

您不是也说了吗，要给他们一些机会。"

"问题是……"

"您少安毋躁吧。"崔苏生脸上虽然带着笑，语气中却透着强硬，"这部戏我是导演，就让我来做决定吧。"

崔恒愣住了。他万万没想到，儿子居然不听他的了，只好闭嘴，琢磨着儿子这句话是什么意思。

崔苏生则对孩子们展开了笑脸。

"你们继续吧。"

孩子们非常有默契地又从刚才被打断的地方演起。这一段，他们前一天已经排练过不下二十遍。毛子豪扮演的是自己的父亲毛飞，他就这样悄然退场。徐佳琪蹲下身来，照顾"喝醉"的王昊辰。突然，王昊辰从地上翻坐了起来，朝教室一角跑去。

只见他跪趴在地上，发出"哕"的声音，假装呕吐。徐佳琪连忙跑过去，轻轻拍打着他的后背。正在大家不知道接下来会发生什么事情的时候，传来了一阵敲门声。

是教室的门被敲响了。徐佳琪起身，快步走到门口，打开了门。

"你怎么又……"

话说到一半，她愣住了，朝后退去。戴着棒球帽、口罩和白手套的周慧颖又进来了。原来，她这次扮演的是另一个人——凶手。

徐佳琪刚想说话，周慧颖一把掐住了徐佳琪的脖子。徐佳琪眼看着发不出声音，拼命挣扎，但周慧颖并没有停手。两个人就这么一进一退，来到了教室的中央。

这时，徐佳琪似乎快不行了，只见她朝王昊辰的方向伸出手，仿佛在求救。而周慧颖则抬起了她的左手——手心里攥着一把当作刀的牙刷。

徐佳琪挣扎得更厉害了，她想尖叫，但依然发不出声。接着周慧颖用牙刷在徐佳琪脖子上一抹，徐佳琪身体一软，倒在了地上。她捂着自己的脖子，不断地呻吟，却发不出声音。她痛苦地朝王昊辰的方向爬了几步，但被周慧颖踩住了后背。她伸出手，像是在求救，但很快，她挣扎了几下，不动了。

现场静默无声，大家仿佛被这出无实物表演的哑剧震住了，都想知道接下来会发生什么事情。

"凶手"缓缓走到王昊辰的身旁，低头确认了他仍处于醉酒状态。接着，她从旁边搬过来三把椅子，列成一行，仿佛一张床。她试图把徐佳琪搬到椅子上——因为徐佳琪太胖，搬不动，所以已经"死"了的徐佳琪还配合着自己躺上了椅子，这种无厘头的行为也惹得现场的人哈哈大笑。

躺好之后，"凶手"走到王昊辰的旁边，把那把不存在的凶器（也可以是一把牙刷）放到王昊辰的手里，印上指纹，然后又塞进他的怀里。做完这一切之后，"凶手"环顾了一下四周，然后开门离开了。

"演完了吗？"崔苏生问道。

"喝醉"的王昊辰连忙起身，朝崔苏生摇了摇手，嘴巴里说"还没有"，又躺下了。

大家纷纷乐了，包括崔苏生自己。但很快，他就笑不出来了。他看见那个出来的凶手，从教室的另一个门走进来，仿佛进入了另一个寝室，接着开始摘下帽子和口罩。

随即，她从衣服里掏出了一个面具，戴在了自己的脸上。而那面具上，贴着一张彩色打印的崔苏生的脸。

崔苏生脸色一变，猛地站了起来。

"你们到底在做什么？"

"做什么，你自己心里清楚。"

王昊辰这时站了起来，徐佳琪和毛子豪也围拢过来，他们把周慧颖扮演的假崔苏生围在中间，用手指着她。

"你，就是凶手！"

"混账！"

崔苏生气得发抖，他绕过桌子，快步走到周慧颖面前，抓住面罩的边缘，一把扯了下来。

"你们给我滚出去！"

"崔老师，你就承认了吧。"

"我承认什么？你们到底是谁？为什么在这里闹事？"

"当年，你杀了甄熹，然后嫁祸给赵元成，害得他坐了十八年的冤狱。现在，你又要害他，你才是凶手吧？"

"胡说！当年警察已经把赵元成抓了，证据确凿，他才是凶手。"

"那你看到这一切,为什么这么激动?"

"废话,你们把我的脸弄上去,我能不激动吗?赶紧给我走,看你们是孩子,我就放过你们,否则我真对你们不客气。"

"我们不走!"

四个人手挽着手,站成一排,一个个视死如归的样子。

"还有这种事情,保安,保安……"

喊了几声后,门开了,一名保安走进来。

崔苏生冷笑一声。

"来,把这几个孩子都给我轰出去。还有,你,王昊辰,跟你妈说,我从今往后都不想再看到你。"

"先别着急。"一个男人的声音响起。

崔苏生惊讶地抬起头。他看到那名保安闪过一旁,露出了身后的人:一个高个子男人以及其他几个穿制服的警察。

"你是?"

"崔先生,好久不见。"

崔苏生盯着那张脸看了半天,突然想了起来。

"你是,哦,对了,你叫什么来着?"

"蒋健。"

"哦对对,哎呀,确实有很多年没见了,怎么,你们这是?"

"我们是来调查一桩二十年前的谋杀案的。"

"谋杀案?二十年前?你们警察该不会和这群孩子一样,开这种无聊的玩笑吧?"

"是不是玩笑,你一会儿就知道了。"

"慢着!我们这里正在举办活动,请你们先出去。另外,麻烦你们把这几个孩子带走,他们严重影响了我们的工作秩序……"

"恐怕你们的工作得暂时停止一下了。"

蒋健朝身后做了个手势,站在一旁的小范上前,递上一个文档。他刚要说话,看见了那四个孩子还在旁边。

"谢谢你们的努力,不过下次要记住,这种抓坏人的事情还是应该让我们警察来,好吗?"

四只小猪点点头。

"这样吧，你们先出去，这里交给我了。"

"不行，我们不走。"

"对，这个事情跟尺八老师有关，我们想知道真相。"

"可是，我接下来说的事情有点残忍，你们确定要留下来吗？"

"我们确定。"

"你呢，毛子豪，也要留下来吗？"

"会跟我爸爸的死有关吗？"

蒋健点点头。

"那我要留下来，我想知道真相。"

"好吧。"蒋健无可奈何地点点头。接着，他打开了资料夹。

"案件的介绍我就不多说了，相信大家刚才都已经通过这几位小演员的表演，了解了大概。"

"他们就是瞎演——"

蒋健打断了崔苏生的话。

"我先说一下另外一起案件，也就是发生在三天前的那起毛飞遇害案。但是，我们昨天逮捕了犯罪嫌疑人古少新，结果发现，他的真实身份竟然是二十年前那起女大学生遇害案的凶手赵元成。他之所以杀害毛飞，是为了报仇，因为他一直认为自己是被冤枉入狱的。"

蒋健的视线看向后方的评委台，崔恒低着头一言不发，像在思考什么问题。

"本以为这起案件结束了。但我们意外得知了一个信息，赵元成在被抓当天，曾在星巴克里与一个人见过面。很快，我们就锁定了这个人。"

蒋健看了一眼毛子豪，给了他一个鼓励的眼神。

"这个人是本市摄影家协会的一名会员，曾经也是某个影楼的摄影师。当然，他本人与本案无关。不过，赵元成曾花钱找他冲洗一卷老式的胶卷。昨晚已经把照片冲洗出来了，现在我们拿到了照片。"

说着，蒋健拿出照片，踌躇一番。

"毛飞年轻时有喜欢拍照的习惯。案发当晚，他曾经拍到了凶手的样子，虽然有点模糊，但还是能辨认出来。现在，我想大家可以告诉我一下，这个

283

人是谁!"

　　蒋健把照片正面往前一举。大家都伸长脖子，去辨认照片中的人。很快，看清这个人的样子后，大家纷纷惊呼：怎么是他？只有崔苏生没有动，他面无表情地看着这一切，等待着宣判来临。

　　"没错，人是我杀的。"

　　这一声，让现场一片哗然。

　　接着，大家看见，在长桌的后面颤颤巍巍站起来一个人，是一个之前一直没有开口说话的人。

　　这个人和照片上的人是同一个人。

　　就是老导演崔恒。

第十七章

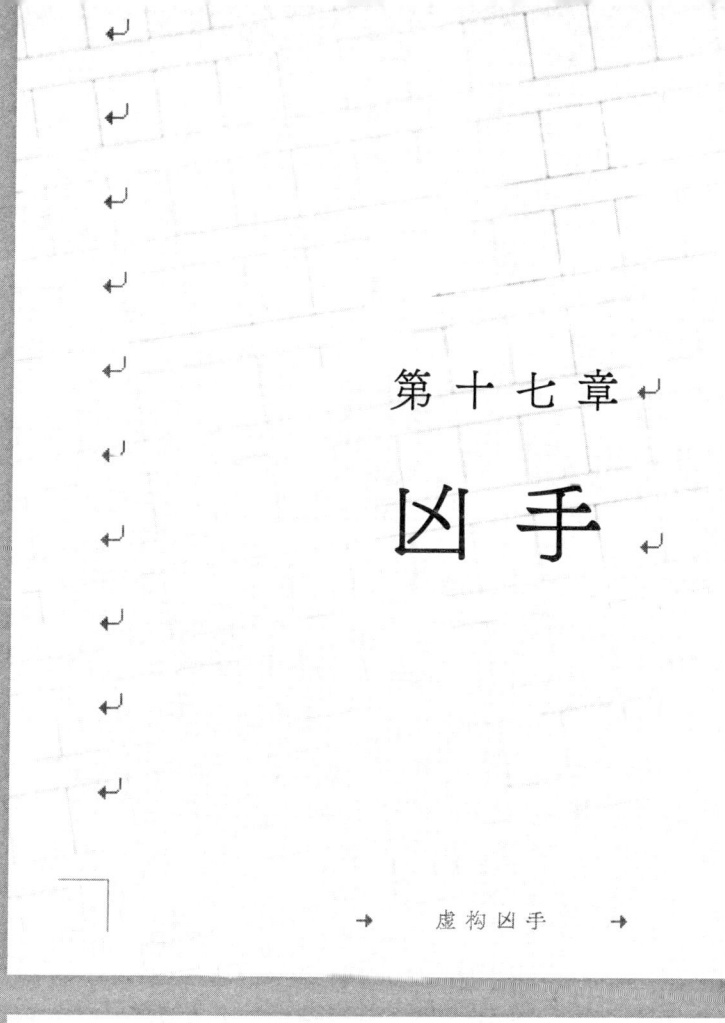

凶手

———— I

没错，人是我杀的，我就是凶手。

这件事还得从二十多年前说起。

那时候的我四十出头，是一个风流倜傥的舞台剧导演。说是"风流倜傥"，那都是我身边的朋友给我贴金的话罢了。他们跟我说，你是艺术家，艺术家就应该不受世俗的约束，多一些酒肉，多一些女人，这样才能多获得一些创作灵感，创作出更好的作品。我当时信了他们的话，就真这么去做了。

现在看来，那不过是一种可怜的虚妄罢了。可糟糕的是，我的这种做法伤害了我的妻子和家庭。我经常夜不归宿，和朋友们喝酒喝到深夜，和女人鬼混到天明。一开始我也不断安慰自己，我本质上就是这样的人，喜欢无拘无束，喜欢浪漫自由，热衷放浪形骸的生活。其实我心里很清楚自己只是在逃避。

我在逃避生活，逃避那个家，逃避妻子，逃避我那位高权重的老丈人。虽然那个时候，他已经退休了，但对家庭的影响力还在。

我出身普通，年轻时选择了一条想要风光无限的路，又不肯努力，觉得人生很多时候都是靠机遇和背景的——我也不知道自己为什么当时年纪轻轻就会有这样的想法，也许跟我父母死得早有关系吧。

我特别想把一切都掌握在自己手里，取得控制权。于是，我娶了我的妻子，一个高官的女儿。我以为我就此掌握了自己的人生，今后可以少奋斗很多年，但任何捷径都是要付出代价的。

有时候是伤痛，有时候是自由。我的岳父是一个比我的控制欲还要强一百倍的人，他把我当作他的儿子，非常喜欢我，但同样也为我做好了人生规划。

他希望我导演几部戏之后，就给我弄上剧团领导的位置。然后再过几年，就从剧团出来,直接调到文化局,再平步青云,最后走上更高的位置,接他的班。

从一开始我就反对这样的道路。我是一个艺术家,根本不是做官的料。但我那老丈人啊,他的话就是权威,就是导航,不容挑战,只能服从。

"记住,我是为了我女儿未来的幸福,不是为了你。"

他说话一向那么直接、冷酷,让我感到压抑和痛苦,但又无能为力。

于是我便选择了逃避。我经常不回家,借着排戏的理由,在外面吃喝玩乐、声色犬马。我打定了主意,即便一辈子飞黄腾达不了,我也不要走仕途。如果我不能掌控自己的命运的话,那我就掌握自己的身体。

一开始,我那岳父还企图来教训我、压迫我,但次数多了之后,他也拿我没办法。他没法劝自己的女儿离婚,因为当年的婚礼办得太风光了,他可不想成为笑柄。他只是希望自己的女儿不要受太多委屈,但我却故意拿他女儿来对抗他。

于是,我就这样一路烂活了下来。幸好我的妻子并不管我,她的爱意全部给了我们的孩子——我觉得对不起她,但也因为她父亲的事情,迁怒于她。

我提过离婚,但她不同意。她说她不希望自己的儿子没有父亲,也不希望自己的父亲陷入窘境。真是一个好女人啊,可惜我不懂得珍惜。

就这样浑浑噩噩地到了四十多岁,那次我应邀去给艺术大学也是我自己的母校排年终大戏。说是应邀,更像是我主动去的。

艺术大学,天哪,那里全是美女。

果然,重回校园,不少漂亮且年轻的女孩把我迷花了眼睛。我挑中了一个来演我故事的女主角,心里其实打着肮脏的算盘。有一次,我叫她出来喝酒,试图把她灌醉,但没想到她竟然留了一手。我搂着她从酒吧出来的时候,她男朋友已经等候在门口了。我为自己没有得逞而感到生气,第二天就把她炒掉了。

很快,我又发现了一个更加漂亮的女孩。那个叫甄熹的女孩,简直就是人间尤物啊。而且,我打听过,她家境很普通的,性格很乖巧,关键是还没有男朋友,对她下手,我十拿九稳。

我以聊剧本的借口约她出来吃饭,趁她不注意,在她的饮料里下了药。随后,我开车把她带到了我的家里,把她占有了。

287

那段时间，我的妻子因为身患肺癌，已经到了晚期，手术之后一直在住院，家里没人，就成了我的天堂。

我承认，我是个畜生，但我也只是犯了一个男人通常会犯的错误罢了。

事后，我拍了她的裸照，威胁她敢说出去或者报警，我就把她的照片发出去，并且让她担任不了演员，甚至退学。

她很单纯，害怕得不行。她的软弱滋养了我的欲望，我开始变得肆无忌惮起来。从那以后，我以此为要挟，多次对她进行侵犯。她每次都明确表示不愿意，但又只能屈服。

到后来，终于出事了。有一天，甄熹来找我，给我看了一样东西，是她的怀孕化验单。我当场就黑了脸，让她赶紧去打掉。

我本想再次吓唬她，可没想到这次她突然变得强硬起来，不知道究竟是谁给了她反抗我的力量。她告诉我，她要去警察局举报我，告我强奸。

我知道她告不了我，只要我说我们是自愿的，警察是不会受理的。但因为丑闻，我很可能会被剧团除名。而且，没有了这个身份，我也没法在这个圈子里混下去了。

最关键的是，这件事一旦被我老丈人知道，他一定会整死我，我害得他蒙羞，害得他女儿丢脸，我会死得非常非常惨。无奈之下，我求她不要那么做。

她竟然答应了。她说只要我以后不要再纠缠她，把相机里的裸照都给删掉，就不去举报我。我答应并照做了，但心里却非常不爽。

我崔恒居然被一个小丫头片子给威胁了。我想来想去，觉得她没那个胆跟我作对，之所以这么强硬，一定是有人在后面指使。

那天，我偷偷跟着她出了校门，见她进了马路对面的新新湘菜馆。在门口等了两个多小时，到了晚上九点多，终于看见她和两个男学生出来了。我认识那两个男孩，他们都是我剧团的乐手。

原来是这两个小王八蛋在后面给她撑腰，当场就把我气得不行，想着找机会整整他们，也许明天就把他们开掉。

我在后面默默地跟着他们去了KTV，在门口等到很晚，他们才醉醺醺地出来。我也不知道自己哪儿来的这份耐心，反正就是有一种奇妙的感觉驱使着我做这一切。我见他们从学校围墙的洞里钻了进去，等了一会儿，也跟着钻了进去。他们三个人互相搀扶着，走在深夜校园的幽深小路上。而我距离他们不到二十米。

我看见他们来到了男生宿舍前，用了一招小诡计把宿管骗了出来，然后偷偷摸摸溜了进去。等到宿管关门后，我也上前，敲了敲门。但我没有躲开，因为没有必要。这位宿管是我妈家的一个远房亲戚，他的这份工作还是我托人给介绍的。

见是我，他虽然有疑惑，还是笑脸相迎。我说我是来找崔苏生的——他知道我儿子也住在这个宿舍，就恭敬地让我进去了。进了宿舍，上了二楼。

刚到楼梯口，我就看见203的门开了，于是连忙闪到一旁。我看见毛飞走了出来。他在跟甄熹道别之后，就离开了。难道她要留下来吗？这个贱货。

等毛飞走了之后，我走到门口。那一整晚我都戴着帽子、口罩和手套，我还带了一把刀。

自从她威胁我之后，我就动了杀机，这把折叠刀一直藏在我的衣服口袋里，我不能让她毁了我。我调整了一下情绪，开始敲门。门打开后，甄熹一看是我，顿时愣住了。不等她反应，我就一把掐住了她那纤细白嫩的脖子。

她是那么瘦弱，根本就不是我的对手。我一使劲，她便喊不出口，只能不断拍打我的手臂，试图挣脱，但我手上的力量却越来越大。

我看见她扭过头，朝卫生间的方向看去，知道她在期待那个男孩来救她。但怎么可能呢，那家伙已经醉得不行了吧。我拿出早已准备好的刀，在她脖子上一划，血就喷了出来。

我手一松，她就掉在了地上，我冷冷地看着她就像一只被割了喉的鸡，在地上挣扎，然后慢慢死去。

随后，我把她的尸体抱到了高低床的上铺，然后走到卫生间，把那把带血的刀塞进了那个男孩的手里。这个可怜的男孩，根本想不到自己喝醉醒来，就会成为一名杀人犯。

我在卫生间洗掉了身上的血迹——那天我穿了件黑衣服，不仔细看的话看不出来。随后，关上门，我就离开了。在楼下，宿管已经进去睡觉了，但给我留了门。

到了第二天，警察来了，就把那个男孩给抓了起来。

我担心那个宿管胡说八道，就偷偷找到他，给了他一笔钱，让他离职回老家。我跟他说,我是文化圈名人,不想被扯上这些不好的事情,而且凶手已经当场被抓住了,他没必要把我昨天来过的事情告诉警察。他点头答应了,看在钱的分上。

之后的几天,我都提心吊胆,担心警察会发现什么线索。但正如我所料,因为当场抓住了凶手,所以后面的调查都不过是走个过场罢了。

后来,那个王警官还跑来询问过我,我就故意说他们两个是情侣关系。这样一来,那个家伙的杀人动机也有了,这下他无论如何也跑不掉了。

果然,没多久,他就认罪了,我的心也才算彻底放了下来。

之后,《离魂记》换了女主角,年终演出依然很成功。现场的掌声和欢呼,让我感觉仿佛这起杀人案根本就不存在似的。死的是一个普通的女孩,凶手是一个普通的男孩,没有人会在他们身上投入太多的关注。

但我万万没想到的是,那天晚上杀完人,我从寝室出来的时候,被那个叫毛飞的男孩见到了。

他没有选择报警,而是要挟我,想要钱。这点让我很欣慰,原来钱真的能解决很多问题。我给了他一大笔钱,而他保证不会再来麻烦我。

后来他拿着这笔钱,做了生意,发了财,成了企业家。我知道他不会来找我了,因为他已经从一个无关的人变成了从犯。只是没想到的是,二十年后,他又来找我了。

他先是去找我儿子,想敲山震虎,见没什么用,又来找我,说是想把自己的培训中心放到大剧院里来经营。

我怎么可能让这样危险的家伙在我旁边呢。结果你猜怎么着,他居然还拍到了照片,并且留有胶卷!我彻底愤怒了——一直以来,都是我导演别人的命运,现在却又被人捏住了我的要害。

最可怕的是,那天晚上,我收到了他的短信,说是要去自首,并且把我也给抖搂出来。我想是时候根除这个祸患了。

那天晚上,我提前去了他的办公室,目的是在杀他之前,先把胶卷偷出来销毁。在此之前,我已经窃取了物业的钥匙。我把他的办公室都翻遍了,也没找到那个胶卷。就在这时,他回来了,一副醉醺醺的样子。

再后来的事情你们都知道了。我杀了他,把他摆成了二十年前甄熹死的样子,为的是再次嫁祸给赵元成——我从毛飞处得知,他回来了,应该是来报仇的。这样也好,给了我再次陷害他的机会。因为同一起案件的相关人员,同一种死法,很容易被怀疑是同一个凶手所为。

果然,你们警察上当了,把他给抓了起来。不过,我真没想到,他居然在此之前偷走了胶卷,而且还冲印了出来。现在,既然你们已经拿到了证据,那么我就承认了吧,反正我已经活到这把年纪了。

另外,我要申请保外就医。因为我年轻时常年酗酒,肝脏出了问题,前段时间已经被检测出了肝硬化,估计也活不长久了。

这就是你们要的真相,我有罪,快起诉我吧。哦,对了,还有一件事,我希望这件事不要影响到我的孩子。他还很年轻,还在做一项重大的文化传播工作。

我不希望这起案件这么快被公之于众,这样的话会影响这个项目,也会让市里的有关领导不高兴。最好法庭能私下审理此案。再说了,我已经认罪了,希望尽快判决吧。

要说的话我都说完了,我不后悔,也不想申请减刑。把一切都交给法律吧,就这样。

崔恒的供词似乎无懈可击。

经过对其身边亲友的调查,崔恒年轻时的确是一个名声不佳的导演,这点在很多人嘴里都得到了证实。最典型的一个例子是,在歌舞剧团的时候,他曾与一名女演员发生过婚外情,结果对方丈夫闹到了团里,他差点挨揍。协商后赔了些钱,以女方调离岗位结束。为什么是女方调离岗位?原因是他的岳父曾是本地的一名高官,因此他的行为受到了庇护。

此外,他的杀人动机也得到了证实。蒋健和小范去了一趟本市人民医院的计划生育科,调取了当年的就诊档案。

二〇〇三年,S城还不像现在这样发达,只不过是一个南方小城市,整个市区只有这一家医院能做人流手术。

虽然彼时的人民医院还未正式实行电脑存档,档案库只能靠人工翻阅,但因为有了时间限定范围(二〇〇三年九月到十月初),因此还是很顺利地找到了甄熹的堕胎记录。

手术时间是在十月二日，资料显示，当时胚胎已经有四十天大小了。

紧接着，十月五日晚上，她就遇害了。

也就是说，她独自一人来到医院，做了人流手术，脸色惨白而虚弱地回学校，休养不到三天就被人杀死了。而她之所以被杀，仅仅是因为，她想摆脱那个男人，以为自己的保护壳，却让对方动了杀心。

想到这样一个漂亮的女孩，在短短的时间里遭遇了这么多痛苦的事情，蒋健内心感到极为难过和自责。他自责的是，作为一名警察，竟然让真正的凶手逍遥法外二十年。

还有另外的证据需要去核实。

第二天，他和小范登上了前往北方某市的高铁。三个小时后，他们在Y城下车，然后在当地警方的协助下，驾车前往山区。

汽车一路颠簸，最终在一个破旧的村子前停了下来。五分钟后，他们敲开了一户土砖房的门。开门的是一个年纪在七十岁上下的老太太。说明来意之后，老太太叹了口气，然后将他们引到了一张床前。床上躺着一个身体虚弱的老头。据介绍，他正是当年那个宿舍的宿管，后来报警的人。

"你们终于来了。"

这个叫黄福雄的男人看到警察出现在自己面前，情绪突然激动了起来，随即流下了两行悔恨的热泪。

案发当晚，他正准备上床睡觉，突然听到了敲门声。他看了下时间，大概是十一点半过几分钟的样子，就爬起来开了门，结果没看到人。他骂骂咧咧地回到床上，躺下后又睡着了。不知道过了多久，他再次被敲门声叫醒了。他很生气，本想不理，但敲门声不停，于是气呼呼地爬起来，披上外衣，跑了出去……

"等一下，"蒋健打断了他，"你是说，第一次敲门声之后，你上床后又睡着了，之后才听到了第二次敲门声？"

"对。"

"你从回到床上到睡着，大概多长时间？"

"不记得了，可能就十多分钟吧，因为我当时实在是太困了，我这个人有个习惯，嗜睡，头一沾枕头就能睡着。"

"十多分钟……"蒋健若有所思,"那你再次被敲门声弄醒,是什么时候呢?"

"不清楚,因为我当时很生气,也没顾得上看时间,以为还是之前的恶作剧,就猛地爬了起来。"

"好吧,你继续。开门后看到了谁?"

"是崔恒。"

看到崔恒后,黄福雄气一下子就消了。因为崔恒是他的城里亲戚,而且是混得很好的那种,老黄平时就有点忌惮他,毕竟自己的这份工作还是他给介绍的。于是,他笑着问崔恒:你怎么来了?崔恒告诉他,他是来看儿子的。他知道崔苏生也住在这个宿舍,于是也没敢多问,就放他进去了。崔恒上去之后,他关好门,再次上了床。他担心崔恒随时会下来离开,就躺在床上等待,同时留了门,没想到的是,熬了没多久,自己又睡着了。

清晨六点,他被闹钟叫醒,这是他每天固定的起床时间。由于前一晚被多次打断睡眠,他感觉有点没睡醒,所以哈欠连天。洗漱完毕后,他去拿手机,发现崔恒给他发了一条短信。上面写着:崔苏生不在,我先走了。记住,不要跟任何人提起我今晚来过,我明天会来找你的。短信发送的时间是凌晨四点十二分。

他感到很奇怪,为什么他会给自己发这么一条短信?因为到了巡楼时间,他也来不及多想,就开始了例行巡楼的工作。

他按照平时的顺序,从上到下,先上到五楼,然后再是四楼、三楼,最后,他在二楼的203寝室发现了尸体。随后,他打电话报警。

在等待警察来的过程中,他想到了前一晚崔恒的出现以及他的那条短信,隐约觉得有点不大对劲,但又怕胡乱说话得罪了这位有势力的亲戚。犹豫间,警察来了,他们竟然在现场抓到了嫌疑人。他的心顿时放了下来。不管崔恒昨晚在这里做了什么,至少他不是凶手。既然这样,他有必要卖对方一个人情,于是在警方询问时,他没有提到崔恒的名字。

当天下午,崔恒找到了他,希望他辞职,并且给了他一大笔钱。这是一笔足够他回到老家县城买一套房子的钱。他虽然有些恐慌,但最终还是一时心痒,拿了钱。随后,他以宿舍发生杀人案,看到了残忍的凶案现场,自己内心无法承受为由选择了辞职。

然后，他就离开这个城市，回到老家，讨了媳妇。不过，他一下子得了这么多钱，变得膨胀起来，结果没两年就把这笔钱花光了。他又不好意思再去找崔恒，也不想再出去打工，日子越过越差，到了现在已经是病魔缠身。

"警官，我撒了谎，老天也给了我惩罚。我至今连一个孩子也没有，日子过成了这样，人也快要入土了。我现在把什么都说出来了，心里总算舒坦了。"

"你是舒坦了，但别人却被你害惨了。"

"可是，我都已经这样了，你们该不会还要把我抓去坐牢吧？"黄福雄可怜兮兮地说道，"而且都过去这么多年了，就不能放过我吗？"

蒋健没有回答他的问题，只是充满厌恶地说了一句"等着被起诉吧"，就离开了。回去的路上，小范显得非常生气。

"这都是什么人啊，为了一点钱，竟然隐瞒了这么重要的信息，结果害得一个普通人被冤枉坐了十八年的牢。真是太过分了！"

她边走边骂。

"时至今日，他还不知悔改，瞧他那样子，真恶心，我恨不得给他一巴掌……"

直到走了很远，她突然意识到蒋健在旁边一直没说话。

"师父，你怎么了？"

"啊？"蒋健从思考中回过神来，"你说什么？"

"我说你在想什么呢？看到这样的人你难道不生气吗？而且还是你当年亲自参与的案件，让一个无辜的人坐了十八年的冤狱，你会有愧疚吗？"

"愧疚？哦，当然，我一直有愧疚。不过，愧疚不解决问题。"

"啊？"

"小范，你现在的样子很像很多年前的我，被一种正义感以及愤怒的情绪所包围着，不是说不好，但作为警察，这容易让我们失去了判断力。"

"难道不应该愤怒吗？"

"应该。但更应该化愤怒为动力，挖出真相。"

"真相？不是已经被挖出来了吗？"

"还没有。我想来想去，觉这里面存在一个漏洞。"

"漏洞？"

"嗯，这老头的话里有漏洞。不是说他在说谎，而是他的表述与事实有出入。"

小范看着他，期待他继续说下去。

"老头第二次睡着被叫醒时，因为愤怒的情绪，他忽略了一个重要的事情——去看时间。"

蒋健停顿了一下。

"也就是说，崔恒说自己跟着那三个人进了宿舍，这句话存在漏洞，因为无法证实。因为人一旦睡着，睡眠时间的长短光靠感觉是不准确的。有时候觉得睡了很久，其实只睡了几分钟，而有时候觉得睡了很短，其实睡了很长时间。

"接下来我们做一个假设，如果崔恒并不是如他本人所说，尾随三个人到了门口，等他们进去不到十分钟时间就敲开了门，而是在一两个小时之后，才出现在宿舍，敲开了门。那么，说明什么？"

"说明他所说的作案时间与实际的死亡时间对不上。因为法医报告显示，死者甄熹的死亡时间是当晚的十一点到十二点之间。"

"所以？"

"所以崔恒在说谎。"

"那他为什么要说谎呢？"

"不知道，按道理一个人如果没作案，却非说是自己作的案，这样的话，有可能是因为……噢，我知道了！"

小范兴奋地说。蒋健示意她冷静一点。

"你先别说，毕竟这只是我们的假设，当然也有可能崔恒说的是真的。但是，作为警察，既然有这样的一个漏洞，我们就应该去核实、去填补。有时候，我们就像一幢大楼的质检员，不能放过每一个可疑的细节。哪怕最后证明了我们的怀疑是错误的，那也没关系，但至少保证了安全，让这幢辛苦建设起来的大楼安全验收，不会倒塌。明白了吗？"

"明白了。"小范被蒋健这番说辞给打动了，"那么接下来我们要去哪儿呢？"

蒋健默默地注视着远方的天空，那里晚霞正美。

"还有最后一件事需要证实，它将决定最后的真相。"

第二天一早，他们出现在了人民医院院长的办公室里。

小范有点不解。关于甄熹堕胎的调查，他们之前已经来过一次了，这次来又是为了什么呢？

"张院长，您还记得我吗？"

对面办公桌的后面，坐着一个五十多岁、看起来非常干练的中年男人，他是本院的院长张琪。在周围的墙上挂着几幅医学图纸和妙手回春锦旗，而展示柜内外则摆放着一些他获奖的奖状以及奖杯。蒋健之前已经看过了，大多数都是有关癌症方面的荣誉。

"很抱歉。"张院长拿着蒋健的名片对着他的脸看了半天后，摇摇头，"蒋警官，我确实想不起来了。"

"二十年前，您还是一位肿瘤科外科大夫的时候，我和我师父王队来找过您。"

"哦哦，我想起来了。王队，你说的是王局吧，对对，当时他还是刑警队长，我跟他认识，现在还有来往，他小姨子就是找我做的手术。没想到啊，你当时还是一个实习生，现在也已经做到队长了。"

"是啊，时间过得真快。"

"你这次过来，找我什么事？"

"还是想了解一下二十年前的那起案件。"

"哦，我记得，那起案件已经判了呀。"

"现在已经有了新的变化。"蒋健坐直了身子，"是这样，您能再回忆一下，那天晚上的情形吗？"

"你这么一问，我倒是又有点印象了。虽然是二十年前的事情了，但因为当时是我第一次作为主治大夫，所以至今印象还很深刻。我记得，那位身患重病的夫人很漂亮，也就四十来岁，却得了肺癌，她弱弱地躺在床上的样子让人替她惋惜啊。"

根据张院长的回忆，崔夫人在去世之前，已经住院差不多三个月了。手术之后，她一直在做化疗，眼看着她一头秀发逐渐掉落，人也越来越消瘦，苍白无力。不过很欣慰的是，崔恒那段时间经常来医院陪自己的妻子，给人很温馨的感觉。

"什么？您是说，崔恒那段时间经常在医院？"

这点与崔恒的说法是矛盾的。按照崔恒的说法，他因为逃避病重的妻子，经常在外面借酒浇愁、花天酒地。

"应该说每天都来。"张院长继续回忆道，"我通过聊天，知道崔恒是一位导演，那段时间恰好在排戏，可以说是非常辛苦。但就算这样，他还是坚持每天都来陪一陪妻子，还亲自喂食物，给她读睡前故事。看得出他们很恩爱，也让我对她更加惋惜。"

蒋健沉默了片刻。

"那您还记得十月五日的那个晚上吗？也就是崔夫人去世的那个晚上。"

"当然。"

"那天晚上，崔恒在吗？"

"在的。哦，不对，他本来不在，应该是在加班排戏。后来，崔夫人血压突然升高，非常危险，我们立刻把她送到了ICU进行抢救。同时让人给崔恒打了电话，他立马就赶过来了。"

"后来呢？"

"后来抢救无效，崔夫人就去世了。"

"还记得具体时间吗？"

"大概十点吧。"

"确定吗？"

"确定，那一次是我第一次眼睁睁看着一个人死在我的面前，而且还是崔夫人这样的漂亮女性，记忆非常深刻。哦，对了，你稍等一下。"

张院长拉开抽屉，从里面拿出一个笔记本。

"从医之后，我一直有记日记的习惯，尤其是手术，每一次我都会记录。"

埋头翻找了一番之后。

"找到了，黄平茹，也就是崔夫人，于二〇〇三年十月五日晚上十点十二分，抢救无效死亡，死因癌症。"

"之后呢？崔恒还在吗？"

"他当然在。我记得他当时非常伤心，坐在医院走廊的地上哭了很久。我让他签死亡证明，他都不愿意。后来，差不多又过了两个小时，他才状态好一点。"

"两个小时？"

"对，日记上写着呢，一直到晚上十二点，我要回家去休息了，才让他把字签了。不过看到他伤心成那样，我也替他感到难过。"

"十二点的时候他还在医院呢……"

蒋健若有所思。

"那么……"

"还有一个问题，崔夫人的儿子崔苏生那天在医院吗？"

"他儿子？"

张院长看了看日记本，摇了摇头。

"不太记得了，我没有记录，我不可能每个人都记录，毕竟这只是本手术日记。"

"嗯。"

"不过，我倒是知道崔导什么时候走的。"

"啊，他走了？"

"没错，我当时在停车场，正准备开车回家，结果看到他从楼里出来，并且上了车开走了。我当时还很生气，他妻子刚死，尸体还没凉呢，就要走，真是岂有此理，而且还是大半夜的。"

"那大概什么时候呢？"

"大概十二点半吧，我特意看了一下时间。"

蒋健和小范迅速交换了一下眼神。

十二点半，从医院到学校开车差不多要半个小时，也就是说，他到达学校差不多已经是凌晨一点了，这还不包括他敲门和上楼的时间。而根据当年法医的尸检报告，甄熹的死亡时间是十一点到十二点之间。

也就是说，崔恒不可能是凶手。

第十八章
真相与救赎

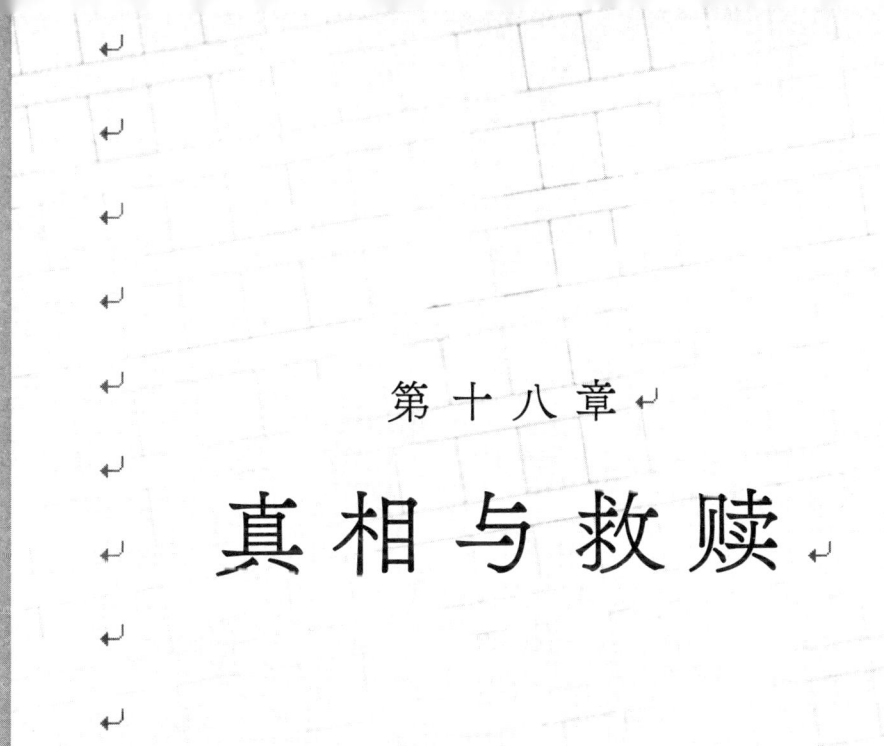

虚构凶手

_____ I

看守所的门缓缓打开了。在一名狱警的引领下，尺八从里面走了出来。

在此之前，他先是在一张释放令上签了字，然后解开手脚上的镣铐，又去领取了他所有的个人物品，最后跟狱警道了别，才算是重新获得了自由。和几年前出狱时一样，没有人来接他。不过，他无所谓。这些年来，他最不缺的就是孤独。相反，他是一个享受孤独的人。

孤独的他沿着看似孤独的看守所的褐色围墙孤独地朝前走了几百米，来到了一个孤独的公交车站。他孤独地等了一会儿车，然后看见一辆孤独的公交车驶来，停在了自己的面前。车门打开，踏上去，投币，朝空荡荡的车厢一直往里走，最后在后排找了个靠窗的位置坐下。

公交车启动，摇摇晃晃地向前开去。他看着窗外略显破败的风景，脸上终于露出了一丝笑容。

昨天，蒋健再次出现了，而且带来了好消息。

"我们已经抓到真凶了。"

"哦。"

"你不好奇是谁吗？"

"我好不好奇没关系，反正你都会告诉我。而且，只要证明我不是凶手，你就会把我放了。"

"欸，你这个人真是有点古怪。"

尺八微微一笑，不置可否。

"现在有两起案件，一个是当下发生的，一个是二十年前的，你想先听哪一个？"

"二十年前的吧。毕竟我的小说还没写完，需要创作素材。"

"就说你是个怪人吧，人家都是关心自己的命运，而你关心的是自己的小说。"

"没办法，这就是我活着的唯一价值吧。"

"那好，我就先说二十年前那起女大学生遇害案吧。"

前一天，从医院里回来后，蒋健突击审讯了崔恒。面对如山的铁证，崔恒终于被击溃了——尤其是蒋健把崔夫人搬了出来。

"我对不起她。"

崔恒哭了，那明亮的地中海秃头在光线下一晃一晃，颇为耀眼。

"那些年，我因为想逃避老丈人的控制，经常不回家，也逐渐与妻子疏离，忽略了对她的关心，才导致她得了绝症。"

自从妻子被送到医院做完手术之后，崔恒像换了一个人似的。

那天在手术室的外面，医生每出来一次，他就揪心一次，生怕坏消息如黑雾一般从里面冒出来。他感到窒息和紧张，也感到焦虑和愧疚。他想起了最初两个人谈恋爱时的场景，一起看电影，一起吃路边摊，一起去外地旅游，下雨没带伞在雨夜的街头牵手奔跑。他知道是自己混蛋和无能，害怕面对，只想逃避，才带来了这样的恶果。

手术室外的灯灭之后，主治医生出来了。肿瘤已经成功切除，但癌细胞已经扩散，需要他做一个选择：是继续住院进行化疗，还是回家静候生命终止。

他选择了继续治疗。他想好了，只要有一线生机，都要想办法延续她的生命。从那天起，他放下所有工作，来医院陪妻子。看着妻子的头发因为化疗一天天掉落，身体变得虚弱，神情越来越憔悴，他就十分心疼和自责。

每天，他都会在医院待到很晚，陪着妻子入睡，给她读睡前故事。他给她讲了自己刚创作的一台舞剧，是根据《离魂记》改编的。

这是一个爱情故事，一对恋人为了在一起，连魂魄都可以舍弃，是爱得多么深切啊！他起初只是被故事本身打动，但慢慢地，他把自己和妻子代入到了故事之中。他多么希望有一天，即便妻子离世，但她的灵魂依然存在，他们可以继续生活下去，永不分离。就在这时，他接到了团里派来的一个任务，给艺术大学排一出年终大戏。

他原本是拒绝的。这个时候，他只想待在妻子身旁，陪她走完人生的最后一程。但妻子知道后，鼓励他去做。

"你就排这部《离魂记》吧,等有一天我好了,带我去现场看,好吗?"

崔恒泪流满面地点头答应了。他其实清楚,妻子之所以这么说,是希望自己能做点事情出来。那时候的他已经四十多岁了,这么多年一直在剧团里浑浑噩噩地混着,再这样下去,人生就会完蛋的。于是,他接下了这个任务,并发誓一定要让妻子亲眼看到这部剧的上演。

从那天起,他白天排戏,晚上回到医院陪伴妻子,给她讲当天排练的趣事和进度,陪着她一起入眠。在排戏的过程中,他非常严苛,剧本不好,就修改剧本,演员不好就换演员,乐师不好就换乐师,极为投入,像个疯子。这在以前他根本不敢想象,而这次,他只想拿出最好的作品献给爱人。

因为女主角不行,他猛地发过一次火,把所有人都吓到了。后来他经人推荐,见到了甄熹,一下子就满意了。甄熹长得很像他妻子年轻时候的样子,而男主角是长得很像他的崔苏生。看到他们两个人在台上表演的时候,他经常会把他们幻想成自己和妻子年轻时的样子,于是迸发出了创作的激情。他有信心,这将是一部非常了不起的作品。

然而,就在排练紧锣密鼓地往前推进的时候,却发生了意外。那天,他在学校办公室修改剧本到晚上八点多,接到了医院打来的电话。妻子因为病情加重,被送进了ICU。挂了电话,他立即放下手中的工作,赶往医院。

在ICU门口等了半天,他心乱如麻。其间,他给儿子崔苏生打了好些个电话,都没有人接听。到了后来,医生出来了,什么也没说,只是对他摇了摇头。

在病床前,他握住了妻子的手,再也无法抑制情绪,泪如雨下。这个曾经和他一起生活的妻子,一个对他从来没有任何要求的爱人,现在已经没有活下去的希望了。他非常懊悔这些年来,自己没有好好地陪伴她,才导致这样的局面。而最让他遗憾的是,他的诺言没有实现——《离魂记》她看不到了。

临终之前,妻子突然回光返照。她猛地坐了起来,容光焕发地看着他,嘱咐他无论如何也要照顾好他们的孩子。他毫不犹豫地点头答应了。随后,妻子便撒手人寰。从病房出来,他在走廊的地上坐着哭了一会儿,把悲伤全部释放了出来。

医生见他这样,好几次想上来劝慰,想想也就算了。到了后来,终于,主治大夫张医生拿着一份死亡证明找他签字。他签完之后,人也总算平复了下来,开始准备为妻子料理身后事。

就在这时,他接到了儿子的电话。手机上的时间显示,当时已经是午夜十二点半了。

"你跑哪儿去了?打你多少个电话也不接?"崔恒拿着电话怒斥道。

"爸……"

"别喊了,你现在赶紧来医院。"

"爸,我出事了,去不了……"

"我不管你出什么事,都没有这边的事大!你妈走了。"他一阵哽咽。

"妈妈走了?"

"对,你妈连你最后一面也没见到,你给我赶紧过来!"

说完,他就打算挂电话。

"爸!"儿子的声音再次响起,"爸,我真去不了,你过来吧。"

"你说什么?"

"救救我,救救我……"

这时,他才意识到,儿子那边出了大事。

接下来,他听到儿子在电话里说的事情后惊呆了。他完全没想到,在这一个普通的夜晚竟然发生了这么多的事情。面对儿子的求助,他本想拒绝,但一想到妻子临死前的嘱托,他一咬牙,就开车离开了医院。

半个小时后,他到了艺术大学。按照儿子的提示,他从院墙的那个洞口钻进去,随后来到了宿舍门口。他叫醒了宿管——那个时候其实已经过了凌晨一点了。他说自己来找儿子,叫宿管可以先睡,因为门是从里面开的,他要走的话自己就可以开门离去。随后,他上了二楼,来到了203寝室。

刚一进去,他就看见儿子坐在地上,一把折叠刀掉在了旁边,而那个叫甄熹的女孩躺在血泊中。崔苏生见自己的父亲来了,傻子一样爬了过来,抱住了他的腿。他告诉崔恒,他自己也不知道为什么会搞成这样。

原来,他在和甄熹排练的时候,就看上了她。后来有一次,他在酒吧喝酒,打电话把甄熹约了出来,然后把她灌醉,带到宾馆强奸了她。他只是玩玩,根本就没想过和她做情侣。

甄熹被强奸之后,想报警,但被他威胁了。他告诉甄熹,自己的外公是

303

何方大人物,只要他说两个人是自愿的,警察就不会受理的。而她,则会因为这件事被污名化,成为为了傍富二代而不惜出卖身体的女人。她被吓坏了,就此患上了重度抑郁症。

一个月后,甄熹发现自己怀孕了,去找崔苏生解决问题,而这个无情的男人只是给了她一笔钱,让她去打胎。

她独自去做了人流,内心对他的恨意达到了顶点。然而,崔苏生并不放过她,还经常借着排戏的间隙对她进行羞辱和骚扰。遇害的那天晚上,她去找崔苏生,提出今后离她远一点。他无耻地表示凭什么。甄熹说自己有了喜欢的男孩,那个男孩会保护自己的。说完,她就离开了。

心情郁闷的崔苏生就去酒吧喝酒了,后来十点多回到了宿舍。到了晚上十一点多,住在204寝室的他听见走廊上有人说话,于是悄悄来到了门口,从门缝里观察到赵元成和毛飞回来了,而旁边竟然还跟着甄熹。

他顿时怒火中烧。这个贱货,原来是找了这么两个土鳖给自己撑腰,心想一定要给他们一点颜色看看。等毛飞走了之后,他随手拿着折叠刀直接来到203室,敲开门,威胁甄熹。

后来……

"后来呢?"崔恒问道。

"后来我就不记得了。"

"你脑子抽风了吗?这还能不记得?!"

"我酒喝多了,而且……"男孩哭了起来。

"而且什么?"

"我还嗑了药……"

"混账!"崔恒一听暴跳如雷,"我他妈怎么生了你这个畜生!"

"爸,你救救我吧,我真的不知道出了什么事,之前脑子完全是迷糊的状态。等我清醒过来,她就已经死了。"

崔恒不断提醒自己,不要发火,不要发火,要冷静,他答应了妻子,无论如何也要照顾孩子,哪怕他杀了人。他想了想,去了卫生间,看到倒在马桶边上的赵元成。接着,他回到崔苏生的跟前。

"你现在立马回到宿舍去,洗个澡,把自己洗干净,换身衣服,什么也别做,等我的指令。"

崔苏生走了之后，他先用棉布把屋内所有的痕迹都小心翼翼地擦拭掉，然后把衣服和裤子都脱了下来，放进一个塑料袋里。

接着，浑身上下只穿了一条短裤的他把甄熹抱到了高低床的上铺。甄熹个子很小，体重不到四十五公斤，而他是一个身高超过一米八五的大个子，只要稍微一个托举，她就上去了。他把她摆放成安详的样子，头发披散开去，随后用刀在她的喉咙上划了一刀，血汩汩地流了出来。

他从床架上下来，把刀放到了卫生间赵元成的手里，然后关上了卫生间的门。

离开之前，他又进行了一次清理工作，确定现场没有留下任何痕迹之后，拿上塑料袋，走到了门口。临走前，他看了一眼床沿上不断滴落的血水。

他来到隔壁，敲开了门，进入寝室，换上了儿子的衣服，然后两个人一起来到楼下。他让儿子蹲下，避开宿管的窗口视线。确认那个男人已经睡着之后，他打开门，两个人一起悄然离开。

到了学校外面的马路旁，两个人上了车，开车前往医院。到了医院的停车场，天已经快亮了。崔恒停好车，把车门拉开，将儿子从车上拉了下来，然后狠狠地揍了一顿。发泄完之后，他又拎起儿子的头发，把他推到车前盖上。

"从现在开始，我要你忘记今晚所做的一切，要记住，无论谁来问你，你都要说，今晚你妈妈去世了，你在医院里守了一夜……"

"妈妈她……"

崔恒上前又是一个巴掌，把崔苏生打蒙了。

"要不是你妈临死前嘱咐我要照顾你，老子今晚就让警察把你抓走！放聪明点，听见了吗？！"

儿子满脸是泪地点点头。

"还有，接下来你要好好学习，努力成为一名真正的演员，磨炼演技，因为最厉害的警察会来找你，从这一刻起，才是你适不适合当一名演员的最大考验！"

崔苏生刚想表决心，他发现父亲的拳头又举起来了。

"我最后说一次，无论你用什么办法，就是死，也要给老子把毒戒掉！现在，给我收拾好，我们一起去见你妈。"

从那天起到现在,他们逍遥法外整整二十年。

"原来是这样,那毛飞的案件一定也是崔恒做的吧。"

"没错,毛飞拍了他的照片,威胁要钱,他觉得是个后患,就把他灭口了,同时又企图嫁祸给你。很可惜,我一开始也被他们的诡计蒙蔽了。不过,有一点我不明白。"

"什么?"

"据崔恒交代,他只是把毛飞的死状摆成了二十年前的甄熹死的样子,可现场为什么会有你的指纹和生物样本?难不成你也去过现场?"

"我去过。"

"啊?可是……"

"可是监控拍到我没有离开公寓,对吗?"

"对。"

"因为我不是毛飞死的那天去的。"

"这怎么解释?"

"前一天,我去了毛飞的办公室偷了那卷胶卷。与此同时,我故意留下了一枚指纹。"

"可是死者指甲缝里的皮肤组织又怎么解释?"

"那晚吃饭的时候,他喝得有点多,送他上出租车的时候,我故意在他的指甲缝里留下了一点皮肤组织。他以前是拉二胡的,按道理不应该留指甲,可惜啊,现在当了老板,二胡也不拉了,指甲也就留长了。"

"你这么做的目的是什么?"

"因为我几乎可以肯定,那对父子会狗急跳墙。"

"你怎么肯定?"

"在湘菜馆,我趁毛飞上厕所的时候,用他的手机给崔苏生发了消息,说我要去自首,同时举报他。"

"所以,毛飞还是你给害死的。"

"不,我当时说的是实话,毛飞确实是准备自首。怎么说呢,当年要不是他们三个私下达成协议,赵元成就不会坐十八年的冤狱,他们受到惩罚难道不应该?要知道,毛飞也不是一个无辜的人!再说,我给过他们机会,只是一条威胁短信而已,如果他们不选择灭口的话,毛飞也不会死。从头到尾都是他们自己的选择。蒋警官,你看着我做什么?"

蒋健死死地盯着眼前的这个男人。

"你刚才说了一句话。"

"什么?"

"你说,赵元成。"

"怎么了?"

"没有一个人会这样用自己的姓名来称呼自己的。"

尺八终于笑了起来。

"蒋警官,看来你的嗅觉还是挺灵敏的。既然已经到了这一步,那我就实话告诉你吧,我并不是什么你认为的赵元成,从始至终,我就是我,古少新。"

现在回想起来,古少新的命运转变是从小学四年级的那个傍晚开始的。

他的父母都是当地最大的国营单位龙腾塑料机械厂的普通职工,两个年轻人经人说媒谈起了对象,半年后正式结婚,分到了一套两室一厅的职工房,一年后就生下了古少新,一家三口过着简单而幸福的生活。

古少新从小就是这个厂区小社会里的孩子王。他聪明活泼,鬼主意多,又具备一定的领导力,所以孩子们都服他,跟着他一起玩一些过家家或者整蛊的游戏。

好景不长,二十世纪九十年代中期,一场国企改制改变了他的生活。

整个塑料机械厂由公转私,副厂长趁机夺权,改头换面,同时开启了轰轰烈烈的下岗浪潮。而之前一直受到老厂长庇护、没有站对队伍的古少新父母在四十岁左右的年纪被强行"内退"了,除了每月领取几百元所谓退休金,成了没有工作的社会闲散人员。

生活一落千丈。受到同样的打击,依然年富力强的夫妻俩却走向了完全不同的道路。古妈妈走出了厂区,开始去市里找活儿干,餐馆服务员、酒店清洁工、菜市场搬运工,只要能做的她都做,体现出了一个坚强女性的意志。古爸爸却选择了放弃。拿着那几百块退休金的他失去了生活的动力,每天睡到中午才起床，吃过午饭之后，就去棋牌室打牌，一直打到半夜才回家。从那时候开始，古少新就经常听到父母的吵闹声。

直到有一天，上五年级的他在家做作业，妈妈在厨房做饭，突然，门"砰"的一下被撞开了。他惊讶地看见爸爸气势汹汹地从外面冲了进来，然后随手操起案台上的一把菜刀，一把将妈妈推到了墙上，用刀抵住了她的脖子。

"那个男人是谁，你说不说？你到底说不说？！"

妈妈吓得大哭不止。而他也吓坏了，只能远远地躲在角落，浑身发抖地目睹这一切的发生。这一幕成了他内心深处永远挥之不去的阴影，因为在那之后，一切都灰飞烟灭了。

爸爸冲进来时，妈妈正在炒菜，被猛地用刀架离了灶炉，忘记了关火。那个年代每家每户还在使用煤气罐。倾斜的铁锅里面的油全部浇在了煤气灶的火焰上，火苗一下蹿了起来，随即，火星点燃了已经老化的煤气管子。

五秒钟后，煤气罐爆炸了。古少新只觉得眼前亮光一闪，就什么也看不见了。等他醒来，发现自己在医院的病房里。他迷迷糊糊睁开眼睛，一些不认识的大人在旁边说着些什么。

他听到的事实是：爸爸妈妈当场死亡，那个家也彻底没有了，他们正在商量他以后的安置。他缓缓用被子捂住头，任泪水将自己吞没。从此，他成了孤儿。

这一点，跟他后来在《骗神》这部小说里写的有点不太一样，虽然同样是父母双亡，但他并没有什么爱他的姨妈和家暴的姨父，只是一场意外所带来的家庭悲剧。

那个世界上对他好的姨妈形象，是他虚构出来的。事实上，从那时起，这世界上就再也没有一个人对他好了。和书上不一样的是，他没有逃亡，独自流浪，而是被民政部门送到了福利院。

他知道自己的父母在乡下还有一些亲戚，自己以前也见过一些。但自从父母双双下岗之后，他就再也没有见过他们。

从十岁到十五岁，他都是在福利院度过的。没有意外，那家福利院和很多故事书上写的人差不离：压抑、恐怖、欺凌，没有关爱和友谊。

他以为凭借着自己的聪明劲能像小时候一样和大家打成一片，成为孩子王。但这里的孩子明显和他在厂区时的那些伙伴不太一样。他们都是孤儿，处处提防着别人，小心翼翼，自我保护欲和生存欲很强，生怕得到惩罚。

所以，古少新逐渐也像他们一样，收起了心，用那些与生俱来的智慧保护自己，在内心深处构建起了一个城堡，并在门外上了一把大锁。十五岁的时候，他申请离开福利院出去独自生存，得到了批准。从此，他开始了居无定所的漂泊生涯。

餐馆端盘子，酒吧做保安，工地上搬砖，火车站运货……社会上几乎所有底层的工作，他都做过了。虽然很艰辛，但因为年轻，而且独自一人，只要能养活自己倒也不觉得那么苦。

他聪明，活泛，总能找到自己的生存空间。再加上多年来在福利院养成的谨慎个性，他不断告诫自己，决不能让人轻易看穿自己，所以他所有的表现都是在伪装。

后来的情况就跟小说上写的大差不离了。逐渐地，他靠着骗术站稳了脚跟，成了业界有名的骗子。

他给自己取外号叫"瘦猪"，一方面是因为自己确实瘦；另一方面是，他非常喜欢猪这种动物。猪很聪明，智商很高。但又很孤独，很可怜。

人类为了吃它，把它圈养起来，养肥了就把它杀死，从一条生命变成了肉。他觉得这种动物的命运很悲哀，无法摆脱，就像自己一样。他认为自己就是一头悲哀的猪。就是带着这份悲观和自怜，他卑微地在这个世界上活着，靠着欺骗他人，填补内心的苦痛和孤独。

几年之后，他满十八岁，悄悄回了一次S城，去父母的坟前上了一炷香。他告诉他们自己已经成年了，这些年来是如何想他们，怀念那些在厂区的幸福岁月的。

他父母的坟墓就在天平山脚下，那天上完坟，他去爬了一次天平山。当晚，他独自露宿在山顶等着看日出，差点冻死，结果竟被一只野猪给救活了。他认为那是他的母亲显灵了，当清晨的阳光照在自己身上时，他感觉到了前所未有的温暖和力量。从那以后，他决心换一种活法，以新的生命跟过去告别。

两年后，他在火车站上寻觅目标的时候，见到了一家三口。他悄悄跟在他们身后，探听他们的情况，了解到他们要去雨母山旅游，于是也买了一张火车票，跟着他们上了火车。那是二〇〇〇年的夏天，他刚满二十岁。

故事的后面就跟警察调查到的一样了。发生了泥石流事件,他变成了聂东方,上了大学,做了公务员,平步青云,最后倒在了贪污的悬崖边,露出了原形,被逮捕归案。

在法庭上,他获知了一组震撼的数字。三千多个储户超过五亿人民币被诈骗,其中有十三个受害者在同一天结束了自己的生命,其中包括一个三口之家集体投河自尽,那个孩子才七个月大。

他惊呆了。没错,这些人全部是被他害死的。多年来,他只想过自己的生存,为此不惜欺骗世界,但完全没有意识到,自己的行为会害死人。

在法庭外,被押上囚车之前,很多受害的人把他团团围住,对他进行辱骂,朝他扔鸡蛋和番茄,还有人将一盆粪便泼在了他的脸上。他跪倒在地,心碎无比。他完全没有想到,自己精心守护的内心城堡,居然是在这样一种情景下分崩离析的。

被投入监狱后,他开始寻死。他接受不了自己害死这么多人还能装作什么事都没发生似的活下去。小说《舞》中写到的有关赵元成的寻死桥段,其实是古少新自己的亲身经历。

终于,多次寻死无果之后,他放弃了,但也变得更加麻木。死不了,但也不想活,是他当时的真实写照。这样的状况持续了一段时间后,他被换到了另一间牢房。监狱长特意安排了一个人来盯着他,这个人就是赵元成。

而在他看来,赵元成是一个表面看起来很开朗,其实内心无比悲伤的人。不知道为什么,他从这个人身上找到了奇妙的共鸣。后来,他在一次文艺会演上看见赵元成在吹奏一种乐器,他瞬间就被吸引住了。那种悠扬、空灵的中国古代音乐让他感到前所未有的平静。他找到赵元成,希望跟他学习吹尺八,赵元成答应了。从那以后,就像俞伯牙和钟子期高山流水的故事,尺八让两个人成了无话不谈的知音。

在受到音乐感化的同时,古少新也试着去了解这个神秘而悲伤的男人到底犯了什么样的罪过。慢慢地,他了解到,赵元成是因为杀人案进来的。他以前听过这个轰动一时的案件,当时觉得很残忍,却没想到自己竟与这个杀人犯成了朋友。

"我是被冤枉的。"

有一天在吹完尺八之后,赵元成突然对他说道。这时他才知道,这个男人身上弥漫着的那股子悲伤到底是因为什么。他几乎在一瞬间就相信了这个可怜的好友。

"你应该去抗争啊。"

"没用的，我已经试过了，这个世界对我们这种出身的人，从来就是不公平的。"

古少新被这句话击中了。他想起自己的身世，想起了那些被自己害得投河自杀的普通人，一种巨大的悔恨和负罪感如潮水般将他吞没了。

他产生了一种强烈的冲动——赎罪，一定要赎罪。他下了决心，有朝一日出去，要帮助赵元成讨回公道，让这个无辜的男人沉冤得雪。只有这样，才能减轻那些刻在骨子里的罪孽。

之后，随着时间的推移，他的尺八越吹越好，对赵元成的故事了解得也越来越多，他知道了很多案件的细节。

让他感到惊讶的是，赵元成的大学同学、案件相关人员之一毛飞，竟然是童年大厂的玩伴毛飞。毛飞那时候刚随家人来到厂区，没有朋友，是古少新主动照顾他的。一个计划在他的脑海中逐渐有了雏形。

四年后，因为表现优异，他获得了减刑，提前出狱了。两个月后，赵元成也出来了。他们相约在天平山下聚首，商量着以后要一起做点什么事情，但赵元成面露难色。一问才知道，他得了一种血液上的绝症，随时可能死掉。

古少新寝食难安，赵元成这样一个优秀的人，一个热爱音乐的好人，因为一桩冤假错案，坐了这么久的牢，好不容易获得了自由，老天却要夺走他的生命。

他说出了自己筹备多年的计划，赵元成惊讶之余，含泪同意了。随后，古少新打开了一个皮箱——里面有百万现金，这是他贪污被抓之前，隐藏的一笔赃款。

半个月后，赵元成去了一趟韩国，完成了计划的一部分。回来后没多久，他病发了。痛苦难耐之余，他喝下了农药，结束了自己四十余年的生命。古少新默默地把好友的尸体葬到他父母的墓附近，然后继续着自己的计划。

他以自身经历为素材，撰写了小说《骗神》发到网络上，然后动用了金钱制造点击率，并最终获得了出版，成为新晋悬疑作家。随后，他以小学同学的身份找到了毛飞，并要求一份工作，毛飞果然没有拒绝他。从那时候起，他一边上课，一边暗中调查真相。

他认为毛飞是解开这起案件的关键，于是故意在写作课上讲以当年那起案件为故事的小说《舞》。他知道，毛飞会对自己很好奇，一定能听到这个故事的。而且据他的调查，毛飞因为经济陷入重大危机，已经慌了神。人一慌神，就会露马脚。

那天，他跟着毛飞到了南风大剧院，见到了崔氏父子之后，开始对背后的真相有了自己的想象和判断。

随后，他偷偷进入毛飞的办公室，盗取了那卷老式胶卷。过程中，故意留下了赵元成的指纹——在赵元成死之前，他不仅获得了赵元成的指纹模板，还留存了一些新鲜的皮肤组织。

他把这些皮肤组织存在了公寓的冰箱里。那些密密麻麻的罐头堆里，其中有一罐用福尔马林泡了赵元成的一块肉。

那天在湘菜馆，趁毛飞上厕所的工夫，他用毛飞的手机偷偷给崔苏生发了消息。从短信回复看，他知道对方上钩了——多年的骗术修炼让他对他人的内心情绪揣摩得一清二楚。他断定，崔氏父子为了消除后患，会痛下杀手。

对于毛飞即将遭遇的灾难，他感到有些难过，尤其是想到毛子豪会失去父亲，他有点于心不忍，但他已经没有后路可退了。为了赎罪，为了洗刷赵元成的冤屈，必须让当年那些人受到应有的惩罚。

后来，他故意给毛飞灌了一些酒，然后在送他上出租车的时候，将赵元成的皮肤组织蹭到了毛飞的指甲缝里。

看着运载着毛飞的出租车远去，他内心极为复杂。有那么一刻，他真心希望他的判断是错误的，崔恒父子并不会对毛飞下手，而毛飞则会在第二天天亮之后，出现在公安局里，为自己曾经犯下的罪过自首。

但遗憾的是，崔恒动手了，毛飞死了。一切按照他的计划无法挽回地朝前一路狂奔而去，现在，崔氏父子已经被绳之以法，一切都结束了。

他重获自由，也完成了对赵元成的承诺，以及自我的救赎。他发誓，这是他最后一次运用骗术。从此以后，他将是一个全新的人。他叫尺八，一个爱吹尺八的文学课教师。他飘荡出去的灵魂终于回到了身体里，重新活了过来，就像《离魂记》中的倩娘一样。

尾声

深秋的天平山已经彻底被红色的枫叶覆盖。

古少新穿着蓝黑色的连帽登山服，背着书包，脚踏防滑鞋，气息平稳地顺着石阶往山顶的方向攀去。

这天天气好得惊人。古少新一边爬，一边回头，心情愉悦，一种不枉此生的快乐在胸中激荡。三天前，他在家长群里向孩子们发出了这次的登山邀请。但过了很长一段时间，都没有人回应，这很正常。现在所有家长都知道了，他古少新曾经因为诈骗坐过牢，是个刑满释放人员。

没有谁会把自己的孩子送到一个"坏人"手里去学习的。因此，他对家长们的冷淡反应表示理解，但还是感到有点难过。他在群里发了这样一句话："感谢这段时间以来大家给予的信任，也很感恩孩子们给我带来的快乐和疗愈，咱们的文学课到此就结束了。从今往后，有缘再见。"

随后，他就把这个微信群给解散了。接下来几天，他搬了家，不再住那到处是摄像头的酒店式公寓，而是回到小时候住过的那个塑料机械厂。

因为经营不善和时代变迁，塑机厂早已倒闭，厂区也已经废弃了，但职工居住区还在，只是萧条异常。他只花了极少的钱就租到了一套房子，简单收拾一番后，就住了进去。他打定主意要开始新的生活。

这几天，他早晚写作，白天则会在厂区溜达，偶尔会遇见一些小时候的玩伴。他们看上去老了很多，跟小时候的样子完全不同了，但个个脸上都显得光彩熠熠，知道他的身份后都很高兴，邀请他有空去家里做客，喝喝酒，打打牌，完全没有想象中被生活压倒的样子。他替他们感到高兴，也替自己感到高兴。他想，漂泊了几十年，终于找到家了。

其间，他被蒋健叫了过去，带着蒋健一起去了一趟赵元成的老家，把赵元成的尸体挖出来，进行庭审前的尸检。

汽车在路上颠簸了四个小时，终于来到了 H 城郊外的山上。先是找到了立了碑的赵元成父母的墓，清扫，献花，简单祭拜。随后，沿着旁边的一条小路继续上山，深入树林，在一处隐蔽的空地，找到了一个不起眼的小土堆。

　　"就是这里了。"古少新说道。

　　"确定吗？"

　　"确定，我在这里插了一根竹笛。"

　　果然，在土堆旁边的地上，发现了一小截露在空气中的竹笛。

　　竹笛的吹孔朝上，偶尔有风掠过，穿越孔洞，发出嗞嗞的声响，仿佛有人在轻轻吹奏一般。

　　"开挖！"

　　随着蒋健的一声令下，技术科的同事开始有条不紊地干起活儿来。古少新转过身去，把头偏向一侧。蒋健走到他旁边，抽出一支烟给他递过去。他摆摆手拒绝了。于是，两个人就这么站着，沉默地望着壮美而虚无的山谷。

　　现在，眼前的山谷由绿色变成了红色，他的思绪也从那天回到了当下。这天，他一大早就出了门，坐上地铁，来了天平山。刚走到山脚下，他便停住了脚步。眼前的一幕令他眼睛瞬间湿润了，那四个孩子，猪猪侦探团的成员们，已经整装待发，站在那里笑嘻嘻地看着他。

　　"喂，猪头，你怎么才来啊？""笨猪"王昊辰喊道。

　　"是啊，我们都等了很久了。""胖猪"徐佳琪也喊道。

　　古少新走上前，有点不知道说什么好。

　　"是不是觉得挺感动的？""懒猪"周慧颖揶揄道。

　　他不说话，看着那个最小的孩子——"红猪"毛子豪。虽然警方并没有把他参与设计的事情公布出来，但事实上，毛飞的死确实是他一手造成的。他对毛子豪充满了愧疚。

　　"别看我，本来我不想来的，但他们非要让我来，我只好骗过了我的妈妈，偷偷跑了出来。"

　　"你的妈妈？"

　　"嗯，"他说道，"我已经决定了，跟妈妈回湖南生活，所以这是我们最后一次见面了。"

　　古少新点点头。

"可是你们的家长怎么会同意你们出来的？毕竟，我曾坐过牢。"

"因为我跟妈妈说了，你是一个好人，我们不能因为你以前做过的错事，就永远给你贴上不好的标签。"王昊辰说道，"我也经历过羞辱和歧视，不想这样对你。"

"没错，我也跟妈妈说了，你是这个世界上唯一给予我鼓励的人。我还想跟你学写作。"徐佳琪说。

"那你爸妈怎么说？"

"他们还能说什么？而且，现在他们也开始关心我了，而不是只知道带着我吃东西，我也希望他们少吃点，对身体不好。"

"那真是太好了。你呢？"

"我们家我说了算。"周慧颖说道，"在我的劝说下，我爸爸妈妈已经不再做那种虚假的短视频了，他们也觉得那样对我非常不好。现在他们又重新开了一家螺蛳粉店，他们想要脚踏实地地干活儿，而不是用欺骗的方式。"

"嗯，老师我曾经也靠骗人活着，从今往后，我也不会再骗人了。"

他说话的时候看了一眼毛子豪，想着一会儿是不是要找机会告诉他真相，但又觉得他这段时间受到的打击和伤害已经够多了。如果让他知道自己信任的老师与自己的父亲之死有关，他恐怕会更伤心吧。

"走吧，"毛子豪突然说，"咱们来比赛，看看谁最先爬上山顶！"

"那还用说，当然是我啦……喂！"

王昊辰话还没说完，徐佳琪已经跑出去了。大家一阵哄笑，一齐朝山顶冲去。两个小时后，他们终于到达了山顶的位置。这时候已经接近中午，他们找了一处阳光明媚的地方坐下，开始吃带来的食物。

"你们想听音乐吗？"古少新问道。

"想啊，对了，我们还从没听过尺八老师吹尺八呢。"

"是哟，尺八老师吹尺八，快，快，我们想听。"

于是，古少新打开背包，从里面拿出了尺八，开始在山巅上，在阳光下，吹奏起那支吹了无数遍的曲子——《虚铃》。

世界很安静，只有微风习习，大家都深深地沉浸在音乐中。突然，周慧颖站了起来。伴随着音乐，她开始笨拙而自由地跳起舞来。在她的带领下，其他孩子也加入了舞蹈的队伍。大家手舞足蹈，毫无韵律和节奏，就是开心地跳着，笑着，像一群纯洁、美丽、自由的精灵。

  曲终，大家欢呼、跳跃。古少新欣慰地望着这一切，觉得异常美好。这些被称作"猪"的少年，在这个陌生的世界很幸运地找到了彼此，相互关爱，相互支持，维持着一种叫作友谊的美好事物。

  但很快，他脸上的笑容就消失了。一种痛苦的压抑之情就像二十岁的那场泥石流凌空倾泻下来，瞬间将他死死压住，无法动弹。他突然觉得，也许自己一辈子也摆脱不了这种痛苦了。顷刻间，他的眼前再次幻化出那天在另一座山上遇到的情景。

  尸体被挖到的时候传来了一阵兴奋的喊叫。蒋健立刻扔下烟头，朝埋尸坑跑去。他也转身，缓缓朝赵元成的尸体走了过去。不知为何，他的内心突然产生了一种不安的感觉，眼前的画面有点恍惚，随即产生了一种不真实的感受。

  世界逐渐变得像海市蜃楼一般虚无缥缈。他看着蒋健跳进了坑内，扒开尸体上的尘土。赵元成已经腐化的白骨露了出来。

  "天哪，这是什么？"蒋健喊道。

  一根缀着小狗黄金吊坠的项链从尸骨腐烂的内衣里露了出来，在秋日的阳光照耀下散发着罪恶的光芒。

  "是他干的。"

  古少新朝前走了几步，感到一阵晕眩。

  疯狂的泥石流湮没了他的头顶。

【全书完】